W0374895

rororo

Imre Kertész' Tagebücher aus den Jahren 2001 bis 2009 sind 2013 als deutsche Erstveröffentlichung erschienen. In einem beispiellosen Unternehmen hat der Autor das Material jetzt noch einmal zur Essenz konzentriert, mit einem weiteren Romanfragment bereichert und zu einem «Tagebuchroman» komponiert, vergleichbar seinem berühmten *Galeerentagebuch*. Aufzeichnungen und Prosaentwürfe fügen sich nun zu ebender Geschichte, die Kertész in einem letzten, unvollendet gebliebenen Roman mit dem Titel *Die letzte Einkehr* zu gestalten vorhatte – die «Geschichte eines Erkaltens», die von der «Glückskatastrophe» des Nobelpreises, der zunehmenden, durch Ruhm, Krankheit und Verfall bedingten Selbstentfremdung bis ins «Vorzimmer des Todes» reicht.

«Ein großes Testament zu Lebzeiten.»
Der Tagesspiegel

Näheres zu Imre Kertész' Biographie finden Sie auf Seite 348.

Susanne Franiske
Februar 2018

Imre Kertész

LETZTE EINKEHR

Ein Tagebuchroman

Aus dem Ungarischen von
Kristin Schwamm

Rowohlt Taschenbuch Verlag

Dieser Tagebuchroman basiert auf Imre Kertész' 2013 im Rowohlt Verlag erschienenem Buch «Letzte Einkehr. Tagebücher 2001–2009».

Von den beiden eingefügten Romanfragmenten mit dem Titel «Die letzte Einkehr» übersetzte Adan Kovacsics den *Ersten Anlauf* und Ilma Rakusa den *Zweiten Anlauf*.

Lektorat Ingrid Krüger

2. Auflage März 2016
Deutsche Erstausgabe
Veröffentlicht im Rowohlt Taschenbuch Verlag,
Reinbek bei Hamburg, März 2015
Copyright © 2015 by Rowohlt Verlag GmbH,
Reinbek bei Hamburg
Die Originalausgabe erschien 2014 unter dem Titel
«A végső kocsma» bei Magvető, Budapest
Copyright © 2011, 2014 by Imre Kertész
Umschlaggestaltung any.way, Walter Hellmann
Umschlagabbildung «Snow Storm – Steam-Boat off a Harbour's Mouth», 1842, J. M. William Turner/Tate, London 2014
Satz Janson PostScript, PageOne,
bei Dörlemann Satz, Lemförde
Druck und Bindung CPI books GmbH, Leck, Germany
ISBN 978 3 499 26910 3

Dieses Buch, das ich als Krönung meines Werkes betrachte, wäre ohne die Ermutigung, Hilfe und fachliche Unterstützung meines Freundes und Mitarbeiters Zoltán Hafner nie zustande gekommen. Er hat unter Beweis gestellt, daß es in dieser unfreundlichen Welt noch Menschlichkeit, Geist und Glauben gibt. Dafür möchte ich ihm an dieser Stelle meinen innigen Dank sagen.

I. K.

OFFENE GEHEIMNISSE

Aufzeichnungen

Früher Morgen. Das Geisterhafte der Menschen und der Welt. Als existierten keine Menschen, nur Gespenster. Auch ich bin geisterhaft, ich weiß nicht, wessen Geist ich bin, beziehungsweise welche Art von Gesetzen bestimmt, was mein Geisterdasein auf dieser Erde antreibt, was es lenkt.

Der europäische Jude ist ein Überbleibsel, kein Anachronismus wie das orthodoxe Judentum, bei dem es immer noch um eine Art Befindlichkeit geht. Nein, der europäische Jude ist tatsächlich ein von den anderen definierter Menschentyp, der zu dem ihm aufgezwungenen Judenstatus keinerlei innere Beziehung mehr entwickeln kann. Als Religion mag es vielleicht noch funktionieren, aber dann stellt sich die berechtigte Frage, warum nicht orthodox? Und was bedeutet das «Auf Wiedersehen in Jerusalem» – da doch Jerusalem tatsächlich existiert und die Juden dort leben. Eine seltsame Situation, die man, wenn auch mit einer gewissen Nostalgie, mit aller Klarheit zur Kenntnis nehmen und unablässig beachten muß. Auch literarisch. Ja, vor allem literarisch.

In der Nacht Kunderas Essay über den Roman. All die bekannten Gemeinplätze, aber mit französischer Eloquenz, was das Ganze ein wenig mildert. Unter anderem resümiert er, daß der Roman seit Kafka den von außen beherrschten Menschen darstelle, der keine Chance mehr gegenüber der alles in Besitz nehmenden Macht hat – vertraute Gedanken aus der Zeit des *Romans eines Schicksallosen*; doch bleibt die Frage: Wenn die Macht totalitär und die Anpassung an sie total ist, für wen stellen wir dann den total beherrschten Menschen dar, genauer, warum stellen wir den total beherrschten Menschen negativ dar, für was für eine rätselhafte Entität, die demnach außerhalb der Totalität bliebe und urteilte, ja – da es um den Roman geht – sich an dem Werk vergnügen und daraus lernen könnte, mehr noch, die Arbeit des Kritikers verrichten und ästhetische Schußfolgerungen für künftige Werke daraus ziehen sollte? Das Absurde daran ist, daß es, seit Gott tot ist, keinen objektiven Blick gibt, daß wir uns in einem Zustand des panta rhei befinden, daß es keinen Halt mehr gibt und wir dennoch so schreiben, als gäbe es ihn, das heißt, als existierte trotz allem ein sub specie aeternitatis, ein göttlicher Standpunkt oder das ewig Menschliche. Wie ist dieses Paradoxon aufzulösen?

22. März 2001 Mit merkwürdiger Eindringlichkeit hat sich in dieser Nacht der *Einsame von Sodom* wieder gemeldet, die erste große Idee oder das erste Thema meiner jungen Jahre – das dionysische Erlebnis, die Selbstaufgabe des freien Individuums im Rausch des Massenrituals; dieses Motiv hat meine ganze spätere Arbeit bestimmt (wenn ich in der Eile so sagen darf), also die Handlung all meiner späteren Romane. Ich entsinne mich noch, wie ich mit einem jungen Mann namens Péter (wir waren beide etwa 23) über die Zivatar-Straße spazierte und ihm, der ebenfalls Schriftsteller werden wollte (es wurde ein schlechter Schriftsteller aus ihm, und er ist jung gestorben), von meiner Idee erzählte, die auf einem alles entscheidenden Grunderlebnis basierte: ein Erlebnis, genauer, eine Erfahrung, die ich während des Militärdienstes machte, so, wie ich es Jahrzehnte später in *Fiasko* beschrieben habe. Die Geschichte des Sodomers Lot, wie ich sie mir damals ausgedacht habe, wartet noch immer darauf, geschrieben zu werden. (Zu erwähnen ist, daß mir dieses Motiv in der Zeit meiner Nietzsche-Übertragung von neuem begegnet ist, bei der Beschreibung des apollinischen bzw. dionysischen Griechen; und da mein damaliges Erlebnis einen sehr déjà-vu-artigen Charakter hatte, frage ich mich, ob ich *Die Geburt der Tragödie* nicht in meinen jungen Jahren schon einmal gelesen habe, natürlich in der archaischen, ungeheuer prägnanten Übersetzung von Lajos Fülep. Nun, ich kann mich nicht entsinnen, ob es so war, andererseits hat der Text, wie auch Stimmung und Welterleben, die darin eingefangen sind, in mir ein ungewöhnlich heftiges und nostalgisches Gefühl von «Vertrautheit» ausgelöst, als ich die *Tragödie* übersetzte.)

Was mich betrifft: Sobald ich über Romantheorie sprechen soll, aber auch, wenn ich davon lese, wird mir der Mund so trocken wie ein Schwamm. Das Ganze ist so überflüssig, schließlich hängt alles ganz entschieden vom Talent für plastische Darstellung ab, davon, ob jemand seine Welt zum Leben erwecken kann oder nicht. Und doch habe auch ich mich in der Zeit des *Romans eines Schicksallosen* wahnsinnig viel mit theoretischen Dingen beschäftigt, damals tat mir das irgendwie gut und war auch nötig für den Roman. Jetzt ist das alles anders: Auch für *Liquidation* ist enorm viel Theorie nötig, sind immense Probleme aufzurollen und zu lösen, aber ich arbeite fast verschämt daran, im Stillen, damit es bloß niemand mitkriegt; denn um die Probleme des Romans heute zu erkennen, genügt es wohl kaum zu wissen, daß «der Roman die Erforschung des Seins mit den Mitteln des Romans ist», dazu gehört auch das Wissen, wie obsolet das Erforschen von Seinsfragen heute ist; wie obsolet damit auch der Roman und noch obsoleter der Romancier heute ist.

Das wichtigste Merkmal des «Zustands der Schicksallosigkeit» ist schließlich das völlige Fehlen einer Beziehung zwischen Existenz und wirklichem Leben. Das existenzlose Dasein, oder eher: ein Dasein ohne Existenz – das ist das große Novum der Epoche.

Wie müßte man schreiben? «Monsieur Leuwen senior, einer der Teilhaber des berühmten Hauses Van Peters, Leuwen & Co., fürchtete auf der Welt nur zwei Dinge: langweilige Leute und feuchtes Wetter.» Stendhal. Das Vorwort, in dem er sein Buch wie gewohnt der Aufmerksamkeit der «happy few», seiner «kleinen Leserschar», empfiehlt, mündet mit einer überraschenden Volte in den Satz: «Sei darauf bedacht, dein Leben nicht in Haß und Furcht zu verbringen.» (Das könntest du dir als Motto über dein Leben schreiben.)

«Die Mehrheit liebt ganz augenscheinlich dieses süßliche Gemisch aus Heuchelei und Lüge, das man eine *parlamentarische Regierung* nennt.» *Lucien Leuwen.* Im übrigen hat mir Ligeti Stendhal empfohlen. Eine Zeitlang liebte ich diesen Autor sehr; später kam ich zu der Ansicht, daß die Modernen interessanter sind. – Ich bin nicht sicher, ob ich Recht gehabt habe. Von wem habe ich am meisten gelernt? Ich glaube, von Thomas Mann (Entschlossenheit und schriftstellerische Haltung, Fleiß und Würde, und nicht zu vergessen: Bildung) und von Camus (die unerbittliche Treue zu einem Stoff als dem einzig möglichen). Seither habe ich kaum noch einen von ihnen gelesen. – Nebenbei gesagt war Stendhal modern. «Jede Kunst ist neue Kunst.»

Ich warte mißmutig auf den Moment, an dem sich ohne jeden Zweifel herausstellen wird, wie verdorben mein Stil und wie heruntergekommen mein Geist ist, seit ich auf dem Computer schreibe. Und wieviel geschwätziger ich geworden bin.

Ich sollte dem letzten Tagebuchroman den Titel «Endspiel in der Bar *Zum sicheren Verlierer*» geben.

Diese Aufzeichnungen unterscheiden sich ganz und gar von meinen früheren Tagebüchern. Ich würde gern herausfinden, warum ich heute so viel *platter* schreibe. Möglich, daß die Welt, in der ich lebe, einfach nüchterner ist, es gibt nichts Metaphysisches mehr in ihr oder – um den Bedürfnissen dieser Welt Genüge zu tun – keinen metaphysischen Anspruch. Es gibt keine Rätsel mehr, nur einfaches materielles und geistiges Elend, historische Rückständigkeit, Herdendasein, politische Selbstaufgabe. All das ist nicht mehr das Werk äußerer Umstände, sondern Faktum, Ergebnis des eigenen, selbständigen und unabhängigen Handelns der ungarischen Gesellschaft. Und auf die Frage, was ich damit zu tun habe, muß ich die Antwort als Citoyen suchen, denn dem Anschein nach bin ich Bürger eines freien und unabhängigen Landes, während meine Erfahrungen von etwas ganz anderem Zeugnis geben. Eine schwierige Frage, auf die einzig die Emigration eine relevante und eindeutige Antwort wäre. – Doch auch Emigrieren ist platt. Allerdings neige ich heute mehr zu der Einsicht, daß bei diesem «Selbst» – seinem Zustandekommen – die gesellschaftlichen Verhältnisse wohl doch eine gewisse Rolle spielten. Zumindest zum Teil bin ich Gefangener dieser Lebensumstände, und das bezieht sich auch auf meine geistigen Äußerungen. Wenn ich sage, ich bin ein jüdischer Schriftsteller (denn diese Tatsache drückt diesen Umständen doch am ehesten ihren Stempel auf), dann sage ich damit nicht, daß ich Jude bin – denn das kann ich meiner Kultur, meinen Überzeugungen nach leider nicht sagen. Doch ich kann sagen, daß ich Schriftsteller einer anachronistischen jüdischen Lebensform bin, des *Galut*, der Lebensform der assimilierten Juden, Träger und Darsteller dieser Lebensform, Chronist ihrer Liquidation, Bote ihres unabwendbaren Untergangs. In dieser Hinsicht spielt die «Endlösung» eine entscheidende Rolle: Jemand, dem sich jüdische Identität allein durch den Versuch der Judenvernichtung, also Auschwitz, herstellt, ist in gewissem Sinn dennoch nicht als Jude zu bezeichnen. Er ist der «nichtjüdische Jude», von dem Deutscher spricht, dessen entwurzelte europäische Variante; er erfüllt eine große – und vielleicht wichtige – Rolle in der europäischen Kultur (sofern es eine solche noch gibt), in der neueren Epoche der Geschichte des Judentums aber, bei der Erneuerung des Judentums überhaupt – und hier muß ich wieder hinzusetzen: sofern es eine solche gibt, beziehungsweise falls es sie geben wird – spielt er überhaupt keine Rolle.

«Jude» ist nur für den Antisemiten eine eindeutige Kategorie.

Mein Roman als ein spätes Kind, verwöhnt und fragil; er erweckt in seinem alten Vater ungeheure Ängste. Macht sämtliche Kinderkrankheiten durch, und die ständige Sorge ist, wieviel hält seine Vitalität aus. Es würde mich nicht wundern, wenn ich ihn eines Morgens tot auffände. Aber ich wäre untröstlich …

Koestler zähle ich in einem gewissen Sinne zu meinen geistigen Verwandten, wie all jene, die ihr Verantwortungsgefühl für die Welt verführt, auf Irrwege geleitet und heimatlos gemacht hat, bis sie schließlich in der Heimatlosigkeit ihre Ruhe, sogar ihre Berufung fanden. Der Zusammenbruch Europas in den dreißiger Jahren war ein Schauspiel, an das die Welt noch lange denken wird, und wenn ich Koestler lese, schlage ich nicht seine Romane auf, sondern jene erschütternden Dokumente, die er als Zeuge des Jahrhunderts über den Zerfall der bürgerlichen Existenz, seine Enttäuschung von der kommunistischen Bewegung, seine Flucht und seine Internierung in Frankreich geschrieben hat.

Abgrundtiefe Müdigkeit. Seit Wochen bin ich nicht in jenen Moment des Schöpferischen eingetreten, in jenen plötzlichen (und wundervollen) Rausch von Glück, der mich vordem so häufig heimgesucht hat. Depressionen. Schlaflosigkeit. – Ich kann meine von Gott verliehene Einsamkeit nicht schützen. Vielleicht benennt das das Debakel, das mich in kritischen Momenten so quält.

Keine großen Träume, keine großen Gedanken. Aber mein Stil ist gut, und was ich begonnen habe – der Roman – strebt nach Vollendung.

Zu entscheiden ist: Ist *Liquidation* notwendig? Ist es ein Beweis seiner Notwendigkeit, daß ich mich schon fast elf Jahre damit beschäftige? Ist es ein Beweis seiner Notwendigkeit, daß ich diese Arbeit als Abschluß meiner gesamten Arbeit, als ihre Krönung betrachte? Könnte es nicht sein, daß ich eine Geschichte erzählen will, die nicht zu erzählen ist oder die *ich* nicht erzählen kann? Wie sieht diese Geschichte aus, und warum will ich sie erzählen? Etwa aus Eitelkeit, also nur, um *noch einen Roman* zu schreiben, egal was für einen? Die Frage ist falsch, denn der Ehrgeiz, noch einen Roman zu schreiben, ist nicht falsch, es ist der absolut legitime Ehrgeiz eines jeden Schriftstellers, eines jeden Künstlers, der noch nicht den Wunsch hat, in den Ruhestand zu treten.

Gestern Lesung auf einer jüdischen Veranstaltung (den Namen der Organisation habe ich nicht behalten). Das letzte Kapitel aus dem *Roman eines Schicksallosen*. Die Kraft und (wie es scheint) ewige Aktualität des Textes packten mich. – Danach ein «Podiumsgespräch» vor Publikum. Ich war sehr scharf (politisch), was sonst nicht meine Art ist. Doch ich bin inzwischen so angewidert, daß es gut tat, mich zu erleichtern. M. war ein bißchen erschrocken. Nun, wenn Spitzel im Saal waren – und warum sollten sie wohl nicht dagewesen sein –, fanden sie reichlich zu berichten. – Ein paar (nicht) paranoide Bemerkungen: Man zieht (zöge am liebsten) eine Mauer um mich. Die sogenannten Listen (schon darüber zu sprechen ist eine Schande: Man übergeht mich auf der Autorenliste zum französisch-ungarischen Kulturjahr, nach französischem Protest wird mein Name aufgenommen – genau nach dem üblichen Verfahrensmuster der Kádar-Zeit; letztlich denke ich natürlich nicht im Traum daran, ein staatliches Flugticket anzunehmen, lieber fahre ich nicht). – Ich könnte noch eine Reihe staatlich inspirierter Beschimpfungen in verschiedenen staatlich inspirierten Presseorganen und Radioprogrammen aufzählen. Zwar interessieren sie mich nicht sonderlich, aber ein «Connaisseur» der Diktaturen, wie ich es bin, weiß genau, wie derartige Phänomene einzuschätzen sind (vor allem so, daß wieder eine Diktatur im Anzug ist). In dieser Hinsicht muß man das Schreiben mit dem Computer beinahe fürchten, weil das Gerät eher Bestand hat als zerreißbares Papier; und wer wollte wegen einer ungewissen Lebensgefahr gleich seinen Computer zu Boden schmettern? Übrigens eine interessante Feststellung, daß es noch keine veritable Diktatur gegeben hat, zumindest nicht in Europa, seit Computer im allgemeinen und privaten Gebrauch sind. Aber wie für alles würde man sicher auch dafür eine radikale Lösung finden, zum Beispiel die Computer zu verbieten – man kriegte sie in den Läden einfach nicht mehr.

«Aus den Aufzeichnungen eines katholischen Ungarn …» Aber lieber Freund! Sollte Ihnen noch nicht zu Ohren gekommen sein, daß das Judentum und alle seine ketzerischen Abspaltungen (so das Christentum, vom Katholizismus ganz zu schweigen) vergangen, aufgelöst, absorbiert sind und man uns, die einstigen Gläubigen, hier alleingelassen hat?! Sollten Sie, mein lieber katholischer ungarischer Freund, der Sie sich von Ihrer katholischen Kirche wünschten, daß sie die Zigeuner als unsere Brüder und Schwestern betrachtet und das von der Kanzel verkündet: sollten Sie die Geschichte der Kirche, Ihrer katholischen Kirche nicht kennen? Sollten Sie nicht die lange Reihe von Penitenzen, Ausgrenzungen, Verfolgungen, der physischen und geistigen Inquisitionen kennen, deren Endergebnis die Vernichtung der europäischen Juden war? Sollten Sie nicht wissen, daß die Nazi-Behörden jede einzelne Etappe, alle Gesetze und sämtliche Verordnungen dieses Prozesses, vom gelben Stern bis hin zur institutionalisierten gesellschaftlichen Ausgrenzung und Absonderung (sie nannten es Ghetto, mein Freund), von der katholischen Kirche übernommen haben und ihre Neuerung (an Stelle von Scheiterhaufen und Pogrom) «lediglich» die Gaskammer von Auschwitz war? Sollten Sie nicht wissen, daß die Bischöfe Ihrer Kirche im ungarischen Parlament für die ungarischen Judengesetze stimmten? Sollten Sie sich nicht im klaren darüber sein, daß die katholische Kirche (wie im übrigen auch die Juden und alle anderen) vierzig Jahre lang total mit den kommunistischen Behörden kollaboriert hat und diejenigen katholischen Priester, die ihre Berufung womöglich ernst nahmen und im Sinne ihrer Weihe handelten, der Polizei auslieferte? Sollten Sie nicht wissen, daß dieser «hinfällige Mensch», dieser Astralleib, Ihr Papst, sozusagen um Verzeihung «für den Holocaust» gebeten hat, daß das Lamm Gottes aber nicht die Schuld auf sich nahm?

Da ist die Entgleisung passiert, mein lieber katholischer Freund; da wäre die große Gelegenheit gewesen, welche die Möglichkeit zu Erneuerung und Läuterung barg, wozu die Kirche aber, einfach aus politischen Gründen, nicht imstande war. Damit war sie auch nicht imstande, Ihre Kirche und das Christentum zu retten. Was bedeutet Christentum heute? Wenn wir bei Ungarn bleiben: eine leere, politische Formel. Wenn wir weiter schauen: die zerstörte europäische Kultur. Täuschen wir uns nicht: Die offiziellen, institutionalisierten Glaubensformeln sind ausgehöhlt – das betrifft jeden Glauben, alle Kirchen und Gemeinden gleichermaßen. Es könnte ja sein, es wird noch einmal eine heilige Teresa von Ávila, einen heiligen Johannes der Täufer usw. geben, die mit ihrem Glauben den Glauben erneuern; aber darauf sollten wir nicht allzusehr hoffen. Sicher aber können wir sein, daß vom Herrn Kardinal Paskai die Auferstehung nicht zu erwarten ist. Und ein Katholik, der die Auferstehung seiner Kirche wünscht, kommt nicht weit, wenn er seine schönen Wünsche nur zum Ausdruck bringt: Er muß sein Leben daran setzen, durch eine minder glaubwürdige Tat ist gar nichts zu erreichen, es wäre nur ein Rufen in der Wüste, ein gutgemeinter pädagogischer Artikel in *Élet és Irodalom*, zu dem die Besseren kräftig nicken, die Bösen die Zähne fletschen und den am nächsten Tag alle vergessen haben.

Seit Wochen anhaltende Depressionen. Ich lebe außerhalb des Romans. Jeden Tag Abendessen in Gesellschaft, mit Fremden. Der größere Teil meines Lebens ist eine tief empfundene sinnlose Zeitvergeudung. Ich bin unfähig, mich dessen zu erwehren. Meine Schwäche M. gegenüber. Die physischen Demütigungen des Alters. Das

Alter – das hätte ich nie gedacht – setzt schlagartig ein. Von einem Tag, fast von einem Moment auf den anderen. Plötzlich verändert sich deine Körperhaltung, und du kannst nichts dagegen tun. Plötzlich überkommt dich anfallartiger Harndrang, dem du innerhalb von Sekunden nachgeben mußt, sonst beschmutzt du dir in demütigender Weise die Wäsche. Der größte Schlag aber ist die Impotenz, wenn du das Interesse an Frauen noch keineswegs verloren hast. Der andere Schlag ist die Schlaflosigkeit. Im Moment ist es drei Uhr zweiundvierzig, und ich habe noch kein Auge zugetan. Morgen früh muß ich vor «großem Publikum» spanische Schriftsteller vorstellen, die ich nicht kenne, und Spanisch spreche ich nicht, ich werde mich durch totale Inkompetenz auszeichnen; macht nichts, die ganze Epoche, in der wir leben, ist inkompetent.

Etwas anderes: Warum kann ich die erste Ohrfeige, die ich von meinem Vater zur Strafe erhielt, nicht vergessen? Es passierte an einem Mittag im Internat, im Schlafsaal der Anstalt, in dem sich außer uns beiden niemand aufhielt. Mein Vater hatte irgendwann gesagt, wenn ich hungrig sei, solle ich beim Lebensmittelhändler an der Ecke – er hieß Ács, sein Laden lag in der Szondi-Straße / Ecke Mihály-Munkácsi-Straße, ein Kellergeschäft – anschreiben lassen und mir auf Kredit etwas zusätzlich kaufen. Ich aß die ganze Woche Buttersemmeln mit Salami. Es ist denkbar, daß mein Vater einen Haufen Geld dafür bezahlen mußte (wieviel kann es schon gewesen sein?). Aber egal, mein Vater war nun einmal arm und betrachtete meine Salami-Esserei offenbar als eine Art Exzeß.

Aber er machte nicht viele Worte zur Rechtfertigung. Er hatte sich offensichtlich für eine demonstrative Tat entschieden, eine schallende Ohrfeige. Die abseitige Ecke, wo der Akt geschah, und die körperliche Überlegenheit, der ich ausgeliefert war, zwangen mich zu lautem Gebrüll. Psychisch war es ein vernichtendes Ereignis. Ich war vielleicht neun Jahre alt. Erst mit großem Zeitabstand, wenn ich das Ereignis lange genug betrachte, verspüre ich so etwas wie einen befreienden Zug. So, wie Flaubert Maupassant einmal riet, einen Baum so lange anzuschauen, bis er ihn anders sähe als die anderen und seine unvergleichliche Einzigartigkeit erkenne.

Die Spanier. Geschafft; vier Schriftsteller, drei von ihnen sehr sympathisch, besonders Señor Mendoza. Anschließend Thunfischsalat auf der Terrasse des Cafés Belváros. Strahlender Frühling. Ich genieße es, mir jetzt leisten zu können, was ich mir vor vielen Jahrzehnten, als ich mit meinen Freunden noch auf der Terrasse des Bristol saß, nicht leisten konnte. Damals waren überbackene Makkaroni die große Verlockung, der ich nie nachgeben konnte, weil ich kein Geld hatte. Tröstet es mich, daß ich wenigstens jung war? Als wirklichen Trost empfinde ich es nicht. Ich bin lieber alt und habe ein bißchen Geld in der Tasche. Aber das nur nebenbei. Gegen vier kam ich nach Hause, ziemlich erschöpft, und mit einem Mal, hoppla-hopp, war plötzlich die Fortsetzung des Romans da, dort, wo ich steckengeblieben war. Ich setzte mich an den Computer und arbeitete bis abends um acht; ich glaube, der Zusammenhang ist wiederhergestellt, der Roman ist gerettet. Und – komisch, das hätte ich nie geglaubt – es tat gut, auf dem Computer zu schreiben. Intim und elegant. Zumindest auf meinem schönen kleinen schwarzen Laptop, der wie ein schlankes, fügsames Mädchen ist.

Gestern abend Strindberg. Ich würde so gern seine Prosa haben, aber sie ist nicht zugänglich, jedenfalls nicht auf Ungarisch. Frauen und Männer; böse Einsichten in die Psyche – Einsichten sind überhaupt immer böse.

Wegen *Liquidation* in *Kaddisch* lesend, verblüfft mich die Aufrichtigkeit der Todessehnsucht, die der Urgrund, der Spiritus rector dieses kleinen Romans war. Und auf einmal erinnerte ich mich auch wieder an die triste Stimmung jener Jahre, in der aber doch soviel Spannung steckte, daß es für das Zustandekommen eines Romans wie *Kaddisch* reichte.

Neuerdings gewöhne ich mich an Schlaftabletten. Fast habe ich deswegen Gewissensbisse: Um des guten Schlafes willen, könnte man sagen, arbeite ich nicht richtig. Ich nehme sie auf Pump. Heute morgen erzählte M., mein linker Arm habe eine halbe Stunde lang gezuckt, nachdem ich nachts eingeschlafen war. Ich habe keinerlei Erinnerung daran und habe auch nichts geträumt. Vielleicht wird mein Tod von Symptomen des Veitstanzes begleitet sein: das wird amüsant – aber nicht mehr für mich.

Wenn es den allwissenden Erzähler nun einmal nicht mehr gibt. Und wir es dennoch mit Allwissenheit zu tun haben, weil wir uns in der dritten Person bewegen … Vielleicht ist es mir doch gelungen, wenn auch nicht *die*, so doch wenigstens *eine* Lösung zu finden: Existenzgrundlage für den Roman ist ein Theaterstück. Die Wirklichkeit des Werkes ist ein anderes Werk. Hinzu kommt, daß wir dieses andere Werk – das Theaterstück – nicht in Gänze kennen. Es ist für uns genauso dunkel, wie die Schöpfung, die uns umgebende Wirklichkeit dunkel für uns sind. Und genauso fragmentarisch; in gewissem Maße aber dennoch durchschaubar, da wir ja nach einer uns gemäßen Logik leben.

Eine Aussage ist nur deshalb, weil sie für dich vorteilhaft sein kann, noch nicht wahr. Wenn du gerecht sein willst, mußt du also alle Aussagen, die nachteilig, eventuell sogar schädlich für dich sind, gründlich prüfen. – Fragen kommen auf, etwa: Ist Krankheit zum Beispiel eine Aussage? Und wenn ja, wer sagt damit was aus? (Und so weiter bis zur Absurdität, oder vielleicht: ins Absurde.)

Gestern eine Dame (auf Deutsch): «Ich lese Ihr *Galeerentagebuch*. Es ist wie ein Gebetbuch.» – Bis jetzt das schönste Kompliment, das mir für dieses Buch gemacht worden ist. Die Dame war übrigens katholisch (und, denke ich, gläubig).

Einem dummen verleumderischen Artikel zufolge soll ich einer holländischen Zeitung gesagt haben, «ich lebe nicht aus Überzeugung hier, mein Koffer ist immer gepackt». Daß ich nicht «aus Überzeugung hier lebe»? Einen solchen Unsinn habe ich mit Sicherheit nicht gesagt. Man lebt nur an sehr wenigen Orten gewissermaßen aus Überzeugung. Sagen wir, unter den Israelis leben viele wirklich aus Überzeugung in Israel. Aber in Ungarn? Hier wird man zufällig geboren und bleibt dann entweder am Leben oder nicht. Von Überzeugung kann keine Rede sein.

Die «Geheimdatei» gelesen: Fürwahr, da gibt es keinerlei Geheimnisse. Wo ist mein Radikalismus geblieben? Ich würde verzweifeln, wenn ich nicht wüßte, daß er im Roman noch vorhanden ist.

In diesem hinfälligen Alter, in dieser hinfälligen Welt, solange sie noch besteht und es mich noch gibt, interessiert mich allein der Roman und nichts als der Roman. Ist das nicht sonderbar? Was für eine Besessenheit, die mein Leben beherrscht und es zu einem gesegneten macht.

Oh, diese bezaubernden Briefe Gisèles aus Rom, wie traurige einsame Sonaten. – Heute nacht versinke ich im Leben Celans, in diesem großen und traurigen Leben. Das Judentum durchdringt hier alles in einer Form und Tiefe, daß ich dem kaum noch zu folgen imstande bin bzw. so etwas wie eine starre Weltanschauung darin sehe, etwas, was der Dichter, der Mensch, benötigt, um sich der großen Traurigkeit der Welt und dem großen Wunder des Lebens hinzugeben. Welch ein Zartgefühl, welch weiblicher Zauber gehen von dieser Frau, von Gisèle aus, die wahrscheinlich von Paul zerstört wurde – wie es anscheinend das Schicksal des Mannes auf dieser Erde ist, jede Zartheit, jede Schönheit zu zerstören, alles was schwächer oder zerbrechlicher als er selbst ist. Ich kenne niemand, der es vermocht hätte, sich diesem Verhängnis zu entziehen. Und all das nur, damit er sich anschließend gegen sich selbst wenden kann; wieviel unartikulierte Sehnsucht rebelliert in mir – wogegen? Ich fühle mich, als hätte ich nie gelebt; an einer bestimmten Art von Lebensabenteuer habe ich nie teilgehabt. Ich war nie heimatlos, hatte nie eine irgendwo weit entfernt wohnende Familie, war nie von dem Gefühl gequält, für eine solche Trennung Verantwortung zu tragen. Wie vertraut ist mir dieses Leben, das Leben Celans; die Frau, die ihn liebt, die mit ihm zur Jüdin wird, die an dieser vergeblichen Liebe kaputtgeht. – Heute lebe ich sehr fern von allem, was lebendig ist, tief versunken in das Verfertigen von Texten, die ich überrascht und glücklich lese – ich verstehe sie nicht immer, aber sie fließen aus meiner Feder, einer Feder namens Computer.

Draußen dämmert es, die Vögel erheben ihre Stimme. Wie viele Nächte habe ich damals wach in Szigliget verbracht, wie oft dämmerte dort vor meinen Augen ein Maimorgen herauf. Ich bin nicht glücklich. Doch ich bin glücklich.

Celan ist in einem Anfall von Wahnsinn über seinen Pariser Nachbarn hergefallen, weil er glaubte, daß der seinem Sohn etwas angetan habe. Als man ihn auf die Polizeistation brachte, schrie er: «Ich bin Franzose! Ich bin Franzose!» Doch er war nur Jude. Sie taten ihm dennoch nichts. Sie lieferten ihn in eine psychiatrische Klinik ein.

Wie ist es möglich, daß *ich* bis jetzt noch nie wahnsinnig geworden bin? Oder bin ich wahnsinnig?

Ob die Metaphysik (in unserem Denken) eine Daseinsberechtigung hat oder nicht, ist nebensächlich. Tatsache ist, daß «der Mensch» metaphysisch verlassen ist; das ist der

Seelenzustand des heutigen Menschen, und es ist ein gefährlicher Zustand.

Das gestrige Gespräch mit V. Eine großartige, äußerst gebildete, lebendig denkende Frau: doch sie ließ nicht einmal die Erwähnung der jüdischen Mystik zu. Sie war unheimlich erbost über eine ungarische Pfeilkreuzler-Zeitschrift, die ihr jemand nach Wien mitgebracht hatte. Aber daß ihre Reflexionen situationsbedingt sind, das heißt, ihre Affekte von etwas bestimmt, das vielleicht nicht ganz sie selbst ist, vielmehr bedingt durch eine durchschaubare Situation, mit der sie, wenn man so will, nicht metaphysisch, sondern nur gesellschaftlich (also singulär, «zufällig») etwas zu tun hat – diese Tatsache wollte sie auf keinen Fall anerkennen. – Das ist freilich noch keine jüdische Mystik: Es wäre nur die Anerkennung eines zwangsläufig gegebenen Verhältnisses zum Judentum – doch meist ist den Menschen selbst das schon zuviel. Obwohl erst danach alles Weitere folgen würde. Die mystischen Neigungen eines Menschen schließen im übrigen nicht aus, daß er rational denkt.

Trübe Tage, mancherlei Kränkungen. Es ist schon die Haltung, die verletzt. Gegenwärtig redet man hier viel darüber, wie der Holocaust zu seinem Namen kam, und nie, in keinerlei Kontext erwähnt man dabei mich oder bezieht sich auf ein Wort von mir, so als hätte ich nie etwas über diesen Gegenstand geschrieben, als gäbe es mich überhaupt nicht. Man verurteilt mich zur Nichtexistenz, und dabei handelt es sich vor allem um liberale und jüdische Autoren, die nicht wissen, wohin sie sich mit ihren jüdischen Nasen, Schmerbäuchen, Glatzköpfen oder

Krauslocken verstecken sollen und die es über alle Maßen irritiert, daß auch ich noch da bin mit meiner eigenen radikalen Meinung, die im strikten Gegensatz zu ihrer duckmäuserischen Chamäleonmentalität steht. – Das Kleinliche und Lächerliche dieser Kränkungen mitempfinden. Es macht mich so klein wie das kleine Volk dieses Zwergenreiches.

Gestern L. K. Die gleichen Symptome wie bei mir (ohne das Judensyndrom, denn er ist kein Jude), nur daß es bei ihm ans Auskommen geht, kurz: Man bringt einen erstklassigen Autor um, weil er sich nicht manipulieren, für das System gebrauchen läßt; er wird ausgegrenzt, abgesondert, und ich kann von seinem Gesicht jetzt eine furchtbare Tragödie ablesen. Die ganze Nacht hat mich dieses Gesicht begleitet.

Merkwürdig, daß ich die Entstehungsgeschichte von *Kaddisch* in einem späteren Roman, in *Liquidation*, beschreibe. Aber war es mit dem *Roman eines Schicksallosen* nicht auch so?

Was meine literarische Zugehörigkeit betrifft, sind ein paar Tatsachen festzuhalten, damit ich nicht im Irrtum lebe. Ich gehöre nicht zur ungarischen Literatur und werde auch nie dazugehören. In Wirklichkeit gehöre ich zu jener in Osteuropa in Erscheinung getretenen jüdischen Literatur, die in der Monarchie und dann in den Nachfolgestaaten hauptsächlich auf Deutsch, aber nie in der Sprache der jeweiligen nationalen Umgebung geschrieben wurde und nie Teil der nationalen Literatur war. Diese Linie läßt sich von Kafka bis Celan ziehen, und wenn es möglich ist, sie weiter zu verfolgen, dann wäre sie mit mir fortzusetzen. Mein Unglück ist, daß ich Ungarisch schreibe; mein Glück wiederum, daß meine Arbeiten ins Deutsche übersetzt werden – selbst wenn die Übersetzung nur ein Schattenbild des Originals sein kann. So kurios die Tatsache auch ist, aber letztlich gehöre ich zu jener in schlechtem Deutsch entstandenen Literatur, die von der Ausrottung der europäischen Juden erzählt, die Sprache ist zufällig, und welche Sprache es auch ist, sie kann nie Muttersprache sein. Die Sprache, in der wir sprechen, lebt nur so lange, wie wir erzählen; wenn wir verstummen, geht auch die Sprache verloren, falls nicht eine der großen Sprachen sich ihrer erbarmt und sie quasi zu sich erhebt. Eine solche Sprache ist heute das Deutsche. Doch auch die deutsche Sprache ist nur zeitweilige Herberge, vorübergehender Unterschlupf für die Obdachlosen. – Es ist gut, das zu wissen, gut, sich mit diesem Wissen abzufinden, gut, zu denjenigen zu gehören, die nirgends dazugehören, es ist gut, sterblich zu sein.

Berlin. Ligeti. Unseld. Aimard. Hans Magnus Enzensberger. Seine Laudatio. Tiefe Ergriffenheit; zugleich Angst vor der Rührseligkeit des Alters, die bei jedem guten Wort in Tränen ausbricht; diese senile Eitelkeit ist eine große Gefahr, jetzt aber war ich wirklich eher über den Text gerührt als über mich selbst. Sollte tatsächlich etwas Originelles in meinen Arbeiten sein? Wenn ich arbeite, halte ich mich damit selbst hin, doch sobald ich nach dem Arbeitsrausch ernüchtere, glaube ich nicht mehr daran. – Ligeti; seine ergreifende Zerbrechlichkeit. Der Geist ist genial und robust, der Körper deprimierend hinfällig.

Dennoch hält ihn dieser Körper aufrecht, er muß mit diesem Körper zurechtkommen, wenn er leben will. Und siehe da, er beherrscht die sich widersetzende Physis. – Ansonsten: die Aufregungen der Stadt. Die «Potsdamer Platz»-Ausstellung, Kirchner, Munch, Dix etc., Untertitel: Preußens Untergang – überwältigende Bilder, so überwältigend wie dieser Untergang selbst. Die Komposition des Ganzen verlieh den ohnehin aufwühlenden Bildern einen seltsamen Nachdruck. – Übrigens hat Kirchner – und nicht nur er – das gemalt, was ich im *Spurensucher* beschrieben habe, und zwar im Kapitel «Stoßzeit». Die Großstadtapokalypse als die normale Sprache des deutschen Expressionismus.

Gestern bei E.; im Garten, die Gesichter im Schattenspiel von Pflanzen und Lampenlicht, alles wirkte in diesem Dämmerlicht schön, mild und unwiederbringlich, wie auf dem letzten Gemälde eines großen Malers. Die Gesichter waren schön, so als wären es nicht die gewohnten Gesichter ihrer Besitzer. Der Abschied verändert alles. Allein schon für solche Momente lohnt es sich, noch ein bißchen zu leben.

Meine Verblüffung, als ich am Abend die Pilinszky-CD auflegte und auf einmal seine so vertraute Stimme ertönte: Er sprach über Auschwitz und sagte fast Wort für Wort das, was ich kürzlich auch in meiner Dankesrede für den Orden Pour le mérite gesagt habe. Wir sprechen beide von der «nicht wiedergutzumachenden Realität», aus der vielleicht doch noch einmal Wiedergutmachung erwachsen könnte, in meinen Worten durch Katharsis,

Pilinszky zufolge durch die Dichtung, was das Gleiche ist. – Pilinszkys tiefer Katholizismus wird von der offiziellen katholischen Kirche nicht akzeptiert, so wie sie es auch ablehnt, Auschwitz zur Kenntnis zu nehmen. Doch wer Auschwitz religiös erlebt – und wie wäre es anders zu erleben? –, kommt anscheinend auf die gleichen Gedanken. Ich muß an die Worte des Pfarrers denken, letztes Jahr in Stralsund: Gott hat keine Religion.

Was heute als Demokratie betrieben wird, hat mit der res publica nicht viel gemein; ich würde es eher Demokratie des freien Marktes nennen. Bei etwas Selbstbeschränkung eine äußerst angenehme Lebensform, doch sie wird bald zu Ende sein, weil sie schamlos auf Zentralisierung, die Konzentration von Geld und Macht zuschreitet; dann wird es auch mit der Selbstbeschränkung und der Annehmlichkeit vorbei sein. Erwartet uns nicht ein diskreter Faschismus, mit viel biologistischer Garnierung, völligem Freiheitsentzug und einem relativen materiellen Wohlstand?

Seltsam: Hitler war eine ganz und gar unzeitgemäße Erscheinung (sein ganzes jämmerliches «Ideensystem» ist Produkt der Borniertheit des 19. Jahrhunderts), aber was er hervorgebracht hat: Auschwitz, ist dennoch der getreueste Ausdruck des Zeitgemäßen.

Von Boulez dirigiert, Stücke von Bartók im Kongreßzentrum. Im Verlauf des Konzerts wurde langsam ersichtlich, daß Bartók bis heute keine Wurzeln in der ungarischen Kultur geschlagen hat. Es wäre interessant, die Gründe dafür zu analysieren. Er nährt sich aus ungarischen Wurzeln und bleibt in Ungarn ein Fremder. Wahrhaftig lieben ihn hier nur die Juden. Eine Behauptung, für die es keine Beweise gibt: eine leichtfertige Behauptung. Ich will damit nur sagen, daß hier jeder heimatlos ist, der zeitgemäße Wahrheiten in einer zeitgemäßen Sprache anbietet. Dieses Land steckt so tief im Schlamassel, daß es sich nur noch von Lügen ein wenig Linderung für seine Leiden erhofft.

Der Autor «glaubte an den Sozialismus» (lese ich in einem Memoirenband): Was für eine Formulierung ist das? Meines Erachtens ist sie nicht zu interpretieren, wenn wir nicht von geistiger Faulheit oder zwanghaftem Denken sprechen wollen. In dem Fall wird sie analysierbar. Die Frage ist allerdings, ob es sich lohnt, das in dieser Form zu analysieren; vielleicht im Fall bestimmter Völker, vor allem der Deutschen, wo zwanghaftes Denken so heimisch ist, und auch begründet.

«Wenn ich glücklich bin, schreibe ich kein Tagebuch, diese schonungslose Analyse schadet dem Glück – aber heute habe ich nichts zu verlieren. Seit neun Stunden friere ich.» Stendhal, aus dem Tagebuch über den Rußlandfeldzug von 1812. Solche Zeilen lese ich verstohlen, während ich am Drehbuch schreibe. Wie als Junge, als ich unter der Bank «spickte».

Ich beute mich selbst aus. Täglich zehn, zwölf Stunden am Computer, plus die Nächte, wenn ich wach werde. Alles für eine Verfilmung des *Romans eines Schicksallosen*, mit der ich letztlich gar nichts zu tun habe. Es wird so vieles danebengehen, so viele Kompromisse geben, mehr als ich vorhersehen kann, alles wird so falsch, so fremd werden, daß mir schon jetzt graut. Auf die endgültige Filmfassung habe ich etwa so viel Einfluß wie der kleinste Statist. Und dennoch, irgend etwas treibt mich, das zu machen, sinnloserweise, als schlecht bezahlter Drehbuch-Lohnarbeiter.

Er habe «ein Vertrauensverhältnis zu ihr», sagte jemand. Den Ausdruck verstehe ich einfach nicht. Wie kann man zu jemand ein «Vertrauensverhältnis» haben? Mich hat noch niemals jemand verstanden. Alles, was ich geschaffen habe, habe ich nicht nur «trotz allem», sondern auch trotz allen geschaffen. Ich habe stets gearbeitet, als würde ich ein Attentat begehen, und Schuldgefühle wegen meiner Arbeit hat bei mir stets genau der Mensch erweckt, zu dem ich ein sogenanntes «Vertrauensverhältnis» hatte. Das ist auch heute nicht anders; obwohl ich angeblich ein «berühmter Mann» bin und mein Geld auf akzeptable Weise verdiene, kann ich nicht ohne das Bewußtsein arbeiten, daß ich «meinen menschlichen Verpflichtungen nicht genüge» – doch welche menschlichen Verpflichtungen sollte ich denn haben außer der, daß ich das zuwege bringe, was ich als meine eigene Pflicht empfinde: mit meinen Werken Dank zu sagen für die mir von Gott gegebenen Fähigkeiten. – Aber das sind Klagen eines schwachen Menschen. Ich fürchte, man liebt die sogenannten guten Menschen nur deshalb, weil sie schwache Menschen sind. Was aber das Verstehen angeht: zwischen Mensch und Mensch gibt es so etwas nicht, und kann es auch nicht geben. – Und die Liebe? Sie wäre möglich, doch es gibt sie nicht …

Lektüre während der Reise (nur noch auf Reisen komme ich zum Lesen, wie ein Börsenmakler oder Manager – diesmal Italien, der sog. Flaiano-Preis). Tatsache ist, daß nichts mich so interessiert wie Exilliteratur und Exilschriftsteller. Noch mehr, wenn es Osteuropäer, Repräsentanten einer untergehenden oder schon untergegangenen Kultur sind, und am meisten, wenn es Juden sind, die gar nichts repräsentieren. Diesmal handelt es sich um Miłosz; sein Briefdialog mit Venclova ist wahrhaft erschütternd. Die baltischen Staaten – noch schlimmer als Ungarn. Überall ergibt sich das Gleiche: Einer geht und nimmt die heimische (baltische, polnische oder ungarische) Kultur mit, die unterdessen von den daheim Gebliebenen zerstört wird. Im allgemeinen pflegen sie die sogenannte Geschichte dafür verantwortlich zu machen, so als sei das eine Art göttliche Gewalt, eine dem Menschen fremde, ihn verschlingende Macht; dabei wissen sie wohl, daß die Zeit abgelaufen ist. Und sie ist nicht deshalb abgelaufen, weil andere kamen, sie pflegt vielmehr deshalb abzulaufen, weil sie selbst sie nicht zu nutzen verstanden. Heute ist nichts mehr von der Kultur dieser östlichen Völker geblieben, an ihre Stelle ist ein erbärmlicher Nationalismus getreten. Wie eine Schutzreaktion des Organismus (sagen wir, hohes Fieber), die dann, ihre ursprüngliche Funktion vergessend, den Menschen tötet. Doch seltsam, daß sowohl aus den Worten Miłosz' wie Venclovas, diesen beiden großartigen und weltläufigen osteuropäischen Geistern, hervorgeht, daß der Kulminationspunkt des ethischen Lebens (der Kultur bzw. des kulturellen Schaffens) dieser an den östlichen Rändern lebenden Völker das Verhältnis zum Judentum ist. Das Eingeständnis des Mordes und das Ermessen des Verlustes sind der Anfang eines jeden höher qualifizierten Lebens, auch der Nationen.

Vencel ist geboren, ein durchaus aufzeichnungswürdiges Ereignis. Nachdem ich nie Vater gewesen bin (und es nie bereut habe), bin ich plötzlich durch den Sohn meiner Frau Großvater geworden, Stiefgroßvater. Eine Erfahrung, die mich außerordentlich interessieren könnte, auf die ich aber aufgrund meines Alters verzichten muß. Wenn das Kind zehn Jahre alt sein wird, werde ich – wenn überhaupt noch da – 82 Jahre alt sein. Welche Art von Beziehung kann sich zwischen einem Greis und einem kleinen Jungen entwickeln, wenn sie nicht existentiell aufeinander angewiesen sind (was wirkliche Nähe schüfe)? Ich werde ihm Spielsachen kaufen und mit ihm spazierengehen: Später werde ich, und noch später wird vielleicht auch er bedauern, daß wir uns nicht näher kennenlernen, uns nicht zu einer Zeit miteinander unterhalten konnten, in der ein junger Mensch die Erfahrungen eines fernen und auf märchenhafte Weise doch vertrauten alten Menschen wirklich braucht. Traurig.

Ich bin nicht ganz unempfänglich für die absurden Reize des Drehbuchs. Ich phantasiere Bilder auf die Leinwand, und diese Bilder sind Bilder meiner geheimsten Leiden. Lösche ich mich mit der Veröffentlichung dieser Bilder aus? Oder erwecken mich diese Bilder zum Leben? Da *ich* ja immer weniger *bin*. In mir verkörpert sich nur der sonderbare Drang, der zu ständiger Mitteilung zwingt – aber wen zwingt er? Über wen schreibe ich? Über wen spreche ich? – Ein merkwürdiger Daseinszustand.

Am Telefon mit Földényi noch einmal die oben berührte Problematik. Es ging um die «atonale Kunst» nach Auschwitz. Was dann mit dem Subjekt ist. Ob es existiert. Als Person existiert es meines Erachtens nicht. Es besteht aus Automatismen, dem Drang – also dem Willen – zu überleben und aus Sprachbrocken. Aber die Kohärenz, ein alles zusammenhaltender existentieller Kern, von dem die Geschehnisse ausgehen und ihren Lauf nehmen, sowie ein zusammenfassendes, sich in Ethik, Erkenntnis und objektive Erfahrung verzweigendes logisches Zentrum fehlen.

Interessant, wie gern der konservative, der veraltete künstlerische Stil im Gewand irgendeines Modernismus auftritt (z. B. die sogenannte «postmoderne Literatur»).

Die Katastrophe kündigt sich zweifellos erstmals bei Beethoven an. Die aus den Tiefen der Gebrochenheit aufsteigenden langsamen Sätze … Doch die Finales streben noch nach einem Gleichgewicht; die letzten Streichquartette und das op. 106 finden dann zur Fuge, und darin liegt, trotz der anscheinend letzten mathematischen Weisheit, etwas Verzweifeltes. – Nebenbei würde ich bei Bartók, wenn es überhaupt einen Einwand gibt, den falschen Optimismus seiner Tanzsätze bemängeln.

Aber worin besteht die Katastrophe? Tatsächlich im Newtonschen Weltbild, wie Miłosz meint? Die Geschichte, daran besteht kein Zweifel, findet für nichts eine Erklärung. Solche apokalyptischen Versuche wie Auschwitz oder den Gulag mit ökonomischen Ursachen oder rückständigen gesellschaftlichen Strukturen zu erklären, ist in der Tat fast lächerlich. Genauso unersprießlich sind Psychologie, Soziologie und jedwede Gesellschaftswissenschaft. Wie soll man die apokalyptischen Taten, Verhaltensweisen, Entartungen von hoch entwickelten Gesellschaften dann erklären? Und wie die Feigheit Westeuropas? Die Politik kann für alles als unmittelbare Begründung dienen. Aber was treibt die Politik an? Letzten Endes sind die großen Visionen, wie die eines Spengler oder meinetwegen auch der Bibel, noch die ehrenwertesten Versuche. Die träumerischen Weltordnungen der großen Mystiker, die geheimnisvollen Tiefenwelten der alten Mythen – darin liegt etwas vom Verhängnis des Menschen verborgen; im Vergleich dazu ist die wissenschaftliche Sichtweise, trotz ihres Apparats, ihres Wissens, ihrer Erfolge, von kindlicher Naivität.

Oder sollte man die Katastrophe als etwas «natürlich» Wiederkehrendes begreifen? Zum Beispiel die Katastrophe des Mongoleneinfalls im 13. Jahrhundert. Für die Mongolen war es ja keine Katastrophe. Wir hingegen kennen diesen Einfall als Katastrophe, denn die Geschichte wird nicht von den die Katastrophen verursachenden, sondern den von ihnen betroffenen Völkern geschrieben. Was schreiben die Mongolen über ihren Einfall im 13. Jahrhundert? Wir wissen es nicht. Vielleicht war er für sie irgendein Anfang, der Anfang eines Triumphes, einer kulturellen Entwicklung – oder hätte ein solcher sein können, wäre er nicht durch den Tod des großen Khans zum Abbruch gekommen. Ist der Mongoleneinfall also eine Katastrophe oder nicht? Für den einen ja, für den anderen nein. Eine schreckliche Wahrheit, weil man die Katastrophe schließlich als das sehen muß, was sie ist: eine Katastrophe. Halten wir also fest, daß wir nur dort von einer

Katastrophe sprechen können, wo wir uns über den Begriff Katastrophe, die kulturelle Bedeutung und Bedeutsamkeit des Wortes im klaren sind. Der Zusammenbruch der europäischen Kultur ist eine Katastrophe – wenn freilich keine kosmische Katastrophe; vielleicht noch nicht einmal eine europäische.

Ist er für dich eine Katastrophe? Ja. Dann schreib darüber so. Mit allen Konsequenzen.

Ich will keine Lösung, ich will das zwischen mir und der Welt klaffende Massengrab nicht zuschütten.

Bei brütender Hitze wurde der arme M.M. zu Grabe getragen; die professionellen Grabredner erfüllten gleich Henkern ihre schreckliche Pflicht. Ich konnte nicht umhin, die gelblichen, von Schwielen geplagten Fersen zu bemerken, die unter dem langen Ornat der reformierten Pastorin offen hervorlugten. In ihrer Trauerrede sagte sie so etwas wie, der Tod sei die «endgültige Trennung» vom Leben, vom Lebendigen. Das erstaunte mich; sollte es bei den Reformierten keine Auferstehung geben? Haben sie einen anderen Christus als die anderen, oder ist die geistliche Dame eine radikal gesinnte Klerikerin? Der trauervolle Ton der Grabreden und die obligatorischen Trauermienen sind die schlimmsten Hindernisse, um des Toten wirklich zu gedenken. Statt dessen tauchte vor meinen Augen das klare, schöne Gesicht von Magda auf, wenn man mich einmal begraben wird; ich brach fast in Tränen aus, so leid tat sie mir, denn ich weiß, mein Tod wird für sie ein großer Schmerz sein, und mit diesem Schmerz wird sie allein sein. Mein analytischer Verstand fragte sofort, ob es sich nicht in Wirklichkeit um Selbstmitleid handelt. Ich hätte reinsten Gewissens verneinen können, so sehr fühlte ich die Trauer meiner Frau; doch es kann natürlich auch eine Art geistiger Voyeurismus gewesen sein.

Der Salzburger *Don Giovanni*. Warum nenne ich die Zeit, die Epoche, in der wir leben, nicht beim Namen? Wir leben in der Epoche der Salzburger Festspiele.

Der Sentimentalismus des Überlebens und der sexuelle und philosophische Liberalismus der Nachkriegszeit gehen zu Ende: Es folgt wieder eine männlichere Epoche, brutaler Konformismus, vielleicht Krieg. Jedenfalls faschistisch (oder wie sollte man es nennen). Einem liberalen Ästheten zufolge (Süddeutsche Zeitung), der sich für einen bedeutenden Publizisten hält, ist nicht nur das Ende jeder Ernsthaftigkeit gekommen, sondern wird diese Ernsthaftigkeit heute nur noch von wichtigtuerischen osteuropäischen Künstlern in schlecht sitzenden Anzügen vertreten, die mit ihrem Unglück nichts anzufangen wissen. Zumindest nichts anderes, als die Welt mit der eigenen Verdrossenheit zu drangsalieren. Demnach ist die westliche Welt schon jenseits von Gut und Böse und will sich nur noch amüsieren? Aber worüber? Und zu welchem Ende? Schließlich ist nichts langweiliger als gute Unterhaltung.

Das Drehbuch zum *Roman eines Schicksallosen* abgeschlossen, und die Melodie, die immer wieder irritierend durch diese Arbeit dudelte, wird nun stärker. Eigentlich ist es eine Frage, und die lautet: Was zum Teufel hat mich zu dieser Arbeit verleitet? Es lassen sich da gewisse praktische Dinge anführen, das Geld (auf das vorläufig keinerlei

Aussicht besteht) und daß es kein anderer hätte machen können usw., doch wir müssen uns darüber im klaren sein, daß das nicht die Wahrheit ist. Außerdem besteht bei mir noch eine gewisse Professionalität, ich liebe es zu arbeiten, etwas zu «machen», wie früher, als ich viel übersetzte. Aber auch darum handelt es sich hier nicht – nicht um die möglichst perfekte Erledigung einer «Aufgabe». Ich habe ganz einfach eine primitivere, sentimentalere Variante des Romans hergestellt: als schriebe ich, viel direkter als im Roman, über mich selbst. Aber was hat mich dazu gebracht? Wahrscheinlich die stärkere Plastizität der Bilder und lebenden Darsteller, die auf bestechende Weise *Leichtigkeit* ermöglichte. Die Frage ist letzten Endes, ob ich nicht Verrat begangen habe. Persönlich, meine ich, die Öffentlichkeit außer acht gelassen, sicher nicht. Öffentlich aber habe ich gezeigt, wie leicht eine Variation ist und wie wenig notwendig eine notwendig erscheinende und als notwendig postulierte Form. Alles ist möglich – und das ist wie das «Postmoderne», das ich so verabscheue.

Heute hat man bei Magda eine Drüsenveränderung in der Achselhöhle festgestellt. Zum Sterben wäre es für uns beide noch zu früh. Aber etwas sagt mir, daß wir uns bald entscheiden müssen. Eigentlich bin ich bereit für den Tod, ich würde es nur bedauern, meine Arbeit unvollendet zurückzulassen. Andererseits, diese Bedenkenlosigkeit, mit der ich über den Tod rede ... ist das ernst oder nicht? Ich glaube, einerseits ernster und andererseits weniger ernst, als man denkt. Das Leiden – allein das Leiden ist ernst. Ich fürchte mich vor dem Leiden Magdas, und ich kann ihr Leid nur lindern, wenn ich mit ihr leide, und so wird es doppeltes Leid sein, für sie wie auch für mich. Für jemand, der nicht liebt, ist es einfacher.

Die schrecklichen Tatsachen durch schreckliche Tatsachen bestätigt. Bei Magda wurden Metastasen in den Lymphdrüsen gefunden. Ihr, und natürlich auch mir, stehen furchtbare Dinge bevor. Wir haben jedoch beschlossen, sie durchzustehen. Es gibt eine Grenze, ab der es nicht mehr lohnt weiterzumachen; doch da sind wir noch nicht. M. sagt, sie könne es noch nicht begreifen; aber es gibt hier nichts zu begreifen. Ich muß an mein Gespräch mit dem Tumorspezialisten denken. Mit leuchtenden Augen erklärte mir dieser Biologe die Funktionsweise der Zellen im menschlichen Organismus. Diese Zellen existieren und agieren in uns ganz autonom, nach ihren eigenen Gesetzen oder – wenn man so will – ihren eigenen Launen. Sie verbinden und teilen sich, initiieren oder durchlaufen Mutationen undsoweiter. Als ich bemerkte, das sei doch schrecklich, sah der Biologe mich erstaunt an. Warum? fragte er. Eine Krankheit habe nichts mit dem Begriff zu tun, den wir uns davon machten – letzten Endes habe sie auch nichts mit uns zu tun, sie töte uns höchstens. Nach seiner Erklärung hat sie nichts mit unserer Moral zu tun, nichts mit unseren Handlunge und nichts mit unseren Tugenden oder Lastern. Die Zellen beherrschen uns blind und auf absurde Weise. Wir sollten das Leben deshalb nicht so ernst nehmen. Unserem Leben keine größere Bedeutung zumessen, als es wirklich hat. In Wahrheit ist ein Menschenleben demnach mit Null identisch. Ein Exemplar der Spezies – nicht der Rede wert. Nur uns bereitet dieses Menschenleben Schmerz, entweder weil wir es lieben oder weil es zufällig unser eigenes ist.

Ich muß ganz ernsthaft analysieren, wie sehr ich am Leben hänge – besonders in Anbetracht des bevorstehenden Alters und Verfalls, des physischen Elends, das den Menschen zutiefst demütigt und ihm jede Eigenständigkeit, jeden Rest von Würde nimmt.

Mir ist bewußt, daß mit dem gestrigen Tag der schönere Teil meines Lebens zu Ende gegangen ist. Woraus bestand dieser schönere Teil, wenn ich vom Schöpferischen – dem Schönsten – absehe? Wir werden nie mehr mit dem Auto durch die Provence fahren, nie mehr sorglos und frei sein. Auf Körper und Seele die Spuren von Operationen und der rasenden Todeslust unserer physischen Existenz; das Vertrauen, das wir ins Leben setzten, von Grund auf erschüttert. Uns droht der Schrecken körperlichen Verfalls, wir werden häßlicher, schwächer, wir gleiten aus der Welt. Mich ergreift Selbstmitleid, wenn ich daran denke, daß ich den größten Teil meines Lebens in der nichtswürdigen Diktatur eines charakterlosen, provinziellen Landes verbracht habe, während in der besseren Hälfte Europas das süße Leben blühte, vierzig glückliche, von Verantwortung freie Jahre in Glanz und Wohlstand, mit all dessen einzigartigen Möglichkeiten. Jetzt, nachdem die Russen Osteuropa der besseren Hälfte hinterlassen haben, haben die Probleme auch dort angefangen. Das heißt die politische Verantwortung, die man vierzig Jahre lang – im wesentlichen – niemandem schuldig war. Wer diese vierzig Jahre Westeuropas miterlebt hat, konnte etwas Neues erleben, an dem aber doch noch etwas vom Duft des Ancien régime haftete, von dessen Stabilität, dessen Kultur, dessen Europäertum.

In den westeuropäischen Ländern besagt ein Gesellschaftsvertrag, daß die Behörden beaufsichtigt werden und die Menschen nicht willkürlich drangsalieren können. Die Bevölkerung ist vor einem Straf- und Internierungslager-System geschützt; eine Diktatur kann, wenn überhaupt, nur auf ungesetzlichem Wege zustande kommen und müßte bis zum Schluß mit ihrer Illegalität rechnen und damit, später zur Verantwortung gezogen zu werden. Das alles ist das Ergebnis geschichtlicher Prozesse und gesellschaftlicher Aktivitäten. – In Mittel- und Osteuropa dagegen ist die Demokratie über die Köpfe der Bevölkerung hinweg proklamiert worden, und die politischen Prozesse der letzten zehn Jahre zeigen, daß sie jederzeit zurücknehmbar ist. In diesen Ländern hat sich die Demokratie noch nicht als Existenzbedingung erwiesen; in diesen Gesellschaften hat sich noch kein spürbarer Schutzinstinkt gegen Willkür entwickelt. Im Gegenteil, es haben sich eher jene Instinkte entwickelt, die der Überlistung durch eine Willkürherrschaft dienlich sind, dem Fortbestand und Überleben autoritärer Macht. Und was ein derartiger Unterschied bedeutet, fürchten weder die einen, noch wissen es die anderen, weder die im Westen noch die im Osten, und das Schlimmste dabei ist, daß sie manchmal meinen, dennoch die gleiche Sprache zu sprechen.

Jede menschliche Beziehung ist Illusion. Die Familie: Erbschaft, Vermögensfragen. Die Freundschaft: lauwarme Worte, Unvermögen, Untätigkeit. Mitunter ein wenig

Schadenfreude. Die Liebe: verfliegt spurlos innerhalb eines Augenblicks. Und irgend etwas gibt es trotzdem, trotz allem erblüht manchmal eine Tat. Immer jedoch unerwartet und meistens nicht da, wo wir sie erwarten, und nicht von seiten derer, in die wir unser ganzes Vertrauen gesetzt haben.

New York ist zusammengebrochen und die ganze bisherige Weltordnung.

Der Mensch erwacht plötzlich in einem Schlafzimmer und weiß nicht, wie er in sein Leben zurückfinden soll. Zufall, Lüsternheit und die Laune des Augenblicks bestimmen unser absurdes Dasein.

Inzwischen ist nicht mehr daran zu zweifeln, daß Westeuropa die glückliche Periode zwischen 1949 und 1989 nicht für sein Glück genutzt hat. Es scheint, nicht nur die Menschen, sondern auch die Gesellschaften sind nicht für das Glück, sondern für den Kampf geboren. Das gesetzte Ziel ist immer das Glück, aber das ist stets nur ein lockendes Bild. Wir wissen immer noch nicht, wie das Leben des Einzelnen mit den Zielen der Gesellschaft in Einklang gebracht werden soll, von denen wir kaum etwas wissen. Immer noch wissen wir nicht, was uns treibt und warum wir – eigentlich – leben, über die vegetativen Automatismen hinaus. In Wahrheit herrscht immer noch keine Klarheit darüber, ob *wir* existieren oder nur die leibliche Gestalt der in uns tätigen Zellmassen sind – ein Sinnbild, das so tut – so zu tun gezwungen ist –, als sei es eine autonome Realität.

Begreifst du immer noch nicht, daß es zu Ende ist? Dein Leben wird keine Qualität mehr haben, deine Freiheit schwindet dahin, und du wirst kein Recht haben, dagegen aufzubegehren. Heute kannst du noch aus dem Fenster springen. Warum tust du es nicht? Weil du feige bist und falsche Hoffnungen nährst.

Frag nicht, ob du *dieses* Ende verdient hast. Frag dich, warum du es abgewartet hast, warum du ihm nicht zuvorgekommen bist. Frag, warum du dich nicht einem Moment des Wahnsinns hingibst, der dich fortreißt von hier.

Die Antwort auf das alles heißt: Weil es mir leid täte, einen Schriftsteller zu töten, der sich noch mit Plänen zu einem Werk trägt. – Ist diese Antwort ehrlich? Ich glaube, alles in allem ist sie das. Ehrlich. Solange ein Werk da ist, ist auch ein Unterschlupf da. Aber man verkommt, wenn man sich verkriecht. Versprich, nicht länger zu zögern, wenn dein Werk fertig ist. Aber planst du deine Werke nicht deshalb, um Aufschub zu erlangen? Wer sieht auf mich in dieser finsteren Nacht? Ich sehe mich selbst nicht …

Ist es möglich weiterzumachen? Man muß ja weitermachen, weil es *weitergeht*. Endlich bin ich mit allem fertig und zum Roman zurückgekehrt. Die Fremdheit der ersten Lektüre ist unwiederholbar. Sie hinterließ einen starken Eindruck bei mir: Eine undurchschaubare Stoffmenge steuert mit eisiger Sicherheit auf das Verhängnis zu. Man weiß nicht, was für ein Stoff, man weiß nicht, was für ein Verhängnis. Im Stil erinnert es ein wenig an den Noveau roman, insofern bedenklich. Aber vielleicht nicht auffallend. – Schwere, fürchterliche Tage, wegen M.s Krankheit und der Veränderungen, die sich in der Welt vollziehen. Aber sind es wirklich Veränderungen, oder offenbart sich nur etwas, das schon immer da war? Auschwitz setzt sich fort, überall, in allem. New York = Auschwitz. Wer sähe das nicht? Am Abend die Dame aus Amerika. Sie erzählt, daß alle Israel und die Juden beschuldigen. Warum gelingt es nicht, dieses Volk auszurotten? Und wenn es einmal gelingen sollte, zu welchen Taten führt die Enttäuschung, daß die Befreiung von den Juden schließlich überhaupt keine Erleichterung bringt? Was für eine Illusion ist eine glückliche und ausgeglichene Weltordnung! Es scheint, die Menschen sind eine Gattung von Pechvögeln. Was sie auch Gutes beginnen, es endet stets schlecht. So könnte man die sogenannte Geschichte kurz zusammenfassen.

Der Naturfilm gestern abend im Fernsehen. Auf den Galapagos-Inseln hat sich eine blutsaugende Finkenart entwickelt. Man sah, wie einer dieser Finken in der Trokkenzeit auf die Beine eines verletzten Vogels flog – irgendeines enten- oder gänseartigen Schwimmvogels – und begann, ihm das Blut auszusaugen. Im Sinne des genialen Darwin ist eine Art entstanden, die vom Blut dieser größeren Vögel lebt. Sie fügen dem Vogel eine Wunde zu, fliegen dann auf die Wunde, wühlen sie mit dem Schnabel weiter auf und dringen in das Fleisch des Vogels ein. Man sah, wie die Finken einen hinten, in der Gegend des Legeganges, verletzten Vogel malträtierten; ein anderer großer Vogel beobachtete die Entwicklung gleichgültig, er dachte überhaupt nicht daran, einzugreifen und seinem vom Unglück betroffenen «Vetter», seinem «Vogelkameraden» zu helfen; die Idee der Solidarität hat der Schöpfer dem Tier nicht eingepflanzt. Mehr noch, auch die natürliche Wahrnehmung eines Eigeninteresses nicht. Die großen Vögel, die die blutsaugenden Finken leicht vernichten könnten, erdulden ihre Schicksalsprüfungen stumm. Zwischendurch war die Nahaufnahme eines Finken mit blutverschmiertem Schnabel zu sehen, wie er gesättigt, aber noch immer blutrünstig und in Rage, mit böse zusammengekniffenen Augen schnaufte: Er ähnelte István Csurka. Interessant ist, daß man den großen Raubtieren ihre räuberische Natur ansieht: Visagen so übel wie Straßenräuber. Aber daß sich ein verspielter kleiner Vogel auf einmal eine Raubmördervisage zulegt, ist lehrreich. Wenn ich der Funktionsweise der Natur ansichtig werde, wird mir immer wieder übel. Wo ist die Weisheit des Schöpfers? Er waltet doch eher aufgrund von Auschwitzprinzipien. Er vermehrt zwar die Arten, aber um den Preis des Mordens; die Bedeutung des Gebotes zur Arterhaltung ist nicht zu begreifen. Wozu? Der Mensch hat sich ein moralisches Wesen, ja, das moralische Wesen schlechthin aus Gott geschnitzt, aber Gott ist alles andere als moralisch. Von diesem Prinzip hat sich auch nicht ein einziger Funke bei ihm verirrt. Er schaut heiter zu, wie seine Geschöpfe einander verschlingen und dabei erbarmungslos quälen. Weder bei Gott noch bei seinen Geschöpfen gibt es Erbarmen. Des Lebens Grundprinzip ist das Böse. Und der Mensch tröstet sich damit, daß ihm als Belohnung für die Arterhaltung ein ewiges Leben zuteil wird.

Das Leben ist ein Irrtum, den auch der Tod nicht korrigiert. Leben und Tod: ein einziger Irrtum.

Dieses Notat mag als Produkt einer depressiven Stimmung erscheinen, was auch der Fall ist. Aber das erschüttert mitnichten seine generelle Wahrheit. Das Leben ist ein Irrtum, weil der Mensch seine Existenz auf moralische Prinzipien gründet, obwohl das Funktionsprinzip und die Praxis des Lebens, der Existenz, amoralisch sind. Dabei ist der Mensch weder im gesellschaftlichen noch im persönlichen Leben imstande, sich an die von ihm selbst festgesetzten moralischen Prinzipien zu halten. Der Mensch errichtet sein Leben auf der Lüge, weil er nicht anders kann. Der Tod macht zwar der Lüge ein Ende, setzt jedoch nicht die Wahrheit an ihre Stelle, er dient höchstens zum bestürzten Erkennen der Lüge.

Folglich bin ich selbst zwar Rationalist, doch da das Leben rational nicht erklärbar ist, lasse ich jeder Art Mystik breiten Raum.

Der jüdische Schriftsteller ist immer «außen vor»: Man müßte bessere Worte finden für «Opfer» oder «Opfersituation» – der Jude, wenn er anständig ist, ist immer außerhalb des Besitztums. Darum geht es, um die Situation der Besitzlosigkeit. Wer ein Besitzloser ist, wie ich, kann keine sogenannte Literatur schreiben. Literatur schreiben die Polizisten, die Ordnungshüter. Was schreibt der Jude? Der Jude schreibt die Bibel, das Buch der Besitzlosen, solange nicht auch die Bibel «amtlich» wird, das heißt das Buch der Ordnungshüter.

Die Nazis mußte man überleben. In der Zeit des Bolschewismus war keinerlei Hoffnung auf Überleben; das System sah nicht so aus, als sei es am Ende. Aber ich habe seine Existenz nie akzeptiert. Ich habe mich nicht in seine Gedankenwelt eingefügt, nicht seine Sprache gesprochen, mich nicht in dem eingerichtet, was man normales Leben nennt: Ich habe keine Familie gegründet, mir keine sogenannte Existenzgrundlage geschaffen, die dieser Realität entsprach. Jetzt lebe ich zum ersten Mal in einer Welt, die als wirklich, als echt zu bezeichnen ist. Auch sie ist absurd, aber wenigstens ist auch die Absurdität wirklich.

Heute plagte man mich den halben Vormittag damit, daß ich den Nobelpreis bekommen würde. Ich habe dem Verlag gleich gesagt, das ist ein Preis, den immer andere kriegen. Schließlich stellte sich heraus, daß ihn der britische Autor Naipaul erhalten hat (den ich übrigens aus Berlin kenne). Währenddessen konnte ich an mir beobachten, daß ich die ganze Sache als eine Belästigung empfand; ich war ausgesprochen erleichtert, als ich erfuhr, daß diese Glückskatastrophe nicht über mich hereingebrochen ist. Nebenbei gesagt könnte ich das Geld gut gebrauchen, doch andererseits verdiene ich, was ich brauche, und es erscheint mir irgendwie ehrenhafter, nicht im Überfluß zu leben und um sein Auskommen kämpfen zu müssen. – Und dennoch: die ganze Sache hinterließ bei mir einen Nachgeschmack, als sei ich ein Rennpferd, das mit einem Handicap einläuft. Widerlich, daß man sich schließlich doch verrückt machen läßt. Ich sagte zu Marci, ich schreibe über Auschwitz, aber man hat mich nicht dafür nach Auschwitz gebracht, daß ich den Nobelpreis bekomme, sondern damit ich umgebracht werde. Alles, was mir über das hinaus geschehen ist, ist Anekdote. Daß ich den Nobelpreis nicht erhalten habe, ist genauso absurd, wie wenn ich ihn bekommen hätte.

Ein mörderischer Herbst. Die Sonne brennt. Die Welt verfällt in Agonie. Gestern unter den Menschen in der Straßenbahn das entschiedene Gefühl, nicht unter Menschen zu sein. Dann fiel mir ein, daß man doch gerade diese Menschen als den «neuen Menschen» bezeichnen könnte, eine noch nicht dagewesene Art. Unglaubliche Brutalität. Feigheit. Herdenhafte Dumpfheit. Bösartigkeit gegenüber dem Individuellen. Immer bereite Mordlust, die sofort auf das erste Zeichen von Schwäche reagiert. Eine gewöhnliche Pogromszene, die mir oft zu denken gab: Sie beschimpfen dich, gehen auf dich los, fallen wirklich aber erst dann über dich her, wenn du zu Boden gehst. Diese ekelhafte Tatsache habe ich nicht gewagt, in ihrer ganzen Wahrheit zu erfassen. Ich dachte, es sei doch ein menschlicher Instinkt, daß, wenn jemand zu Boden geht, der *Mensch* zurückschreckt (womöglich aufhilft). Es steht ganz außer Frage, daß die Welt zugrunde gehen muß. Aber das ist nur ein moralisches Gebot. Die Wahrheit ist, die Welt ist auf ein animalisches Niveau gesunken, und ihr Niedergang ist unaufhaltsam.

Auschwitz hat stattgefunden, und daß es stattgefunden hat (stattfinden konnte), kann als Faktum nicht zurückgenommen werden. Darin liegt seine große Bedeutung. Alles was stattgefunden hat, beeinflußt alles, was noch stattfinden kann. Es läßt sich nicht ausradieren aus der Zeit, nicht ausradieren aus jenem Prozeß, den man in Ermangelung eines besseren Wortes Schicksal zu nennen pflegt. Und daran ist nichts zu ändern.

Das Tagebuch dient nur insoweit dazu, *mich selbst* darzustellen, wie dieses unbestimmte und konturlose Wesen – *ich selbst* – das in der Welt herrschende Chaos widerspiegelt. Bezeichnend für dieses Chaos, das von Tätigkeit wimmelt, ist gerade, daß es ein Hindernis für Tätigkeit ist. Eine zerstörerische Welt der Lüge also, und alles Tun darin verlogen und zerstörerisch. Überdies auch nicht mehr interessant.

Ich kann die herzergreifende Geste dieses sterbenden Vogels nicht vergessen. Auf den Galapagos-Inseln wurde auf den Spuren Darwins gefilmt, wie zwei junge Vögel aus dem Ei schlüpfen und anfangen, aus dem Schnabel der Mutter zu fressen. Das stärkere Junge beginnt sofort, den schwächeren Bruder zu attackieren. Es quält ihn solange, bis es ihn aus dem Nest gedrängt und das Futter für sich allein hat, das ihm die Mutter mit ihrem elenden Schnabel vorgekaut in den Schlund schiebt. Dieweil sein aus dem Nest gestürzter, noch federloser Bruder verloren in der mörderischen Sonne liegt, umgeben von Gottes blutrünstigen Geschöpfen, die das sterbende Tier bereits erspäht haben und sich anschicken, es zu verschlingen. Da hebt der Vogel noch einmal den Kopf und läßt ihn dann in den Staub zurückfallen. Wäre ich Gott, hätte dieser Anblick mich sicher dazu gebracht, das totale Scheitern der Schöpfung einzugestehen. Weder Goethe noch Stendhal noch Churchill – niemand ist ein hinlänglicher Trost für diesen Tod. Und dabei haben wir noch nicht von Auschwitz, nicht von den Milzbrand erzeugenden menschlichen Ungeheuern gesprochen.

In der Nacht, einer verzweifelten, schwarzen Nacht, versuchte ich, *Rot und Schwarz* zu lesen. Wiewohl es alle Zeichen eines großen Schriftstellers trägt und trotz seines Geistreichtums und seiner Radikalität ist es weitschweifig und langweilig. Ich weiß nicht, wo das Leben aus ihm entwichen ist. Aber ich kann mich auch irren. Julien und der Vater sind meisterlich. Vielleicht sind es die gesellschaftlichen Verhältnisse und die psychologischen Darstellungen, genauer gesagt Seelendarstellungen, die den Roman des 19. Jahrhunderts verdorben haben. Ich gab ungeduldig auf.

Im Zimmer höre ich die Atemzüge meiner Frau: Sie schläft also. Ihre entsetzlichen Qualen. Der Weg ins Dunkel, auf den wir uns begeben mußten. Aus tiefstem Herzen wünsche ich meinen Untergang. Ich weiß nicht, wozu ich dieses lange Leben herunterbeten mußte, wo man mich doch rechtzeitig hätte umbringen können, als ich den Ehrgeiz und die Vergeblichkeit des Kampfes noch nicht kannte. Nichts hatte irgendeinen Sinn; nichts habe ich zustande zu bringen vermocht; das einzige Resultat meines Lebens ist, daß ich die Fremdheit kennenlernen durfte, die mich vom Leben trennt. Ich war schon zu Lebzeiten tot. Jetzt, da die Existenzform zu Ende geht, mit der ich mich unter dem Schein des Schöpfertums selbst betrogen habe, gibt es tatsächlich nichts, weswegen ich noch leben sollte. Ich muß warten, was mit M. wird, bei ihr bleiben, solange sie mich braucht, sie pflegen, solange ich kann, und dann schnell … Man muß nicht unbedingt einen Revolver kaufen, und man muß auch kein Morphium besorgen. Man kann auch aus dem Fenster springen. Das ist noch am billigsten.

Das Leben, das ich heutzutage führe, ist düster und widerwärtig. Eine Wiederkehr des immer Gleichen (zum Glück keine ewige Wiederkehr, weil das einzelne Dasein endlich ist). Es hat etwas von einer metaphysischen Farce, wie sich Charaktere und Ereignisse wiederholen, beziehungsweise ineinander verschwimmen. Die starre Struktur meines Lebens (Schicksals?): Es kann nichts anderes geschehen, als das, was geschieht, als das, was mir – wenn ich so sagen darf – zugemessen ist. Mein restliches Leben ist ein Warten auf das Ende der Geschichte (den Tod), hin und wieder unterbrochen von den etwas kurzweiligeren Momenten meines vergeblichen Kampfes mit dem Roman. Keine Freude mehr, keine Überraschungen, keine höhere Entspannung, nur das Herumwandern in den diversen grauen Vorzimmern des Todes …

Im übrigen habe ich mein ganzes Elend schon immer als natürliche Strafe für meine Geburt aufgefaßt. – Ich muß mich stets, in allen Dingen, vom Gedanken der Liquidation leiten lassen. Es gibt nichts mehr, was ich bewahren müßte. Jetzt begreife ich die Leichtigkeit, mit der ich mich vor kurzem vom papiernen Material meines ganzen Lebens befreit habe (indem ich alle meine Manuskripte den F.s zur Aufbewahrung übergab, was eine Lüge war, denn ich will ja gar nichts bewahren).

Beiläufig hier ein Brieftext, der als Entwurf zwischen meinen Dokumenten steckte:

«Lieber Gábor,

ich bin Dir einen Artikel schuldig, statt dessen mußt Du Dich aber mit einem Geständnis begnügen: Als ich daran gehen wollte, meine kleine Abhandlung über die unaufgearbeitete jüngste Geschichte zu formulieren, ist mir auf einmal bewußt geworden, daß ich diese Sätze schon so oft geschrieben und gesagt habe und so oft vergeblich, daß ich unfähig bin, sie noch ein weiteres Mal zu formulieren. Ich weiß nicht, ob Du verstehst, wovon ich rede: In mir ist das publizistische Interesse an den Schicksalsfragen der ungarischen Gesellschaft einfach erloschen. Was vielleicht einerseits traurig, andererseits aber das natürliche Ergebnis jenes Prozesses ist, der mich meiner gesellschaftlichen Umgebung, ich kann sagen, von Kindheit an mehr und mehr entfremdet hat und mit der jetzigen kaiserlich-königlichen, christlichen, völkisch-nationalen Demokratie in Ungarn seinen Höhepunkt erreicht. Mit ernster Miene vermag ich darüber nicht mehr zu reden, und zum Witzeln habe ich keine Lust. Also kann ich den versprochenen Artikel nicht schreiben. Ich bitte Dich, das zu verstehen. Ich hoffe, es kommen wieder günstigere Zeiten.

Mit herzlichen Grüßen …» usw.

Eine Antwort – aber das brauche ich wohl kaum zu erwähnen – erhielt ich nicht.

Alles negiert mich – jeder Text, jede Verlautbarung dieser Stadt, dieses Landes, dieser Öffentlichkeit, dieser Menschen, dieser Literatur, dieses Wertesystems. Was immer ich höre, ich höre diese Negation, was immer ich lese, ich lese diese Negation, was immer ich sehe, ich sehe diese

Negation usw. Weg von hier! so lautet das dringende Gebot.

Es gibt keine dümmere Frage als die, womit wir ein derartiges Schicksal verdient haben – auch wenn wir nicht begreifen, womit wir es verdient haben. Das bedeutet Schicksal ja gerade, und jeder bezahlt dafür, daß er gewagt hat, geboren zu werden, auch wenn er dafür genausowenig kann wie für seinen Tod. Heute abend ermaß ich die Entfernung zwischen Balkon und Asphalt und schrak zurück. Doch früher oder später muß ich handeln.

Die vergangenen Wochen? Sie sind vergangen. Zweimal in Berlin, beide Male mit meiner Frau, der fürchterlichen Krankheit und der Chemotherapie zum Trotz. Ich muß sie kurieren. Das ist keine Blasphemie, aber es hängt viel von mir ab; wie könnte ich wagen, meine Verantwortung zu vernachlässigen oder gar zu leugnen? Was für eine Prüfung!

Wir haben in Berlin eine Wohnung gefunden. Mut und Lust zu einem neuen Leben. Freunde. Gleichzeitig große, große Müdigkeit. Mein Konflikt mit Unseld. In mir flackert Kampflust auf ... Angeblich bin ich inzwischen 72 geworden. Im Prinzip bedeutet das gar nichts, aber wenn ich es laut ausspreche, merke ich, daß es kein Scherz ist. Es kommt näher ...

Stockholm. Die Bucht; die Burgen und Schlösser, die sich auf die Kuppen der hügeligen Seite der Stadt verzogen haben und dort verwurzelt sind; die Schiffe, das Meer, die Straßen der Altstadt, die eleganten Boulevards auf dem

Festland. Die alten Professoren, die erotische und snobistische Atmosphäre des Nobelpreises, die professionellen Konferenzgänger, Tschechowsche Figuren, wahre Banausen, die sich gegenseitig zuhören und daraus einen einträglichen Geschäftszweig kreiert haben. Eine im Verschwinden begriffene Welt: die «Literatur». Dröhnend hohlklingende Leere. Ein paar echte Menschen, angenehme Geschöpfe. Das Ganze, als ob ich einen Film sähe, in dem ich zwischendurch auch Darsteller sein muß. Vor allem aber M., die sich prächtig fühlte, ohne jede Spur von den beiden Chemotherapien – es sei denn die Perükke, die ihr jedoch fabelhaft steht. Ich verstehe im übrigen auch heute noch nicht, was ich dort zu suchen hatte. Ich müßte am Roman schreiben, der auf dem Grund meiner Seele müßig geht.

Keine Verbindung zu den großen Schöpferkräften, die mir früher hin und wieder Botschaften sandten. Ich lebe als Toter: Das Leben ist in mir erloschen.

Im Laufe eines längeren Zusammenlebens stellt sich im Umgang zwischen zwei Menschen allmählich ein gewisser Mechanismus ein, ein perfektes Mittel, einander falsch oder gar nicht zu verstehen, an dem man später nichts mehr ändern kann und mag. Weil man den anderen «benutzt» und ihn also nur von der benutzbaren bzw. handhabbaren Seite kennt. Jede Veränderung würde Revolution bedeuten, und wir sind nur selten in revolutionärer Stimmung, von den Risiken und Mühen, die mit dem Kennenlernen des anderen verbunden sind, gar nicht erst zu reden. So ist es wirklich zu verstehen, daß Ehepaare und Liebende mitunter einen Dritten brauchen, um zu sehen, wie sie einander lieben, möglichst mit fremden Augen. Das erweckt wieder Achtung für den anderen, sogar Bewunderung, und bringt einen neuen Zauber in die Beziehung – oder verursacht unüberbrückbaren Haß. Aber das ist schon Luxus: Wir müßten unsere Alltagsaktivitäten lassen und unsere Zeit ausschließlich der Pflege dieser heiklen Beziehungen widmen. Wer könnte sich das erlauben? Und wer hätte Lust, soviel Mühsal – nicht mal für den anderen, aber für sich selbst aufzuwenden?

Der Roman: die Zeit der Ernte ist da … Ich verwerte alles, was ich seit ca. 1989 für das geplante «Stück» notiert habe. Und damit ist auch das «Stück» irgendwie gerettet; wie seltsam die Formen, die Gesetze der Kreation doch sind. Nach langer, blinder Arbeit untertage erscheint plötzlich Apollo im goldnen Wagen und sammelt mit vollen Händen alles ein, was unterdessen unbemerkt gewachsen ist oder am Wegesrand verstreut war: Und während er es einsammelt, verschmelzen diese Abfälle miteinander, wechseln von der Farbe des Staubs in die Farbe des Lebens, beginnen sich zu bewegen, zum Leben zu erwachen. Ich folge dem Vorgang selbst mit Staunen, aber ich begreife nichts davon. Ich tue so, als sei ich der Autor …

Nachts; Gefühl großer Sinnlosigkeit. Ich weiß nicht, wer der ist, der hier sitzt; ich verstehe nicht, wie er die Tasten meines Computers drücken kann; ich glaube nicht, daß dieses gefühllose Wesen mit jemand identisch ist, dessen Leben ich schleppe. Usw.

Sonnenuntergang. Der kleine, struppige Hügel gegenüber, die «Haare» von grauem Schwarz auf weißem Grund – dünne, hoch aufragende, kahle Bäume auf verschneitem Boden. Darüber der Himmel, in seinem Blau träumt das Rosa des Sonnenuntergangs vor sich hin. Drei Flugzeuge ziehen weiße Streifen am blauen Firmament, lassen sie hinter sich, und hier und da scheinen weiße Haufen daraus zu entstehen; dann verschwinden auch sie, zusammen mit der Erinnerung …

Den Roman durchgelesen (was davon vorhanden ist). Er wird einem Turner-Bild ähneln. Die klaren Konturen wie von Nebeln verwischt, in ihrer Tiefe ein geheimnisvolles Leuchten: Und das ist das Sein selbst.

Berlin. Die Wohnung in der Meineke-Straße. «Wir richten unser Berliner Zuhause ein.» Natürlich richtet es Magda ein. Wenn wir auf den Kurfürstendamm hinausgehen, nur wenige Schritte weit, genau an der Ecke Fasanenstraße, eine Gedenktafel: Hier arbeitete Musil an seinem Roman *Der Mann ohne Eigenschaften*. Eine Luxus-Emigration, sagte ich zu unseren deutschen Freunden, den F.s. In Wirklichkeit ein durchaus konsequenter Schritt, wenn auch ein verspäteter. Die Nacht des neuen Geldes. Eine Art leichter Rausch, um mich herum Energien, mit denen ich sympathisierte. Dem Geld fehlt nicht die Seele, so sehr das auch bestritten wird; der Name der Seele ist, wie der des Geldes, Euro … Allmählich wird sie sich entfalten. Eine Gemeinschaft von Geld und Seele: wenn das möglich sein sollte, könnte daraus etwas qualitativ Neues entstehen.

Wir hatten erfahren, daß man in Budapest dabei ist, eine Demonstration zu organisieren: für die Rechte der Juden, gegen den Antisemitismus genannten Wahnsinn und dessen offizielle Billigung seitens der Regierung. M. und ich erwogen ernsthaft, eventuelle Risiken auf uns zu nehmen und mitzumaschieren. Einen Tag später erschien die Meldung, daß anläßlich des Jahrestages der Befreiung des Budapester Ghettos eine offizielle Gedenkfeier stattfindet. Reden von Außenminister, Oberbürgermeister usw. Sie haben die Demonstration gestohlen. Statt dessen sind sich Juden und Antisemiten um den Hals gefallen. Die ungarische Lösung hat sich seit 1944 kein bißchen geändert.

Auch Chaos ist Ordnung, nur die Ordnung der anderen.

«Goldfinger». Ein unglaublich dummer Film. Die unvorstellbaren Abenteuer des Geheimagenten 007. Goldfinger, eine lächerliche Figur, die es aber zu einem gigantischen Vermögen gebracht hat, beschließt, in Fort Knox einzudringen und mit Hilfe irgendwelcher giftigen Strahlung den dort lagernden Goldschatz der Amerikaner zu verseuchen, um ihn für Jahrzehnte unbrauchbar zu machen und so das Wirtschaftsleben der westlichen Welt lahmzulegen (warum, wird nicht ganz klar). Er stellt eine Armee zusammen und bildet sie zu diesem Zweck aus, läßt Fabriken und Banken entstehen. Ich sah mir diesen albernen Abenteuerfilm an, die beispiellosen Heldentaten dieses 007-Übermenschen, und als ich den Kopf am heftigsten schüttelte, wurde mir auf einmal klar, daß der Film, den ich sehe, wahr ist. Ist nicht eben das am 11. September geschehen, hat diese Bin Laden genannte Märchenfigur ihre Ideen nicht aus solchen schwachsinnigen amerikanischen Drehbüchern geschöpft, und sogar, wie diese Ideen auszuführen sind? Die Geschichte ist zum kitschigen Actionfilm geworden, in dem jeder seine Statistenrolle zu spielen hat, ja, in dem die ganze Statisterie manchmal ausgerottet wird und ihr Tod nicht mehr Aufmerksamkeit wert ist als das Zerschellen der Tonfiguren beim Tontaubenschießen; solche Actionfilme und Actiongeschichten lehren in erster Linie, daß du ein Niemand bist und dein Leben und dein Tod soviel wert, wie die Handlung des Films, die gar nichts wert ist. Am Ende siegt immer das Gestalt gewordene Gute, mit dem du jedoch als Statist nichts zu tun hast; für diese Rolle wird immer ein Star engagiert, und sein Privileg ist, daß er am Leben bleibt und sogar noch die ausgehandelte Gage bekommt.

Budapest. Die irrationale Vergiftung der letzten Berliner Tage. Stundenlange Telefongespräche. Angst brach aus, Eifersucht, die Hölle der Höllen. Heimkehr. Leiden. Ein festlicher Abend (die Premiere des Spiró-Stücks). Das vorhandene Material des Romans durchgelesen. Vollkommene Pleite, alles, was ich während der vergangenen Jahre mühsam zustande gebracht habe, muß einfach weggeschmissen werden. Ich schreibe diese Zeilen, als lebte ich. Aber ich lebe so, als existierte ich nicht. Ich kann den deprimierenden Spielen meines verfallenden Körpers überhaupt nicht folgen, ich arbeite überhaupt nicht mit meinem eigenen Geist zusammen. Ich weiß nicht, was mit mir und meinem Leben geschieht. Einige praktische Fragen: Noch in Berlin W.s Besuch aus Frankfurt. Ein sympathischer Verlagsmann, ein produktives Gespräch. Aber ich rede über eine Ware (den Roman), die nicht existiert. Wenn sich das herausstellt, wird es die verdiente Strafe geben. Zu meiner Entschuldigung sei gesagt, als ich zuerst über den Roman verhandelte, wußte ich noch nicht, daß ich über nichts verhandle; ich wußte noch nicht, daß ich dem Leben entglitten bin und auf nichts, das vollkommene Nichts zusteure.

Nachts. Mein Laptop richtet seinen tiefblauen Blick auf mich. Vergeblich: mir graust vor dem Schreiben und mir graust vor meinen eigenen Schriften. In mir ist eine tiefe Leere. Ich habe versucht, ein älteres Buch von mir zu lesen; ich glaubte, das würde mir helfen, aus der Misere herauszukommen. Aber ich versank nur noch tiefer darin; jede Zeile schien mir zutiefst falsch; es war, als schrien meine Sätze. Es ekelt mich. – Abends las ich M. aus Platons *Gastmahl* vor. Obwohl sie müde war, wurde ihr Gesicht wach und aufmerksam, es erschien darauf jenes Lächeln, das ein gutes, großes Werk uns entlockt. Ich wünschte, im Garten der großen Gedanken zu wohnen, zu lesen, wie einst, und zu vergessen, daß auch ich irgendwann Zeilen auf das stumme Papier geschrieben habe.

Schließlich ist mir zu Hilfe gekommen, daß mein *Kaddisch* in Ungarn neu aufgelegt wird und mir deshalb die Korrekturfahnen zugeschickt wurden. Dieses Buch hat wie Balsam auf meine Schriftstellerwunden gewirkt – auch wenn außer Frage steht, daß ich heute nicht mehr fähig wäre, ein solches Werk zustande zu bringen. Egal. Ich trage meine Schande ständig mit mir. Und bevor ich nicht für meinen Roman eine neue – wer wüßte noch wievielte – Fassung gefunden habe, wird das so bleiben.

Mir schnürt etwas die Kehle zu, das ich nicht zu beschreiben vermag. Der quälende Mangel an Ehrlichkeit. Meine Art zu leben, gestehen wir es ein: als hätte ich aufgegeben. Wo sind die großen Schreibanfälle von *Kaddisch*, die einsamen Tage und Nächte, dieser an Besessenheit grenzende Seelenzustand? Wo ist die Konzentration – nicht mal die Konzentration, nur die Möglichkeit dazu? Sollte ich tatsächlich aufgegeben haben? Ist mir … ja, was ist mir eigentlich ausgegangen? Das Leben selbst ist, was mir ausgeht. Wer sich auf den Tod vorbereitet, kämpft nicht mehr mit Problemen. Der schweigt. Das Problem ist, sich auf den Tod vorzubereiten; die Leistung: dieser Prozeß, respektive die Darstellung dieses Prozesses. Bin ich auf den Tod vorbereitet? Insgeheim, so daß ich selbst nichts davon weiß? Ich habe geglaubt, noch zu kämpfen, ich habe geglaubt, die genaue Beschreibung dieses Kampfes sei noch wichtig. Der Roman läuft mir weg wie ein ängstliches Tier, das vergeblich gewartet und kein Futter von mir bekommen hat.

Berlin, heute abend angekommen. Im Flugzeug der Junge; mit energischen Bewegungen, wie ein junger Büffel, nahm er seinen Platz ein; probierte sofort die in die Armlehne integrierten technischen Vorrichtungen aus, zum Glück funktionierten sie nicht. Er kam irgendwo aus Bulgarien, hatte stundenlang auf verschiedenen Flughäfen gewartet und herumgelungert. Ich wollte ihm mein Sandwich geben, aber er lehnte ab: Ich esse sowieso wenig, sagte er. Ich hielt ihn für 15 oder 16, aber er war erst 13. Bis zuletzt siezte ich ihn, dafür schien er dankbar zu sein. Ich half ihm in dem Mantel, den er sich im Sitzen nicht allein anziehen konnte; als ich mich dann mit meinem eigenen Mantel abmühte, kam er mir aber nicht zu Hilfe. Vielleicht aus Schüchternheit.

Die Meineke-Straße erwartete mich wie mein Zuhause. In der gegenüberliegenden Kneipe aß ich zu Abend, Bier und Sauerbraten. Das starke Bier machte mich betrunken. Ich schlenderte ein ganzes Stück über den Kurfürstendamm. Die kühle Luft ernüchterte mich wieder. Zwei Nutten sprachen mich an, als ich zur Nachtzeit aus der Bank kam; in meiner Freude warf ich ihnen eine Kußhand zu. Zwischen Fasanen- und Meineke-Straße ließ der Leierkastenmann unverändert seine Drehorgel plärren, wie vor zwei Wochen. Eine ziemlich unförmige Frau in Anorak und Trainingshose drehte sich zu der Musik. Als ich zurückkehrte, war der Leierkastenmann schon wieder allein.

Meine Gedanken frösteln. Der Roman im Nirgendwo. Trotzdem bin ich eigentlich nicht verzweifelt. Warum nicht? Finde ich mich mit meinem Verfall ab? Wäre es so, dann ist das tatsächlich mein Ende. Aber etwas in mir sagt mir, daß es noch nicht so weit ist.

Jeden Morgen setzt sich ein Bettler vor das Geschäft im Nebenhaus und verbringt dort den ganzen Tag. Gestern fiel Schneeregen, und vom fernen Mecklenburg her pfiff ein schneidender Wind durch die Straßen; der Bettler, ein dickliches Menschlein mittleren Alters – ich habe ihn mir noch nie näher angeschaut –, harrte unerschütterlich auf seinem Platz aus. Er kommt morgens und geht am Abend, als ginge er zur Arbeit. Stumm sitzt er da. Er bettelt nicht. Neben ihm steht jedoch ein Schüsselchen, in das nie jemand etwas hineinwirft. Wovon lebt er wirklich? Ab und zu tauchen zwei gutgepflegte, große weiße Hunde auf, die irgendeinem Kunden gehören; solange der Kunde im Laden ist, schnüffeln die beiden trägen Köter freundlich um den Bettler herum; diesem macht das nichts, er streichelt liebevoll ihre dummen Köpfe, während die beiden Tiere faul um ihn herumtrotten und seine Sachen beschnuppern. Ich glaube, die Ausrüstung des Bettlers entspricht immer der Witterung, bei dem Wind hatte er eine Art Anorak an. Ich muß ihn mir das nächste Mal genauer anschauen, all das klingt ziemlich herzlos. Doch solche ständigen Figuren gehören zum Leben einer Großstadt; solange Budapest eine Stadt war, gab es diese seltsamen Gestalten auch dort: der Straßenverkäufer, der Bettler, der sich am Oktogon von hinten an einen heranschlich und plötzlich laut «Gott segne Sie!» schrie; der Mann, der auf der Ringstraße an einer einzigen, mehrsträngigen Leine fünf oder sechs Bulldoggen ausführte, aus deren Schnauzen die gleichen Pfeifen baumelten usw. Heute erscheint Tag für Tag nur noch eine solche Figur, der fast zahnlose, zerlumpte Mann aus unserem Nachbarhaus, der eine Karre vor sich herschiebt, deren Seitenflächen mit pornographischen Bilder tapeziert sind, mächtige Brüste, blutrote, saugende Münder, rosige Mösen. Aber er ist bereits aufgefordert worden, diese Bilder zu entfernen. Budapest ist neuerdings, unter den Händen unfrommer, gieriger junger Politiker, eine sittsame Stadt geworden; in dieser Stadt, wo Obdachlose auf der Straße erfrieren und die Korruption Häuser von Neureichen in Naturschutzgebieten emporschießen läßt, während die Menschen in der vergifteten Luft nach Atem ringen, nun, in diesem Budapest herrscht ein christlicher Geist; während die Nutten in den obszönsten englischen und deutschen Hardporno-Filmen Ungarisch sprechen, ist Reklame mit sexuellem Inhalt verboten und werden auf den Straßen keine fremdsprachigen Aufschriften geduldet. Aus dem «Pub» wird die Schenke, aus der «Modeboutique» das ebenso gräuliche Modewarengeschäft; ich fürchte mich, in diese graue Wüste zurückzukehren.

Man stellt die Liebe im allgemeinen dar, wirft jedoch nie – die Pathologen vielleicht ausgenommen – ihre grundlegenden Fragen auf. Vermutlich hat in der ganzen europäischen Philosophie allein Platons Sokrates das Problem der Liebe als existentielle Frage behandelt; das heißt als Frage, die mit den Geheimnissen unseres Seins zusammenhängt und die sowenig zu beantworten ist, wie diese zu entschlüsseln sind.

Am Morgen bin ich bei Schneetreiben erwacht, und nun, am Abend, ist mit Blitz und Donnerkrachen ein Frühlingsgewitter über Berlin hereingebrochen.

Ich habe mir den Bettler angesehen. Ein junger Mann, und er trägt keinen Anorak, sondern eine Lederjoppe von guter Qualität. Mongoloides Gesicht, dünner brauner Schnauz- und Backenbart. Er könnte ein Problem mit seinen Beinen haben; sonst ein gutgenährter Mann; während ich ihn betrachtete, aß er gerade ein Sandwich, das sorgfältig in eine Papierserviette eingewickelt war. An einem feinen Ort muß auch ein Bettler auf sich halten, sonst findet er kein Mitleid bei den Leuten, und sie wenden sich eher angeekelt von ihm ab.

Ich habe noch nicht von dem schrecklichen Traum berichtet, den ich vor der Abreise in Budapest hatte. Ich war mit der Straßenbahn unterwegs. Zwei Leute im Wagen stritten sich; sie brüllten sich an, wie das heutzutage in Budapest schon Sitte ist. Dann stiegen sie aus und begannen sich zu prügeln. Ich weiß nicht, wie ich dorthin geriet, auf die Straße, als Zuschauer. Die Männer mögen um die fünfzig gewesen sein. Der eine war klein und trug einen roten Pullover, den anderen sah ich nicht. Diesem anderen gelang es, den mit dem roten Pullover niederzuwerfen, aber dann gewann doch dieser die Oberhand. Es gab dort irgendeine Planke, das Gesicht des am Boden Liegenden wurde hinter die Planke gedrückt, so daß ich nichts mehr sah, nur daß der im roten Pullover ihm wahrscheinlich auf der Brust kniete. Da kriegte er irgendwoher eine kurze Eisenkette in die Hand, und ich sah zu meinem größten Entsetzen, wie er die Kette ganz penibel und sorgfältig um den Hals des anderen wickelte und an beiden Enden zu ziehen begann, um ihn zu erwürgen. Flüchtig ging mir die Unverhältnismäßigkeit durch den Sinn: Ein heftiger, aber im Grunde harmloser Wortwechsel soll mit einem Mord enden! Was für eine krankhafte Gesinnung ist dazu nötig! Genau das löste offenbar den entsetzlichen Schrecken in mir aus, dieser krankhafte, unversöhnliche, grundlose Haß, der die Menschen in diesem Land beherrscht und leitet. – Heute scheint mir, daß sich in den Motiven dieser realistischen Bilder mehr verbirgt, ein Geheimnis, das ich in diesem Moment schwer entschlüsseln könnte. Der rote Pullover; daß ich das Gesicht des Opfers nicht sah, das des Mörders hingegen ja; der erbarmungslose, zugleich fachmännische Ausdruck auf dessen Gesicht, als er die Kette um den Hals des anderen schlingt und straff zieht – alles das deutet darauf hin, daß ich Blut und Gefahr wahrgenommen habe, und ich weiß nicht, ob die Verhältnisse in Ungarn dieses Gefühl der Gefahr in mir ausgelöst haben oder ob es nur Symbole einer anderen Angst waren, die wegen der Krankheit meiner Frau in mir steckt.

In dem kurzen, zwischen Kurfürstendamm und Lietzenburger Straße gelegenen Abschnitt der Meineke-Straße, in dem ich wohne, gibt es sieben Restaurants, ein Hotel und mehrere Pensionen. Diese Straße gleicht keiner einzigen Straße, in der ich bisher gelebt habe, aber sie gleicht in ungewöhnlicher Weise der Straße, in der ich schon immer gern gelebt hätte.

Vorgestern abend, als ich in der Berliner Philharmonie die Johannespassion hörte – Simon Rattle und seine außergewöhnlichen Sänger –, mußte ich daran denken, daß ich *diesen Text* in Budapest, im Kreise jenes Publikums, das neuerdings für diese Stadt typisch ist, nicht hätte durchstehen können.

Der Roman sackt unter den Schlägen meines Unvermögens zusammen. Es besteht kaum noch Hoffnung auf seine Rettung.

Morgens halb sechs in der Meineke-Straße. Wenn ich richtig höre, gießt es draußen in Strömen. Magda schläft tief, drüben im Schlafzimmer. Ich habe noch nicht von dem Traum neulich berichtet. Ich war irgendwie *daheim*. Als Besucher. Mit liebevollem Zynismus hänselte ich *sie*, wegen ihrer altmodischen Sitten, ihrer altmodischen Lebensformen, die sich *seitdem* überhaupt nicht geändert hatten. (Was ich genau sagte, weiß ich nicht mehr.) Ich nahm meinen Vater, der irgendwie ganz klein geworden war, auf den Arm; er lächelte, in seinen Augen leuchteten Stolz und Anerkennung. Interessanterweise ähnelte er Péter Weisz, meinem Vetter, trotzdem war es unbezweifelbar *er*.

Was gibt mir das Recht, so etwas zu träumen? Was soll diese Überlegenheit, mit der ich ihnen begegnete, mir anmaßte, diese ausgelieferten Wesen mit einem Gehabe herbeizuzitieren, als stünde ich über ihnen? Dabei war es eigentlich ein wohltuender Traum, über ihm schwebte wie ein Regenbogen die Stimmung von Besänftigung und Versöhnung.

Ich fürchte, wenn ich noch lange warte und älter werde, werde ich keine Kraft mehr zum Sterben haben. In ein paar Jahren, sagen wir in vier, müßte es geregelt sein. Mit wem sollte ich mich darüber besprechen, damit ich nicht so viele Strapazen und vor allem nicht irgendeine Krankheit erleiden muß? Gott? Wo bist du, mein großer alter Freund?

Budapest, die Seitenwände der Metro-Rolltreppen beklebt mit pfeilkreuzlergrünen Plakaten: «Weder rechts noch links, christlich und ungarisch», darunter: MIÉP.

Die Wahlmarken und Wahlaufkleber der Pfeilkreuzler-Partei, die wir 1938 in meiner Kindheit sammelten: Unter einer Dampfwalze springen Juden wie Wanzen auseinander, mit Zylinder, Jackett usw. – Mein Leben erscheint mir wie ein komischer Traum, der mich auch nicht die Spur belustigt und dem ich immer weniger folgen kann.

Zwei Tage Warschau (zum Erscheinen des *Romans eines Schicksallosen*). Triste Stadt, nette Menschen. – Die Tage davor: Mit Magda im Krankenhaus, die letzte Infusion der Chemotherapie. Viel, viel Leid. Ich kam unvorstellbar erschöpft zu Hause an, wachte frühmorgens auf und las das Material durch. Ich war zufrieden. In Warschau, aber auch sonst, bei anderen Gelegenheiten, gibt man mir ständig zu verstehen, daß ich eigentlich der Autor des *Romans eines Schicksallosen* bin und man meine übrigen Arbeiten gewissermaßen für überflüssig hält. Soll ich dieses Urteil akzeptieren? Ich akzeptiere es nicht. Der *Roman eines Schicksallosen* ist sicher eine einzig dastehende, originelle Arbeit; zusammen mit den anderen aber rundet sie sich zu einer vollständigen Welt, meiner Welt. Und wenn nicht? Dann habe ich mich wenigstens gut unterhalten. Denn in Wahrheit ist alles überflüssig, das Schreiben wie das Leben. Beides verweist auf irgendein metaphysisches Surplus, einen Luxus, einen Kraftüberschuß, einen Reichtum, der sich gar nicht genug an seiner eigenen überflüssigen Herrlichkeit ergötzen kann.

Merkwürdige innere Unbehaustheit. Seit Tagen suche ich an einem bestimmten Punkt des Romans vergeblich nach einer Lösung. Langsam überkommt mich Angst.

Nicht die Angst vor dem Scheitern; ich habe Angst vor dem Wesen, das hier vor dem Computer sitzt und zu schreiben versucht. Ich kenne es nicht. Ich diene einem fremden Wesen, das mich nicht schlafen läßt, sich über unnütze Dinge den Kopf zerbricht und dessen immer mehr schwindende geistige Potenz ich klar durchschaue. Mit meinem Kopf spüre ich seine sklerotischen Schwindel, seine unsicheren Anstrengungen, in einem bröckelnden Gedächtnis ein gesuchtes Wort ausfindig zu machen, den logischen Faden, ein Problem, das ihn im Grunde nicht interessiert. Ich sterbe …

Ob es mir beim Sterben hilft, daß ich nie gelebt habe?

Heute in der Metro der ältere Mann mit der Hamburger Mütze. Fleischiges, eigentlich nicht sehr sympathisches Gesicht. Als er sich auf den Sitz sinken ließ, sah man ihm an, daß ihn physischer Schmerz quälte. Er ließ sich äußerst vorsichtig nieder, den Hintern irgendwie eingezogen: eine Fistel am After, war meine Assoziation, offenbar von der Erinnerung an Onkel Árpád angeregt. Ein wenig ähnelte der Mann ihm auch, nicht so sehr die Gesichtszüge, eher der Typ. Dieses gewisse, mit den Jahren zum Ausdruck subtiler Gefühle untauglich gewordene Gesicht; die gnadenlose Projektion einer ausschließlich auf praktische, vermutlich technische Probleme konzentrierten Gedankenwelt. Die verdickte Haut, die harten Züge, besonders um den Mund, und der strichförmige Mund selbst, dem Küsse fremd sind: jämmerlich und ergreifend. Die Augen hielt er geschlossen, die Stirn, soviel die Schiffermütze davon sehen ließ, war von dicken Leidensfalten durchzogen. Der Mund schloß und öffnete sich bei jedem Atemzug ein wenig. Es gibt Gesichter, auf denen der Schmerz sich fast häuslich einrichtet, die er, von Charakter kündend, gewissermaßen adelt; dieses Gesicht hier hatte den Schmerz dagegen unvorbereitet empfangen, wie jemand, der nie mit dem menschlichen Schicksal gerechnet hat und den Tod so überrascht aufnehmen wird wie einen Verkehrsunfall. Es war schrecklich zu sehen, und trotzdem konnte ich meinen Blick nicht davon abwenden. Ein an Land gezerrter, japsender Wal; erwartet das auch mich?

In Warschau ging mein Fenster auf einen nächtlichen Hof, den ich im Dunkeln als furchterregend empfand. Am Morgen sah ich, daß es eigentlich eine kleine, mit einem Gittertor verschließbare Gasse war, eine Art Durchgang, den man von der Straße, der Marszałkowska, aus betreten konnte. Als in schmutzigen Farben die Sonne aufging, konnte man sehen, daß in der Ferne Bäume über die Brandmauern ragten, mir gegenüber ein tristes, flaches Gebäude, ein schauerlich vertrauter Klotz, die Sorte, die in jedem osteuropäischen Land zu finden ist – dreckig, stinkend, schlecht beleuchtet und als Schule oder provisorisches Sammelgefängnis genutzt. Menschen in Arbeitskleidung kamen und gingen heraus und hinein, Eimer und Werkzeuge in den Händen. Links ein rotgedeckter, hübscher kleiner Pavillon. In gelbleuchtender Schutzkleidung tauchte ein Straßenkehrer auf, stoppelbärtig, ungewaschen. Eine Weile trödelte er fröstelnd herum, dann kehrte er Abfallfitzelchen auf seine Schaufel und warf sie mir nichts, dir nichts durch ein offenes Fenster des Pavillons. Verschiedene Leute ließen ihre Hunde auf einen handtellergroßen grünen Rasen oder ein platzartiges Stück sandigen Erdboden scheißen. Pfützen, große grünlich-braune Pfützen gluckerten in ordnungswidrigen Löchern. Autos starteten, die Leute setzten sich hinein, als zögen sie sich in einen Schutzraum zurück, einen Schutzraum ihrer Freiheit und aggressiven Triebe, und hofften, daß die Reise ewig dauert; daß sie niemals wieder hinaus müßten in ein graues Büro, einen alles unter sich niedertrampelnden Wochenalltag. Ein ziemlich gut gekleidetes Mädchen ließ ihren zottigen schwarzen Hund von der Leine, das Tier tollte wie verrückt herum, beschnüffelte alles, schlabberte aus den Pfützen, verrichtete mit erhobenem Bein sein Geschäft, bevor er nach einigem sinnlosen Hin-und-her-Gerenne wieder an die Leine genommen und nach Hause geführt wurde. Ich stellte mir vor, wie dieses schmutzige Tier dann in die Wohnung gelassen wird und auf die Möbel klettert; wahrscheinlich hatte man ihm auch einen Kosenamen gegeben.

Gestern abend hat M. lange geweint. Daran bin ich schuld. Mein totales Unvermögen, totaler Bankrott. Es war mir an dem Tag klargeworden, daß der Roman auch in der neuen Variante keine Lebensnähe hat. Die unmittelbare Zukunft aussichtslos – für mich ist inzwischen jede Zukunft unmittelbare Zukunft. Seltsame körperliche Symptome. Libidomangel. Völliges physisches und geistiges Elend. Meine Vitalität auf einen Tiefpunkt gesunken. Ich ging auf den Balkon und schätzte nüchtern den Weg bis zum Asphalt ab. Versuchsweise kletterte ich auf die erste Sprosse des Balkongeländers. Es schauderte mich. Ich spürte ganz klar, ich kann und werde nicht springen. Ich muß mir etwas anderes überlegen. Zum Drogenmarkt habe ich keinerlei Beziehung. Heute müßte ich nach Berlin reisen. Es ist fünf Uhr morgens, die Maschine geht am Nachmittag. Von allen Seiten bin ich eingezwängt in ein Leben, das ich immer weniger liebe. Es gibt keinen Fluchtweg. Die Basis von allem, was mein Leben bildet, ist eine große Lüge. Als ich auf das Balkongitter stieg, kam mir für einen Moment in den Sinn, daß dieser Balkon und diese komischen kalten Gitterstäbe mir gehören, mein Eigentum sind. Der Gedanke war derart absurd, daß ich erst recht Lust zu dem Sprung gehabt hätte. Warum tue ich es nicht? Physische Feigheit; zum Selbstmord ist wahrscheinlich eine Art Besessenheit nötig, und die fehlt mir. Der Zerstörungstrieb, jenes Maß an Selbsthaß, das uns die entsprechende Kraft verleiht, als vernichteten wir einen verhaßten Feind. In mir wirken Schlafmittel, von denen mir schwindelt, ohne daß sie mich betäuben würden. Ich sehe einen schrecklichen Abstieg vor mir, einen schmalen Pfad, den ich bis zum Ende gehen muß. Tolstojs Flucht und seine tödliche Grippe auf der Bahnstation. Hätte ich ein sicheres Gift in der Tasche, würde ich es ganz gewiß tun. Mir kommt die arme Frau in den Sinn – Kati –, die etwas einnahm, in den Wald ging und sich ins trockene Laub legte, man fand sie erst Tage später. Genauso hat sich der arme Kázmér umgebracht, der Arzt, der mich vorm Militärdienst rettete. Er ist in den Wald gegangen … Vielleicht haben sich Waldtiere von ihm ernährt, bevor man ihn fand. Alles ist mir fremd, fremd sind die Werke, die ich hervorgebracht habe und die überhaupt nichts mit mir zu tun haben …

Wieder in Berlin. Meine Straße, die Meineke-Straße. Im Briefkasten Rechnungen, Briefe, so als lebte ich und sei ein Berliner Einwohner. Das Leben ist ein Traum. Manchmal ein schlechter. Diesmal ein guter, oder sagen wir besser, ein angenehmer. – Am Morgen ging ich zum Einkaufen hinunter, der Bettler saß an seinem gewohnten Platz, diesmal aber spiegelte sich physisches Leid in seinem Gesicht. Ein kalter Wind blies, ab und zu peitschte Regen übers Straßenpflaster. Ich kaufte einen Bordeaux-Wein. Am Abend zuvor im italienischen Restaurant. Der Italiener überreichte mir die Fotos, die er in der Silvesternacht von Magda und mir gemacht hatte. Handschlag. Grazie, Signori! – Am Morgen rief Földényi an, wir trafen uns in einem Café am Savignyplatz. Tranken kühlen französischen Weißwein. Die Situation in Ungarn. Auf dem Flug am Abend vorher der junge Mann, mit deutschem Paß, aber Ungar; er lebt jedoch meist im Ausland. Ein Semester hat er an der Universität in Budapest studiert. Er erzählte, daß die studentische Jugend dort zur rechtsextremen Partei neige. Ekel verzerrte sein Gesicht. Überall auf der Welt seien die Studenten links, wenn nicht linksextremistisch, eine konformistische Jugend mit Pfeilkreuzler-Gesinnung habe er nur in Budapest getroffen. Ich dachte mit Földényi über die Gründe nach. Vergeblich. Es gibt nicht für alles eine Erklärung; manchmal muß man sich mit den fatalen Tatsachen abfinden; Ungarn ist eine Fatalität, die sich weder erklären läßt noch einen Sinn ergibt und in ganz Europa einzigartig ist. Die Leute halten starrsinnig an ihrem Verhängnis fest und werden wahrscheinlich Bankrott gehen, ohne zu verstehen, warum. Das ist in diesem Land immer so gewesen, und darin besteht vielleicht jener gewisse Fatalismus; auf andere Art würde ich es Mangel an europäischer Intelligenz nennen.

Es ist Nacht, vier Uhr morgens. Bald wird es dämmern. Vor kurzem habe ich im Fernsehen ein peinliches Gespräch verfolgt, das mir klargemacht hat, wie die führende intellektuelle Elite denkt. Sloterdijk, Peymann, Safranski und ein deutschstämmiger Amerikaner unterhielten sich über Lage und Zustand der Welt, in erster Linie über die Ereignisse in Afghanistan, über das amerikanische «Reich», das sie mit Rom verglichen. Vor allem Peymann tat sich durch Unverfrorenheit und Unwissenheit hervor. Denn worin sollte eine Ähnlichkeit zwischen Rom und den Vereinigten Staaten bestehen? Und von welchem Rom ist die Rede? Von dem Cäsars? Oder dem Konstantins? Im Laufe des Gesprächs klagte er Amerika auf das unverschämteste wegen der Ereignisse an, und – natürlich – Israel. Überlegenes Lächeln; das überlegene Lächeln der europäischen Kultur über das brutale Amerika. O Deutschland, das seine moralische Überheblichkeit wiedergewonnen hat. Wie hübsch. Mir wird klar, daß die von Hitler begonnene Arbeit mit Hilfe der Europäer vollendet werden wird: die Vernichtung der Juden, und diesmal wird es kein Erbarmen und kein Entkommen geben. Als zöge sich der rote Faden der Weltgeschichte an immer neuen Stationen entlang zum großen Ziel der Judenvernichtung.

Die ungarische Ausgabe der Tagebücher Thomas Manns (1940–1955) gelesen. Nach meiner Überzeugung ist die

Ausgabe tendenziös – die Auswahl bringt kaum etwas Persönliches, dagegen führt sie permanent den täglichen Kommentar des Autors zum politischen Zeitgeschehen an: als sei sie unter Aczél im Sozialismus herausgegeben worden. Und weil diese Reflexionen in der McCarthy-Ära die Vereinigten Staaten zwangsläufig kritisieren, entspricht das alles quasi den neuesten Bedürfnissen sowohl der Sozialisten als auch des heutigen europäischen Rechts-Links-Gemenges; schrecklich.

Heute kam ein ganz und gar nicht attraktiver Vertragsentwurf meines deutschen Verlages. Augenscheinlich habe ich die mit kindlicher Launenhaftigkeit verteilte Gunst des unsteten alten Mannes verloren. Nach anfänglichem Ärger eher so etwas wie Erleichterung. Das Gefühl der Freiheit, egal, welchen Preis wir dafür zahlen, geht immer mit Freude einher.

Ich überdenke meine neue Idee für den Roman: Keserű in der ersten Person Singular. Das hätte stilistische Konsequenzen zur Folge; und ich würde den Anfang nur ungern ändern. Zudem ginge dem Text Ironie verloren, denn der Ich-Erzähler müßte ernst genommen werden. Andererseits ist das Ganze bisher vielleicht nicht ernst genug genommen worden. Jedenfalls ist das, was fertig ist, pure Konstruktion; es mangelt ihm ganz unerträglich an Leben. Ich lese dazu Sebalds *Austerlitz*, in dem ebenfalls die Beobachtungen eines Fremden und die langsame Entfaltung der Ergebnisse dieser Beobachtung dargestellt werden. Bei mir kann sie leider nicht so langsam vor sich gehen. Folglich auch nicht so schön sein. Im übrigen hat Sebald, wie ich sehe, viel von Thomas Bernhard gelernt.

Dem Bettler blühte gestern ein Veilchen im Gesicht,

direkt unter dem rechten Auge. Es war auch etwas geschwollen. Ungewöhnlich traurig saß er an seinem üblichen Platz, in Bluejeans und feiner Lederweste. Metaphysische Kränkung und physisches Elend spiegelten sich auf seinem Gesicht; all das kann zweifellos mit seiner Verletzung zusammenhängen. Heute sah ich ihn nicht auf seinem Platz.

Im Hauseingang ein Aushang: Im Nachbarhaus sei heute morgen um vier Uhr ein Einbruch versucht worden, was nicht hätte vorkommen können, wenn die sehr verehrten Nachbarn das Haustor anständig abschließen würden und auch alles sonst, was abzuschließen sei. Beim Hinaufgehen sah ich, wie P. bei meinem Türnachbarn klingelte und sich aufgeregt nach dem Vorfall erkundigte; der Nachbar wußte jedoch ebensowenig wie ich. «Erst schießen, dann fragen», gab er mit seinem amerikanisch gefärbten Deutsch auch mir zu bedenken. Ich sagte, ich besäße keine Pistole. Das hielt er für einen Fehler. Er und D., seine Frau, sind die beiden schrägen Vögel im Haus. Mich ergriff ein anheimelndes Gefühl – ich fühlte mich wie 1944, als die jüdischen Nachbarn zusammenhielten und sich gegenseitig Gefahr signalisierten. Dabei hatte ich überhaupt nicht das Gefühl von Gefahr.

Ich bin neugierig, ob der Bettler morgen wieder da ist.

Letzte Nacht habe ich ein Schlafmittel genommen und mich nach drei, vier Stunden Schlaf mit großer Arbeitslust um sechs morgens an den Computer gesetzt. Dazu machte ich mir einen Kaffee und – das war der Fehler – rauchte eine Zigarette. Davon wurde mir übel, Schweiß brach aus, ich mußte mich wieder hinlegen und schlief sofort ein. Gegen elf stand ich schließlich auf, schaffte am Vormittag aber kaum ein paar Zeilen, das war meine ganze heutige Arbeit. Danach nur Durcheinander, Telefonate, Zeitverschwendung. Jetzt ist es abends halb neun. Ich probiere einiges aus. Düstere Aussichten. Langsam, fühle ich, überkommt mich Paranoia, wie immer, wenn ich allein bin und die Arbeit nicht läuft. – Der Bettler saß nachmittags an seinem Platz, er wirkte traurig und – im wahrsten Sinne des Wortes – niedergeschlagen. Unsere Stimmungen standen in äußerstem Einklang miteinander.

Ein großer Tag: Magdas erste Untersuchung seit der Chemotherapie: *negativ!* Sie telefonierte die gute Nachricht aus Budapest durch – ein Felsbrocken fiel von meinem Herzen.

Überdies: Durchbruch beim Roman. Am Abend hatte ich ein Schlafmittel genommen und war um 12 Uhr zu Bett gegangen, heute morgen stand ich um sechs Uhr auf, setzte den Text bei den gestern begonnenen Zeilen fort und schrieb etwa drei Seiten. Ich glaube, Keserűs Monolog hat meine Gedanken entwirrt; der Roman funktioniert wieder.

Früher Morgen. Abgrundtiefe Müdigkeit. Der Roman läuft. Seit Magda hier bei mir in Berlin ist, sitze ich jeden Tag etwa vier Stunden am Computer; nach ein paar Stunden Arbeit lege ich mich wieder hin und versuche, noch ein wenig zu schlafen. Im ganzen schlafe ich täglich drei, vier Stunden, und das schon seit Wochen.

Der junge Berliner Taxifahrer. Ob ich in Berlin zu Besuch sei? Nein, ich lebe mehr oder weniger hier. Wie mir die Stadt gefällt? Sie gefällt mir, weil sie die am wenigsten deutsche Stadt Deutschlands ist. Weil sie eine gute internationale Atmosphäre hat und man auf den Straßen die unterschiedlichsten Menschen sehen kann, weil es im «klassischen» West-Berlin, hier in Charlottenburg, wo ich wohne, friedlich ist, die Menschen zu Ostern auf den Kaffeehausterrassen sitzen und Zeitung lesen, ruhig und still, und, wenn der Wind weht, der Duft von Frühling und von Freiheit zu spüren ist. Er entgegnete, daß viele alte Berliner gerade das, was ich lobe, beklagten: Nämlich, daß das alte Berlin verschwunden sei, daß es zu viele Fremde gebe, das Leben immer teurer werde usw. Ob ich schon im Wedding gewesen sei? Nein. Die Frage erstaunte mich, weil ich nicht verstand, weshalb ich gerade dort gewesen sein sollte (unsere Gastgeber, zu denen wir zum Abendessen fuhren, erklärten uns dann, der Wedding sei das türkische Harlem Berlins). Schließlich erkundigte sich der Taxifahrer nach meinem Beruf und wollte dann wissen, ob etwas auf Deutsch von mir erschienen sei. Als ich meinen Namen nannte, stellte sich heraus, daß er das *Galeerentagebuch* liest. «Eine schwere Lektüre», sagte er, «aber Sie scheinen ja heiter zu sein.» Ich versicherte ihm, daß ich tatsächlich *heiter* sei. Das begrüßte er. So sollte es auch sein, sagte er, als wir uns zum Abschied die Hand gaben. Der Junge wird um die fünfundzwanzig gewesen sein.

Wir sind unschlüssig, ob wir nach Jerusalem reisen sollen. Reisen wir, reisen wir nicht – jede Wahl ist schlecht, sagt M., und sie hat recht. Feige Reißaus nehmen oder mitten in den mörderischen Wahnsinn hineingeraten, wo man uns ohne weiteres in die Luft sprengen könnte. Während ich genau weiß, daß es mein einziger, heimlicher Wunsch wäre, hierzubleiben, weil ich dann ohne Unterbrechung am Roman weiterarbeiten könnte. Ein egoistischer Gesichtspunkt? Ja.

Frühmorgens, zwei Uhr einundfünfzig. Der Bettler wirkt jeden Tag erschöpfter; er hockt am Eingang von Mayers Delikatessengeschäft, als würde er jede Nacht verprügelt (was natürlich möglich ist). Auf seinem Gesicht macht sich die Abstumpfung durch Leid bemerkbar; am liebsten würde ich ihn ansprechen, etwas Ermutigendes, ein paar freundliche Worte sagen, ich spüre, daß es das ist, was er am nötigsten hätte. Ich habe Angst um ihn. Hoffentlich geschieht ihm kein Unglück.

Ein Journalist bringt die schwersten Argumente vor, um uns von der Reise nach Jerusalem abzuhalten. Einen Tag nachdem er uns überzeugt zu haben schien, klingelt das Telefon: Ein Redakteur der *ZEIT* meldet sich. Er habe meine Telefonnummer von diesem Journalisten erhalten und von ihm gehört, daß wir nach Jerusalem reisten – falls es so sei, würde er gern ein paar Seiten von mir über meine israelischen Eindrücke publizieren.

Ligeti hält es für Feigheit, wenn wir von der Reise Abstand nähmen. Gestern David Grossmans schöner Artikel in der *FAZ*. Wenn ich strenge Selbstprüfung halte, berühren mich diese Fragen eigentlich kaum. Ich gehe die ganze Zeit davon aus, daß wir nach Budapest zurückkehren, daß ich dort, völlig überflüssigerweise, meine Stimme abgebe und wir zwei Tage später nach Jerusalem fliegen. Nur um M. mache ich mir Sorgen. Die einzige Frage ist in Wirklichkeit, ob ich nicht allein reisen soll. Aber davon will sie nichts hören. Entweder zusammen oder gar nicht. Gestern konnte ich ihren Worten schließlich entnehmen, daß sie eher für die Reise ist. Ich fragte, ob sie etwa ein schlechtes Gewissen hätte, wenn wir nicht führen. Sie sähe es einfach als das, was es sei: als Verrat, sagte sie. Den könnte sie uns nur schwer verzeihen. Ich stimme mit ihr überein. Von hier aus läßt sich sehr schwer beurteilen, was wirklich vor sich geht. Mich interessiert auch nicht die israelische Seite, viel eher die Reaktion Europas. Aus dem Sumpf des Unbewußten blubbert wie stinkende schweflige Lava der über viele Jahre im Zaum gehaltene Antisemitismus wieder hoch. Weltweit Anti-Israel-Kundgebungen. Eigentlich dürfte man es sich nicht gestatten, von den Ereignissen mit dem gleichen Vokabular zu reden, das die Zeitungen für sie gebrauchen. Daß sich junge Menschen mit der größten Lust selbst in die Luft sprengen, gibt zu erkennen, daß es um etwas ganz anderes geht als darum, ob sich ein palästinensischer Staat konstituiert. Diese Selbstmörder offenbaren sich als Verlierer des Daseins. In ihren Taten kommt eine Verbitterung zum Ausdruck, die mit nationalistischen Affekten nicht zu erklären ist. Überhaupt müßte man den Bereich an den Verstand gerichteter Worte verlassen. Wie ist zu verstehen, daß es in Argentinien (!) zu Anti-Israel-Kundgebungen kommen kann? Doch wohl nur so, daß sich die seit ca. zweitausend Jahren andauernde Judenfeindlichkeit zum Weltbild verfestigt hat. Der Haß hat sich zum Weltbild verfestigt, und Gegenstand des Hasses ist ein Volk, das keinesfalls gewillt ist, sich vernichten zu lassen. Nehmen wir an, daß es in der islamischen Kultur einen größeren Hang zum Fanatismus gibt als anderswo; diese ausweglose Wut aber richtet sich nicht mehr gegen die Menschen, sondern gegen die Götter. Im sanften Licht Jerusalems, an goldenen Abenden, zwischen den malerischen, mit Olivenhainen bedeckten Hügelketten, habe ich auf einer früheren Jerusalem-Reise schon einmal, eher mit den Sinnen als mit dem Verstand, begriffen, warum die Götter gerade hier geboren sind. Jetzt müßte ich begreifen, warum man sie hier mit einer exhibitionistischen Passion für blutige Menschenopfer ermordet. Ich gestehe, ich begreife gar nichts, und am wenigsten glaube ich, daß das alles nur eine politische Frage ist. Doch es kann auch sein, die Politik ist darauf ausgerichtet, daß ich es nicht nur als eine politische Frage sehe, und ich falle nur auf eine Manipulation herein; aber während Millionen auf diese Manipulation hereinfallen, verwandelt sich der Charakter dieser Manipulation, und einige denken plötzlich allen Ernstes, daß ihr Wahnsinn nicht von äußeren Mächten eingegeben ist, sondern aus ihnen selbst hervorbricht: Und da beginnt das irreparable Übel.

Panik. Angst vor der morgigen Heimkehr. Angst vor Budapest. Angst vor den Aufgaben, die mich erwarten und weit abtreiben vom Roman. 1. Vorwort zum *Spurensucher*. 2. Vorwort zum Drehbuch. 3. Vortrag für das Kulturwissenschaftliche Institut in Düsseldorf. In erster Linie aber: der Israel-Bericht für die *ZEIT*.

Die Wähler sind wie die Fans in den Sportarenen; anderswo brechen in der Masse in solchen Arenen (nationale) Emotionen auf, die dann im politischen Leben keine Rolle mehr spielen und auch nicht spielen können. Der

Wettkampf wirkt wie ein Ventil, durch das giftige Gase entweichen, die sich dann in Luft auflösen. In Ungarn dagegen bestimmen diese Emotionen das politische, im unglücklichen Fall das nationale Leben; Sieg oder Niederlage einer Baseballmannschaft wird zu einem synonymen Begriff für Sieg oder Niederlage des Landes. Auch wenn die Sache nicht ernst ist, kann man in einer Sportarena letztlich auch erschlagen werden, der Aufprall eines Baseballschlägers ist schließlich etwas Ernstes: Man kann daran sterben. Der Ernst der ungarischen Demokratie entspricht also dem Ernst eines Baseballspiels, nur die Baseballschläger muß man ernst nehmen.

Er erzählte: Mein Vater war Fabrikdirektor. Du darfst dir keine große Fabrik vorstellen: Er produzierte Tinte. Vielleicht erinnerst du dich noch aus deiner Kindheit an sie, sagte er mit einem fast entschuldigenden Lächeln: Müller-Tinte. Dann wurde er zum Arbeitsdienst abgeholt. Er kehrte zurück, die Fabrik wurde verstaatlicht. Sie steckten ihn in eine Chemiefabrik. Dort hat er von da an gearbeitet. Sein Leben verbracht. Wir haben nie miteinander geredet. Er war irgendwie *verstummt*.

Der Aristokrat: betrachtet die Musik als göttlich, den Komponisten als Diener.

Die Demokratie: vergißt den Komponisten, vergöttert den Interpreten.

Die späte Demokratie: betrachtet Begabung als antidemokratisch.

Drei Tage Kopenhagen. Der große Bankrott Europas. Schöner Feind, häßlicher Freund. Die in liberalen Zeiten ins Land gelassenen Fremden sind inzwischen zur Last geworden; also ist man nach rechts geschwenkt und erwartet jetzt, daß Ordnung geschaffen, das heißt, die Demokratie eingeschränkt wird. Totale Verwirrung und Unsicherheit; der Terror schüchtert Europa ein, und Europa kapituliert vor dem Terror wie eine billige Nutte vor ihrem prügelnden Zuhälter.

Erkältung. Jeden Tag viel zu viele Leute. Die Bedrohung durch die Außenwelt; man muß den Antisemitismus ernst nehmen. Im Grunde sehe ich jetzt zum ersten Mal in aller Herrlichkeit, wie blitzschnell ein Sündenbock aufgebaut wird. Der Grund für den Terrorangriff auf New York war sofort Israel. Der Grund für die Existenz Israels sind die Juden. Die Juden richten für die Araber ein Auschwitz ein. In Europa beginnen propalästinensische Kundgebungen. Ihre Quintessenz: Israel möge vom Erdboden verschwinden. Die vielen internationalen Juden, die sich wütend und geifernd gegen Israel wenden, um dem Haß zu entkommen, der sich über die Juden ergießt. Die üblichen Kapo- und Vorarbeiter-Figuren. Zweifellos wird es keine Ruhe geben, bis nicht alle Juden ausgerottet sind. Fast bin ich neugierig darauf, was man nach Auschwitz Neues erfinden wird. Nach meinem Gefühl bereitet sich ein Weltkrieg vor, wenn man auch noch nicht sagen kann, wer ihn dann austragen wird, wer die beiden Hauptgegner sein werden. Das Gesicht des Hasses nimmt schreckliche Züge an, von neuem erlebt man den Rausch des Kollektiven; der Bestand Europas hängt allein von Amerika ab, und dafür haßt Europa Amerika, und Amerika haßt die Europäer; man schwatzt von europäischer Kultur, während die europäische Vitalität längst von Dekadenz angefressen ist und die Repräsentanten des Kontinents, die «Intellektuellen», wie die klassischen gockelhaften Syphilitiker des 19. Jahrhunderts durch die Welt torkeln.

Mich hat seit jeher die mit knirschender Rührseligkeit verschleierte Lüge gestört, die Auschwitz umwitterte. Jetzt, da Europa sich offen zur Zerstörung Israels bekennt, zur Ausrottung der Juden, also eigentlich zu Auschwitz, hat die Luft sich gewissermaßen gereinigt.

Budapest. In der Gegend der Basilika, wo ich einen Scheck einreichen mußte, kam mir eine zufällige Begegnung in den Sinn, in allen Einzelheiten. Ein Mädchen mit auffallend guter Figur, sie hatte unlängst einen Mann geheiratet, den sie nicht hätte heiraten dürfen, und beklagte sich nun bei mir über ihre Ehe. Es war grauer Winter, unangenehmes Nieselwetter. Beide hätten wir gern miteinander geschlafen, aber keiner von uns hatte eine Wohnung. Ich entsinne mich an die melancholische Zärtlichkeit, die das unerfüllbare Verlangen in mir auslöste. All das ist 52 Jahre her. Ich versuchte das unsägliche Gewicht dieses halben Jahrhunderts zu erfassen, konnte aber nur an die Flüchtigkeit des Lebens denken. Ich habe noch nicht damit angefangen, und schon ist alles vorbei.

Wieder in der Meineke-Straße, diesmal aber keine Berlin-Euphorie. Tiefe körperlich-seelische oder vielmehr geistige Erschöpfung.

Der Bettler ist nicht mehr zu sehen. Ich stelle mir

eine nachtasylartige Unterwelt vor. Drogen, eine verschlampte Frau, um die herum zwei hilflose Kinder plärren. Ein zahnloser, langhaariger Liebhaber. Er verprügelt den Bettler jede Nacht. Vielleicht hatten sie ihn jetzt endgültig satt, haben ihn entweder totgeschlagen oder weggejagt, irgendwohin, vielleicht in einen anderen Stadtteil. Ich hoffe, er ist am Leben – mag sein, eine gauklerische Hoffnung, die er – falls er wirklich noch lebt – vielleicht nicht einmal teilen würde.

Vorgestern die Preisverleihung an Elfriede Jelinek, eine Menge Bekannte, man behandelt mich, als gehörte ich zum geistigen Leben Berlins, und manchmal erfaßt mich die leichte Stimmung eines abenteuerlichen Lebens. Es stimmt nicht ganz, aber es tut gut. Hätte sich mir die Gelegenheit in jüngeren Jahren geboten, sie hätte mich möglicherweise korrumpiert oder verkommen lassen. Aber vielleicht auch nicht. Auf jeden Fall bin ich nicht für das enge Budapester Leben geboren. Gestern mit Tišma im Kempinski. Jedes Mal, wenn er mit dem Zug vom Meer her auf Novi Sad zufährt, spürt er die pannonische Ödnis, die ihn dort erwartet. Die Farbe Pannoniens ist grau, schreibt Babits. Nicht nur die Farbe, auch die Seele.

Der Schmähbrief, den ich hier von einem deutschen Juden auf meinen Jerusalem-Artikel bekam. Eine wütende Beschimpfung, deren Essenz Angst und Selbsthaß ist. Nun, und die daraus resultierende Geschmacklosigkeit. Warum will ein europäischer Jude Israel gegenüber um jeden Preis «gerecht» sein – wobei es sich bei der von ihm beteuerten Gerechtigkeit um nichts anderes als eben diese Angst und diesen Selbsthaß handelt? Und warum besteht er darauf, dieser Angst und diesem Selbsthaß ein öffentliches Podium zu sichern? Aus Angst und Selbsthaß.

Manchmal treten mir einzelne Bilder vor Augen. Sunt lacrimae rerum. Ein Bild aus der Kindheit. Die Baross-Straße. Ich komme irgendwo weither und gehe irgendwohin, einen langen Weg. Irgendwo unterwegs habe ich etwas verloren. Mich selbst? Wer ist dieser ältere Herr, von dem es heißt, «er sieht gut aus»?

Erneut Budapest. Wie es scheint, ist dieses Doppelleben entschieden. Ich glaube, heimischer bewege ich mich in Berlin, und feststeht, daß es mir besser gefällt. Auf dem Ludwigkirchplatz, wo ich neulich mit M. auf der Terrasse des «Hamlet» saß, ist mir auf einmal bewußt geworden, was dort mit mir geschieht. Ganz abgesehen von dieser Ruhe, den mächtigen Bäumen, den weißen Häusern an diesem Platz, von der Sicherheit und Gelassenheit, diesen äußeren Zeichen geistig-materiellen Wohlstands – sagte ich zu meiner Frau –, habe ich noch niemals in *Frieden* gelebt. In Ungarn war immer Krieg – entweder im wörtlichen Sinne oder aber im Hinblick auf die Kriegsverhältnisse unter der Besatzung, und seit der Wende herrschen dort ebenfalls ununterbrochen Kriegszustände, auf den Straßen knistert der Haß, alles ist provisorisch, fragwürdig, instabil, man muß stets gewärtig sein, daß einem irgendwie der Boden unter den Füßen weggezogen wird, die Lebensumstände sind unerträglich, die Mentalität, das Selbstmitleid, das Warten auf «Erlösung», das Unvermögen, die Lügen, immer wieder Lügen, haben eine unerträgliche Atmosphäre geschaffen.

Hier in Ungarn spüre ich genau jene Stimmung, die für das Jahr 1947 charakteristisch war. Noch stellt eine zivile Regierung den Ministerpräsidenten, doch in Wirklichkeit wird im Hintergrund bereits alles von anderen, den Anhängern der Diktatur gelenkt, und die zivile Regierung wird es schließlich als Erlösung betrachten, wenn man sie durch einen Putsch entfernt.

Die Menschen hier sind in einem Zustand wie Haustiere, die eine Woche kein Fressen gekriegt haben. Jetzt warten sie nur noch auf die Ankunft des Schweins Napoleon. – Für Faschismus, Nazismus, Kommunismus usw. gibt es keine historischen Gründe, sondern allein den, daß die Menschen diese Systeme und ihre Oberbefehlsführer wollen. Das ist alles, und es genügt vollauf als Erklärung. Hinterher tut man allerdings gern so, als seien Erklärungen nötig.

Woher soll ich wissen, ob das geschriebene Wort noch Sinn hat? Seit sieben Tagen wieder in Deutschland. Zunächst Berlin, beim Orden Pour le mérite, reizende alte Herren und Damen. Aus dem Abgrund der Seele blubbernder Antisemitismus als musikalische Untermalung. Deutscher Antisemitismus. Was ist Antisemitismus? Das in Mord ausartende Gaudi schmutziger Seelen. Interessant, daß niemand von Nach-Auschwitz-Antisemitismus spricht, einem Antisemitismus, der Auschwitz will. Ich fürchte, die Mordlust Europas wird Israel hinwegfegen. Ich fürchte mich vor den Bildern des Mordens, die ich mir dann ansehen muß. Ich fürchte mich vor dem quälenden Mangel an Ernst, vor dem fremden Leid, das wie eine tödliche Krankheit in mich hineinkriechen wird. Sobald

Israel vernichtet ist, werden die anderen Juden an die Reihe kommen. Vorderhand Verhätschelung, Wohlleben. Üppige Abendessen, schwere Weine. Besuch in der Staatskanzlei, im Kanzleramt. Megalomane Bauweise gepaart mit Schönheit der Innenräume. Mittagessen in Gesellschaft eines unwürdigen Bismarck-Nachfolgers. Die prachtvolle Stadt lag im dunstigen Sonnenschein zu unseren Füßen. Dann nach Frankfurt gerast, genauer geflogen. Bei der Lesung (Márai-Essay) großes Publikum. Die Leute saßen bei der Hitze sogar noch auf dem Boden. Ich weiß nicht, ob ich fähig bin, dieses Interesse zu befriedigen. Ein ernst wirkender Junge reicht mir mit begeistertem Gesicht zwei Márai-Bücher zum Signieren. Ich erkläre ihm, daß ich nicht die Bücher eines anderen Schriftstellers signieren könne. Er versteht, wirkt aber enttäuscht. Ich kaufe ihm das einzige Buch, das von mir noch am Büchertisch zu haben ist – ausgerechnet das *Galeerentagebuch*. Reiche es ihm entschuldigend und versichere ihm, daß er es im Erwachsenenalter vielleicht besser verstehen werde. Meiner Meinung nach würde er es auch jetzt verstehen – völlig unabhängig davon, ob er es versteht. Bücher muß man nicht verstehen, es genügt die Inspiration, die sie uns geben, oft schon allein dadurch, daß wir sie in Händen halten und lesen. Nicht das Buch zählt, sondern sein Leser. Falls dieses Kind das *Galeerentagebuch* lesen und sich über den Sinn der Worte den Kopf zerbrechen sollte, wird es nicht das Buch verstehen, sondern irgendwohin entfliegen, von wo es dann nie mehr in den Lebensalltag zurück will. – Tags darauf Besuch bei dem sterbenden Unseld. Der mächtige Mann liegt im Bett, und drei Mädchen lauern auf seine Wünsche. Streicheln ihn, wispern ihm liebevolle Worte ins Ohr. Magda küßt ihn, es scheint, als würde er bei unseren Namen aufhorchen und uns erkennen. M. schluchzt. Auch ich würge nur mit Mühe Tränen hinunter. Ich wußte nicht, daß mir dieser Mann inzwischen so ans Herz gewachsen war. Eine Eiche ist gestürzt, eine einsame, mächtige Eiche, am äußersten Rand des Waldes, auf einer geheimen Anhöhe, einer Warte, die nun erschreckend leer bleiben und als verwaister Platz auch die Landschaft verändern wird.

Während ich zum Abendessen im italienischen Restaurant Fischsuppe und Spaghetti mit Muscheln verspeiste, las ich mit Genuß in dem Brecht-Buch, das ich vom Suhrkamp Verlag bekommen hatte – den Genuß bereitete mir die Situation, die fremde, freundliche Stadt, das Halbdunkel des Restaurants, die mit gekonnten Griffen geöffneten Flaschen, das am Tisch eingeschenkte Bier, die beflissenen Bewegungen der italienischen Kellner, das Wissen, daß ich in Europa, weit weit weg von Ungarn und dem ungarischen Elend bin; das Wissen, daß mich der Antisemitismus zwar überall auf der Welt töten, ich bis dahin aber doch wenigstens auf menschliche Weise leben kann und nicht im Vorraum zur Schlachtbank, was die ungarischen Juden als Schicksal bezeichnen. Was das Buch betrifft, so war es alles andere als ein Genuß. Brecht ist, mit Verlaub gesagt, ein banal denkender und mittelmäßiger Schriftsteller. In seiner Jugendzeit, an einem schönen, melancholischen Sommerabend, denkt er daran, wie viele Kriege jetzt in der großen weiten Welt wüten, wie viele Menschen hungern, wie viele Kranke es gibt, die gerade in dieser Stunde sterben usw. Wahrhaft kranke Gedanken.

An einem Sommerabend, wie er ihn beschreibt, denken junge Männer im allgemeinen an die Hoffnungslosigkeit der Liebe und brechen in ihrem Gefühlsreichtum, diesem großen, überflüssigen Vermögen, meinetwegen sogar in Tränen aus. Oder haben Visionen vom Leben, wenn auch nur von ihrem eigenen, die auf einmal vor ihnen aufleuchten und in die sie staunend, mit geblendeten Augen hineinstarren, als blickten sie in die Sonne. Er dagegen denkt über die soziale Ungerechtigkeit nach, was seit der Französischen Revolution eine Krankheit ist. Der Wunsch nach sozialer Gerechtigkeit hat die größten sozialen Ungerechtigkeiten in der Welt geschaffen, die Beschäftigung mit dem Schicksal von anderen – die Vernachlässigung der eigenen Existenz – hat zu den schrecklichsten Massenmorden geführt.

Regnerisches Wetter, kühle Luft hat die gestrige Hitze abgelöst. Ich entdeckte jetzt, daß am Ende der Meineke-Straße ein elegantes Bordell auf seine Besucher wartet. Über der Tür einer Nachtbar blinken diskret rote Herzen. Ich sehe den Bettler nicht mehr. Er ist verschwunden. Eine fatale Erschöpfung hat sich meiner bemächtigt. Heute schlief ich fast den ganzen Tag. Sah mir im Fernsehen Tennis an, was von einem bedenklichen Zustand zeugt. Ich schaffe es nicht mehr, dem ununterbrochen Laufschritt fordernden Betriebstempo des mit dem Markennamen Kertész versehenen Schriftstellerunternehmens zu folgen. Ich würde den Laden am liebsten schließen. Aber damit würde ich mich selber schließen.

Wieder in Budapest. Am letzten Tag auf dem Kurfürstendamm habe ich begriffen, daß Berlin für mich das Leben und Budapest das Exil ist. Die lange Platanenreihe in der Mitte des geraden Boulevards. Es ist schwer, die Anziehungskraft einer Stadt zu beschreiben. Doch zweifellos wäre ich in London oder Paris ebenso glücklich. Das Wesentliche ist die Freiheit, die *Be*freiung.

Hermann Beil im Berliner Ensemble, wie er Thomas-Bernhard-Texte liest. Lockiges weißes Haar, jugendliches Gesicht, runde Brille, das merkwürdige, smokingartige Gewand, mit schwarzem Schlips – plötzlich kam ich darauf, er erinnert an Schubert. Und zu alledem der penetrante, stellenweise böse Sarkasmus der Bernhard-Texte.

Den Bettler werde ich wohl nie mehr sehen.

Wien, Besuch bei Ligeti. Nur mühsam kam er die Treppe herunter. Wir unterhielten uns bis morgens halb vier. Der Balkon, auf dem wir schon so oft saßen; nach der brütenden Hitze heftiges Donnern und Blitzen, dann lindernde Windstöße; wir mußten ins Zimmer hineingehen. Er ließ gelten, daß Schönbergs zweites Streichquartett nicht ganz zu verwerfen sei. Auf dem schönen Gesicht Spuren des physischen Leidens. Am Dienstag wird er operiert. Ich habe Angst.

Im geistigen Chaos des Medgyessy-Skandals kann ich mein Verhältnis zu Ungarn in drei Fragen formulieren. Warum sollte ich die (Post-)Kommunisten lieben? Warum sollte ich die (Post-)Faschisten lieben? Warum sollte ich Ungarn lieben? – Hier in Berlin gibt es dagegen den Möllemann- und den Walser-Skandal. Interessant, daß der neue Antisemitismus bei mir keinerlei Emotion auslöst. Vielleicht habe ich mit ihm gerechnet. Vielleicht betreffen mich noch keine Sanktionen (z. B. Deklarationen der Art, daß meine Person nicht mehr erwünscht sei, meine Bücher nicht mehr veröffentlicht werden usw.: Wiewohl ich sicher bin, daß mich auch das nicht erschüttern würde, es würde mein Leben nur verkomplizieren): Tatsache ist, daß mich der Antisemitismus nur dann aufreizt, wenn er mich in einer persönlichen Beziehung trifft – und dann auch nicht der Antisemitismus selbst, sondern die Unverschämtheit, die Gemeinheit der Person. Das Ganze ist mir so fern wie eine Art Deviation, der ich mich gefühlsmäßig nicht annähern kann, oder eine Lehre, die ich nicht kennenlernen will, weil ich keine Zeit dafür habe und weil sie mich langweilt.

Fünf Tage in Spanien. Sinnlos, anstrengend, aber schön. Das atlantische Grün San Sebastiáns, schon vom Flugzeug aus; das üppige Grün nach der gelben, ausgedörrten Landschaft von Madrid. Die spanischen Gesichter, die baskischen Aufschriften, Brutalität, allseits Unhöflichkeit, all das aber hat, falls das möglich ist, etwas Anziehendes. Die Anerkennung durch Adam Michnik; ich konnte nicht mit ihm sprechen – er kann außer Polnisch nur Französisch – und habe das sehr bedauert. Meine Lesung aus dem Churchill-Essay, ich glaube, er interessierte niemanden, auch mich nicht. Die Stadt, die Eleganz der Architektur, der unvergleichliche Stolz der Eckhäuser. Der Atlantische Ozean, den ich hier wohl zum ersten Mal sah. – Dann der Tag in Madrid. In den Nebenstraßen spüre ich plötzlich den Geruch von Tod und billiger Erotik. Kirchen und Restaurants. Hinter den heruntergelassenen, verblichenen Fensterläden hin und wieder die Gesichter alter Frauen. Von den sonnenerhitzten Steinen strahlt hier eine merkwürdige Grausamkeit aus. Und doch ist das Ganze verführerisch, eine rotglühende Leidenschaft, eine tödliche Umarmung. Hier kann man zugrunde gehen und dabei den huschenden Gang der Ratten vernehmen. – Während der ganzen Reise lese ich die Essays von Jean Améry; besonders «Über Zwang und Unmöglichkeit, Jude zu sein» beschäftigt mich – der Titel faßt meine eigene Condition humaine zusammen. «Es kann ja sein, aber es läßt sich angesichts der gegebenen Umstände keinesfalls damit rechnen, daß in den Todesfabriken der Nazis der letzte Akt des großen historischen Dramas der Judenverfolgung gespielt wurde. Ich glaube, die Dramaturgie des Antisemitismus besteht weiter. Eine neuerliche Massenvernichtung von Juden kann als Möglichkeit nicht ausgeschlossen werden. Was würde wohl geschehen, wenn die heute durch Ost und West mit Waffenlieferungen unterstützten arabischen Länder in einem Krieg gegen das kleine Israel einen totalen Sieg errängen?», schreibt er. Die Terrasse des Cafés in San Sebastián, wo ich am Mobiltelefon aus Berlin erfahre, daß mich ein linker jüdischer Publizist in der *ZEIT* wegen meines dort publizierten *Jerusalem, Jerusalem*-Artikels angegriffen hat. «Erst wenn ich, ohne Jude zu sein im Sinne positiver Bestimmbarkeit, Jude bin in der Erkenntnis und Anerkenntnis des Welturteils über die Juden und schließlich mitwirke im geschichtlichen Berufungsprozeß, darf ich das Wort Freiheit aussprechen», so Améry. «Ich verliere jeden Tag von neuem das Weltvertrauen. Der Jude ohne positive Bestimmbarkeit, der Katastrophenjude, wie wir ihn getrost nennen wollen, muß sich einrichten ohne Weltvertrauen.» «Die Solidarität angesichts der Bedrohung ist alles, was mich mit meinen jüdischen Zeitgenossen (...) verbindet.» – Der linke Jude, dieser kleine flüchtende Wurm, beißt mich in seiner Wut immer von neuem ins Bein, um mich daran zu erinnern, wohin ich gehöre. Er wünscht sich als vertrauensvoller, ja, konformistischer Intellektueller in der Welt zu etablieren, und siehe da!, ich störe ihn, indem ich ihn an seine Situation erinnere; das wird er mir nie verzeihen.

Eine höllische Nacht. Die stickige Luft staut sich in dieser Wahnsinnsstadt, über den Straßen und Dächern Budapests. Die Nächte bringen keine Linderung mehr. Eine Ratte hat mich ins Bein gebissen; die Verletzung geht nicht tief, aber die heraussickernde Wundflüssigkeit läßt die auf der Lauer liegende Horde von Ratten quiekend Witterung aufnehmen. Es sind ihrer viele. Bisher hatten sie vergeblich nach einer zum Beißen geeigneten Körperstelle gesucht. – Ansonsten ist mein Leben schlecht. Es ist wie ein schlecht geschneidertes Kleidungsstück, das hier beutelt und dort spannt, an einigen Stellen schneidet es ein, an anderen drückt es, und vergeblich versuche ich, es abzuwerfen wie ein Nessoshemd.

Jeder hat recht. Aber es gibt große und erhebende und kleine, entmutigende, sozusagen provinzielle Wahrheiten. Wer die letzteren vertritt, muß sich den großen Stil versagen. Doch auch wenn wir uns den großen Stil versagen, brauchen wir ihn, um wirksam sein zu können. Und wenn wir den großen Stil adaptieren, verändert sich auf einmal auch die Wahrheit – sie wird groß. Voilà, aus der Sprache gibt es keinen Ausweg; die *Realität*, die ist freilich immer anders.

Es kommt ein Lebensabschnitt, wo man die Lust an den irdischen Dingen: den Frauen, der Liebe, der Politik, sogar dem Leben, verliert und nur noch interessiert ist, allein zu sein. Dann sollte man alle und alles hinter sich lassen, hinauf ins Engadin gehen, arbeiten und sterben. Wie gern täte ich das! Meine Mittelmäßigkeit hält mich immer vom letzten Schritt zurück. Ich bin feige geboren, so wie andere rachitisch.

Ich darf nicht die bedrückenden Vormittage vergessen, die ich mit Bridgespielen verbrachte. Ohne Partner, allein, Jahre, Jahrzehnte lang. Ich kam in die Wohnung von Bözsike, meiner Großtante, wo ich damals, in einem Betonbau, arbeitete, deckte das Blatt auf und spielte bis zum Nachmittag Bridge, ohne mein Manuskript auch nur anzurühren. Genauso hatte ich es schon vorher zu Hause, in der Török-Straße, gemacht. Heute weiß ich, daß ich schwere Depressionen hatte und die Symptome so zu überbrücken suchte. Danach habe ich viele viele Jahre keine Karten mehr angerührt; und jetzt beobachte ich, wie ich wieder Stunden, wertvolle Stunden, im Bridgedusel verbringe.

Die Hitze drangsaliert uns seit Mai ohne Unterlaß mit der Hartnäckigkeit eines verwirrten Geistes.

András Schiffs freundliche Einladung. Die Yacht, mit der wir acht Tage erst im Ionischen, dann im Ägäischen Meer segelten. Die verträumten Inseln, fast hörte man die Sirenen des Odysseus; die versprengten korinthischen Säulenkapitelle an der sonnenverbrannten Küste; auf der Heimfahrt die Säulenhalle des Poseidontempels, die auf einer Felsenspitze aus dem stürmischen, schaumbedeckten Meer aufragt. Abendessen am Fuß der Akropolis. Zwei Abende Lesung aus *Doktor Faustus*, diesem wahrhaft großen Roman (op. 111 und Ines' Pistole in der Straßenbahn). Von neuem eine große Offenbarung: das Buch von Jean Améry, diesmal in einer guten ungarischen Übersetzung. Eigentlich gibt es nur zwei, drei Autoren, die authentische und erhellende Texte über Auschwitz geschrieben haben. Alle anderen lügen oder weichen ängstlich vor der Wahrheit aus; vielleicht merken sie nicht einmal, daß sie ängstlich davor ausweichen, wiewohl allein diese Angst, die Angst vor der Wahrheit, ihnen die Feder führt und allein Feigheit und Selbstmitleid sie inspiriert.

Meine zerfallenden Tage. Der auf eine Katastrophe zusteuernde Niedergang hier; daß die Qualität versiegt wäre, glaube ich jedoch nicht. Sie zieht sich nur in die Stille zurück – aber wann wäre das nicht so gewesen? Die Periode des Analphabetismus hat der Literatur gutgetan, und sollte uns – wie zu erwarten – eine neue bevorstehen, wird sie wieder inspirierende Wirkung haben.

In jeder großen Kunst gibt es einen unbeugsamen, unbestechlichen, man könnte sagen, halsstarrigen Zug, der bei der kleineren als Mangel erscheint und meist auch korrigiert und eliminiert wird – während große Kunst gerade durch diese absurde Eigenheit und das sture Festhalten daran groß wird. (Bei den heutigen Verhältnissen ist es sozusagen schandhaft, von großer Kunst zu sprechen; und doch glaube ich nicht, daß man sie vollkommen aufgegeben hat, auch wenn der vorherrschende Menschentyp eben jene menschlichen Züge verloren hat, die ihn dazu bewegen würden, große Kunst zu verlangen und zu schaffen.)

Ich glaube, die europäischen Juden begehen einen selbstmörderischen Fehler, wenn sie in das Geheul der europäischen Intellektuellen und Chefbeamten einstimmen, die sie gestern noch ausrotten wollten und jetzt unter dem Vorwand der Kritik an Israel eine neue Sprache für den alten Antisemitismus finden; wieso sollten sie ihre Absichten denn inzwischen geändert haben?

Ich möchte diese scheinheiligen, sich selbst aufgebenden Juden, deren Mündern Israel schmähende Sätze wie Erbrochenes entströmen, immer gern fragen: Wieso schmerzt dich das, du Idiot? Du lebst hier in der Schweiz, oder in Frankreich oder in Dänemark oder wo auch immer, wieso schmerzen dich nicht die Morde der ETA oder die Schandtaten der irischen Separatisten oder der erschreckende Machtzuwachs des europäischen Neonazismus? Du kannst dich nicht maskieren, Dummkopf, hast du bereits vergessen, daß man auf Verlangen der Schweiz ein J in deinen Paß stempelte, daß die Franzosen dich in Lager steckten und an die Nazimörder auslieferten, daß ganz Europa die letzten Zuckungen der jüdischen Deportierten in den Gaskammern von Auschwitz gerne sah?

Am Ende komme ich noch zu dem Schluß, daß der europäische Jude tatsächlich jenes schändliche Wesen ist, das es am meisten haßt, wenn es in jüdischer Hand eine Selbstverteidigungswaffe erblickt, und das in der eigenen Ausrottung die einzige Lösung für sein mit wirrem und schmutzigem Bewußtsein gelebtes Leben sieht. Er wird daran solange arbeiten, bis er sein Ziel erreicht hat, und sich über den Vorgang selbst, während man ihn in ein neues Auschwitz schleppt, ihn ausplündert, schlägt und sein eigenes Grab schaufeln läßt usw. – über all das wieder genauso wundern wie einst. – Wir sind Zeugen eines Prozesses, bei dem sich Israel und das Judentum der Diaspora vollkommen voneinander trennen. Möglich, daß sie erst bei der großen Judenvernichtung wieder zusammentreffen.

Beim Abendspaziergang erblickte ich plötzlich den Bettler: Er saß auf dem Kurfürstendamm in einem Hauseingang, an diesem warmen Abend ohne Jacke, völlig unscheinbar in der auf- und abwogenden Masse. Er sollte sich sein Renommee nicht so zerstören; ein Mensch wie er kann sich nur in einer Nebenstraße Aufmerksamkeit verschaffen, auf dem Kurfürstendamm ist er so verloren wie eine Stecknadel, die man aus dem Hemd zieht und durchs offene Fenster auf die Straße wirft. Heute muß auch ein Bettler die Geschäftstricks kennen, wenn er sich eine gutgehende Bettelei einrichten will.

Gestern abend bis in die Nacht ein Wagner-Marathon auf einem der hiesigen Fernsehkanäle; zur Vorbereitung auf die Stuttgarter Wagner-Premieren konnte man ein über vierstündiges, sehr niveauvolles Programm mit Gesprächen, Musikeinspielungen und Bühnenbildern hören und sehen. Zum Schluß der Sendung wurde die Festung Breendonk erwähnt, wo man Freilichtaufführungen von Wagner-Opern veranstalten wird. Der Ort war mir verdächtig, ich schaute nach; es war das Gestapo-Quartier, in dem Jean Améry gefoltert wurde und das Sebald in dem Roman *Austerlitz* beschreibt. Kommentar? Keinen. Wie der Budapester sagt: *So geht's.*

Abends im Restaurant Diekmann, hier in der Meineke-Straße. Mir wird versichert, daß ich ein außerordentlich angesehener Autor sei – den allerdings – muß ich daraus folgern – niemand liest. Nur eines meiner Bücher wird gelesen, der *Roman eines Schicksallosen*. Dieser Tage bekam ich die fünfte Auflage der deutschen Taschenbuchausgabe von 1999 ausgehändigt. Das *Galeerentagebuch* gelte als ein «schwieriges Buch», man könne es zwar nicht lesen, doch wisse jeder sozusagen um seinen moralischen Rang. Würde ich mich selbst wohl lesen? Ich glaube, ja. Für mich selbst wäre ich ein wichtiger Autor. Deshalb verdirbt es mir auch nicht im geringsten die Laune, daß man mich so wenig liest. In Wirklichkeit habe ich auch so schon mehr für das bekommen, was ich hervorgebracht habe, als andere ausgezeichnete Autoren, die ich selbst für groß halte. Vor allem kann ich mir erlauben, in Berlin zu leben und muß nicht in Ungarn vegetieren. Ich habe meine Kunst schon immer als ein einsames Vergnügen betrachtet, das sehr wenig mit den sogenannten und nicht vorhandenen Lesern zu tun hat. Wenn mein Leben mit meiner Existenz identisch ist – was sich, glaube ich, kaum bezweifeln läßt –, dann habe ich nicht umsonst gelebt. Vom Standpunkt des Gebens und Nehmens, der Konsumierung, mag es sein, daß ich umsonst gelebt habe; die ethische Kreativität als Wert wird am Ende wahrscheinlich völlig verschwinden, da sie das Ergebnis einsamer und aristokratischer Betätigung ist; einzig die Dummheit ist demokratisch, und die Verkaufsstatistik.

Eine Welt ohne Werteordnung ist eine Welt der Ironie. Aber wer kann in dieser weiten, doch äußerst gefährlichen – da freien – Welt existieren? Der liberale Geist, der ursprünglich das Beste wollte, hat mit seiner postmodernen Prinzipienlosigkeit die Intellektuellen in Nihilismus und die Massen in Ratlosigkeit getrieben. Die Welt der Ironie ist die Welt Mephistos – doch auf sie wartet die Niederlage, auf die Begünstigten aber die Erlösung. Die jüngsten Entwicklungen geben Goethe recht. Die Masse braucht eine Werteordnung, sonst schafft sie sich ihre eigenen Werte, und dann wehe dieser Welt.

Sollte ich das smarte amerikanische Ehepaar nicht erwähnt haben, das wir in Berlin im Restaurant Diekmann kennenlernten? Beide um die fünfundsechzig; die Frau außerordentlich gepflegt, sorgfältig frisiertes, wenn auch dünnes, schütteres Haar, das Gesicht fast aufregend zu nennen, wenn nur irgendetwas Originelles darin gewesen wäre. Der Mann (ein pensionierter Zahnarzt, wie sich herausstellte): Kommunismus? Wer erinnert sich heute schon an den Kommunismus, er ist doch verschwunden, oder nicht? Sicher, es muß unangenehm gewesen sei … *too much control* … *And bad food* … Und so fort. Es war nicht amüsant, eher traurig, eigentlich zum Verzweifeln. Ich erwähnte das Problem der fortbestehenden Zweiteilung Berlins. Wie kann das sein? fragte er. Verstehen sie einander nicht? Aber es sind doch alles Deutsche … Altgewordene Babys, die aber auffallend viel von der Börse verstehen und davon, sich Gewinne zu sichern.

Eigentlich sollte ich eine geistige Autobiographie schreiben.

Heute ist bereits offenkundig – bereits heute? Wie lange schon! –, daß ich in der Literatur des Landes, in dessen Sprache ich schreibe, keinen Platz habe. Ich verstehe auch das Land nicht, dessen Bürger ich bin. Was habe ich mit dem Spitzel-Ungarn zu tun? Was mit der Denunziantenmoral, die dieses Land geprägt hat? Ist das nicht doch meine größte Schuld? Daß ich keine Mitschuld auf mich genommen, mich an keiner Komplizenschaft, keinem «gemeinsamen» Schmutz beteiligt habe? Ist nicht das der Grund meiner Isolation hier? Der naive Kertész … Immer wenn ich mich hier mit Intellektuellen unterhielt bzw. unterhalte, könnte ich mich am selben unangenehmen Flohbiß am Rücken oder Bein kratzen – meine ewige Lächerlichkeit, diese gewisse Infantilität gegenüber den *ernsten Erwachsenen* … Mit mir kann man nicht über *ernste* Dinge reden. Denn was ist hier ernst? Korruption, geistiger Verrat, Spitzeltum, die mal «natürlich» sind, mal verurteilenswert, je nach dem augenblicklichen Wasserstand, nur daß ich mir über den nie im klaren bin … Nein, das unabhängige Denken und die Lebensführung, die aus den unerbittlichen Folgerungen dieses Denkens erwuchs, wird man mir in Ungarn nie verzeihen. Im Hinblick darauf ist mein Judentum nur ein symbolisches Anhängsel.

Diese Nacht wieder Thomas Manns Tagebücher in der ungarischen Ausgabe. Ich finde es unvermindert attraktiv zu lesen, daß er morgens aufwacht, das Wetter trübe ist, er sich rasiert, einen ordentlichen Anzug anzieht und sich zum Arbeiten niedersetzt. Leider läßt sich der Sprachstil der Tagebücher nicht wiedergeben, weil es im Ungarischen einfach keine grammatikalische Entsprechung für Wendungen gibt wie: «Gingen gleich nach dem Essen hinauf.» Oder: «Am Kapitel. Den Schluß finden!» (Ich wüßte selbst nicht, wie das zu übersetzen wäre: *A fejezeten* oder *A Fejezeten*, aber das ist nackter als «Am Kapitel». Vielleicht würde ich so übersetzen: *A fejezet. A végét megtalálni!* – wiewohl das ungarische *megtalálni* nach meinem Gefühl hier nicht ganz relevant ist.) Egal: das alles rechtfertigt noch nicht einen ungemein gebildeten und ungemein törichten Artikel von Szegedy-Maszák, in dem er versichert, daß alles Übersetzen vergeblich und die Werte einer Nationalliteratur nicht vermittelbar seien. Ich für meinen Teil habe die ganze Weltliteratur aus Übersetzungen kennengelernt, und es ändert überhaupt nichts daran, wenn, sagen wir, in den *Brüdern Karamasow* beim Gespräch mit dem Teufel das Altslawisch nicht aufs Genaueste übersetzt ist. Am Beispiel eines Autors: Benedek Virág bedeutet mir weder auf Ungarisch noch in türkischer Übersetzung irgend etwas – allerdings bin ich ja ein Vaterlandsverräter. Aber was die Nationalliteraturen für sich bewahren, diese Geheimnisse ähneln den stickigen Geheimnissen des Familienlebens, die letztlich gar nicht so interessant sind: Egal, ob die Mutter einen Orgasmus hatte oder der Vater pädophil war – das Wesentliche ist, ob der Schriftsteller etwas an der Gattung selbst verändert, sie vorangebracht hat, ob er etwas geschrieben hat, was es vor ihm noch nicht gab, und wenn das geschehen ist, ganz gleich, in welcher Sprache, wird das Werk mit Sicherheit in die Weltliteratur aufgenommen.

Wiewohl *Liquidation* vollkommen fiktional zu sein scheint – und manchmal rede ich mir selbst ein, daß es so ist –, bin ich mir darüber im klaren, daß seine Wurzeln tief in mein Leben reichen und der Roman dem Wesen nach Selbstbestrafung und bekennende Buße ist und nichts anderes. Warum würde er mich sonst so interessieren? Warum arbeite ich schon seit dreizehn Jahren daran, wenn ich richtig rechne? Und warum würde er mich sonst mit so viel Schmerz, Beklemmung und Erregung erfüllen, wie beim Kommando zur Landung, bei deren tausend Komponenten man immer mit der ungünstigsten zu rechnen hat?

Die Korrekturen zur ungarischen Neuauflage von *Ich – ein anderer* abschließend, erstaunt mich die Originalität und, ich sage es ohne falsche Scham: Größe des Buches. Ich finde da für viele Dinge endgültige Formulierungen. Und ermesse angstvoll den seither erfolgten physischen und geistigen Niedergang. Darf ich noch Bücher schreiben? Daneben ergreift mich ein tiefes Bedauern, daß niemand dieses Buch gelesen hat bzw. liest bzw. lesen wird. Weil es auf Ungarisch geschrieben ist und in diesem Land kein Publikum findet und weil die Übersetzungen die Kraft der Formulierungen kaum wiedergeben; doch selbst wenn sie sie wiedergäben, läsen die Leute so etwas nicht in Übersetzungen. Irgendwie empfinde ich es als angemessen, möglichst bald zu sterben.

Ich komme so nach Berlin, wie ich einst ins Lukácsbad ging. Grünes Wasser, leichter Dunst, Zuflucht. Dr. H., den ich zum Abendessen eingeladen hatte, stellte die stereotype Frage, wie ich in Berlin, unter Deutschen, leben könne. Ich entgegnete, aber wie könnte ich unter Ungarn leben? Er räumte ein, die Antwort sei gut. Allerdings kamen wir nicht bis zum Ende der Gedankenkette: Wie ich überhaupt leben kann. – Obwohl ich heute, ich gestehe es, gern lebe. Verbirgt sich in diesem Geständnis nicht eine Gefahr? Darf man so etwas gestehen?

In Berlin ist der Herbst wie ein blondes Mädchen am Morgen. Ich kann ihn nicht genießen, überflüssiger, aber dringender Aufgaben wegen. Ich muß gestehen, ich liebe diese Stadt. Gestern ein wenig im Tiergarten, die Gartenlokale, der See, wo man sich ein Boot ausleihen kann. Ich dachte an M., Ende September bringe ich sie hierher. Irgendwann ist auch Budapest einmal eine Stadt gewesen, daran erinnere ich mich noch aus meiner Kindheit. Wohin ist das Budapester Leben entschwunden? Es meidet die Stadt wie ein Landstreicher das Gefängnis. – Gestern am Telefon überraschend Unselds alte begeisterte Stimme. «Der Kreis muß sich schließen», sagte er. «Nein», protestierte ich, «der Kreis soll noch offen bleiben …»* Wir wechsel-

* Dialog im Original deutsch

ten ein paar Worte in dieser Art, es war schrecklich, weil er nicht richtig bei Bewußtsein ist, die Worte aber trotzdem in der alten Art artikuliert: die Stimme stets erhoben, als sei das, was er sagt, immer von besonderer Bedeutung – eine eigentümliche Mischung aus von der Kanzel ertönendem Bibelwort und vollkommen vertraulicher Intimität.

Früher Morgen. Am Abend Rückkehr aus Lausanne. Eine absurde Konferenz. Worüber? Wozu? Für wen? Ich betrachte diesen Konferenz-Aspekt meiner Existenz, der inzwischen infolge des Markennamens Kertész mit nicht unerheblichen Einnahmen einhergeht, mit der größten Verwunderung. So war ich (dieses Jahr) in San Sebastián, in Berlin (Toleranz-Konferenz [was für eine schöne Assonanz!]) und ich weiß nicht mehr wie vielen anderen schönen Orten (Stockholm z. B.), überall fanden Konferenzen statt, die nirgends einen Sinn hatten, aber überall tauchten die Konferenz-Schakale auf, die von diesen weltweit organisierten Konferenzen leben. Nie so eine Welt! Aber wahrscheinlich hängt das mit dieser Demokratie zusammen: Der Konsens wird überall wiederholt, und das hält man für kulturelle Betätigung. Es bleibt einem nichts anderes übrig, als skeptisch oder zynisch zu werden. Die meisten neigen zu letzterem. Das Leben aber entrückt immer weiter; wir suchen es schon mit dem Fernrohr.

Wie denke ich über den Zufall? Ist alles Zufall oder überhaupt nichts? Wie denke ich über den Zufall, wenn alles für mich günstig, und wie, wenn alles gegen mich ist? – All das berührt die Frage von Sinn oder Sinnlosigkeit des Lebens, über die sich nicht streiten läßt. Der Zufall unserer

Geburt. Nicht nur die Empfängnis, überhaupt die Ursache; ob man zum Beispiel miteinander schläft oder nicht schläft. Wenn man so will, hängt alles davon ab. Wovon? Davon, wie man es sieht. Der Glauben scheint unumgänglich zu sein. G.s lächelndes Gesicht. «Das kann nicht sein», sagte er. Hinter der Brille schienen ihm Tränen in den Augen stehen. Jedenfalls sah ich es so. Wir feierten seinen sechzigsten Geburtstag. Sein Vertrauen rührte mich tief.

Abermals in Frankfurt, bei dem armen kranken Unseld. Er hatte Mühe, das Dessert abzuwarten, ließ sich dann in sein Zimmer hinaufführen. Kurz darauf ließ er mich rufen. Er lag auf dem Bett, streckte mir die schlaffe kranke Hand entgegen. Ich ergriff sie, streichelte oder besser, massierte sie. Nach einer Weile entzog er sie mir, dann streckte er sie mir wieder hin, ich massierte sie abermals. «Ich bin froh», flüsterte er. Man schämt sich immer. Es beschämt uns, wenn unsere Situation besser ist als die von anderen, und es beschämt uns auch, wenn sie schlechter ist. Es gibt keinen Ausweg. Wir schämen uns permanent. – Vor allem aber hat es M. getroffen. Was erwartet uns? Als er ihre Hand nahm, verspürte sie plötzlich eine seltsame Kraft. Kämpfen, solange es geht, solange wir es aushalten. Und es dann – möglichst – gemeinsam beenden.

Ich weiß nicht. Letztlich bin ich mit der Ehe in eine mir fremde Materie geraten, in die ich immer weiter einsinke wie in einen teerartigen Brei. Der Enkel. Die Probleme. Die absurden Beziehungen. Heimweh nach meinem Sils Maria. Was war das für mich? Wahrscheinlich die Török-Straße. Ich war unglücklich, aber man ließ mich leben.

A. ließ mich leben. Das kann ich erst jetzt richtig schätzen. Ich war unglücklich, aber ich schritt dabei über eisige Gipfel. Etwas ist verlorengegangen, und das ist nicht die Jugend – nicht *nur* die Jugend.

Gestern Fernsehen. Bestürzend das täglich wachsende Ausmaß der Barbarei; eigentlich kann man dem gar nicht mehr folgen. Ich verstehe nicht einmal mehr ihre Sprache. Und ich zerbreche mir unterdessen als Schriftsteller den Kopf über stilistische Fragen. Aber warum auch nicht? Letzten Endes könnte ich auch Alpinist sein; wäre es eine sinnvollere Sache, einen Gipfel zu erklimmen und dort eine Fahne zu hissen? Sowohl das eine wie das andere sind sportliche Leistungen. Sportliche Leistungen schätzt man noch, sie allein, könnte man sagen. Schreiben, als wenn es ein Sport wäre. Lächerlich das Ganze, lächerlich und traurig mein Leben.

… Er erzählte, daß er, genau wie ich, nach langer Ehe seine erste Frau verloren und später wieder geheiratet habe; die Frau, die er geheiratet habe, habe eine erwachsene Tochter und diese einen Mann; daß er sich gefreut haben würde über eine reizende Ersatztochter, zu der er eine spielerische Vaterbeziehung hätte pflegen können, getönt von Liebe, Weisheit und einer gewissen unschuldigen Erotik, daß dieses Mädchen aber ein widerwärtiges Geschöpf sei, ein verschlossenes, mürrisches, mit Komplexen behaftetes Wesen, zu alledem völlig geistlos, und ihr Mann Techniker, sehr viel mehr brauche er wohl nicht dazu zu sagen; daß die beiden ein Kind bekommen hätten und die Großmutterleidenschaft seine Frau von ihm weglocke, was für ihn selbst nicht nachvollziehbar sei, obwohl er sich bemüht habe, den kleinen Kerl zu lieben, sofern man eine Exkrementier-, Freß- und Schlafmaschine überhaupt schon lieben könne; daß seine Frau ihn eines Tages auf den Spielplatz gerufen habe, wo sie den Enkel schaukeln und im Sandkasten spielen lassen, ihn gefüttert und umhergeschoben habe, wobei das Kind im schmutziggrauen Sand, zwischen schmutziggrauem Hundedreck, Hühnerkot und ich weiß nicht was noch herumgewühlt habe; daß das Kind dann auf dem Nachhauseweg unbedingt seine Hand in seinen, des Mannes, Mund habe stecken wollen, was auch mehrere Male passiert sei, und daß seine Frau ihn darauf angeherrscht habe, er dürfe die Hand des Kindes nicht in den Mund nehmen, weil so ein Kleinkind empfindlich sei und ganz schnell «alles bekomme» – wie sie sich ausgedrückt habe. Aus dieser Geschichte lasse sich, meinte er, deutlich das totale Fiasko der Gefühlshierarchie erkennen, nämlich daß seine Frau ihren Enkel und ihre blöde, unkultivierte, deklassierte Familie liebe und erst dann, weit danach, an letzter Stelle sozusagen, ihn, ihren Mann. Denn schließlich habe sich doch das Kind im Schmutz gesuhlt, und er hätte eher etwas von dem Kind bekommen können als umgekehrt. Ich versuchte ihn zu trösten, von meiner eigenen Situation ausgehend und darauf verweisend, daß seine erste Ehe kinderlos gewesen und er von seiner ersten Frau sicher verwöhnt worden sei; aber ich sah, daß meine Worte ihm nicht halfen und der Vorfall ihn ungeheuer verletzt hatte. Er erwog, ein Testament zu verfassen, in dem er sein gesamtes Vermögen den noch lebenden Familienmitgliedern seiner ersten Frau hinterlassen würde, aber ich glaube, es ist mir gelungen, ihm das auszureden. Der ganze Mann war ungeheuer lächerlich, so lächerlich, wie es wahrscheinlich auch die Ehe ist, seine Infantilität war lächerlich, so lächerlich wie die Infantilität überhaupt, die einen in die Ehe treibt, denn der heutige Mensch ist überhaupt infantil, und die Vereinigung von zwei Infantilitäten ist der sichere Bankrott, die sicherste, kindischste und lächerlichste Variante des Bankrotts; es war, wie gesagt, lächerlich, aber trotzdem verständlich.

Der Gastwirt Szúnyoghy (so neuerdings – vorher nur Szúnyogi), Szúnyoghy also hat eine Tafel vor die Tür gestellt: «Zutritt für Juden und Hunde verboten». Grün (vorher Gerendás, jetzt wieder nur Grün), der in Szúnyogis kleiner Gastwirtschaft zwanzig Jahre lang Stammgast war, trat trotzdem ein.

«Hassen Sie mich wirklich, Herr Szúnyoghy?» fragte er.

«Aber wie sollte ich Sie denn hassen, mein lieber Herr Gerendás», protestierte der Gastwirt, «Sie sind doch seit zwanzig Jahren einer meiner hochgeschätzten Stammgäste!»

«Und es macht Ihnen nichts, daß ich Jude bin?»

«Ach so, wenn Sie Jude sind, dann muß ich Sie natürlich hassen.»

«*Müssen* Sie das oder hassen Sie mich tatsächlich?»

«Tja, wenn ich zwischen beidem einen Unterschied machen könnte!»

Man hat mich zu einer jährlich wiederkehrenden öffentlichen Veranstaltung eingeladen, zu der ich bisher noch nie eingeladen worden bin; der Oberbürgermeister teilte mir im Vertrauen mit, man wolle mich zum Ehrenbürger von Budapest ernennen; der sogenannte Schriftstellerverband, dessen Mitglied ich nicht bin und von dessen Seite ich bislang immer nur Antipathie zu spüren bekommen habe, meint auf einmal, ich müsse ihn in irgendeiner europäischen Sache (ich habe während des Telefonats nicht verstanden, um was für eine Veranstaltung es sich handelt) repräsentieren – was tut sich da? Wodurch hat sich mein sogenannter «Status» verändert? Und wie soll ich mit dieser Veränderung umgehen? Soll ich die Essays zurückziehen, die ich über meine Heimatlosigkeit geschrieben habe und darüber, wie wenig ich diese Stadt liebe? Soll ich meine Anschauungen ändern oder wegen der auf einmal so freundlich gewordenen Behandlung protestieren? Denn ich empfinde mich doch inzwischen gar nicht mehr als hierhergehörig, bin eher Berliner als Budapester ... (Im Grunde ein lächerliches Problem; das Leben ist absurd, und deshalb muß man es mit der entsprechenden Zurückhaltung und Flexibilität behandeln, als etwas ohne große Bedeutung, vornehmlich, solange es sich von seiner vorteilhaften Seite zeigt.)

In der Nacht den dritten Satz von Mahlers 4. Symphonie gehört, dann den dritten und vierten Satz der 6. Wieder von der Erkenntnis durchdrungen, daß diese Musik meine Welt ist, daß ich sie über alles liebe. Als diese Musik geboren wurde, gab es Gott sei Dank noch keine Demokratie, die zweifellos politische Vorteile und kulturelle Nachteile hat. Zu Mahlers Zeiten war noch – zum letzten Mal – eine Größe möglich, die in der Demokratie nicht mehr möglich ist. – Beim letzten Satz der 6. mußte ich feststellen, daß sich mein Gefühl der Todesproblematik gegenüber verändert hat. Es ist nun nicht mehr dramatisch oder tragisch, vielmehr elegisch, von einem leichten Sträuben getönt. Dieses Sträuben ist nicht Angst: Ich empfinde weiterhin keine Angst – es ist eher, als würde man an eine unangenehme, aber unvermeidliche Aufgabe erinnert, obwohl noch ein wenig Zeit wäre, oder als müsse man in ein fremdes Badezimmer blicken, in dem man jemand bei unschicklichem Tun ertappt.

Gestern erfuhr ich, daß mein Parkinson eine schnelle «Entwicklung» nehmen, bald auf die linke Seite übergreifen und dann immer qualvoller werden wird. Ich muß mich mit allem beeilen, was mir geistig wichtig ist.

Mit der Ehe – natürlich – wieder ausgesöhnt, denn ich habe doch eine wunderbare Frau.

Bleibt die Frage: Wenn man in seiner Verletztheit etwas ungerecht formuliert hat, das Formulierte aber dennoch von allgemeiner Wahrheit ist, sollte man es dann verwerfen – nur weil man es «subjektiv» nicht in einer Atmosphäre von Gerechtigkeit, sondern, im Gegenteil, in einer solchen von Ungerechtigkeit formuliert hat, oder sollte man es bewahren, als wahren Gedanken, den man zwar in einer Situation gedacht hat, als man gerade ungerecht war, aber bei dem man, zwar nicht im persönlichen, aber im allgemeinen Sinn etwas Wahres gedacht hat? – Komplizierte Frage, einfache Antwort: Nein, offenbar muß man es nicht verwerfen, ja, es wäre sogar leichtfertig, das zu tun.

Es passiert ungeheuer viel; im Gegensatz zu meinem vorherigen Leben, wo überhaupt nichts passierte. Ich weiß nicht, was vorteilhafter ist. Wieder droht man mir mit dem Nobelpreis. Eine obskure Figur, ein Literaturkritiker, der sich in der Rolle des Haus-Clowns und Haus-Juden behauptet (eine «Medienfigur»), hat im deutschen Fernsehen seiner Hoffnung Ausdruck gegeben, daß nicht ich, sondern ein «starker» und «frischer» amerikanischer Schriftsteller, nämlich Updike, den Preis bekommen werde. Interessant, daß ich mein ganzes Leben mit dieser Art von Juden in Konflikt bin; diese Leute haben mich verfolgt, mich bis aufs Blut gequält. Der Geheimdienst-Jude ist immer wütend auf mich, weil er glaubt, er habe den Preis fürs Überleben gezahlt – indem er Geheimpolizist, Verfolger seiner Schicksalsgenossen wurde –, während es auch eine andere Art des Überlebens gab, die *Reinheit*, und deshalb vergibt er den Reinen nie. – Im übrigen bin ich wieder in Berlin, jetzt für zehn Monate, als einer der *Fellows* am Wissenschaftskolleg zu Berlin. – Am Abend vor meiner Abreise, im Kammertheater zwei Stunden aus *Liquidation* gelesen. Eine besondere Erfahrung, gelassen und, wie man so schön sagt, positiv.

Das Alter, dieser unmögliche Zustand des Körpers, nachdem wir uns lange Zeit erst an die Jugend, dann ans Mannesalter gewöhnt hatten; eine Veränderung, die sich so organisch vollzieht, daß man sie eigentlich gar nicht wahrnimmt. Auf einmal melden sich dann die Alterssymptome, du konstatierst quasi von einer auf die andere Minute, daß du nur noch krumm gehst, die Knie schmerzen, daß du nicht schlafen kannst, deine Konzentrationsfähigkeit nachläßt, deine Erektion unbefriedigend ist; du kannst das Ganze nicht recht fassen, vor allem deshalb nicht, weil es unakzeptabel ist und dich dennoch beherrscht; es ist zu deinem Zustand geworden, während du die Sache noch als verfrüht empfindest, denn was die Bereitschaft zum Leben betrifft, ginge es vielleicht noch ein paar Jahre. Aber gerade darum geht es: Die Jahre werden dir entzogen, das Urteil lautet, daß es genug für dich war und daß es besser ist, keine Berufung einzulegen, denn damit vergeudest du nur die verbleibende Zeit. Und was solltest du auch mit dem dir fremd gewordenen Körper, der unerfüllbaren Sehnsucht anfangen?

Den Nobelpreis irgendwie interpretieren. Ich denke, die Entscheidung der Schwedischen Akademie beweist großen Mut. Du hast ihn bekommen, weil … die Begründung ist unwesentlich. Ein gebildeter, zweifellos fähiger, zurückgezogen lebender, schutz- und heimatloser Schriftsteller hat ihn bekommen, der keinerlei «offizielle» Unterstützung erfahren hat, keinerlei Lobby besitzt, nicht Englisch spricht und die Welt sehr düster sieht. Aber er sieht sie. Die Akademie hat für fragile Werte gestimmt, und die einhellige Zustimmung, mit der ihre Entscheidung aufgenommen wurde, ist verblüffend. – Ich selbst habe noch überhaupt nichts begriffen. Seit zwei Tagen gebe ich nur noch Interviews; ich benehme mich, als ob ich das schon immer getan hätte. Doch irgendwie stehe ich dem Ganzen fern und weit außerhalb, ein echtes «Ich – ein anderer»-Erlebnis. Große Müdigkeit. Magdas tröstliche Gegenwart. Mehr kann ich, zu meiner größten Überraschung, nicht dazu sagen.

26. Oktober 2002 Heute morgen ist Unseld gestorben. In einem gewissen Sinn bin ich untröstlich. Ich weiß nicht genau, warum. Wahr ist, daß ich ihn mochte, wahr ist, daß alles anders wäre, auch der Preis, wenn er – in der ganzen Herrlichkeit seiner Kraft, wie ein Großfürst – noch gegenwärtig sein könnte. Und noch etwas anderes bedaure ich, was mehr ist: das Verschwinden der letzten großen Figur einer großen Generation, das Verschwinden eines Gründers, eines großen Mannes. – Ich rief Ulla an, sie sagte, Siegfried habe zuletzt zu mir gesprochen; er habe nur abgerissene Worte gemurmelt und gesagt, «ich komme» – sie denke, damit habe er Stockholm gemeint –, sonst habe sie ihn nur noch schwer atmen gehört und gedacht, jetzt werde die Krankheit ihn sicher wegraffen. Und so war es.

Ansonsten brodelt der Nobelpreis-Wahnsinn um mich herum. Tiefe Müdigkeit, ich könnte sagen, innerlich und äußerlich. Magda findet nur schwer ihren Platz. In zwei Wochen muß ich die Rede abliefern, gute zwanzig, vierundzwanzig Seiten. Viele Leute sind glücklich, sehen in dem Preis für mich das Aufflackern einer Hoffnung. Die ungarischen Nazis – unter denen sich viele Juden finden – schmähen mich. Zwei in der Öffentlichkeit bekannte Juden, ein deutsch-polnischer und der in Österreich lebende ehemalige Stalinist Pál Lendvai, ließen verlauten, ich hätte den Nobelpreis nicht bekommen sollen. – Aber es lohnt nicht, mehr Worte über das Ganze zu verlieren. Mir fehlt das Schreiben so, daß ich fast krank bin.

Sonntag. Magda ist am Morgen abgereist. Ein wirrer Vormittag; ich war unfähig, bestimmte persönlich gehaltene

Gratulationen aufrichtig zu beantworten. Besorgte mir die Sonntagsausgabe der *Frankfurter*, mit den schönen Nekrologen (Unseld). Selbst ich mit meinen schlechten Deutschkenntnissen habe keinen allzu großen Blödsinn gesagt. Ein paar rasche Notizen für die Stockholmer Rede. Gestern abend rief ich Ligeti an, er war sofort verstimmt, weil ich «kokett» über den Preis spräche. Aber Auschwitz und Nobelpreis sind nun mal ziemlich schwer in Relation zu bringen. Schließlich war es nicht so abgemacht, daß ich sechs Jahrzehnte später einen Literatur-Nobelpreis erhalte. Eine Absurdität, die allein mit Ironie zu überbrücken ist. Das bedeutet nicht, daß ich mich nicht freue – trotzdem, ich glaube, ich habe noch nicht begriffen, was mir geschehen ist. Magda geht es ebenso. Der erste herbstliche Tag, um fünf Uhr ist es schon fast völlig dunkel. Ich sitze in meinem Arbeitszimmer in der Wallot-Straße, umgeben von Laubbäumen, wie auf dem Grund eines Aquariums. Der Himmel ist gläsern, die Bäume zischeln auf, ein heftiger Wind weht. Kein Brief, kein Telefon, seit vierzehn Tagen der erste ruhige Nachmittag.

Mitternacht. Diese Zeilen schreibe ich in Berlin. Veni, creator spiritus! Unkreatives Leben ist gottlos. Habe ich das gewollt? Eigentlich ja, aber nicht so. Hast du deshalb geschrieben? Nein, mitnichten. Freust du dich? Im Grunde wohl, aber mit Vorbehalten. Was ist dann mit dir los? Daß ich nicht schreibe; mein Leben ist inhaltslos, ich bin mir selbst fremd.

Die Groteske, die mein Leben begleitet. Wie mitten im triumphalen Schmettern des Horns das Grunzen der

Tuba ertönt – ein furzender Laut, jemand bläst ein Lied aus der Unterwelt in die Grundmelodie, derweil mit vom Blasen geschwollenen Gesichtern die Band erscheint und sich im Narrenkleid und rot und grün karierten Strümpfen dem bunten Zug anschließt. – Die Kinderfreunde; ihre Lust, den für sie auf verbotenem Terrain gelegenen Obstgarten zu besudeln. Hurtig lassen sie die Hosen runter, erleichtern sich und laufen dann weg. Die ewige Groteske, Bosch-Bilder. Interessant; doch es setzt mir mehr zu als nötig.

Noch nie in meinem Leben habe ich so viel Niedertracht erfahren wie seit der Verkündung meines Nobelpreises. Als wäre der Preis nur dazu da, das Fenster zu den bodenlosen Tiefen der Gemeinheit aufzustoßen. Judenhetze von Nazis; Judenhetze von Juden; die Natter, die aus der Vergangenheit kriecht und die Luft mit ihrem Leichengift verpestet. Die Maschinerie; diese zu meiner Zerrüttung geschaffene Maschinerie; in Form von Presse und Öffentlichkeit hetzt sie mich an die äußerste Grenze meiner Kraft. Jeder dreht ein bißchen am Räderwerk, das mich langsam erwürgt, zerquetscht, verschlingt.

Berlin. Am Abend aus Stockholm zurückgekehrt. Es ist vollbracht. Ich habe die Rede gehalten, ich habe den Preis entgegengenommen. Jetzt ist es nachts, drei Uhr fünfzehn. Und schon erscheint mir das Ganze wie ein ferner Traum. Ich kann es kaum erwarten, zum grauen Alltag zurückzukehren.

Budapest, Massenveranstaltungen; ohnmächtig saß ich in der Ecke, in die man mich gequetscht hatte, und signierte Büchermassen, während die Leute mit mir sprachen, mir ihren Atem ins Gesicht bliesen und mich nicht zu Abend essen ließen, nicht einmal ein Glas Wasser konnte ich bekommen. Und das nennen sie Liebe, Popularität. Magda zerrte mich wutentbrannt zum Ausgang. – Gestern den schon fertigen ersten Teil des Romans durchgelesen; Triumphgefühl. Die Frage ist, wie ich mir meine schöpferische Einsamkeit organisieren kann. (Sieh da, meine Sprache ist schon nicht mehr die meine – wann habe ich je so etwas geschrieben wie «schöpferische Einsamkeit»?) – Judits Besuch in Auschwitz. Dieses wichtige Moment habe ich mit vor Müdigkeit flimmernden Augen inmitten des Massengeschehens erfunden. – In zwei Tagen fliegen wir nach Madeira, mit unzähligen Büchern und meinem Laptop.

Es erheben sich ein, zwei Fragen bezüglich meiner Bewertung als Schriftsteller, namentlich hinsichtlich der Absurdität, daß meine Bücher plötzlich zu Hunderttausenden verkauft werden. Was ändert das? Ich denke, die Fragestellung erübrigt sich; ich will mich nicht selbst im Rückspiegel von anderen sehen. Überhaupt muß ich mich von dem in der Welt kursierenden Kertész-Bild abgrenzen. (Noch immer habe ich mich nicht an meinen Namen gewöhnt; noch immer steigt Angst in mir auf, wenn er ausgesprochen wird.) – Politische Absurditäten, man benutzt mich, um sich mit meinem Markennamen wie mit einer Axt die Köpfe einzuschlagen, während immer mehr Unflat an diesem Namen hängenbleibt. Alles hinter mir lassen, weg, nach Berlin, arbeiten.

Mich von der Beschädigung durch den Nobelpreis erholen, als wenn nichts geschehen wäre. Die widerwärtige, lächerliche und aggressive Popularität, nachdem man in Ungarn Jahrzehnte lang nicht einmal wußte, daß ich existiere. (Allenfalls die Polizeibehörde.) Gestern las ich in einem deutschen Blatt, daß man den Nobelpreis als Todeskuß zu bezeichnen pflegt; einige hätten nach der Zuerkennung Selbstmord begangen, und in den meisten Fällen habe der Schriftsteller danach nie wieder ein bedeutendes Werk geschaffen. Das letztere ist leicht zu widerlegen (*Doktor Faustus* usw.), hingegen ist es eine Tatsache, daß die meisten großen Schriftsteller den Preis einfach nicht erhielten. Ich für meinen Teil habe diese Spekulationen eingestellt; ich wahre mir die ungetrübte Freude, die das Geld und die höheren Honorare bedeuten – Fakt ist jedoch, daß ich Ungarn beispielsweise für eine gute Weile verlassen muß. Aber das war ohnehin meine feste Absicht. In Ungarn hat man mich nie verstanden, und die Erklärung dafür ist einfacher, als ich geglaubt hätte: In Ungarn versteht man mich deshalb nicht, weil Ungarn *kein christliches Land* ist. – Im übrigen bin ich nicht geneigt, der bösen Verlockung nachzugeben, das Werk, das ich geschaffen habe, neu zu bewerten. Es kann sein, wie es will, auf jeden Fall ist es nur so, wie es sein *kann*; und so wird auch das sein, was ich im weiteren noch schaffe beziehungsweise schaffen kann.

Madeira. Nachts überstrahlt der Mond das Wasser, und der sich am Meer entlangziehende, breiter werdende Lichtstreifen mit den Schatten der Palmen wirkt wie ein Gemälde von Gauguin.

Rainer Stachs Buch über Kafka; das Beste, was in diesem Genre hervorgebracht werden kann. Selbst ein Roman. Ich lese begierig, und immer mehr überkommt mich die alte, sagen wir, Friedenszeit-Beklemmung. (Wo ist inzwischen der Nobelpreis; jedenfalls werde ich meine Hotelrechnung damit begleichen.) Stachs Buch bestätigt genau das, was ich über Kafka dachte. Schon immer bereitete er sich vor, Prag zu verlassen, um von seinem Schreiben zu leben. Der Weg des osteuropäischen Schriftstellers führt über Berlin; nach Berlin aber muß er auf jeden Fall kommen. – Irgendwann einmal wird sich auch noch herausstellen, wie sehr Kafkas Romane osteuropäische Romane sind.

Am Flughafen stellte ich fest, daß ich meinen Computer zu Hause vergessen hatte. Raserei zurück mit dem Taxi; während ich in meinen Taschen wühle, um Reisepaß und Flugticket hervorzukramen – meine Bewegungen sind von Parkinson und Hast gezeichnet –, klopfen mir Leute auf die Schulter: Man wolle nur gratulieren. Als sie meine Eile sehen, sind sie beleidigt.

Weiter Kafka. Ein Märtyrer, oder einfach nur ungeschickt? Ein genialer Schriftsteller, aber traut dem, was er schreibt, nicht. Großes Selbstbewußtsein, aber eine sich selbst beschädigende Bescheidenheit. Die Frauen beten ihn an, doch er verwickelt sich in unglückliche Liebesbeziehungen, in denen er nur Demütigung an Stelle von Befriedigung erfährt. Lebensgenießer, man könnte sagen Hedonist, strebt aber nach einer asketischen Lebensweise. Ein einsamer Charakter, und will immerfort heiraten. Er turnt, verrichtet Gartenarbeit im Interesse der

Gesundheit, schläft im Winter bei offenem Fenster, geht zu Fuß, schwimmt, aber bekommt eine tödliche Krankheit und erleidet einen frühen Tod. – Ein herzergreifendes Schicksal, zum Trost denkst du an Goethe. Wiewohl auch Goethe seinen Teil an Unglück abgekriegt hat, nur daß er sein Leid «besser zu nutzen» verstand. Egal. Die Figur Kafkas wird uns ewig quälen, vielleicht noch mehr als seine Schriften, und ich weiß nicht, ob nicht eigentlich das sein wahres Vermächtnis ist.

Wie und wo auch immer, wir tragen unser Leben überall mit hin. Das Boot aufs Ende zusteuern. Die Bedeutung aller Dinge am Tod messen.

Silvester auf Madeira. Unser Balkon, das Abendessen; unten zieht die weiße Flotte auf; während wir den Sekt öffnen, ertönen die Schiffshörner, und die Nacht wird erleuchtet. Bananensträucher und Palmen, vom Meer scheinen die grünen und roten Kugeln direkt auf uns zuzurasen. Dann Stille. Glückliches neues Jahr. Doch wie kommen wir hierher? Und dennoch sind wir an unserem Platz.

Das Funkeln des Sonnenlichts auf dem endlosen Wasser. Ein bestimmter Luxus ist unmoralisch, könnte man sagen – glaubte ich einer solchen Formulierung und wäre sie richtig. Der Geist des Reid's Palace; natürlich englischer Geist. Zu Beginn des 19. Jahrhunderts von einem Luxushotel auf einem nackten Felsen über dem Meer zu träumen. Und sich den Traum dann zu erfüllen, innerhalb von drei Jahren wird der unwahrscheinliche Zauberpalast erbaut.

Meine letzte Kafka-Notiz könnte auf eine leichte Entfremdung hindeuten. Als blickte der auf der vornehmen Tearoom-Terrasse des Reid's Palace vespernde Kertész mit einem gewissen Abstand auf die früheren Gefilde, die Menschen und Götzen von früher. «Warum warst du nicht geschickter, mein Söhnchen?» Aber das stimmt nicht. Ich halte meine Situation für nicht weniger absurd als bisher. Obgleich mich meine Anpassungsfähigkeit unleugbar wundert. Ein wenig Lebenskunst aber zählt ja noch nicht zu den größten Fehlern. Ich liebe das schöne Leben, dem sich dunkle Gedanken zugesellen. Ich bin quälend müde, und der langsame Abbau meines Organismus treibt mich auf den Tod zu, so wie die Fischerboote auf dem funkelnden Wasser vor mir langsam ins Nichts treiben.

Wozu dieses Logbuch? Habe ich es nicht begonnen, um die letzten Häfen einzutragen, an letzten Stationen die letzten Gläser zu leeren, dem endgültigen Hafen zuzusteuern?

Ich wünschte, ich könnte dahin zurück, wo, wie ich fürchte, kein Platz mehr für mich ist. In Wahrheit hat sich mein Leben doch verändert. Ich schleppe einen neuen Menschen mit mir herum, mit dem ich nichts zu tun habe; ihm zuliebe muß ich trotzdem so tun, als wäre ich er. Sein Lächeln erstirbt in meinem Gesicht, seine Worte rufen Ekel in mir hervor, sein vor Mitgefühl triefender Blick zieht mich zu Boden. Ich trage sein Gesicht, an dem mich jeder erkennt. Vor allem aber muß ich die Beschimpfungen, den Haß und den Schmutz ertragen, die sich über ihn ergießen, die verzweifelten Wutausbrüche des menschlichen Abschaums einer schändlichen, haßerfüllten und schmutzigen Welt. In wieviel Gemeinheit werde ich gebadet, in wieviel Schmutz gewälzt ... Man könnte auch darüber lachen, so wie die Götter auf dem Olymp lachten. Das Wichtigste, ich ziehe mich in meine kleine Arche zurück, wo ich den Roman schreiben kann, wie früher, unbekannt, erfüllt von Erregung über das Gewagte, von Schrecken über Fehlgeschlagenes, und im festen Bewußtsein, verloren zu sein und an meinem Verderben zu arbeiten. Nie hätte ich geglaubt, daß das Leben eines Erfolgsschriftstellers dermaßen ekelhaft ist. Welche Verblendung, welches Gaukelwerk! – Am besten nicht mehr davon reden. Am besten, wenn ich niederschreibe, was ich sehe und erlebe; für alles bleibt verflucht wenig Zeit.

Die Zeiten geraten durcheinander. Letzte Woche in Berlin. Entscheidungen und Beschlüsse. Ich kann nicht im Korrespondenz- und Administrations-Chaos leben. M. gibt ihre Stellung auf. Ich möchte in Zukunft hauptsächlich in Berlin leben. Je weiter weg, je fremder, um so näher, um so vertrauter. Weit weg von der Gegend, wo ich verstehe, was die Leute reden, und wo man meine angeblich unpatriotischen, feindlichen Äußerungen dem «Ungarntum» gegenüber ins Internet stellt. (Und das «häßliche Sybaritenwrack»?) Mir die Möglichkeit zum Schreiben schaffen. Den geistigen Raum schaffen, besser gesagt, wiederherstellen, in dem ich so lange gelebt habe und der meine einzige und wahre Heimat ist.

Selbstporträt 18. Januar 2003, gegen sieben Uhr abends, in einem Nebenraum des Münchner Flughafens: Ein gehetzt aussehender älterer Herr mit schwarzem Filzhut, unter dem, wie aus dem aufgerissenen Kopf einer Strohpuppe, lange Fäden heraussstehen und herunterhängen. Er kommt aus dem Pissoir, wäscht sich brav die Hände, sieht dabei im Spiegel seinen verrutschten Schlips, seinen mit verdrehtem Kragen übergezerrten Mantel; im Gesicht die Bartstoppeln von gestern, die Augen müde, der Blick scharf, der Mund noch immer jugendlich, weich und, glaube ich, sinnlich. Im ganzen anscheinend ein sympathischer und der Hilfe bedürftiger Reisender, der, die himmlischen Straßen durchpflügend, einem geheimnisvollen Ziel entgegenstrebt und auf dem Flug nach Berlin die mit ein wenig Zuneigung gemischte Aufmerksamkeit einer jungen Stewardess auf sich zieht, als hätte er «den Bogen raus», obwohl er sich nur ungeschickt mit seinem Gepäck anstellt.

Ich habe gute Ratschläge wie zum Beispiel den, ich solle nicht in Berlin, sondern in Jerusalem leben, auch deswegen satt, weil ich in Jerusalem genausowenig ehrlich sein könnte wie in Budapest. Diese Leute verstehen einfach nichts von der Fruchtbarkeit der Distanz, vom Pathos des Nirgendwohin-Gehörens, überhaupt davon, was Stil ist; wo der große Stil doch mehr wert ist als jedwede «Heimat».

Die Parkinsonkrankheit stigmatisiert. Meine Hand zittert, und jeder sieht es. «Der Typ stieg aus dem Wagen aus; zuerst erschien eine zitternde Hand – du, ich wußte gar nicht, daß seine Hand zittert, ich war wirklich erschrocken. Er konnte sich kaum aus dem Auto hieven.» –

Auch das Alter stigmatisiert. Allerdings nur solange, wie du deine Libido noch besitzt und glaubst, noch wie ein Mann leben zu können; sobald du das nicht mehr glaubst, wird es gleichgültig. Noch halte ich es mit der Stigmatisierung.

Die Melancholie des dämmernden Kurfürstendamms am Nachmittag. Interessanterweise erinnert mich diese nördliche Großstadt viel mehr an das Budapest meiner Kindheit als Budapest selbst. Die Abendstimmung in einer Weltstadt, die eilenden Menschen, die erleuchteten Häuser, ein gewisser herber Duft, das Angebot – von Waren, Menschen, nicht existenten großen Abenteuern, die Stimmen, der ferne Klang von Musik: all das würde man im heutigen Budapest vergeblich suchen. Wieso? Was ist mit dieser Stadt passiert? Im Zusammenhang mit der Koffer-Geschichte blätterte ich in meinem Budapest-Essay: Wieviel Nostalgie, im Grunde sogar Liebe geht aus ihm hervor, und man versteht ihn falsch oder gar nicht.

Eine wichtige Feststellung, die am Ende nicht mehr in die Nobelpreisrede gelangt ist. «Ich begann zu schreiben, brauchte aber noch vier Jahre, um auf jene scheinbar einfache Idee zu kommen, die mir langsam immer lieber wurde: ein ironischer, als private Autobiographie getarnter Roman, der sich der bis zum Überdruß bekannten Lagerliteratur, ja, der Literatur an sich widersetzt.»

Samstagnachmittag Spaziergang im Grunewald. Das Haus von Samy Fischer, nicht weit vom Wissenschaftskolleg, in der Erdener Straße. Hier lebte, hier wirkte er, hier starb er 1934, sagt die Gedenktafel. Also hat der Ärmste es noch erlebt. Er war 75 Jahre alt. – Ein mühsam absolvierter Spaziergang, Rückenschmerzen, auffällig fortgeschrittener Parkinson. Das Schreiben: ein Wettlauf mit der gnadenlos tickenden Uhr. Mein Vater, in meiner frühen Kindheit: Halt dich gerade! Ich klemm dir sonst einen Holzlöffel zwischen die Ellenbogen, damit läufst du dann rum! – Das tat er aber dann doch nicht. Es wirkt auch so.

Weimar, Hotel Elephant, Thomas-Mann-Suite. Das Gästebuch, dessen erster Eintrag das Andenken an Manns Besuch 1955 bewahrt: Er war nach Weimar gekommen, um die Schiller-Rede zu halten. Angeblich wurde das Hotel seinetwegen wiedereröffnet: Er hatte die Reise aus dem schweizerischen Küsnacht nur unter der Bedingung gemacht, im Hotel Elephant wohnen zu können. Das Apartment besteht aus vier Zimmern, an der Wand eine Kopie von Manns Nobelpreis, Thomas-Mann-Porträts, von Armin Müller-Stahl gemalt bzw. gezeichnet. Der letzte Eintrag stammte von Norman Mailer, der auf den Spuren Thomas Manns hier war. – Hätte ich genug Sinn für Mythologie, würde ich sagen: Es hat sich erfüllt. «Und es erfüllte sich Hiobs Leben …» usw. Buchenwald, Thomas Mann, Weimar – Weimar, Thomas Mann, Buchenwald, wo ich am Tag darauf eine Lesung hatte und eine Blume niedergelegte … Nun, und mich ins Gästebuch eintrug …

Formal und auch existentiell ist es schwer, sich damit zufriedenzugeben, wie ich meine gelegentlichen Auftritte in Buchenwald apostrophiere. Ich vermag mich dem Ernst nicht recht zu nähern, insofern dieses Erlebnis der Wiederbegegnung ernst ist. Aber auch nicht der Groteske, insofern es grotesk ist. Vielleicht sagt *Der Spurensucher* doch etwas über das Traumartige und Unmögliche dieses Erlebnisses aus. Der *Prominente*, der dort vorgestern erschien, ist die monströseste Verkörperung dessen. Abends sah ich mich einen Moment lang auf dem Bildschirm (denn natürlich war gefilmt worden, wie ich «eine Blume am Mahnmal niederlege»): In meinem Gesicht spiegelten sich Bestürzung und Protest (dieses schreckliche, pathetische Gesicht, das seltsame Gesicht eines fremden Menschen, auf dem Kopf ein schwarzer Hut, die Hand zittert, die Gestalt ist gebeugt). Das Wetter war wieder grau, eine Art Schneeregen fiel, und die Anhöhe, die sich im Norden hinzieht, war mir so vertraut wie ein alter Ausflugsort. Ich habe keinerlei Beziehung mehr zu diesem Ort. Seit ich den Nobelpreis bekommen habe, geschieht etwas Furchtbares, wiewohl ich mich deutlich erinnere, daß ich, als ich den *Roman eines Schicksallosen* beendete, genau an diese Entwicklung gedacht habe; um es kurz zu machen, durch die unzähligen Lesungen, die Zitate in den Rezensionen usw. sakralisiert sich der Text des Buches irgendwie, und ich spüre, das ist das Schrecklichste, was mit einem Buch passieren kann, denn damit setzt sein langsames Dahinscheiden ein. Seine Frische, all seine Geheimnisse sind dahin. Aber das gleiche trifft auch auf meine Person zu, die jetzt gerade zum lebenden Leichnam erstarrt, und wenn ich das nicht mit ein wenig Zynismus und Ironie behandle, bringt es mich um: Ich ersticke an der falschen Ehrfurcht, der Liebe, dem Haß und der mir zugedachten öffentlichen Rolle. Es wäre angebrachter zu lachen, ja, zu johlen; gleichzeitig ist das Ganze trotzdem atemberaubend. Doch wie soll ich die Welt zu

Mitgefühl bewegen, quasi zu einem Zusammenspiel mit mir, damit ich mich am Leben erhalten, dem Leben noch etwas abgewinnen kann?

Kurze Sätze. Kurze Nächte. Unaufhörliche Müdigkeit. – Die Sprache, die ich auf muttersprachlichem Niveau spreche, das Ungarische, scheint die fremdeste Fremdsprache zu sein. Egal, was ich sage, sie verstehen mich nicht, egal, was sie sagen, ich verstehe sie nicht. Zwischen uns hat sich eine süßliche Pseudosprache entwickelt, als spräche ich mit Autisten oder kleinen Kindern, freilich mit Kindern, die eine Pistole in der Tasche haben. Neuerdings werden sogenannte Studien über mich verfaßt, in denen man mich in der Rolle des Ungeheuers auftreten läßt. «Katastrophische Weltsicht», schreibt eine Dame über mich, und mein Computer unterschlängelt das Wort «katastrophisch» sogleich mit einer roten Linie, die anzeigt, daß ein solches Wort nicht existiert. Also existiere ich mit einer nicht existenten Weltanschauung, ziemlich gut – solange der Schauplatz meiner Existenz Berlin ist.

Budapest. Ganz plötzlich, mit brennenden Augen, im Chaos der zu erledigenden Papiere und in gereizter Stimmung den Roman abgeschlossen. *Liquidation* ist fertig, das Werk, mit dem ich mich, vom ersten Einfall an gerechnet, 13 Jahre beschäftigt habe, genausolange wie seinerzeit mit dem *Roman eines Schicksallosen*. Es ist eine kurze, dramatische, aufregende Lektüre geworden, «der letzte Blick, den ich – vor dem Abschied – auf Auschwitz richte».

Bei Ligeti in Wien. Er hat sich einen Bart wachsen lassen; mit seinem weißen Haar, dem weißen Bart eine durchgeistigte, herrliche Erscheinung. Ich mußte ihm lange von der Lebenskunst der fünfziger Jahre in Budapest erzählen, von den Kaffeehäusern, den Hochstapeleien, den diversen Geldbeschaffungsmodalitäten, von der Korruption der Chefs in den Propaganda-Abteilungen usw. Er genoß es sehr. Von dieser Welt, dieser Vegetation damals, in derselben Stadt, wußte er nichts. Er lebte «ernst» zu diesen Zeiten – kein Királyhegyi, kein Kállai, kein Humor. – Heute kriegte ich einen neueren Zeitungsartikel in die Hände: Ein versoffener Lump, der sich als Schriftsteller oder Dichter bezeichnet, schreibt, ich sei ihm von K., einem Schriftsteller, in einem Café vorgestellt worden; mein unbedeutender Geist und meine ebensolche Erscheinung hätten ihm nicht den Eindruck vermittelt, meine Werke lesen zu müssen. Nun aber, nach dem Nobelpreis, würden diese Werke, schreibt er, «getürkt», also werde er sie deshalb nicht lesen. Das alles salopp, mit einer unerhörten Überheblichkeit. – Meine Entscheidung, weg, endgültig weg von hier, wird jeden Tag durch irgend etwas gefestigt, und seien es noch so unbedeutende Kleinigkeiten.

Der tiefe Ekel, den die Aufnahme meines Nobelpreises in Ungarn bei mir hervorgerufen hat, ist unüberwindbar. Auch wenn meine Freunde, alle, die mir wohlwollen, mich lieben, mir pausenlos zureden, ich solle die ungeheuren Beschimpfungen und Schmähungen nicht ernst nehmen, darin äußere sich nur der hilflose Neid einer Minderheit, der rechten Intellektuellen: Ich glaube das nicht; meine Sinne, mein Bewußtsein wären nicht intakt, wenn ich in diesen Beschimpfungen nicht den mörderischen Rassenhaß spürte, die unversöhnlichen und perversen Affekte der zähnefletschenden Horde, mit denen sie die «anders Riechenden», die – mit ihren Worten – «Fremdherzigen» befeinden. Ich habe ein Recht auf diesen Ekel, der mich gewissermaßen als Memento vor Entwürdigung schützt, mich davor bewahrt, meinen Stolz weiteren Erniedrigungen und Schmähungen auszusetzen. Und wie wenig bei mir von sogenannten «antiungarischen» Gefühlen – die man mir fortwährend nachweisen möchte – die Rede sein kann, dafür war die kürzliche Berliner «Blaubart»-Aufführung ein gutes Beispiel, nach der wir am Schluß hinter den Kulissen gemeinsam mit der deutschen Opernsängerin «Ich brauche keine Rosen, ich brauche keinen Sonnenschein …» sangen. – Richtig, den Text dieser Oper hat ein Jude, Béla Balázs, geschrieben, die Musik hingegen hat jener Béla Bartók komponiert, den man, obwohl er kein Jude war, genausowenig in Ungarn geduldet hat wie mich jetzt. Es geht also darum, daß man hier instinktiv das Gute verfolgt und das Schlechte und Dumme lobt. Und man sage mir nicht, das sei überall so, denn dafür gibt es überhaupt keine Beweise.

In Berlin. Ich habe aus Budapest eine Grippe mitgebracht und kann nicht schlafen. Ich kann mich nicht damit abfinden, daß der Roman fertig ist; versuche noch daran herumzufummeln, ihn bei mir zu behalten, bevor er mir weggenommen wird und anderen gehört. Wahrscheinlich war es der letzte; ich werde wohl nie mehr einen Roman schreiben. Wie schade, wie unendlich bedaure ich das!

Linksliberale Budapester Juden gehen gegen Israel demonstrieren – in Berlin! Der neue Antisemitismus überschwemmt Europa: Endlich hat man einen Namen dafür gefunden, nun können die Hemmungen abstreift werden. Seit die europäische Linke wiedergeboren ist, ist eine extreme Rechte nicht mehr nötig. Den Nazis selbst bleibt nur noch die Rolle eines gegen alle Welt verbündeten Ringer- und Boxervereins, in dem man die Sprache des Nationalismus des 19. Jahrhunderts spricht.

Sebastian Haffners interessante Bemerkung über die «magische Persönlichkeit»: Ein «großer Mann», der die Masse in seinen Bann ziehen will, müsse entweder weit über oder tief unter dieser Masse stehen. Für das eine führt er Rathenau, für das andere Hitler als Beispiel an. – Gestern hielt ich meinen schön gebundenen, eleganten deutschen Essayband in Händen; meine Freude konnte nicht ungetrübt bleiben ... Ich genieße diese wenigen ruhigen, frühen Morgenstunden, wenn die Neurosen (und Neurotiker) in der Großstadt noch schlummern und mich niemand mit Besitzansprüchen, mit Anträgen, die meine öffentliche Rolle betreffen, oder sonstigem Wahnsinn überfällt, der mein Leben ebenfalls in ein neurotisches verwandeln würde. Wenn es uns im Laufe unseres Lebens gelingt, etwas von höherem Rang zu schaffen, sollte uns klar sein, daß es unter nahezu unmöglichen Umständen und gegen den ständigen Widerstand der Welt verwirklicht wurde; daß seine fragile Existenz also anormal ist und daß es, sowie es nur geht, zerstört werden wird. Und bis dahin wird man es mißverstehen, herabwürdigen, schmähen.

Das Leben ohne Roman. Als sei ich beraubt worden. Als packten um mich herum die Götter. Sie schicken sich doch nicht an, mich zu verlassen?

Armer Elender, vor seinem Judentum flieht er in die Gerechtigkeit. Glaubt, sich vom Verurteilten zum Verurteilenden wandeln zu können.

András Schiffs Traumgarten in Florenz. – Abendessen auf der Via Veneto. Die Säulen des Forum Romanum im Feuer der nächtlichen Scheinwerfer. Magdas glückliches Gesicht. Die Piazza di Spagna: Am oberen Treppenende wohnen wir, im Trinità dei Monti, ganz Rom vor unseren Augen. Kertész de luxe. Ein rares Geschenk guten Lebens, und so muß man auch damit umgehen: ohne Dünkel und schlechtes Gewissen.

Die Villa Borghese hatte ich mir anders vorgestellt, wie auch die Via Veneto. Beim Frühstück läßt sich eine mächtige, grau-weiß gefiederte Seemöwe auf dem Fenstersims hinter der Glaswand nieder. Sieht zu, wie wir essen. Die Augen gelb-grün, Geduld endlos. Manchmal bewegt sie den Schnabel, mimt ein Mahl, zeigt, wie sie äße. Hin und wieder stößt sie einen Schrei aus, schüttelt den Kopf, aus dem Schnabel spritzt irgendeine Flüssigkeit gegen die Glasscheibe. Als sie den Kellner erblickt, rennt sie den Fenstersims entlang, der Kellner öffnet ihr eines der Fenster. Jetzt zeigt die Möwe ihr wahres Gesicht, wie unser Kellner, ein ausgedienter Anarchist, sagt. Der zahme Vogel verwandelt sich in ein kreischendes Ungetüm: Mit aufgerissenem Schnabel und ausgebreiteten Flügeln fällt er über das Futter her. Dieser glorreiche Moment des Sieges ist für die Möwe schon der Gipfel ihrer ästhetischen Möglichkeiten. Wäre sie ein Adler, würde sie als natürliches Piktogramm des Sieges auf Staatswappen und in die obere Ecke adliger Briefbögen kommen. Dabei ist diese Schönheit, diese bösartige Schönheit nur ein irreführendes Bild des Hungers: Ihr fehlt das Erhabene, um ein Wort Kants zu gebrauchen. Überdies geht es hier um eine wehrlose, zur Flucht unfähige Beute: ein Stück Brot, das ihr der Kellner hingeworfen hat. Sie aber führt das mörderische Schauspiel trotzdem auf: aus Irrtum? Oder ist es der Dank des Bettlers für das Almosen? Wie auch immer, jedenfalls ernüchternd. – Es tut irgendwie gut, nach Berlin «heimzukehren».

Selbstporträt, drei Uhr nachts. Mit schmerzendem Rükken, das Hirn von Schlafmitteln durchtränkt, erhebt sich mittels verschiedener Hilfen eine Gestalt aus dem Bett, wo sie sich bis dahin hilflos herumgewälzt hat, taumelt bedrohlich unsicher durch die halbdunkle Wohnung und sinkt vor den Computer nieder. Über dem Pyjama die Jacke eines lumpigen Hausanzugs, die Haare kleben in wirren Büscheln am kahlen Kopf; ziellos öffnet die Gestalt den Computer, doch gibt es in ihrem Leben anscheinend Momente, wo sie das Schreiben schon so vermißt, daß sie in die Maschine zu hämmern beginnt, ohne etwas zu sagen zu haben. Zwischendurch schläft sie …

Am Horizont zeigt sich ein unheilvolles Vorzeichen hinsichtlich des Romans. Es ist möglich, daß die Perspektive Bestürzung hervorrufen wird – als blickten wir durch ein umgedrehtes Fernglas auf Auschwitz. Aber geht es nicht gerade darum, daß uns nur noch die nackte Tatsache bleibt, als zäher, unverdaulicher Brocken, der einem für ewig im Hals steckt?

Ein alter Mann schlurft den Krankenhausflur hinunter. Ich blicke ihn erschrocken an. – Wenn sie den Krankensaal betrete, sagt T., die Chefärztin, und die Alten da liegen (ohne Gebiß, ohne Brille, ohne Hörgerät), sei sie nicht imstande, einen vom anderen zu unterscheiden: Alle gleich, wie die Säuglinge.

In Wien, Ligeti besuchen. Seine Physis zwingt ihn aufs Kanapee, aber die Augen strahlen aus der Krankheit hervor, der weiße Bart gibt ihm etwas ergreifend Durchgeistigtes. Zum Schluß redeten wir wie Teenager über Gott. Er ist Atheist. Du mußt die naturwissenschaftliche Denkweise studieren, sagte er. Ich fragte, ob er die Welt für erkennbar halte, und er parierte ohne Zögern: Ja. Ich erwiderte, wenn die Welt erkennbar wäre, lohnte es nicht zu schreiben. Er verstand nicht, warum, und ich vermochte es ihm auch nicht erklären.

Drei Anfänge, in archaischer Roman-Manier:

«Das Wiedersehen bestürzte sie; die Einsamkeit hatte sich auf seinem Gesicht wie die unauslöschliche Spur einer schweren Krankheit abgelagert …»

«Wenn er an seine Reise um die Welt dachte, so war ihm wirklich in Erinnerung geblieben eigentlich nur das italienische Hotelklo, dessen Wasserspülung mit dem Getöse einer kosmischen Katastrophe ablief.»

«Sie unterhielten sich bis spät in die Nacht, und während sie die zeitgenössische englische Literatur analysierten, hatte er die ganze Zeit das Gefühl, daß sein Gast ihn gern um eine größere Geldsumme bitten wollte, ohne Zinsen und auf längere Frist, oder vielleicht eher noch in Form einer einmaligen Schenkung. Er zögerte, weil er fürchtete, das Geld würde zwischen ihnen stehen und ihre Freundschaft beenden; der andere würde meinen, gedemütigt zu werden, und darüber hinaus denken, daß der Freund sich als knickerig erweise, obwohl er ihm doch, wenn auch in feinen Andeutungen, sein Elend offenbart hatte: Mit der Freundschaft wäre es also auf jeden Fall vorbei. Und nachdem seine Reue nachgelassen hatte, durchfuhr ihn der zynische Gedanke, daß dies schließlich sogar die billigere Lösung wäre.»

Eine ganze Weile schon kann ich meinem Leben nicht mehr folgen, das sich mit kometenhafter Geschwindigkeit von mir entfernt, während ich verwundert hinterher starre, wie es immer kleiner und kleiner wird; bald wird es kaum noch wahrnehmbar sein am Horizont, dann drehe ich mich auf dem Absatz um und mache mich mit verzagten Schritten auf den Weg nach Hause.

DIE LETZTE EINKEHR

Erster Anlauf

Beim Spaziergang auf der ansteigenden Zugligeti-Straße setzt er sich an einem drückendheißen Sommervormittag auf die wackeligen Bretter einer Bank am Straßenrand und kritzelt Notizen in sein auf den Knien ausgebreitetes Heft.

Heute weiß er, es war schön. Alles war schön. Selbst das Häßliche. «Notiere alles. (Was du nicht vergessen hast.) Tagebuch zu führen ist nicht nur eine metaphysische Pflicht; manchmal kannst du auch das eine oder andere Datum brauchen», schreibt er.

Ein wirrer Traum. Eine U-Bahn-Halle, über- oder unterirdisch – es ist nicht klar, wo. Ein hagerer, schwarzhaariger Mann streckt lächelnd, fast beiläufig seinen dürren, langen, schwarzglänzenden Arm aus, erwischt ihn und hält ihn fest. Er flieht. Springt auf einen Autobus, steigt aus einer Straßenbahn aus. Er erwacht. Denkt an den Tod.

Spätabends verlassen sie das Bett, kleiden sich an und bestellen, wie seit Jahren schon, telefonisch ein Taxi für den Mann.

«Sie wirken mißmutig», sagt B. «Sie wollen nicht, daß ich gehe.»

«Nein», sagt die Frau.

«Ich auch nicht.»

«Noch können Sie das Taxi abbestellen.»

Er tut es.

Plötzlich hat er seine philosophischen Sätze satt ... Wer versteht schon das Leben? Unsere Existenz ist existenzlos, unsere Wirklichkeit unwirklich. Ehe wir einen einzigen Knoten, ein einziges Gewebe verstehen, begreifen, betasten können, fallen wir durch ein Loch wieder aus dem locker gewobenen Netz, denkt er.

Unsicher hebt er den Hörer, legt ihn ans Ohr – ein älteres Bakelitgerät –, obwohl er eigentlich gar nicht weiß, wen er anrufen soll. Aus dem Apparat ertönt unerwartet eine Frauenstimme:

«Sie haben Ihre Frau verloren.»

Er wacht auf. Cynthia schläft neben ihm.

Später steht er auf und arbeitet. Um ihn ist Angst. Sie winselt und wimmert zu seinen Füßen wie ein fremdes Hündchen.

Aus dem Spiegel blickt ihm das Altersgesicht seiner Mutter entgegen. – Ich bin nicht bereit, in niederem Stil, mit niederen Worten, von niederen Dingen zu reden, nur damit ich in Ungarn annehmbarer erscheine, denkt er, während er sich das Gesicht mit dem Rasierpinsel einseift.

Andererseits, sinniert er weiter, während er den Pinsel ablegt und das Rasiermesser in die Hand nimmt, interessiert mich der Bär nicht mehr. (Der Literatur-Bär, die große Trophäe.) Ich gehe davon aus, daß der Bär schon lange vor mir erlegt und verspeist worden ist.

Er steht eingekeilt in der traurigen Menschenfracht der Metro. Wer weiß welcher Logik oder Unlogik folgend, leert sich der Wagen an einer Station nahezu vollständig. Er setzt sich. Er schaut auf das müde Gesicht des ihm gegenüber sitzenden Mannes, das mitten zwischen Halbschlaf und Wachsein auf einmal ganz erschlafft, jedweden Ausdruck verliert und sich wie ein bloßes Fleisch-, Knorpel- und Gallertkonglomerat langsam unter leichtem Schnarchen auf die Brust senkt. Als er nach Hause kommt, hört er Beethoven Sonaten *op. 110* und *101*. Er denkt darüber nach, daß sich sein Leben grundlegend verändert hat und daß er das immer noch nicht begriffen hat.

Manchmal fühlt er sich noch irgendwie unsicher. Der archimedische Punkt der Identität ist, wie es scheint, der *andere*. Die Existenz des *anderen* ist zugleich *mein* Identitätsbewußtsein. Fehlt der andere, erleiden wir außer Liebesverlust und Trauer auch die Unsicherheit des Rollenverlustes. Die gemeinsame Identität erweist sich manchmal als unechter Stil, gegen den wir unerwartet verstoßen. Und trotzdem verhelfen wir dann nicht der Wahrheit zu ihrem Recht, sondern begehen – so fühlen wir wenigstens – Verrat. Der Mensch sucht sich sozusagen unaufhörlich zu entschuldigen: Trauer ist das schlechte Gewissen des Überlebenden.

Im rötlichen Licht der Dämmerung erreichen Cynthia und er im Mietwagen ihre Unterkunft in einem Dorf nahe Bayreuth. Ein Spielzeughotel, wie aus Pfefferkuchen erbaut. Sie schlafen in einem Baldachin-Spielzeugbett, beim Frühstück scheint es, als sickere aus allen Fugen des

Gebäudes Wagnermusik und durchdringe sie wie der Duft von *bacon and eggs*. Man zeigt ihnen die Bayreuther Synagoge, die nicht abgerissen worden war, weil sie Mauern mit dem Opernhaus und dem Hotel teilt, in dem der «Führer» abstieg, so oft der Teufel ihn nach Bayreuth führte.

Er sitzt mit dem alten Freund im alten Stammcafé.

«Sie ist Krankenschwester geworden», klagt der Freund. «Heute, wo es tausend Möglichkeiten … Weder der Einspruch der Familie noch mein …»

Langsam beruhigt er sich. Er trinkt seinen Kaffee, lehnt sich zurück und zündet sich eine Zigarre an.

«Für ein Mädchen», sinniert er, «kann Schönheit eine schreckliche Last sein, solange es nicht ihre Art und Weise findet, sie zu vergeuden. Es ist wie bei einer großen Erbschaft; egal, wie stolz oder zynisch, charmant oder rigoros jemand auch damit umgeht, in der Tiefe seiner Seele wird immer ein Unbehagen sitzen, das Vermissen einer ethischen Leistung.»

Er macht eine Pause.

«Das kann natürlich auch nur der letzte Trost alternder und ausgebrannter Männer sein», fügt er mit wehmütigem Lächeln hinzu und läßt die zitternde und flaumige graue Asche von der Zigarre in den Aschenbecher fallen.

Hoher Sommer: Juni! Seit Donnerstag pulsiert ein Pacemaker in seinem Brustkorb.

«Dann kann ich also gar nicht sterben?»

Der Arzt beruhigt ihn: Es gebe auch Hirntod, nicht nur Herztod. Er bohrt nicht weiter. Während der kurzen

Operation versucht er, alle Lügen von sich auszuscheiden. Dies Gefühl, zum Tod bereit zu sein, war ein reines, überzeugendes, man könnte auch sagen, ein selbstsicheres Gefühl.

Juni. Paris strahlte, der Wind blies seinen venezianischen Hut, ein Geschenk Cynthias, in den eleganten Teich des Louvre-Gartens, er aß einen Topf Muscheln in einer Brasserie in der rue Soufflot, und am Abend hatten bei den Wahlen die Sozialisten gesiegt. – Gestern im Theater hatte ein junger Freund – selbst Schriftsteller, obwohl die Bezeichnung Ästhet vielleicht eher zu seiner Beschäftigung paßt – erstaunt lachend konstatiert, daß er glücklich zu sein scheine, daß er ihm, B., diese Fähigkeit – zum Glücklichsein – eigentlich nie zugetraut habe und daß er sich sehr darüber freue, über diese «positive Widerlegung», wie er sich ausdrückte.

Sie aßen in einem Restaurant in der Nähe des Arc de Triomphe zu Abend. Die Spitze des Eckhauses, in dem sich das Restaurant befand, also die vorgestellte Kante, an der die beiden Gebäudeseiten aufeinandertreffen würden, war abgeschnitten, so wie man ein Stück Camembert mit dem Käsespachtel abschneidet; die so gewonnene Stirnfläche war unten in ihrer ganzen Breite bis zum Vordach des Restaurants hinauf mit bunten, sich an unsichtbaren Gittern emporrankenden Blumen bedeckt, und im erleuchteten Vorraum stand in weißem Hemd und schwarzer Schürze der Kellner, als wartete er dort seit ewigen Zeiten auf sie. V., der Gastgeber, den sie zum ersten und letzten Mal auf dieser Reise trafen, ein großer, gut aussehender, agiler Fünfziger, eröffnete das Essen mit Austern. Er spricht noch Ungarisch, aber schon fehlerhaft, mit starkem Akzent. Er ist Jude und war noch vor dem wie ein grauer Eisblock drohenden Kommunismus emigriert. Schon bald hatte er in verschiedenen Großstädten eine Weltfirma vertreten – und vertritt sie immer noch. Er hatte eine Deutsche geheiratet, ihr Vater war Nazi, und die Frau kompensiert das; eine große Judenfreundin, man könnte auch sagen, Philosemitin. Herr V. hingegen war – unter anderem – deshalb in den Westen gegangen, um sein Judentum, diese unauslöschliche Unannehmlichkeit, möglichst zu vergessen. Wenn man die Frau ansah, konnte man sich leicht vorstellen, daß sie attraktiv gewesen sein mochte, groß, blond und schlank, der Geist des Vaters umwitterte sie als Verheißung erlesener Perversität, so wie ein schwarzes Strumpfband, das einen Totenkopf ziert. Herr V. war in eine Falle getreten. Er, der von den Juden, der jüdischen Vergangenheit, dem jüdischen Grauen nichts mehr hören wollte, hatte eine kompensierende Deutsche zur Frau genommen, die wiederum gerade den Juden in ihm liebt. Tatsächlich zwingt sie ihm den Kitsch einer jüdischen Existenz auf, aus dem er sich dann in lange Auslandsaufträge rettet, und in fast jeder Stadt, denkt B., erwartet ihn eine Geliebte mit Limonadenseele und dem Körper eines Fotomodells, durch die er sich und seine mißlungene Ehe vergißt.

Er blättert in seinem vor nicht allzulanger Zeit erschienenen Buch und stellt nach ein paar Seiten erstaunt fest, daß er darin einen besonders zeitgemäßen, flexiblen und glücklichen Charakter skizziert hat, der – aufgrund seiner phänomenalen Vergeßlichkeit beziehungsweise Fähigkeit zur Sublimierung – über alle Greuel der Existenz triumphiert. Er kann die vernichtenden Erlebnisse, die ihm widerfahren, nicht einen Augenblick für sich bewahren: Er nimmt sie zu sich wie Nahrung und scheidet sie dann in Form kürzerer oder längerer Fiktionen aus; mit Hilfe dieses Stoffwechsels trainiert und bewahrt er seine Vitalität. «Rechtschaffenere und stärkere Charaktere als er gehen zugrunde an dem, was mein Mann, sich der Verführung der Form überlassend, einfach aus sich absondert», schreibt er. Ist es möglich, daß aus dem verschleierten Selbstporträt ein wirkliches geworden ist? Wenn dem so ist, denkt er, ist Schreiben ein gefährlicherer Beruf, als er geglaubt hatte.

Er schlief tief und fest, schutzlos und ausgeliefert wie ein Säugling. Auf einmal wurde es sehr hell, und ein gütiges dunkles Gesicht beugte sich über ihn. Er lag stumm, vielleicht auf irgendeine Offenbarung wartend. Das Gesicht war ihm irgendwie bekannt, dunkle Pupillen schwammen in einer milchweißen Flüssigkeit, über dem leicht geschwollenem Mund ein dünner Schnurrbart, steife schwarze Härchen. Worte dringen in sein Ohr:

«Alles fertig. Gelungen», sagt jemand. Ist das nicht der Doktor G.? Liegt er nicht auf dem Operationstisch? …

Die Nächte auf dem Krankenhausflur. Wie Gespenster gehen ein paar Kranke im Halbdunkel der Nachtlampen auf und ab. Einige tragen halbvolle Glasflaschen in der Hand, der dünne Gummischlauch des zuführenden Katheters schlängelt sich aus dem halboffenen Bademantel heraus. Die weiche Mischung aus Urin-, Chlor- und Fäulnisgeruch. Plötzliche Erleuchtungen auf der Krankenhausbank (bezüglich des Romans). Der Charakter der Frau. Noch ungelöst. Lügt sie? Oder vielleicht gerade aus Mut ...? Das Krankenhaus als eine nach Auschwitz-Prinzipien funktionierende Anstalt, doch nur aufgrund seiner Organisation, natürlich nicht aufgrund seiner Zielsetzung, seiner Absicht. Das Personal – Ärzte, Krankenschwestern und alle die anderen – besteht aus pflichbewußten, zu Tode gehetzten Menschen, und alle zusammen wollen dein Bestes, denkt er. Das Teuflische daran ist nur die unaufhaltbare Betriebsdynamik – zu viele Kranke und eine allmählich nicht mehr handhabbare Situation –, die alle guten Absichten in eine einzige Richtung drängt, gleichzeitig jede radikale Kritik, jede Änderungsmöglichkeit ausschließt; die einzige mögliche Form des Handelns ist hier die Zusammenarbeit. Solche Bedingungen führen zu einer bestimmten Denkungsart; wenn wir diese Bedingungen in ihrem dynamischen Verfall sehen und nehmen den Handlungszwang dazu, erscheint am äußersten Rande dieses Denkens die Gestalt von Höß, der mit der Einführung des Zyklon-B-Gases nur die Brutalität der Prozedur «humanisieren» wollte, während er zugleich auch den «Betriebsgang» beschleunigte. Wer diese Art des Denkens versteht, versteht auch die Zeit, in der wir leben, denkt er.

Mitten in der Nacht bringen die Rettungsleute einen alten Mann in den Krankensaal.

«Zobel», stellt er sich mit müder, hölzerner Stimme vor, während man ihn auf ein Bett legt, «Zobel mit Z.»

Niemand antwortet. Jemand macht Licht. Die Krankenschwester, eine beleibte, aber hübsche Frau, schält mindestens vier Schichten Unterwäsche – Wollhosen, Unterhemden – von dem Alten ab. Sie arbeitet schnell, mit mörderischem Sachverstand, ohne ihren Ekel zu verbergen. Jetzt erscheinen zwei Ärzte: Sie legen dem Alten einen Zettel vor, er möge unterschreiben.

«Denn was wir mit Ihnen machen müssen, wissen wir erst, wenn wir Sie aufschneiden», erklärt der eine. Der Alte unterschreibt ohne ein Wort alles, was ihm vorgelegt wird. Dieses restlose Ausgeliefertsein erregt B. dermaßen, daß er es nicht mehr erträgt, im Bett zu bleiben, er geht wieder auf den Flur. Bald darauf wird der Alte zurückgebracht. Die Operation war offenbar kurz. Er folgt der fahrbaren Liege, die der Operationsgehilfe in den Saal hineinschiebt. Der Alte liegt bewußtlos, mit geschlossenen Augen da. Der Pfleger faßt ihn unter der Hüfte, um ihn emporzuheben und ins Bett umzulagern. Aufgrund irgendeines unbewußten Reflexes aber klammert sich der Alte mit seiner spindeldürren Hand an den Rand der fahrbaren Liege. Ein böser, grotesker Kampf entfesselt sich nun zwischen dem Pfleger und dem bewußtlosen Alten, der in seinem Anästhesieschlaf wild um sein Leben kämpft und die Liege krampfhaft umklammert. Dabei rutscht das Laken von ihm herunter, und der frische Verband, die für die Operation rasierte Scham und die dürren Beine kommen zum Vorschein. Der Pfleger, ein nicht allzustarker, bebrillter Mann mittlerer Größe, schmeißt nun, wütend oder ohnmächtig, das sich ihm widersetzende Skelett aufs Bett, daß es nur so kracht. B. verfolgt das Geschehen entsetzt und feige von seinem Bett aus, er fühlt sich ohnmächtig, wie immer, denkt er, wenn man in meiner Gegenwart einen Menschen tötet. Vom helleren Gang her betreten jetzt zwei Frauen in weißen Kitteln den muffig riechenden nächtlichen Krankensaal; eine von ihnen schaltet erneut das Licht an, B. muß geblendet die Augen schließen. Die anderen Kranken drücken sich in ihre Betten oder schlafen. Der Operationsgehilfe diskutiert nun aufgeregt flüsternd mit den Frauen, ob sie den Alten mit Gaze ans Bett binden sollen; zur großen Erleichterung B.s tun sie es schließlich doch nicht. Er steht auf, und während er die Füße in die Pantoffeln steckt und den Morgenrock überzieht, fragt er die Frauen, woran der Alte denn operiert worden sei und ob sein Fall schwer sei. Die beiden Frauen mustern ihn mißtrauisch.

«Was geht das Sie an?» fragt die eine.

Auf einem Zeitungsfoto ein gealterter Schriftsteller, das Gesicht erregt seine Aufmerksamkeit. Er sieht ihn als jungen Mann vor sich, mit seinen schönen Krawatten, dem eleganten Hut. Im Alter läßt er sich gehen. Er trägt schlaksige Hosen und Baskenmütze wie ein Sonntagsmaler. Um seinen Mund ein scharfer, bitterer Zug. Man sieht, die existentielle Erregung hat ihn verlassen. Er sorgt sich nicht mehr um seine Seele, leidet nicht mehr an seinen Versäumnissen, das schrecklichste Verhängnis hat ihn erreicht: die Altersweisheit. «Auch ich», schreibt er in sein Heft, «könnte, wenn ich zurückblicke, sagen: Ich blättere zurück und erkenne erstaunt meine früheren Ich-Erlebnisse wieder, die schreckliche Erregung, die meine Existenz in mir hervorrief. Es ist, als wäre die Spannung erloschen, so wie mich die großen, erhellenden Träume verließen – als erzählte ich mir selbst nichts mehr.»

Am Ende, sinniert er, wird er doch den Roman schreiben, den er vor mehr als zwanzig Jahren begonnen und dann verpfuscht hat: der tote Schriftsteller, der Lektor, der herbstliche Friedhof usw. …

Er trinkt einen starken Kaffee und liest Nietzsche: «Nur die moralischen Menschen empfinden Gewissensbisse: das Elend des unmoralischen ist eine Dichtung …»

*

Ein schneeweißer Eisenbahnzug trägt ihn mit einer Geschwindigkeit von 200 Stundenkilometern irgendwohin. Im Fenster ein frühlingshafter Berghang. An dem grünen Hang plötzlich ein leerer weißer Armsessel, so als hätte sich gerade jemand daraus erhoben, um ins Haus zum Abendessen zu gehen. In Erfurt nehmen drei Herren die Sitzreihe ihm gegenüber ein. Dunkle Anzüge, Krawatten, rechteckige Aktentaschen. Genauer besehen ist alles an ihnen neu: ihre Anzüge, ihre Krawatten, ihre Aktentaschen. Unwillkürlich spitzt er das Ohr:

«Man muß warten lernen», hört er. Glattes, unsympathisches, jedoch intelligentes Gesicht. Dann:

«Moral? In der Marktwirtschaft?» Allgemeines bitteres Auflachen: Die moralische Überlegenheit, die sie sich offenbar im einstigen Sozialismus zulegten, ist unbesiegbar und dient als Entschuldigung bei allen Schwächen, zu denen die alltägliche Praxis, das sogenannte «Leben» sie bezwingt. Er kann das Gespräch nicht deutlich hören; bestimmte Worte und Begriffe aber tauchen, wie das Hauptthema in der klassischen Symphonie, immer wieder auf:

«D-Mark», «Euro», «Europäische Union»... Ernste, gewichtige Worte, ernst und gewichtig ausgesprochen. Wie alte Schüler, die eine neue Lektion lernen, denkt er.

Eines Abends verstrickt er sich bei S., einem jüngeren Schriftstellerfreund, unüberlegt in ein Gespräch über die Möglichkeit oder (besser gesagt) Unmöglichkeit seines Romans «über die Zeit, die mehr als zehn Jahre, die seit dem Erdrutsch vergangen sind». S. fragt ihn unumwunden:

«Verstehst du, was hier tatsächlich geschehen ist?»

«Ja», antwortet er.

«Und wie würdest du es zusammenfassen?» fragt ihn der Freund. Er überlegt ein wenig:

«Daß es nicht zu verstehen ist», sagt er dann. Sie lachen. Anderntags erwacht er nervös, setzt sich schnell an den Schreibtisch und schreibt die Anfangssätze seines nächsten Romans.

Seltsame physische Veränderungen. Manchmal merkt er, daß er seine eigene Handschrift nicht lesen kann. «Meine Hand ist unsicher geworden. (Mein Herz noch nicht.)», schreibt er.

«Immer nur in festlichem Licht leben», schreibt er. Er träumt, daß er eine Tochter hat, die Cynthia gleicht.

«Wenn der Atheist möglich ist, ist auch Gott möglich», schreibt er eines Tages.

«Kann man Werke wie Schuberts *Impromptus* unter anderen Bedingungen schreiben als denen der Gottverlassenheit? Welche Verzagtheit brauchte ich immer dazu, einen Roman anzufangen …», schreibt er.

«Tatsache ist, daß ich erstaunt den Reichtum meiner alten Probleme betrachte. Und entsetzt die Geschwindigkeit des Verfalls …», schreibt er.

Winterliche Sonne in Luzern. Die eleganten Seeufer-Hotels. In einem von ihnen ißt er zum erstenmal in seinem Leben Kürbissuppe. Die zu Hause so verpönte Pflanze erlebt in den Töpfen guter französischer Köche eine wahre Apotheose. – Das graue Bern. Die lange lange Arkadenreihe. Und die Nationalbank mit den ominösen Goldbarren im Keller. Er betritt ein Geschäft. Sucht ein Geschenk für Cynthia. Der Laden besteht aus mehreren Räumen. Er durchquert den ersten Raum, dann den zweiten. Nirgends eine Seele. Im dritten bleibt er vor einem glasbedeckten Pult stehen. Er scheint dort gefunden zu haben, was er sucht. Als er aufblickt, umstehen ihn drei Menschen. Woher sind die gekommen? Er hat niemand gesehen, nicht ihre Schritte gehört. Sie lächeln. Eine ältere Frau, zwei Männer. Unbeholfen erkundigt er sich nach dem Preis. Sie nennen ihm eine Summe, von der sie ohne jegliches Feilschen sofort etwas nachlassen, wenn er bar zahlt. Die Erkenntnis, daß sein Honorar sogar dafür ausreicht, erschüttert ihn förmlich. Obzwar er nicht genug Bargeld bei sich hat. Sie zeigen ihm einen Bankomaten gegenüber. Mit Hilfe einiger Ziffern läßt er Geld aus der Mauer sprießen. Für ihn ähnelt diese Handlung immer noch dem Wunder Moses'. Bevor sie das Geschenk endgültig einpacken, läßt er die kleine Schachtel noch einmal öffnen, um noch einmal zu betrachten, was er gekauft hat. In gehobener Stimmung macht er sich zum Hotel auf. Er wird nach Hause zurückkehren und mit einer natürlichen Geste, wie eben ein Mann seiner Frau eine Überraschung bereitet, das Geschenk, das er in der Schweiz für Cynthia gekauft hat, aus der Tasche holen. Mag sein, denkt er, es gab viel bedeutendere, die veränderte Welt sehr viel besser demonstrierende Geschehnisse; dennoch, nach Jahrzehnten stumpfsinniger Gebundenheit an die Scholle ergreift ihn jetzt zum erstenmal wirklich die zerbrechliche Freude am phantastischen Abenteuer der Freiheit.

Er lebt müßig, als hätte er zuviel Zeit. Liest ein paar Seiten aus *Der Idiot*, betrachtet Van Goghs *Selbstporträt* aus Saint-Rémy, erwacht morgens neben Cynthia. Wer wird meinen Roman schreiben, fragt er sich besorgt.

«Wenn du einmal gesehen hast, wie ein Rudel Hyänen ein lebendiges Gnu zu Tode hetzt und dann auffrißt, machst du dir keine Illusionen mehr über die Grundgesetze unserer Existenz», sagt sein alter Freund. Sie sitzen am gewohnten Ecktisch, und während der Freund von der gestrigen Tiersendung im Fernsehen berichtet, schaut er in den eintönigen grauen Regen hinaus.

«Und das Glück?» fragt er fast verschüchtert.

«Auch das Glück ist nur ein Teil des Grauens», antwortet der Freund, ohne einen Augenblick zu zögern.

«Die Frage», sagt B., «ist trotz allem, ob das Ganze gelohnt hat, ob das Ganze es lohnt.»

«Du sprichst, als hättest du die Wahl. Vergiß nicht, daß du nicht aus eigenem Willen auf der Welt bist, sondern aufgrund der Willkür deiner Eltern, die sich ausmalten, wie sie mit einem Kleinkind spielen würden.»

«Reden wir von etwas anderem», sagt B.; es scheint, als verstimmten ihn neuerdings Erkenntnisse, die ihm einst eher Freude bereiteten.

«Mit der Zeit veränderst du dich bis zur Unkenntlichkeit. Du wirst dankbar sein für jedes Wort, jeden Buchstaben, der an dich erinnert. Dein Leben gleitet dir aus der Hand wie die zu einem Fluß voller Laichkräuter gewordene Zeit. Das Gefühl, daß du etwas falsch gemacht hast, begleitet dich wie dein Schatten. Und nichts hilft, nichts kommt wieder zurück», schreibt er.

Während ihn der Zug durch die Niederungen Mecklenburgs führt, dunkelt es langsam. Er sitzt allein in einem Abteil erster Klasse. Soeben hat der Schaffner Erfrischungen gebracht, auf den Klapptisch Teller, Glas und eine schlanke Flasche gestellt, die sich plötzlich beschlägt. Er ist seit den Morgenstunden unterwegs und weiß, daß man ihn in der Stadt R. vom Bahnhof direkt zum Schauplatz der Lesung bringen wird, er wird nicht einmal Zeit haben, das Hemd zu wechseln. Draußen huschen Lichter vorbei, allem Anschein nach wohlbestellte Felder, das unsichtbare Landschaftsbild von ins Dunkel getauchten Dörfern und Städtchen. Er ist mutlos und schläfrig. Doch plötzlich blitzt ein Satz in ihm auf: «Der nächtliche Reisende.» Und dieser Satz bringt alles in Ordnung. Auf einmal erblickt er in dem dämmrigen Abteil den Schattenriß eines

Mannes, der in der Weltordung der Dienstleistungen seinem Ziel entgegeneilt; und hinter dieser Weltordnung dämmert die Möglichkeit eines sicheren und berechenbaren menschlichen Lebens auf, das seine wahre Realität durch ein Frauengesicht gewinnt, eine Frau, die wir lieben und die irgendwo auf uns wartet. «In diesem Augenblick ist der böse Zauber von vierzig Jahren zerbrochen», notiert er später.

Er sitzt allein am Ecktisch. Draußen winterlicher Sonnenschein. Er bestellt einen starken Kaffee. An einem Tisch in der Nähe ein unauffälliges junges Liebespaar. Die Hände verschwinden ab und zu unterm Tisch. An anderen Tischen wird Zeitung gelesen. Man bringt seinen Kaffee. Ein seltsames Staunen ergreift ihn: Sieh an, hier sitzt er und lebt wahrscheinlich. Auch die anderen leben offenbar. Er hat das Gefühl, daß all das sein Vorstellungsvermögen übersteigt. «Sei dir darüber im klaren», schreibt er in das ständig mit sich geführte Heft, «daß du verschwinden wirst. Diese Welt und die aus ihr resultiernde Zukunft bewahren nichts. Deine Muttersprache verstößt dich, und dort, wo du noch etwas zu sagen hast, wird man dich bald nicht verstehen. Du mußt ernsthaft damit rechnen, daß alle deine Anstrengungen umsonst waren. Ändert das etwas am Wesentlichen, beeinflußt es – um ein großes Wort zu gebrauchen – deine schöpferische Leidenschaft? Sicher nicht. Teils als Besessener, teils als rationaler Zweifler möchtest du abschließen, was du begonnen hast. Warum – das frage man nicht, vor allem dich nicht ...»

Die Nacht wird illuminiert, die Welt feiert. Jahrtausendwechsel ... Was stand bei Anbruch der Zeiten auf dem Tempel Apollos geschrieben? «Erkenne dich selbst!» Wozu? Zu welchem Zweck? «Unser Held und Hauptdarsteller, der Mensch, wird verschwinden. Obwohl er doch nicht ganz verschwinden kann: und das wird der Konflikt der Zukunft sein», schreibt er.

Er liest zuviel Zeitung. Während er am Ecktisch sitzt, blättert er gelangweilt darin. Die ausländischen kauft er in einem auf dem Weg liegenden Hotel. In der *Neuen Zürcher Zeitung* stößt er auf einen Artikel über die vielen Seiten und unterschiedlichen Wurzeln jüdischer Identität. Von den östlichen Orthodoxen bis zu den modernen liberalen Intellektuellen der europäischen und amerikanischen Städte. Dann die verschiedenen Abarten des Zionismus: Was hat er mit alldem zu tun? Spürt er, spürte er jemals die «Rasse», die 5000 Jahre und den entfernten Kontinent? Er lebt eher in einem symbolischen Judentum, das von Auschwitz, seiner kulturellen Wurzellosigkeit und seinen westlichen Sympathien bestimmt wird. Keine religiöse Bindung, keine «Volks»-Gemeinschaft. Er stellt fest, daß seine Denkweise nicht typisch jüdisch ist (falls es überhaupt eine typisch jüdische Denkweise gibt); mit einem Wort, er denkt nicht über «jüdische Dinge» nach. Nach seiner Überzeugung denkt er genauso wie die übrigen, normalen, christlich geprägten Europäer, nur wurde er zufällig in die Lage hineingeboren, die hier für gebürtige Juden aufrechterhalten wird. – «So redet jeder, der seine Unschuld beteuert», schreibt er später.

Beginnende, noch leichte Parkinsonkrankheit. Die Gehirnadern sind rein. Ultraschall am Hals: beginnende, noch leichte Verkalkung. Die Handbewegungen werden allmählich unberechenbar.

Der Budapester Winter, wie geschmolzenes Blei ... Selbst der Schnee ist grau. Am Vormittag setzt er sich an seinen Tisch, tut überhaupt nichts und fühlt sich am Nachmittag trotzdem müde. Dabei wollte er doch schreiben, einige Sonderbarkeiten seiner Jugend beziehungsweise seine sonderbare Jugend beschäftigen ihn. Er kann sich, wenn er an seine Kinderzeit denkt, nicht in seine kindliche Denkweise zurückversetzen. Schon damals beschäftigten ihn Probleme, nur eben Kinderprobleme. Jahrzehnte später lernte er Duchamps unsterblichen Satz kennen: *Es gibt keine Lösung, weil es kein Problem gibt.*

*

«Leben», schreibt er. «Musizieren, lesen», schreibt er. «Einen Witz erzählen, nur um die vom Lachen aufblitzenden Zähne einer Frau zu sehen», schreibt er.

«Das Leiden Márais im Spiegel seiner *Tagebücher* und von *Land, Land!* Immer gibt es Menschen, die ihre Schulter unter den mit dem Einsturz drohenden Globus stemmen», schreibt er.

Er beginnt sich daran zu gewöhnen, eine öffentliche Existenz zu führen. Er muß einen Schriftsteller darstellen, der für ihn nicht existiert. Von seiner Arbeit, seinen Werken, hat er nur eine vage und entfernte Vorstellung und ist selbst mit größter Kraftanstrengung nicht fähig, seine Rolle überzeugend zu spielen. Am nächsten Tag fällt er wieder zurück in die Situation des Niemand, der schreibt und Fehler macht und mit dem er sich identisch fühlt.

In Andalusien, in den Bergen, entdeckt Cynthia in der Bar eines Städtchens namens Casares, in die sie von Durst getrieben eingekehrt waren, an der Wand ein Aquarell, ein Porträt, das Kafka darstellt. Hinter der Theke ein bebrillter, intellektuell wirkender Schankbursche. Lächelnd nickt er: Ja, er habe es selbst gemalt, aufgrund des berühmten Fotos ... – Am Grenzübergang nach Gibraltar ein englischer Polizist mit dem charakteristischen, gleichsam vom Nacken in die Stirne gerutschten englischen Helm. Er nimmt die Pässe entgegen. Die unvergleichliche höfliche englische Arroganz, «authentisch und vernichtend», wie er später schreibt.

«Das Glück», schreibt er heute morgen, «ist wie eine Meeresflut, die aufgrund geheimnisvoller Kräfte: des Mondes, rätselhafter Winde und Wasserströmungen, plötzlich in einem emporschlägt, anscheinend sogar ohne jede unmittelbare Ursache, Herz und Hirn durchspült und uns mit der allem innewohnenden großen Freude vereint, der wir letztlich unsere Existenz, unser Leben verdanken ...»

In der Nacht setzen sie sich auf den Balkon, der auf den Garten und die weiter entfernte bebaute Anhöhe blickt. Flüsternd unterhalten sie sich unter dem dämmernden

Maihimmel. Dann erhellt sich in einer fernen Brandmauer plötzlich ein Fenster, wie in einem Kafkaroman.

«Die Vertreibung des Geistes», erläutert sein alter Freund am gewohnten Ecktisch, «ist das Werk einer Institution», und bestellt bei der an den Tisch getretenen Kellnerin Apfelstrudel mit Schlagsahne. «Diese Institution jedoch», setzt er seine Erklärung fort, «deren Wirken so genau spürbar ist, ist im übrigen unsichtbar. Vielleicht existiert sie auch nicht, wir gehorchen ihr nur und erschaffen sie so für uns», setzt er mit einem Lächeln dazu, als sei er von der unerwarteten Einsicht selbst überrascht.

Er erwacht in der Nacht. Huscht in sein Arbeitszimmer. Macht das Licht an, beruhigt sich. «Katastrophengefühl umschleicht mich. Weltkatastrophe? Privatkatastrophe? Der Himmel schweigt, meine Umgebung, mein Organismus arbeiten still an meiner Auslöschung», schreibt er in sein Notizheft.

Am Vormittag erhält er drei Telefonanrufe. Er solle sich die Zeitung kaufen.

«Warum?»

«Man schmäht dich darin. Sie ziehen deinen Namen durch den Dreck.»

«Und deshalb soll ich sie kaufen?»

Er kauft sie nicht, denkt aber über die sonderbaren Wendungen seines Schicksals nach. *Wir können die Freiheit nicht dort erleben, wo wir unsere Knechtschaft erlebt haben.* «Nur um eine Lücke zu füllen oder des Rhythmus wegen schreiben wir mitunter Sätze, die sich im Lauf der Zeit als Prophezeiungen erweisen», notiert er.

«In einem konsequent geführten Leben», schreibt er, «kommt immer ein Augenblick, von dem an alles, selbst der Schmerz, selbst der Verlust, dir nur zum Besten dient; und in diesem Augenblick ergreift dich eine stille Scham, als ginge dir gerade die dir vom Unglück gewährte Unberührbarkeit verloren.»

«Ich werde aus der Nation ausgeschlossen wie aus einem drittklassigen Internat, und das beweist, daß ich meine Leiden ‹gut genutzt› habe, wie Sterne sagen würde», schreibt er.

«In der Sozialismus genannten Fliegenfalle, in der die konformistischen Intellektuellen zappelnd im Honig der ‹sanften Diktatur› festklebten, habe ich niemandem Sorge bereitet: Man verließ sich darauf, daß ich mich selbst aus der gemeinsamen Drecklache, die sie Gesellschaft nannten, ausschließen würde», schreibt er.

Der alte Freund erwartet ihn heute verstört. Das Gesicht gerötet, die Zigarre bebt zwischen seinen Fingern. Er hatte gestern gesehen, wie zwei israelische Soldaten vor laufenden Kameras gelyncht worden waren.

«Ich hätte es nicht bis zu Ende sehen sollen», sagt er. «Das Blut floß, die Qualen der Unglücklichen waren von wiehernden Fratzen umringt. Der Judenhaß läßt sich mit nichts auf dieser Welt vergleichen. Es ist der übelste Atavismus, der immer von neuem das alte Gemetzel entfesselt, animalische Brutalität, Raub und schmutzigste Leidenschaften. Wer Jude ist, erblickt stets der Menschheit niederträchtigstes Antlitz. Wie lange kann man das noch mit heilem Verstand ertragen? Wie lange kann ein Jude, den permanenter Haß umgibt, sich seinen gesunden Menschenverstand bewahren? Und wer ist der unverschämte Heuchler, der Mäßigung, Bezwingung der Leidenschaften von ihm zu verlangen wagt unter Umständen, in denen Geduld geradewegs zum Untergang führt?»

«So habe ich dich noch nie gesehen», sagt B.

«So bin ich ja auch nicht», entgegnet der Freund. Er legt die Zigarre weg und bestellt ein Glas Rotwein.

«Hitler hat sein Werk nicht vollendet», murmelt er dann. «Man wird uns alle vernichten.»

«Jede Krankheit ist eine Seelenkrankheit oder wird zur Seelenkrankheit», schreibt er noch am selben Abend, bereits im Pyjama, kurz vorm Schlafengehen.

*

Eines Tages erwacht er mit einer ganz eigenartigen, bisher noch nie empfundenen Traurigkeit, die ihn tagelang nicht verläßt. Alles durchdringt sie wie Schwefelsäure; auch die Freude. Eine Zeitlang versucht er sich zu vertrösten: Vielleicht der Ausbruch seines Freundes neulich, seine unerwarteten Worte. Vielleicht das neue Medikament gegen den Tremor, das auch den Blutdruck senkt. Oder vielleicht ist – weil er ein paar Seiten in seinem Roman verpfuscht hat – sein absurdes Vertrauen in eine bis ans

Ende aller Zeiten anhaltende Schaffenskraft erschüttert? Schließlich, denkt er, könnte es auch einen vierten Grund geben, und das ist der wahrscheinlichste: das Vorgefühl des nahenden Todes. Was weiß er darüber? Der Tod ist immer anders. «Du denkst über den Tod nach, aber eigentlich denkst du nur, daß du über den Tod nachdenkst», schreibt er. «Wir denken im Laufe unseres Lebens zwar an den Tod, aber das, woran wir denken, ist nicht der Tod, sondern der Trost, die Verbitterung, die Lüge, die irrigen Vorstellungen des Lebenden. Wir können uns nicht vorstellen, wie es ist, zu sterben. Und ein noch größeres Geheimnis ist der Tod selbst. Das Tier aber, das (glücklicherweise) in uns lebt, spürt ganz genau, wann der Tod an unser Bett tritt, wann er sich unserem Dasein nähert, wann wir anfangen müssen, uns auf ihn vorzubereiten. Und auch dann wissen wir nicht, worauf wir uns in Wirklichkeit vorbereiten. Nur die hereinbrechende große Traurigkeit, sie allein nimmt uns, so wie der Erzieher das Kind, an der Hand», schreibt er.

Von seinem Arbeitszimmer blickt er auf den Balkon. Die hoch aufgeschossenen, schlanken Zweige der Topfpflanze sind vom Winterregen geknickt, wie ein empfindliches Herz, und fallen nun herab, einer ergebenen Frauengestalt gleich, die mit ausgestreckten Armen, erschrocken und zugleich wollüstig darauf wartet, was mit ihr geschieht …

Durch die breiten Fenster des Krankenzimmers schaut man auf Wälder und den Fluß und die Stadt dahinter. Er steht neben Cynthias Bett, wartet, daß sie aus der Narkose erwacht. Der Chirurg sagt, es sei eine relativ kleine Operation gewesen. Er notiert Satzfetzen:

«Machen Sie sich keine Sorge, wir haben den kranken Knoten entfernt, und die Bestrahlung … Ja, das ist unvermeidbar, aber …»

Cynthia bewegt sich jetzt. Er beugt sich rasch über das Bett. Cynthia kommt langsam zu sich, erkennt ihn, versucht zu lächeln.

Manchmal trennt die Verzweiflung sie voneinander.

«Meine Mutter ruft nach mir», sagt Cynthia. Dann tut sich auf einmal eine Kluft zwischen ihnen auf, und er bleibt einsam und ohnmächtig diesseits des Abgrunds stehen, als sei die Brücke vor ihm zusammengestürzt.

«Vergiß die Toten!» versucht er hinüberzuschreien. Aber er weiß, daß es egal ist, was er sagt: Wenn Cynthia von ihrer Mutter spricht, hat B. das Gefühl, als seien sie zu den Wurzeln der Krankheit gelangt. Er würde diese verlängerte Nabelschnur gern durchtrennen, würde Cynthia gern gegen die Hölle ihrer Erziehung: das Schuldgefühl gegenüber der Mutter aufwiegeln.

«Tyrannei und Liebe sind nicht identische, sondern gegensätzliche Begriffe», sagt er. Doch in der Stille der Nacht, wenn er das Bett verläßt, um sich an den Schreibtisch zu setzen, zweifelt er bereits selbst daran.

Schon von der Tür aus erblickt er den alten Freund: sein Gesicht von den bettuchgroßen Blättern einer aufgeschlagenen Zeitung verborgen, auf dem Tisch weitere Zeitungen, ein Tablett, ein Glas Wasser, eine leere Kaffeetasse, ein Aschenbecher mit einem noch rauchenden

Zigarrenstummel, zu seinen Füßen, wie schlaffe Segel, die darauf warten, daß Wind aufkommt, die herabgefallenen Seiten einer wahrscheinlich schon ausgelesenen Zeitung.

«In den westeuropäischen Ländern», beginnt er, «besagt der Gesellschaftsvertrag, daß die Behörden kontrolliert werden und die Menschen nicht willkürlich drangsalieren können. Die Bevölkerung ist vor einem Straf- und Internierunglager-System geschützt, eine Diktatur kann es nur auf ungesetzlichem Weg geben ... und muß bis zum Schluß mit ihrer Illegalität rechnen. Hier in Mittel- und Osteuropa dagegen hat sich die Demokratie noch nicht als eine Existenbedingung erwiesen; es hat sich noch kein spürbarer Schutzinstinkt gegen die Willkür entwikkelt. Was möchtest du?»

«Einen Kaffee», sagt er.

«Einen Kaffee!» echot der alte Freund, und die Kellnerin eilt mit der Bestellung davon. «Im Gegenteil», fährt er nach dem kurzen Zwischenspiel da fort, wo er aufgehört hatte, «es haben sich eher jene Instinkte entwickelt, die der Überlistung durch eine Willkürherrschaft dienlich sind, dem Fortbestand und Überleben autoritärer Macht ... Hörst du mir überhaupt zu?»

«Aber sicher», antwortet er.

«Gibt es irgendein Problem?» fragt der alte Freund, und auf dem seit Jahrzehnten vertrauten Gesicht erscheinen Sorgenfalten. Erst jetzt hat er bemerkt, daß sein Freund heute eine lila Fliege zum braunen Anzug trägt.

«Es ist nichts», antwortet er. «Ganz bestimmt», bekräftigt er. «Wirklich nicht», fügt er noch ein drittes Mal hinzu.

Cynthias Genesung feiern sie im Séparée des Dorchester. Sie sind hier, in London, Gäste des wahrscheinlich letzten Grandseigneurs auf der Welt, eines Herrn aus Chile, der globale Großunternehmen, großzügigen Lebensstil, Frauen, Kunst und gute Küche gleichermaßen liebt. Später, als er, wieder zu Hause, in einem Turner-Band blättert, vergleicht B. die Gemälde mit den eigenen Erinnerungen: dem verschleierten Londoner Morgenlicht, den über dem Rasen des Hyde-Parks schwebenden Nebelfetzen, die sie vom Hotelfenster aus gesehen hatten. Warum wurden für Turner im Alter Farben und Licht allmählich wichtiger als saubere, alles be- und abgrenzende Linien? Und warum wirkt das so authentisch? Gibt es etwas, denkt er, das wir allgemein «Altersstil» nennen könnten? Turners Sehkraft verschlechterte sich angeblich sehr. «Aber Beethoven schrieb seine letzten Quartette auch, als er schon taub war», schreibt er. Er legt den Kugelschreiber nieder, schaut auf den winterlichen Garten. Er denkt an Turners Totenmaske, an die sich allgemein auf den Totenmasken spiegelnde «letzte Heiterkeit». Mag sein, denkt er, daß Mihály Babits recht hatte: «Vielleicht ist der Tod gar nicht so eine große Angelegenheit.»

Er geht zur Klinik, um die Untersuchungsergebnisse zu erfahren: Parkinson, lautet die nunmehr endgültige Diagnose. «Ein Mann schlurfte über den Korridor, mit trippelnden Schritten, ausdruckslosem Gesicht, ausgefransten Pantoffeln: meine Zukunft», schreibt er.

«Im Alter schätze ich gute Metaphern mehr als gute Logik», schreibt er.

Auch seinem alten Freund berichtet er von dem Turner-Erlebnis. Der pflichtet ihm bei.

«Auch heute gibt es gute Kunst, ja, sogar vortreffliche, aber keine große Kunst», sagt er.

«Groß, groß! Könntest du definieren, was das ist?»

«Nein», gibt der alte Freund zu. «Aber soviel ist sicher, das Große enthält alles Irdische, während es selbst schon überirdisch ist. Es kann nichts dafür, daß es groß ist. Es kann einfach nicht mittelmäßig oder auch bloß gut sein. Deswegen fehlt es auf der heutigen Palette», er wird lebhafter, «die das Gute hinnimmt, das Mittelmäßige feiert, aber das Große niedertritt.»

War es nicht immer so?

«Nein», der alte Freund schüttelt den Kopf und tastet mit der goldberingten Hand seine Taschen ab, offenbar das Zigarrenetui suchend.

«Wer bei gesundem Verstand bleibt und gleichzeitig vom Glück gesegnet ist, stirbt so, wie das Kind sein Spielzeug zurückläßt, wenn man es am Abend ins Bett schickt: sich einerseits sträubend, andererseits schon mit halbgeschlossenen Augen. Zwar tröstet man es, daß es sein Lieblingsauto am nächsten Tag wiederfinden wird, aber das Kind glaubt so wenig an morgen wie der Sterbende», schreibt er. Nach einer durchwachten Nacht schaut er von seinem Schreibtisch auf den glasklaren, hellblauen Tagesanbruch im Frühling; ein Fußgänger auf der Straße hinter dem Garten weckt in ihm ferne Erinnerungen an morgendliche Gerüche, Kaffee, hastiges Sichankleiden, keuchende Eile, Lichter der Frühe, dämmernde, dann immer bestimmter werdende Farben. Im Rausch seiner Schlaflosigkeit fühlt er sich, als liege eine trunkene Nacht hinter ihm. Er versucht zu arbeiten.

Er hat das Gefühl, daß seine Romanfigur geisterhaft und ihre innere Welt nicht darstellbar ist. «Der Selbstmord folgt keiner Logik, nur der Dramaturgie», schreibt er.

«Daß ich die Figur sozusagen ‹kalt› erfinde, davon kann keine Rede sein», schreibt er.

«Der Selbstmord», schreibt er, «rührt vielleicht aus der Erkenntnis einer großen Lüge; die Erkenntnis einer großen Wahrheit spornt eher zum Fortsetzen des Lebens an.» Wenngleich die große Lüge und die große Wahrheit nur zwei Seiten ein und derselben Sache sind, denkt er später.

Eines Abends ermißt er die Entfernung zwischen Balkon und Asphalt. «Mir wurde übel», schreibt er.

«Schluß machen oder weiterleben, das ist einfach eine Frage von Charakter, Temperament und Gelegenheit; manchmal bleiben wir nur deshalb am Leben, weil uns die geeigneten Mittel fehlen», schreibt er in sein Notizheft.

Vorzeitige, schwüle Hitze. Die Sonne lastet über dem Friedhof wie geschmolzenes Metall. Wegen der Menge kann man die Totenbahre nicht sehen. Plötzlich wird es still. Nacheinander treten die professionellen Grabredner auf und erfüllen wie Henker ihre schreckliche Pflicht. Die gelblichen, von Schwielen geplagten Fersen, die unter dem langen Ornat der reformierten Pastorin offen hervorlugen, entgehen B.'s Aufmerksamkeit nicht. In ihrer Trauerrede sagt sie so etwas wie, der Tod sei die «endgültige Trennung» vom Leben, vom Lebendigen. Das erstaunt ihn; sollte es bei den Reformierten keine Auferstehung geben? Oder ist die geistliche Dame eine radikal gesinnte Klerikerin? Der trauervolle Ton der Grabreden und die obligatorischen Trauermienen sind die schlimmsten Hindernisse, um des Toten wirklich zu gedenken, denkt er. Der Leichenzug setzt sich in Bewegung. Er und Cynthia passen rasch ihre Schritte aneinander an. Sie gehen Hand in Hand. Sie schwitzen. Über Cynthias Gesicht läuft eine Träne des Toten wegen, den sie liebte, und B. kann nur schwer der Versuchung widerstehen, sich – gleichsam zum Trost – auszumalen, wie Tränen über dieses reine und schöne Gesicht strömen werden, wenn man ihn, B., einmal begraben wird.

*

Eines Tages fällt ihm auf, daß er in letzter Zeit ausschließlich Exilliteratur liest. Tagebücher, vor Hitler und nach Hitler, Flucht vor dem erlösenden Sozialismus und diversen Diktaturen, die Geschichte von Exilverlegern, das Schicksal von Exilautoren. Der erschütternde Briefwechsel zwischen Miłosz und Venclova. «Überall ergibt sich das gleiche», schreibt er, «einer geht und nimmt die heimische (baltische, polnische oder ungarische) Kultur mit, die unterdessen von den daheim Gebliebenen zerstört wird. Im allgemeinen pflegen sie die sogenannte Geschichte dafür verantwortlich zu machen, so als sei das eine Art göttliche Gewalt, eine dem Menschen fremde, ihn verschlingende Macht; dabei wissen sie wohl, daß die Zeit abgelaufen ist. Und sie ist nicht abgelaufen, weil andere kamen, eine neue Generation, eine Besatzungsmacht, sie pflegt vielmehr deshalb abzulaufen, weil sie selbst sie nicht zu nutzen verstanden. Das ist auch die Wurzel des wild aufflammenden Nationalismus der osteuropäischen Völker. Er ist wie eine Schutzreaktion des Organismus – hohes Fieber zum Beispiel, das zur Bekämpfung einer Krankheit dient –, die dann, ihre ursprügliche Funktion vergessend, den Menschen tötet», schreibt er.

«Der Schriftsteller», schreibt er, «wenn er anständig ist, ist immer ein Besitzloser. Er weiß, daß er nichts hat und nichts weiß.»

«Das Eingeständnis der Schuld und das Ermessen des Verlustes sind der Anfang jedes höher qualifizierten Lebens, auch der Nationen», schreibt er.

Wie ist es möglich, daß er, B., noch immer und trotz allem normal geblieben ist? Ist das in einem gewissen Sinn nicht unmoralisch? Oder ist vielleicht gerade diese öde Nüchternheit mein Wahnsinn, fragt er sich.

Die Nazis, überlegt er weiter, mußte ich überleben. In der Zeit des Bolschewismus war nicht viel Hoffnung auf Überleben; das System sah nicht so aus, als sei es am Ende.

«Aber Sie haben seine Existenz nie akzeptiert», sagt Cynthia, die damals im Westen, im märchenhaften Westen lebte, «und das dürfte schwer gewesen sein.»

«Es war nicht schwer», antwortet er, und eigentlich war es auch nicht eine Sache der Tapferkeit, sondern nur des Geschmacks. Er konnte sich einfach nicht in die Gedankenwelt einfügen, konnte sich nicht die Sprache angewöhnen, war unfähig, sich in dem einzurichten, was man normales Leben nennt: Er gründete keine Familie, schuf sich keine sogenannte Existenzgrundlage. Mehr als vierzig Jahre vergingen so. Es scheint eine glorreiche Geschichte zu sein, doch aus einem anderen Blickwinkel betrachtet ist es die nicht wiedergutzumachende Geschichte einer Frau, die er nie glücklich machen konnte …

Am Vormittag, als sie auf einer Krankenhausbank auf den Befund wartete, habe sie plötzlich das entschiedene Gefühl sicheren Lebenswillens ergriffen, sagt Cynthia. Sie sitzen auf dem Balkon, in der Stille der Herbstnacht. Sie habe eine besondere Kraft verspürt, fährt Cynthia fort. Sie sprechen flüsternd, wägen die Lebenschancen ab. Hin und wieder raschelt ein unsichtbarer Baum, fallen ein paar Blätter.

Die Morgendämmerung findet ihn vor dem Computer. In ihm wirken Schlafmittel, von denen ihm schwindelt, die ihn jedoch nicht betäuben. Aus dem Zimmer hört er das ruhige Atmen Cynthias. «Für einen, der nicht liebt, ist es einfacher», schreibt er.

Der menschliche Organismus besteht aus Zellen, und dieses Zellenkonglomerat nennen wir Ich. Die Zellen existieren und agieren in uns ganz autonom, nach ihren eigenen Gesetzen oder – wenn man so will – ihren eigenen Launen. Sie verbinden und teilen sich, initiieren oder durchlaufen Mutationen usw. …

«Aber das ist ja schrecklich!» bemerkt B.

Sein Freund, ein weltberühmter Biologe, sieht ihn erstaunt an.

«Warum?» fragt er, während seine Gabel, die er gerade in einen Rindsbraten hineinstoßen wollte, in der Luft stehen bleibt.

«Weil wir demnach in gar keiner Beziehung zu unserer Krankheit stehen.»

«Wie meinst du das?»

«Sie hat gar keine moralische Existenzberechtigung», versucht er seine wirren Gefühle zu artikulieren. «Sie hat nichts mit unseren Handlungen zu tun, nichts mit unseren Tugenden oder unseren Lastern. Wir können keine Verantwortung für sie übernehmen, weil sie ja nicht aus uns entspringt, sondern aus der Verirrung der Zellen, und so kriegen wir die Krankheit zwar, wie man zu sagen pflegt, aber sie ist nicht unser. Sie hat keine Metaphysik», fügt er hinzu.

«Metaphysik?» Der Gelehrte schaut ihn entsetzt an. «Was soll das?»

B. schweigt. «Wenn uns aber», sagt er dann, «die Zellen auf blinde und absurde Weise beherrschen, dann ist das Leben doch nicht ganz ernst zu nehmen.»

«Ich sehe keinen Widerspruch», der Gelehrte lächelt und macht sich über den Braten her.

Das Abendessen, der Wein und das Gespräch rufen bei ihm schließlich eine seltsame Perspektive hervor, in der Nahes und Fernes so ineinanderfließen, daß er sie kaum noch zu unterscheiden vermag. An diesem herb riechenden Herbstabend wirkten die bekannten Gesichter fast unwahrscheinlich im Spiel der Schatten, welche die Lampen von Möbeln, Menschen, Gläsern und Schüsseln an die Wände warfen; das Dämmerlicht zeigte alles schön, mild und unwiederbringlich, wie auf dem letzten Bild eines großen Malers. Diese Gesichter waren schön, als wären es nicht die gewohnten Gesichter ihrer Besitzer. «Die Melancholie des Abschieds spiegelte sich auf ihnen, obzwar sich niemand verabschiedete», schreibt er. «Dem Anschein nach», fügt er nach kurzem Nachdenken hinzu.

Er blättert in seinen alten Manuskripten und Heften. Widerstrebend. In einem der Hefte stößt er auf die Anfangszeilen einer virtuellen Autobiographie: «Das Zeitalter war unfruchtbar, der Mutterschoß fruchtbar: So kam ich am Vormittag des 9. Novembers 19.. auf die Welt. Von meinem Vater weiß ich, daß er meiner Mutter einen Korb roter Rosen ins Krankenhaus schickte.» Er erinnert sich weder an den Text noch an den Plan. Nur soviel ist geblieben. Es reicht auch, denkt er. «Die Fortsetzung würde doch nur von einem ununterbrochenen Niedergang handeln.»

An einem kalten Herbsttag schnürt er alles zusammen, seine alten Manuskripte, Hefte, Tagebücher und Aufzeichungen. Den «Papierballast eines Lebens», wie er lachend bemerkt, er füllt zwei große Koffer. Die Koffer werden zum Auto gebracht, und das Auto bringt sie ins Berliner Literaturarchiv. Die Operation beanspruchte nicht einmal eine volle Stunde. Davor hatte er so getan, als höre er sich die Konditionen an, die ihn in Wahrheit gar nicht interessierten, und alles unterschrieben, was er unterschreiben sollte. Er versucht, den Vorgang auf einer rationalen Ebene erscheinen zu lassen: Für Cynthia zum Beispiel führt er des längeren aus, warum die Manuskripte in einem gut eingerichteten Archiv «in größerer Sicherheit» seien, als wenn man sie «zu Hause herumliegen» ließe. In Wirklichkeit aber ist er sich im klaren über die Bedeutung seiner Handlung. Er weiß, daß er damit im wesentlichen seine Vergangenheit abgeschlossen – nein, nicht abgeschlossen: liquidiert hat. Jetzt versteht er, was ihn wirklich leitet: «die Leidenschaft der Liquidation», schreibt er, «deren Grund nicht zu benennen ist». Man fragt ihn, ob er möchte, daß später eine Ausstellung mit den Manuskripten arrangiert wird. Nein, antwortet er, das möchte er nicht. Er will die Spuren seines mühseligen Lebens, diese in Mühsal und Kampf entstandenen Manuskripte nie wiedersehen.

Deutsch von Adan Kovacsics

GARTEN DER TRIVIALITÄTEN

Aufzeichnungen

5. Dezember 2003 Wie es aussieht, wird es nötig, ein triviales Tagebuch zu führen. Nicht sicher, ob es wirklich so ist.

Also: Jetzt ist früher Morgen, 2 Uhr 48. Vorgestern Lesung in Dortmund. Umsonst hatte ich mir Bücher mitgenommen, ich schlief fast die ganze Fahrt über im Zug. Ein Chauffeur erwartete uns, ein untersetzter Mann mit dröhnender Stimme, er führte uns zu Fuß vom Bahnhof in das nahe gelegene Harenberg-Zentrum, ein etwa 28stökkiges Hochhaus. Dort wartete ein Fotograf, der mich ungefähr eine halbe Stunde lang quälte; ein unfähiger Mann, wie es schien, ich langweilte mich ungemein. Dann brachte uns das Auto ins Hotel, wo uns eine große und angenehme Suite erwartete. M. und ich hätten gern etwas geschlafen, aber nach anderthalb Stunden erschien der Chauffeur wieder und brachte uns ins Harenberg-Zentrum zurück, wo uns Herr Harenberg selbst entgegenkam, ein eleganter, außerordentlich zuvorkommender und sympathischer Mann. Konversation mit mehreren Damen und Herren in einem Büro im 18. Stock; ich verstand von allem nur die Hälfte. Was mir in dem Büro auffiel, waren die Gemälde, über deren Herkunft und Schöpfer mich Herr Harenberg bereitwillig informierte. Unter anderem eine Büste: Pasolini als Christus. Nun gut. Danach Lesung im Auditorium, die ersten 30 Seiten aus *Liquidation*, zwischendurch schlief ich vor Müdigkeit fast ein, zum

Glück bemerkte es außer M. niemand. Großer Applaus, anschließend signierte ich mindestens eine dreiviertel Stunde lang meine Bücher. Dann festlich gedeckter Tisch in einem großen Glaskäfig, der in seiner geometrischen Diagonale auf ein modernes Treppenhaus hinausging; eigentlich eine überwältigende Architektur. Neben mir saß der Oberbürgermeister, ich bewunderte sein elektronisches Notizbuch, und er bemühte sich, mir zu zeigen, wie es funktioniert. So ein jederzeit einschaltbares, in der Jackentasche zu tragendes Notebook hätte ich auch gern. Müde zurück ins Hotel, M. meinte, sich erkältet zu haben, sie fand, wir seien zu lange geblieben – sie war ein wenig nervös, gereizt, weil sie die Sprache nicht versteht, die man um sie herum spricht. Das wird, fürchte ich, noch zur Quelle vieler Konflikte werden.

Am nächsten Mittag zurück nach Berlin; um halb vier kamen wir in der Wohnung an, um fünf traf Paola Traverso ein, die uns mit ihrem Auto zur Freien Universität transportierte; angenehme Intellektuelle, der Institutsleiter und ein, zwei Damen, die eine hatte ein besonders angenehmes Gesicht. Intellektuellengespräche im Kreis schöner Frauen; vor der Lesung mußte ich die Toilette aufsuchen, offenbar leide ich an einer vergrößerten Prostata, die mich zu häufigem Wasserlassen zwingt. Danach ein aulaartiger Saal, ich las *Die exilierte Sprache*, vor einem hauptsächlich studentischen Publikum. Am Ende standing ovation. Obwohl ich müde vorgetragen hatte, für einen Moment war ich sogar eingenickt und verlor kurz den Faden, las den Schluß aber dann lebendig und einfühlsam. Anschließend Abendessen im Alten Krug in Dahlem. Man bezeugte mir große Ehrerbietung, was mich, wie immer, auch jetzt wieder etwas störte: Es fällt mir schwer zu akzeptieren, daß meine Bücher den Menschen tatsächlich etwas geben; mich begleitet unentwegt ein Gefühl von Hochstapelei; ich verhalte mich wie der Imitator meiner eigenen Rolle, meine Bewegungen sind gezwungen, ich rede und habe überhaupt nichts zu sagen. Ich glaube, ich bin so sehr an schlechte Behandlungsweisen gewöhnt, daß ich sie für natürlicher halte als Anerkennung; meine schnöde Erziehung unter den Ungarn hat mich zu tief durchdrungen.

Heute vormittag halb zwölf Treffen mit dem israelischen Botschafter im Literaturhaus. Sympathisches Gesicht, grauer, sehr gepflegter Bart, eleganter Anzug. Er war neugierig, was für ein Jude ich wirklich bin. Meine Magdeburger Rede hatte ihn auf mich aufmerksam gemacht. Er stammt aus einer orthodoxen Czernowitzer Familie, hat aber selbst genug vom Glauben, ist sogar Atheist. Ich fragte ihn, wie das sei, denn wenn sich die Nichtexistenz Gottes voraussetzen ließe, dann ließe sich doch auch dessen Existenz voraussetzen. Er ist noch jung, 1948 geboren. Fragte nach meiner Meinung, ob Herzl, wenn er noch lebte, seine eigene Arbeit, die zur Gründung des jüdischen Staates führte, als Fiasko oder als Erfolg betrachten würde. Er selbst ist sehr pessimistisch. Man ziehe Israel zur Rechenschaft dafür, daß es mit seinen Nachbarn nicht so umgehe, wie es einer Demokratie gezieme, andererseits seien die Nachbarn ja bei weitem keine Demokraten: Israel sei schließlich nicht von Holland und Dänemark umgeben. Ich sagte, das sei nur ein Vorwand für Judenhetze. Nach seiner Ansicht hat der Antisemitismus in Europa eine Tradition, die man schon fast als genetisch ansehen müsse. Dem kann ich zwar nicht zustimmen, muß aber einsehen, daß ich über keine grundsätzlichen Gegenargumente verfüge. Mir schien, letzten Endes gefiel ihm mein Standpunkt; der europäische Jude, den ich repräsentiere, gehört einer verschwindenden Minderheit an und wird im Zuge von Mischehen und Konversion auch zweifellos verschwinden, sofern er nicht vorher ausgerottet wird. Wir dachten an das beängstigende Vordringen des Islam; angeblich treten in Amerika, wie auch in Europa, viele Jugendliche zum islamischen Glauben über. Er erzählte noch, daß Israel anfangs die «Galut-Mentalität» vermeiden und keinesfalls das Bild vom Märtyrerjuden, vom «Opfer», aufkommen lassen wollte; doch die Vergangenheit habe das Land eingeholt, seine heutige Isoliertheit habe den längst überwunden geglaubten Schrekken des Ghettos wieder aufleben lassen, das Gefühl, einer nicht-jüdischen, feindlichen Umgebung ausgeliefert zu sein. Trotz allem war das Gespräch nicht deprimierend, eher so etwas wie der Gedankenaustausch durchblickender Menschen, die, im Luxus lebend, die Nähe einer tödlichen Gefahr erwägen und sich dabei noch eine Portion Sahne zum Kaffee bestellen.

Morgens sieben Uhr. Aus dem nach Westen gehenden Fenster meines Turmzimmers sehe ich, wie es am Himmel über den Dächern Berlins zu dämmern beginnt. In der Ferne der goldschimmernde Funkturm, nicht weit davon ein Blinklicht, wie ein Leuchtturm im Hafen, weiter vorn macht sich die «Pyramide» (das Hochhaus in der Uhlandstraße) breit, grau, mit hellen Fensterreihen. Fünf

Stunden Schlaf, von nachts halb zwei bis morgens halb sieben. Wahrscheinlich zuwenig. Da ich mit ständiger innerer Erschöpfung kämpfe. Ich versuche, den gestrigen Tag in Stichworten zu rekonstruieren (wobei ich nicht weiß, ob das nötig ist, ich weiß nicht, ob mich mein Trivialtagebuch nicht frustrieren und der *Letzten Einkehr* die Chancen verderben wird).

Also: Gestern morgen um zehn Lajos Koltai; er kam zu uns ins Penthouse. Zeigte die für den Film vorbereiteten Zeichnungen, Szenen und Figuren. Wir sprachen etwa anderthalb Stunden über den Film. In einer Woche beginnt er die Szene mit dem Abendessen zu drehen. Das Holocaust-Komitee hat, wie er berichtete, nicht ganz ein Fünftel der beantragten Summe zur Finanzierung des Films bewilligt, von irgendeinem Filmkomitee der Europäischen Union erhielt er jedoch überraschend eine mächtige Summe; das erstaunt mich nicht. Es herrscht eine merkwürdige Ordnung auf der Welt. Aber sie ist immer noch zu verstehen. (Zumindest meine ich, sie interpretieren zu können.) Mir scheint, Koltai hat eine entschiedene Vision von dem Film. Vorerst scheint die Gefahr des Sentimentalismus nicht zu bestehen. «Gefühlvoll, aber nicht sentimental», hieß unser Zauberwort. Koltai, mit seinem runden, einnehmenden Gesicht, seiner schmalrandigen Brille, seiner Erzählfreude und seinem stets zu Rührung geneigten Gemüt ist wie der Bote einer vergnügten Gottheit, als Trost für all die Schlechtigkeit, die in der Welt um sich greift. – Dann brachen wir auf, fuhren mit dem Taxi zum Sony-Center, wo die Pressekonferenz begann. M. immer und überall mit mir. Acht oder zehn Journalisten, vielleicht auch ein paar mehr. Ich fürchte, ich habe zu sehr betont, daß der Film kein Holocaustfilm wird. Man könnte es mißverstehen und glauben, daß ich die Wurzeln meines Werkes «verleugne». Gleichwie. Wir aßen dort zu Mittag, es hieß, daß auch in Budapest noch eine Pressekonferenz stattfinden müsse, und ich dachte mit Bangen an mein ohnehin überladenes Budapester Programm, besonders im Hinblick auf die Reemtsma-Rede, mit der ich noch nicht einmal angefangen habe.

Gegen halb vier waren wir wieder zu Hause, um vier kam Besuch (Sharon, M.s Freundin aus dem Chicagoer Büro in Brüssel). Von den drei Sprachen – Englisch, Französisch und Italienisch –, die sie für die Unterhaltung anbot, spreche ich zu meiner Schande nicht eine einzige. Nach einer halbstündigen Höflichkeitsfrist ging ich hinauf in mein Turmzimmer und tat, als arbeite ich, in Wahrheit döste ich ein bißchen. Abends um sieben Uhr Dr. H. und Frau, die M. nach Berlin eingeladen hatte. Abendessen bei Dressler, in meiner Verzweiflung und Zerstreutheit verspeiste ich sechs Austern. H. hielt heldenhaft mit und gestand, diese Meeresdelikatesse zum ersten Mal in seinem Leben zu probieren. Auf dem Heimweg über den Kurfürstendamm kommt heraus, daß Parkinson eventuell doch nicht die richtige Diagnose sei. H. zufolge fehlen zwei Symptome: das schlechte Laufen und das wächserne Gesicht. Er meinte, ich solle es mit einem Neurologen hier in Berlin versuchen. Nach den Feiertagen werde ich seinem Rat folgen. Gegen Mitternacht schleppten wir uns nach Hause, M. war müde, aber wir unterhielten uns noch ein wenig. Am Ende des Tages stellte ich verzagt fest, daß ich eigentlich nichts getan hatte.

Wieder früher Morgen, fünf Uhr 45. Die Rekonstruktion des gestrigen Tages: Am Morgen legte ich mich gegen zehn Uhr hin, schlief bis halb zwölf; M. weckte mich mit dem Frühstück, danach große Arbeitslust, doch M. ließ mich wissen, daß um sechs Uhr die Sz.s kämen, die wir zum Abendessen ausführen müßten. Kurzer Wortwechsel, weil mir so kaum Zeit zum Arbeiten bliebe; ich ließ jedoch bald von den Vorwürfen ab, weil mir schien, daß M. sich nicht wohl fühlte. Ich ging allein spazieren, in der segensreichen Wintersonne, dann nach Hause und hatte kaum ein paar Notizen für die Reemtsma-Rede gemacht, als bereits die Gäste kamen. Wir gingen ins Thai-Restaurant, ich vergaß meinen Ärger und fühlte mich wohl. Zu Hause angekommen Anruf bei Ligetis, dann M.s selbstlose Entscheidung: Sie willigt ein, daß ich Weihnachten hier in Berlin verbringe; so werde ich vielleicht in der Lage sein, die Reemtsma-Rede zu schreiben, diesem inzwischen anspruchsvoll gewordenen Material eine Form zu geben.

Tiefe Depression. Beiläufig fiel mir ein, daß ich 75 Jahre alt bin. Nicht vorstellbar. Doch es bedeutet bereits Todesnähe. Wahrscheinlich hatte das, was ich hervorgebracht habe, überhaupt keinen Sinn. Wer liest schon Ungarisch? Ein paar Geheimpolizisten mit Sonderauftrag. Einem Artikel in *ÉS* zufolge haben meine Übersetzer zugegeben, daß sie die Spitzen meiner Texte einebnen, «um den Geschmack der Leser nicht zu verletzen». – Den ganzen Tag nichts gemacht. Zur Depression gesellt sich Müdigkeit. M. tut mir leid, und ich tue mir selbst leid. Mit meinem schöpferischen Leben ist es, fürchte ich, aus und vorbei.

Voller Neid las ich in der *FAZ*, daß der neue Nobelpreisträger für Literatur, Coetzee, keine Interviews gibt, sich auf keine Gespräche einläßt, nicht über Literatur redet, nur über Rugby. Mich hingegen erwartete zu Hause ein zweiseitiges Fax mit allen möglichen gräßlichen Ansinnen, was alles anläßlich des Erscheinens der französischen Ausgabe von *Liquidation* getan werden sollte. Lustlosigkeit, tiefe Müdigkeit; gegen Abend legte ich András Schiffs Goldberg-Variationen auf, das tröstete mich ein wenig. M.s kleines Mobiltelefon läutet am laufenden Band. Am Abend meldete sich der Direktor des Reformierten Gymnasiums von Pápa bei ihr: Mein Besuch in Pápa, der ursprünglich für ein Gespräch mit Schülern dieses Gymnasiums gedacht war, beginnt beängstigende Ausmaße anzunehmen: Es ist schon so weit, daß das Gespräch wegen der großen Zuhörerschaft in einer Kirche abgehalten werden soll und daß nicht mehr zu kontrollieren sein wird, aus welchen Leuten sich die Zuhörerschaft zusammensetzt. Ich wage es nicht, M., die mir die ganze Sache eingebrockt hat, Vorwürfe zu machen; sie sagt, man würde mich doch liebevoll empfangen, und es sei schließlich meine Aufgabe, für die Leute da zu sein. Allmählich wenden sich alle meine Absichten und Bestrebungen gegen mein eigenes Leben. Merkwürdig, aber das Leben basiert auf Lügen und nichts als Lügen, und ich treibe hilflos darin herum, auch ich lüge. Warum kann ich nicht aus diesem Mechanismus austreten? Ich verstehe mich selbst nicht, ich verstehe mein Leben nicht. Am späten Abend rief ich meinen Freund Kállai an: War dieser verdammte Nobelpreis nötig, sagte er, wir könnten jetzt in aller Ruhe am Donauufer spazierengehen und uns unterhalten. Ja, alles hat sich von Grund auf verändert, stumm und hilflos folge ich diesen Veränderungen, diene ihnen, statt sie zu beherrschen oder zu genießen. Am späten Abend rief Véra Ligeti an; der arme L. ist weiterhin in einem äußerst schlechten Zustand, aber er liest – gerade hat er den *Doktor Faustus* beendet. Wie oft habe ich mit ihm schon über dieses Buch diskutiert, das er nicht schätzte; jetzt, sagt Véra, lobt er staunend seine Größe. Wir gingen (relativ) früh zu Bett.

Diese Trivialitäten aufzuzeichnen hat wirklich keinen Sinn. Außer natürlich den, meine Hilflosigkeit, meine tägliche Schande zu dokumentieren. Zudem ist es auch sprachlich von Übel, denn ich schreibe schlechte Sätze.

Mich beschäftigt das Problem meiner «Fremdsprachigkeit». In der *Süddeutschen Zeitung* erschien eine schöne Kritik des *Spurensucher*-Hörbuchs; der Text ist von einem Schauspieler namens Walter Kreye eingelesen und zwar wunderbar. Mir wurde bewußt, daß ich den deutschen Text meiner Arbeiten eigentlich besser kenne als das Original. Einschließlich der Fehler natürlich. Aber ist das nicht bezeichnend? *Der Spurensucher* zum Beispiel wurde von der ungarischen Kritik kaum eines Wortes gewürdigt. Folgt man den ungarischen Kritiken, Monographien und weiß der Teufel was noch, so ist meine schriftstellerische Laufbahn seit dem *Roman eines Schicksallosen* eine fortlaufende Katastrophe, ein Niedergang, ein hoffnungsloser und peinlicher Kampf mit meiner Unbegabtheit. Vor allem die Essays und *Ich – ein anderer* werden bemängelt; meinen Europa-Essay, den Genscher, wie er sagte, «mit großem Interesse las», hält man in Ungarn für Geschwätz. *Die englische Flagge*, das *Galeerentagebuch* werden höchstens als schlechte Beispiele zitiert, ganz zu schweigen von *Fiasko*, das man von der ersten bis zur letzten Zeile für mißlungen hält. Also bleibt mir nichts anderes übrig, als das Schicksal meiner Arbeiten im Ausland zu verfolgen. Und interessanterweise kann ich diesen Zustand ohne Sprache oder zwischen den Sprachen akzeptieren, wie ich auch meine Berliner Existenz akzeptiere. Auch ich werde sterben, und meine Werke werden verschwinden; es hat sich gelohnt, sie zu schaffen, aber es ist überflüssig, sich ihretwegen Sorgen zu machen. Sie leben ihr eigenartiges Leben, wie und solange sie es können.

Wenn dieses Trivialtagebuch dazu dient, mit Hilfe eines verfremdeten Blickes ein wahres Bild von meinem Leben zu bekommen – also darüber entsetzt zu sein –, dann ist es das perfekte Mittel. Im übrigen habe ich mich heute ausgeschlafen, wenn auch nur mit Schlaftabletten, mein Organismus protestierte dennoch gegen das Aufstehen – offenbar wegen der mir bevorstehenden Torturen (Pakken, Flug, die Qualen zu Hause usw.). Üble, man könnte sagen, unheilverkündende physische Symptome, über die ich gar nicht genau reden könnte. Vor allem die Parkinsonkrankheit und die unendliche Erschöpfung. – Hier enden wahrscheinlich die systematischen Tagebucheinträge, weil das Budapester Chaos mein Leben verschlingen wird.

In Pápa, auf Einladung des Reformierten Gymnasiums. Es war bewegend. Wegen des großen Interesses fand die

Veranstaltung in der Kirche statt. Als ich mit Magda eintrat, erhoben sich die Leute und sangen einen Psalm; mir kamen fast die Tränen. Anschließend Gespräch mit dem Lehrerkollegium – gute Gesichter, überarbeitete Pädagogen, die kaum von ihrer Arbeit leben können und dennoch ihre schwere Pflicht erfüllen; niemand fühlt sich für ihr Schicksal verantwortlich, niemand versucht, ihr Leben zu erleichtern, dennoch halten sie sich; Berufsehre nennt man so etwas, und heute verfügen nur noch ziemlich wenige über diese Tugend.

Die vergangene Woche ist wohl kaum rekonstruierbar. Jeden Tag Programm, jeden Tag Leute. Ärzte. Zahnarzt, Urologe – der Befund der Untersuchung auf Prostatakrebs ist nebenbei bemerkt «nicht völlig negativ». Die «Familie». Das ständige Gefühl, etwas zu versäumen, jagt M. von einer Verabredung zur anderen, in ihrer Gutmütigkeit steht sie Hinz und Kunz zur Verfügung: Ich kann mich nicht erinnern, daß ich in der Wohnung auch nur fünf Minuten hätte allein sein können. Die Dreharbeiten haben begonnen, anfangs genoß ich meine Situation mitten in dem entstehenden Film, ging dann aber doch mit schlechten Eindrücken nach Hause. Aus dem Chaos leuchtet das Konzert András Schiffs hervor; anschließend zu dritt Abendessen bei Fausto. – M. überwand ihren inneren Widerstand und ließ mich nach Berlin zurückkehren, weil die Rede für Reemtsma geschrieben werden muß. Dort sitze ich also nun, kämpfe seit zwei Tagen gegen meine Erschöpfung an; mein körperlicher Zustand verschlechtert sich rapide. Die Einzelheiten lassen wir jetzt. Ich leide unter diesen nichtssagenden, trivialen Zeilen. Im Flugzeug nach Berlin las ich von Sándor Márai *Was nicht im Tagebuch steht*, also den Abfall seiner Arbeit: Er enthält ungemein viele Plattheiten, darüber hinaus antisemitische Bemerkungen über die «levantinischen Zigeuner», die Bartók beim Durchbruch in Amerika Steine in den Weg gelegt hätten. Das ist doch eine wirklich niederträchtige Feststellung, nach allem, was die sogenannten christlichen Ungarn Bartók angetan haben; sie haben ihn verspottet, durchfallen lassen, ausgegrenzt. Seine Landsleute verstehen ihn bis heute nicht, zumindest nicht so, daß sie ihn als Künstler ins Herz schlössen. Er bleibt für sie ein schwerer Brocken, der ihnen im Halse steckt. – Heute vormittag eine schwere Tachykardie, ich dachte, sie würde nie enden. Ich fiel aufs Bett und schlief für ein paar Minuten ein. Obwohl mein Organismus ein Trümmerhaufen ist, fehlt mir die sexuelle Aktivität.

Weihnachtstag. Gestern? Einkäufe, als müßte ich mich auf einen Krieg vorbereiten und Vorräte horten: der gewohnte Weihnachtsfluch. Mittags aß ich bei Dressler, wo natürlich auch während der Weihnachtstage geöffnet ist; dann versank ich in ein dumpfes Dahinvegetieren, aus dem ich bis zum Abend nicht mehr herausfinden konnte. In der Nacht wachte ich auf und hörte wieder András Schiffs Goldberg-Variationen, während ich in den Regalen vergeblich nach Ligetis Interview-Band suchte. Am Morgen früh erwacht, sitze seit etwa acht Uhr am Computer (jetzt ist es nach zehn) und habe den ersten Absatz für die Reemtsma-Rede geschrieben. Und nun gehe ich frühstücken. –

Irgendwie hatte ich keine Lust zur Fortsetzung der Rede. Statt dessen packte mich die Wut, und ich formulierte zwei Absagebriefe. In beiden berufe ich mich darauf, daß ich das 75. Lebensjahr erreicht habe und die mir noch verbleibende Zeit allein für mein Werk verwenden möchte. (Nebenbei ist es auch so.) Dann las ich doch den gestrigen Versuch durch (Reemtsma-Rede): Er ist gut, bzw. angemessen. Zwischendurch Telefongespräche mit M. Gestern abend hörte ich im Radio den Schlußchor aus Debussys *San Sebastián*, und er gefiel mir so, daß ich heute Kocsis' Debussy-Platte auflegte. Am Nachmittag machte ich mich zum Essen auf, ursprünglich ins Reinhard's, das ich aber einfach nicht finden konnte: An der gewohnten Stelle wird gebaut. Oder hat der Niedergang Berlins womöglich auch das Reinhard's erreicht, und es ist geschlossen worden? So aß ich dann am Olivaer Platz, in einem angenehm beleuchteten Lokal mit anheimelnder Atmosphäre. In meiner Nähe saßen Russen – einfache Leute, also ungewöhnlicherweise weder Mafiosi noch Bettler. Die Frau trug eine schwarze Männerschirmmütze, eine Art Südwester, den sie die ganze Zeit auf dem Kopf behielt, an ihren Ohren dünne, dennoch auffällige und sehr weiblich wirkende Gehänge; eine eigenwillige Erscheinung. Der Mann, ein unscheinbares, dunkelhaariges Männlein, offensichtlich der Schildknappe seiner Frau, suchte solange unschlüssig in der Speisekarte herum, bis schließlich die Frau dem Kellner sagte, was ihr Mann essen solle. Dann nach Hause, und jetzt versuche ich, an der Rede weiterzuarbeiten. – Unmöglicher physischer Zustand, Schmerzen, Kraftlosigkeit, Parkinson.

Nachts konnte ich nicht schlafen, erhob mich und gab der Reemtsma-Rede den entscheidenden Stoß; am frühen Vormittag brachte ich sie endlich zum Abschluß. Habe mir fest vorgenommen, nach Beendigung des schon versprochenen Nachworts für das Esterházy-Buch nie wieder Hausaufgaben dieser Art zu übernehmen. Danach gelöstes Gespräch mit M.: Wir freuen uns über die Berliner Abgeschiedenheit. Für mich gibt es keinen Platz mehr in dem frustrierten Ungarn, wo ich – wegen des akuten Neids – die meisten meiner Freunde verloren habe; in diesem Land, das ich als meine Heimat betrachten sollte, versteht man nicht und wird auch nie verstehen, warum «gerade ich» den Nobelpreis erhalten habe; weil ich Jude bin, sagen sie und nicken dazu bedeutsam, wie Leute, die Bescheid wissen, wie es auf der Welt läuft.

Silvesternacht allein mit Magda. Um uns herum das Krachen des Berliner Feuerwerks.

Wenn man mich im Augenblick fragte, was ich mir vom neuen Jahr wünsche, würde ich ohne Zögern antworten, schnell und schmerzlos sterben. – Letzte Nacht das bisher fertige Material für die *Die letzte Einkehr* durchgelesen: JA. Aber ich weiß nicht, ob es mir möglich sein wird, es fortzusetzen. – Heute begann der Tag mit spätem Aufstehen, ich brachte es fertig, eine Stunde spazierenzugehen, dann schlug M. vor, daß wir uns zum Kaffee ins Kempinski setzen; als wir unseren Kaffee getrunken hatten, war es gegen sechs Uhr abends, M. ging einkaufen, nach anderthalb Stunden kehrte sie mit einer neuen Lampe zurück, dann schlug sie vor, zum Abendessen ins Thai-Restaurant zu gehen. Wir gingen. Nachdem wir zurück waren, hätte ich mir gern die Kassette mit den Interviews über meine «Lieblingsmusiken» angesehen; die Walküre-Aufnahme mußte ich überspringen, weil M. sie nicht mag, beim vierten Satz von Mahlers Neunter – ich wollte ihn unbedingt bis zu der großartigen Szene hören, wo nach dem Spiel der Holzbläser und der Harfe die Streicher aufschluchzen – machte sie mir Vorwürfe – übrigens zu Recht, weil ich ihr das Inhalationsgerät nicht zusammengebaut hatte. Sie sagte, hier sei alles gegen sie gerichtet, geschehe alles zu ihrem Nachteil. In meiner Wut stellte ich die Mahler-Symphonie ab und versuchte, das Inhalationsgerät zusammenzubauen: Es gelang nicht. Da war es etwa halb zwei Uhr nachts, jetzt ist es halb vier. Von Schlaf kann keine Rede sein. Ich habe das Gefühl, in eine Moorfalle geraten zu sein, aus der kein Weg mehr herausführt. Übrigens verdientermaßen. Ich denke oft an A., die jetzt wahrscheinlich oben im Himmel über mich lacht; sie hatte all das vorausgesehen. – Wenn man mich in diesem Augenblick fragte, undsoweiter. Ich verstehe mich selbst nicht, ich verstehe mein Leben nicht. Ein verheirateter Philosoph ist etwas für die Komödie; wenn man mich in diesem Augenblick fragte, undsoweiter … Noch hasse ich mein Leben nicht restlos, doch ich bin auf dem besten Wege dazu.

Nach einer üblen Nacht habe ich M.s Inhalationsgerät in die Apotheke gebracht, wo man es zusammenbaute und mir zeigte, wie es zu benutzen ist. Ehe ich nach Hause kam, war es fast 11 Uhr. M. hinter geschlossener Tür, tiefe Stille. Vielleicht schläft sie. Ich aß ein paar Oliven, die ich im Kühlschrank fand. Mich erwarten unangenehme Stunden. Aber erst später. Jetzt halte ich fest, was mir unterwegs eingefallen ist: Ich schreibe ein Vorwort zur *Letzten Einkehr*, in der alten Manier, mit steinerner Miene. Ich behaupte, das Manuskript in einer alten Schublade gefunden zu haben, wobei ich nicht verhehle, daß es um mein eigenes Manuskript geht. Wenn ich das zustande kriege, ist die Sache gerettet und ich kann auch die Namen ändern. Eventuell: A., B., C. (??)

Zwei Tage versuchte ich es mit dem Vorwort: Es geht nicht. Überall paßt ein Vorwort hin, nur hierhin nicht. Sonst würde ich auch das Grundprinzip des Romans vergessen: etwas «radikal Subjektives». Wenn ich mich mit einem Vorwort distanziere, wird es weder radikal noch subjektiv. Aber ich gebe noch nicht auf. – Heute vormittag Spaziergang mit M. auf dem Kurfürstendamm, in der blassen Wintersonne, unter blaßblauem Himmel, in Liebe. Die breite Straße zwischen den weißen Häusern, mit den drei Platanenreihen in der Mitte, war unsagbar tröstlich, für uns beide.

Morgens, 6 Uhr 20. Am Abend ist frischer Schnee gefallen; der Kurfürstendamm leuchtet weiß, und auf den Gehwegen tauchen die Räumungsfahrzeuge auf. – Sonst ist kaum etwas zu sagen. Das Vorwort mußte ich verwerfen; der tagebuchartige Mischmasch aus Fiktion und ganz konkreten Tatsachen ist eine unmögliche Idee. Es handelt sich um allgemein bekannte, öffentliche, man könnte sagen zeitgeschichtliche Tatsachen: Ich kann also nicht im Namen einer imaginären Person sprechen, die sich, sagen wir, in Szeged mit Fejtő trifft oder den Nobelpreis erhält. Bleibt der unmittelbare Tagebuch-Charakter, und die Namen kann ich leider auch nicht ändern. So ist es weniger dramatisch. – Spät ins Bett; ein leerer Tag; ich lebe mit stumm zusammengebissenen Zähnen.

Gestern Putzfrau, Bank (wegen der nicht funktionierenden Karte), am Nachmittag Jan und «D.», J. installiert Drucker und E-Mail auf M.s Computer, zwischendurch Abendessen bei Dressler. Der Junge arbeitete bis abends um elf an dem Gerät, ist damit immer noch nicht fertig und macht am Donnerstag weiter. Nachdem die beiden gegangen waren, nahm M. von neuem den Faden der Phantasie auf und textete eine Weile an ihrer Lieblingsfiktion, der zwischen mir und «D.» gegenwärtig oder früher bestehenden «Beziehung». Ich blieb gelassen, allmählich gewöhne ich mich daran, daß die Menschen sich etwas zusammenphantasieren, ihre Phantasien als Realität betrachten und mir diese «Realität» wie eine Zwangsjacke überziehen. Schließlich hatte sie genug und hörte auf. Der Blödsinn, der mich umgibt, umgibt mich zu intensiv, als daß ich ein normales geistiges Leben führen könnte. Ich vegetiere dahin. Es gibt nichts Entsetzlicheres, als sich in Auflösung zu befinden, in Auflösung zu leben. Ich habe zu nichts Lust, auch nicht dazu, mit diesem Stoff (der Auflösung) etwas anzufangen.

Mit der dritten Person Singular (im Manuskript der *Letzten Einkehr*) experimentiert: sehr attraktiv. Stärker als die erste Person. Auch geheimnisvoller. Also muß es so gemacht werden. Das Vorwort wird sich irgendwann einmal in ferner Zukunft schreiben lassen. Ist das nicht etwas naiv? Nein, denn es eröffnet die Möglichkeit des Spiels.

Ohne Spiel ist sowohl das Leben als auch die Kunst langweilig. – Gestern abend mit M. im Margaux. Als späte Erinnerung an meinen Geburtstag. Von den etwa fünf, sechs Gläsern Wein hatten wir beide einen Schwips. M. locker, goldig, so wie früher. Als wir nach Hause kamen, nahm ich sie sofort in die Arme.

M. ist nach Budapest abgereist; ich ließ sie ungern gehen, sie fehlt mir. Die Abendmaschine war voller ärmlicher Araber, die in Budapest in irgendeine Nahost-Maschine umsteigen. Eine sonderbare Art armer Familien, mit Frauen, großköpfigen, aggressiv brüllenden Kindern; anstatt mit ihnen Mitleid zu haben, assoziiere ich Bomben und Terror. Europa wird bald zugrunde gehen an seinem einstigen Liberalismus, der sich als naiv und selbstmörderisch erwiesen hat. Europa hat Hitler hervorgebracht, und nach Hitler waren keine Argumente mehr geblieben: Dem Islam taten sich alle Tore auf, man wagte nicht mehr, über Rasse und Religion zu sprechen, während der Islam anscheinend fremden Rassen und Religionen gegenüber keine andere Sprache mehr kennt als die Sprache des Hasses. – Das Vorwort habe ich fertig, es ist gut geworden und hat dadurch seine Unmöglichkeit offenbart. Traurig. Aber die dritte Person behalte ich trotzdem bei, glaube ich. Das ist die radikale Subjektivität, von der ich sprach. – Gestern Koltai. Sympathisch, wie immer, diesmal aber schien er auch entschieden, was die Prinzipien seiner Regie betrifft. Wir unterhielten uns lange beim Italiener in unsrer Straße; tranken viel. Ich versuchte es mit einem Schlafmittel, es half nicht.

«Vormittags» ein Viertel zwei; nach dem Frühstück

habe ich mich noch einmal hingelegt und eine Stunde geschlafen. Um ehrlich zu sein, mein physischer Zustand verbittert mich. Mein ganzer Körper ist steif, ständig begleiten mich Kreuz- und Rückenschmerzen, beide Beine sind von den Zehen aufwärts gefühllos, und ein Nagel hat sich schwarz gefärbt. Manchmal kommt mir der Urologe in den Sinn, demzufolge mein «Tumormarker» angeblich «nicht ganz negativ» ist: Es ist möglich, daß ich Prostatakrebs habe, und das bedrückt mich kein bißchen. Obwohl ich jeden Tag noch immer gern aufstehe, um zu arbeiten, betrübt mich der Gedanke an den nahen Tod nicht: Ich bin bereit.

Die letzten zwei Tage sind schwer zu rekonstruieren. Ich habe vor allem an der *Letzten Einkehr* gearbeitet. Auf das Vorwort mußte ich verzichten, aber die dritte Person funktioniert.

Ja, die dritte Person funktioniert. Ich weiß nicht, wie diese drei Tage vergangen sind. An einem Tag, das erinnere ich, bin ich nachmittags um halb vier ins Badezimmer gegangen, um die Morgentoilette zu verrichten. Offenbar hatte ich bis dahin gearbeitet. Heute morgen habe ich zu meiner Schande am Computer eine Stunde damit zugebracht, einen sogenannten Ordner einzurichten. Heute abend kommt M. zurück, und dann wird mein Leben wieder übersichtlicher werden.

M. ist da, müde; am Flughafen gab es ein paar Schwierigkeiten wegen des Bildes, das wir von Pista Nádler erhalten haben; im strömendem Regen kamen wir zu Hause an, gegenüber bei Diekmann erwartete uns schon Prof. Meier, wir aßen zusammen zu Abend. Dann ging ich zusammen mit M. nach Hause, müde, aber glücklich. Bis nachts um zwei unterhielten wir uns. Morgens schmiegte sie sich an mich. Später ging sie einkaufen, ich blieb den ganzen Tag zu Hause. Es regnete in Strömen. In der Nacht, genauer, in den frühen Morgenstunden von halb 5 bis 7 habe ich an der *Letzten* gearbeitet. Das ist für mich jetzt die denkbar glücklichste Beschäftigung, weil ich dauernd daran arbeiten kann, egal wo und wann, und keine «Hochspannung» notwendig erscheint, da das Material ja schon vorhanden ist.

Halb sechs morgens. Seit einer Stunde kämpfe ich gegen die Schlaflosigkeit an; anstatt gleich in mein Zimmer hinaufzugehen, wälzte ich mich bei dem Versuch, wieder einzuschlafen, hilflos im Bett herum. Es wartet also wieder einer jener Tage auf mich, an denen ich wie betäubt herumlungere, gewöhnlich bis in die späten Abendstunden, wenn ich wieder zu Bett gehe, um in der Morgendämmerung aufzuwachen und dann den ganzen Tag benommen herumzulungern usw. – Vorgestern waren wir in Stuttgart; am frühen Morgen war der erste richtige Schnee gefallen; wir saßen zwei Stunden im Flugzeug fest, bis wir endlich starten konnten. Angeblich hatten sich 800 Zuhörer im Mozartsaal zu meiner Lesung versammelt. Es gelang mir, den üblichen Akt des Signierens zu umgehen; in erster Linie berief ich mich auf meine kranke Hand, der wahre Grund aber war die nahende Grippeepidemie, gegen die ich von Dr. von Brück geimpft und zugleich ermahnt worden war, zehn Tage lang jede Menschenmenge zu meiden. – Mich begleitet ein starkes Gefühl von Unwirklichkeit. Es dürfte schwer sein, mich als psychologisches Wesen zu begreifen, dessen Handlungen von bestimmten inneren Motiven gesteuert werden. Ich führe einen vergeblichen Kampf um meine Integrität: Journalisten und sonstige Medienleute verfolgen mich im wahrsten Sinne des Wortes, wollen aus mir eine Sprechmaschine machen. – Nachdem wir aus Stuttgart zurückgekehrt waren, habe ich mir gestern im Schallplattenladen in der Knesebeckstraße unter anderem die Gurre-Lieder sowie Debussys Sant Sébastien gekauft. Wann ich noch einmal die Zeit haben werde, wie früher entrückt und im Rausch von Verzweiflung und Schaffen stundenlang Musik zu hören, ist eine andere Frage. – Marci und seine Frau erwarten das zweite Kind. M. ist glücklich. Ich verstehe das Ganze nicht, vor allem verstehe ich meinen inneren Protest gegen die Fortpflanzung nicht; einerseits entspringt er wahrscheinlich einfach der Eifersucht, der Angst vor Liebesverlust, andererseits einer Art von innerem Geiz und Dekadenz. Ich glaube, ich bin ein schlechter Mensch, der gar nicht mehr bestrebt ist, für einen guten Menschen gehalten zu werden. Und nebenbei glaube ich, daß ich auch ungemein müde bin. – Zur Politik wäre noch das eine oder andere zu sagen, aber das wäre wirklich unnütze und langweilige Zeitverschwendung. Es ginge darum, wie die Muslime Europa überschwemmen und in Besitz nehmen, direkt gesagt, zerstören werden; darum, wie Europa das alles handhabt, es ginge um selbstmörderischen Liberalismus und die Dummheit der Demokratie. Das ist stets das Ende: Die Zivilisation erreicht einen überzüchteten Zustand, in dem sie nicht nur nicht mehr fähig, vielmehr auch nicht mehr willens ist, sich zu verteidigen; in dem sie, unverständlicherweise, ihre eigenen Feinde verherrlicht. Und dazu kommt, daß man das alles nicht öffentlich sagen darf. Wieso nicht? Die Frage würde mich nicht beunruhigen, wenn ich nicht inzwischen zur «öffentlichen Person» geworden wäre. Ich fange an, den Zwang zu begreifen, aus dem die allgemeine große Lüge sich speist: Es ist einfach unmöglich, gegen diesen Zwang anzukämpfen, für den Politiker deshalb, weil er seine Popularität verliert, und für den Schriftsteller ebendeshalb; die Lüge und die totale Selbstaufgabe gehören zu den guten Manieren.

Wie ich am frühen Morgen vorausgesehen hatte, war der Tag zu nichts zu gebrauchen: Ich trödelte benommen herum. Gegen halb sechs ein frühes Abendessen mit M. bei Dressler. Das pariserisch eingerichtete Lokal erquickte mich wieder, der Blick auf die Platanen, die beleuchteten Schaufenster, die lautlos vorankommenden Autos und Doppelstockbusse. – Aus Budapest erreicht mich die Bitte des Außenministeriums, in Berlin auf einer (ich weiß nicht, auf wessen Mist gewachsenen) OSZE-Konferenz in Zusammenhang mit Antisemitismus eine Rede zu halten. Während in Budapest, wie zu hören ist, der Antisemitismus wütet und die israelische Fahne öffentlich verbrannt wird. Dennoch werde ich das Ersuchen nicht mit dieser Begründung zurückweisen, sondern mit meiner Überzeugung, daß der Antisemitismus nicht Sache der Juden ist. Meine Geschichte – nämlich daß man mich nach Auschwitz zu deportieren beliebte – ist für sich genommen völlig ausreichend. Was kann ich dem noch hinzufügen? Natürlich werden sie meine Argumente nicht verstehen, und ich werde mir neuerlich Feinde schaffen. – Mir kommt die Stuttgarter Dame in den Sinn, die mir beim Abendessen gegenübersaß und den bewundernden Blick nicht von mir ließ: Sie glaubte, einem Märtyrer gegenüberzusitzen. Es ist die paradoxe Situation entstanden, daß mich Leute für das bedauern, was ich ungezwungen getan habe: das heißt, mich an den äußersten Rand der – sogenannten – Gesellschaft zurückgezogen und meine Bücher geschrieben habe. Ich sei «ignoriert», «totgeschwiegen» worden, sagen sie und ziehen nicht in Betracht, daß ich meine Arbeit nicht unter Zwang, sondern aus Lust getan habe. Dabei muß ich anmerken, dort, vor Ort, habe ich manchmal selbst die Perspektive verloren und geglaubt, das Leben sei ungerecht zu mir. Was waren das für großartige Jahre!

Den Tag von morgens bis abends mit Briefeschreiben verbracht. Die Öffentlichkeit bringt mich um: Gestern mußte ich zwei weiteren Journalisten zusagen. Es muß eine radikale Entscheidung getroffen werden; die Organisation meines Lebens, von der wir beide nichts verstehen, weder M. noch ich, wird zu einer Frage von Leben und Tod. Wir leben ein Leben ohne Reiz, wie jemand, der für ein Haus spart und deswegen Überstunden macht, oder wie autistisch Besessene, die ausschließlich eine einzige – noch dazu unwesentliche – Tätigkeit zu betreiben imstande sind, darin erschöpft sich ihre physische und geistige Betätigung. Ich lese nicht mehr, ich schreibe nicht mehr; langsam sinke ich immer tiefer.

Wir fahren nach Hamburg, zur Eröffnung der Ausstellung, bei der ich die Rede halten soll. – Telefongespräch mit Ligeti; entmutigend. Überdies vergreife ich mich immer; zufällig kam ich auf sein Buch zu sprechen, begann es zu loben, worauf er den Hörer sofort an Véra gab. Er belegt seine Werke für sich mit einem Tabu – einerseits verstehe ich das vollkommen, andererseits beraubt er sich so der milden Freude befriedigter Eitelkeit, die – im Interesse der Gesundheit – jeder braucht. Ich zum Beispiel habe Gyuri Kleins lobende Worte aus Stockholm, wohin ich ihm die Reemtsma-Rede gefaxt hatte, mit großer Freude entgegengenommen. Sollte ich soviel schwächer sein? Ist es Schwäche, wenn wir uns an dem Gefallen freuen, den unsere Tätigkeit findet, die doch dazu dient zu gefallen? Einerlei. In den vergangenen paar Tagen habe ich M.s Gesellschaft genossen und mich eines frühen Morgens wieder an *Die letzte Einkehr* gesetzt. Ich führe den Text an einem sonderbaren unsichtbaren Faden, seine Spannung wird durch die Schluchten zwischen den Wörtern, den Sätzen aufrechterhalten. Wie ich es heute sehe, gehört die *Die letzte Einkehr* eher zu *Liquidation* als zu *Ich – ein anderer*. Im Grunde ist der Erzähler der *Letzten* eine Komplementärfigur zum B. der *Liquidation*. Niemand wird das je verstehen. Ich mache quasi den Selbstmord B.s wieder gut – selbst wenn das in Form einer gnadenlosen Konfrontation mit dem Tod geschieht, der Darstellung eines Verfalls.

Abendessen bei Reemtsma. Eine Villa achtzig Meter über der Elbe. Nicht nur, daß er das Essen selbst gekocht hatte, er servierte es auch noch selbst. Er ist auffallend schlank –

angeblich hat er 50 Kilo abgenommen; später erzählte Frau B., er habe Diabetes, noch als Folge der Erschütterungen von 1996 (als er von Kidnappern entführt worden war). Seine Frau, Frau B. und eine wissenschaftliche Mitarbeiterin, eine sehr sympathische Dame, etwa im siebten, achten Monat schwanger. Ich spreche immer schlechter Deutsch. Die Unterhaltung wechselt M. zuliebe ins Englische, das ich noch weniger verstehe. In das Klappern des Eßbestecks mischt sich von Zeit zu Zeit das Tuten der Schiffshörner, über den dunklen Fluß huschen rote Lichter: aus- oder in den Hafen einfahrende Schiffe. Reemtsma ist der liebenswürdigste Gastgeber, er erinnerte sich noch daran, daß M. keinen Fisch ißt. Auf dem Heimweg im Taxi beschwerte sich M. darüber, daß er kein Wort über meine Rede verloren habe, deren Text wir ihm Tage zuvor geschickt hatten. Ich verwies darauf, daß Reemtsma nicht nur Norddeutscher sei, daß ihm vielmehr auch sein Charakter nicht zu loben oder kritisieren gestatte. – Am nächsten Tag spät aufgestanden, Frühstück im Hotel, danach Spaziergang in der eleganten Innenstadt. Nach M.s Ansicht erinnert der Alsterbogen, die Lage des Hotels mit den gegenüber liegenden Palästen und Türmen an Stockholm und das Grand Hotel. Daran ist etwas Wahres. Am Ende des Spaziergangs verfallen wir in einen Kaufrausch, kaufen Winterschuhe, Pantoffeln, einen Gürtel und spitze schwarze Schlangenlederschuhe für mich, für M. schmale, hübsch geformte braune, sie findet sie zwar zu eng, erklärt aber gutgelaunt, daß schöne Frauenschuhe nach dem Wort irgendeines Modezaren nicht dazu da seien, um darin zu laufen, sondern zu sitzen. – Am Abend meine Rede im Theatersaal der Kampnagelfabrik. Achthundert geladene Gäste, der Bürgermeister, ein eleganter Mann mit einem guten Gesicht, begrüßt mich in seinen einleitenden Worten extra, er hat seine Rede auf Zitaten aus meinen Schriften aufgebaut. Ich werde unruhig, doch – wozu es leugnen – es tut gut. Nach ihm spricht Reemtsma, dann ich. Tatsache ist, ich ernte großen Beifall mit der Rede. – Tags darauf die Feininger- und Klee-Ausstellung in der Kunsthalle. Feininger kannte ich bislang nicht, er gefällt mir sehr, Klees Zeichnungen von 1933 aber wühlten mich auf. Am Abend Lesung aus *Liquidation*, im selben Theatersaal wie am Vortag, doch diesmal vor eintausend Zuhörern. Draußen fiel dichter Schnee, legte sich auf die Dächer der Häuser, die Zweige der Bäume und verwandelte die Gegend in eine Märchenlandschaft. Reemtsma hatte uns einen von seinen Sicherheitsleuten zusammen mit einem Auto zur Verfügung gestellt; langsam glitt der Wagen durch das leuchtende Weiß zum Hotel zurück. M. liebt Schnee. Hamburg gefällt ihr sehr gut, auch mir. Wir beschlossen, im Frühling für einen Tag wieder herzukommen. Zu Hause, im Berliner Penthouse, Glück und Erleichterung. In der Nacht sah ich mir einen idiotischen Film im Fernsehen an, auf der Erde tauchen Außerirdische auf, und natürlich wollen die Menschen sie vernichten. Es war so schlecht, daß ich nicht aufhören konnte – wie A. zu sagen pflegte, solange sie lebte und solange sie sprechen konnte.

Den ganzen Tag strömender Regen, man konnte nicht auf die Straße gehen; da mein Drucker kaputt ist, verbrachte ich den Tag damit, alles wichtige oder aktuelle Material vom Computer zu kopieren. Hörte mir den dritten Satz von Mahlers 4. Symphonie an und genoß die Zartheit, die die Streicher der Israelischen Philharmoniker dieser ohnehin überirdischen Melodie verleihen. Nachmittags ein wenig an der *Letzten* gearbeitet. Wieder und wieder stelle ich mir die Frage, ob es nicht sehr eintönig ist, wenn ich schon mein drittes Buch als Tagebuch schreibe, aber ich glaube, diese Fragen stelle ich mir nur unter dem Einfluß der bösartigen ungarischen Kritik. Am Abend aßen wir im Café Einstein in der Kurfürstenstraße, Consommé und Tafelspitz. Später rief Koltai an, berichtete über die Dreharbeiten der vergangenen Woche. Mein Verhältnis zum Film ist ambivalent, doch Koltai mag ich unbedingt. Gestern nacht konnten wir auf Arte einen Bericht über die Budapester Dreharbeiten sehen, und auch ich trat dabei auf, als interviewter Autor; das Interview war vor ein paar Wochen in einem Raum der Akademie der Künste gemacht worden. Ein bißchen ekelte ich mich vor dem dick gewordenen Kerl auf dem Bildschirm, der mit starkem Akzent schlecht Deutsch spricht, und es störte mich mächtig, mit diesem Kerl identisch zu sein. – Ein langes Gespräch mit M. über den armen Tamás, den sterbenden Jungen eines Verwandten; ein schwieriger Fall, denn wir können außer dem, was wir tun, nichts machen, und M.s gutem Gewissen reicht es nicht, daß wir die Leute mit Geld unterstützen und einen Psychologen und Besucher zu dem kranken Jungen schicken. Da M. sehr anfällig für Schuldgefühle ist, bemühte ich mich, ein gewisses Gegengewicht herzustellen, damit sie nicht so darunter leidet. Mit Teufels Zunge machte ich ihr klar, daß es wichtig sei, Abstand zu wahren, daß wir nicht jeden Sterbenden retten können, daß wir den Jungen letzten Endes kaum kennen und daß wir unsere Gefühlsreserven möglichst nicht aufbrauchen sollten, kurz, daß unsere Anteilnahme sich nicht in Kitsch verwandeln sollte. Es war schwer, Brücken bauende Formulierungen zu finden, und dabei dachte ich, alle Zeichen weisen darauf hin, daß ich in Wirklichkeit ein schlechter Mensch bin. Es ist am besten, ich meide solche Gelegenheiten, bei denen ich meinen Charakter auf die Probe stellen muß; auch wenn ich hin und wieder, aus Faulheit, aus Feigheit oder einem Minderwertigkeitsgefühl, fähig bin, mich aufzuopfern.

Ein Traum am frühen Morgen: Ich bin entweder in der Pasaréti-Straße oder in der Szilágyi-Erzsébet-Allee – eher aber in Pasarét. Ein junger Mann klingelt, ich sehe ihn durch den Spion in der Tür (Meineke-Straße): ein dünner, dunkelhaariger junger Mann, er sieht ein bißchen aus wie Begnini, ein bißchen wie Kornitzer. Ich lasse ihn herein. Im Zimmer (Pasarét) zieht der Junge zwei Messer hervor: ein skalpellartiges, außerordentlich scharfes mit kurzer Klinge und ein großes mit Wellenschliff, wie man es zum Brotschneiden verwendet (Meineke-Straße). «Was willst du?» frage ich. «Cognac, nur Cognac», sagt er darauf, mit zugleich drohendem und entschuldigendem Gesichtsausdruck. Ich öffne die Klapptür des Sekretärs (Pasarét), und es fällt mir ein, daß ich, während ich so tue, als suchte ich Cognacgläser, schnell zur Tür hinausschlüpfen könnte. Das mache ich auch, aber der junge Mann ist mir auf den Fersen und sticht mir, während er irgendwie die Halsschlagader bedroht, sein Skalpell genau hinters Ohr. Mit heiserer Stimme schreie ich durch das Spionfenster der gegenüberliegenden Wohnung (Pasaréti-Szilágyi): «Hilfe! Hilfe!» – woraufhin M. mich aus dem Schlaf rüttelt. – Etwas später, nach dem Frühstück, kann ich den Traum leicht deuten: Ich erkenne deutlich das gestrige Gespräch über Tamás, das Motiv des schlechten Gewissens und der Angst vor der Tat.

Martina Wachendorff aus Paris mit zwei französischen Journalisten und einem Fotografen hier. Wir vereinbarten, daß wir uns mit einem weiteren, hier in Berlin zu machenden Interview von der Parisreise freikaufen können. Nach dem Interview Mittagessen zu dritt, mit M.; vorher hatte der Fotograf noch in dem kleinen Innenpark des Hotels Kempinski Aufnahmen von uns beiden gemacht: Ich legte M. den Arm um die Schulter, und sie gab diesen lange nicht gehörten, intimen kleinen Laut von sich, den ich so liebe und der mich für einen Moment in unsere abenteuerliche Vergangenheit zurückführte. Es war schon neun Uhr abends, als wir in die Meineke-Straße zurückkamen; die sogenannte PR hat mir den ganzen Tag gestohlen. Nachts dann doch noch lange an der *Letzten Einkehr* gearbeitet, allerdings um den Preis, daß ich den gestrigen Tag halb benommen zubrachte. Posteingänge, Anfragen und Aufforderungen – «ein paar Sätze» zu Appelfelds Buch zu schreiben, das in Polen erscheint, im Frühjahr zum Buchfestival nach Budapest zu kommen usw. usw. – eine Lebensform, die mich unter sich begräbt und die ich einfach nicht beherrsche. Auf allen Seiten gekränkte Menschen und Institutionen: Sie müßten mich nicht kümmern, dennoch leide ich darunter. Schlaflosigkeit plagt mich. Morgen Neumarkt mit András Schiff: Ich liebe ihn, aber vorerst fürchte ich mich vor der Reise, der

Erschöpfung, den unzähligen Reden, der unnützen Zeitverschwendung. Mit einem Wort, ich bin unfähig, mein Leben zu organisieren, und das alles im Alter von 75 Jahren, wo ich nur noch die edelsten, erlesensten Ideen zur Ausführung bringen sollte.

In Neumarkt, Lesung zum Konzert von András. Pfleiderers, die Gastgeber. Mittagessen bei ihnen, dann zum Münchner Flughafen gehetzt. Unwetter, Schneesturm, Donner, Glatteis. Müde nach Hause in die Meineke-Straße. Am Montag langer Spaziergang mit M., wir setzten uns ins Café Berlin. Ein Packen gute Presse. Ich bekam die traurige Abrechnung des Suhrkamp Verlags: kaum 20000 Exemplare sind von *Liquidation* verkauft. Es ist beschlossene Sache, daß ich den Verlag verlasse. Gestern abend brachte mir B., der anläßlich der Berlinale hier war, eine Kassette, die 20 Minuten fertiges Filmmaterial enthält. Am späten Abend sah ich es mir zusammen mit M. an; überraschend gut. Ich rief Koltai an, verabreichte ihm Vitamin P (praise vitamin: Th. Mann), er war sehr gerührt, ich aber auch. Heute den ganzen Tag Gästerummel (mittags Yuuko, nachmittags Landesmann). Weder gestern noch heute gearbeitet, heute morgen aber las ich die bereits fertigen Seiten der *Letzten Einkehr*: Ich bin zufrieden. Das Ganze erhält seinen Charakter durch eine merkwürdige Spannung, die jedoch nicht der Handlung entspringt – denn eine Handlung gibt es ja nicht –, sondern existentiell ist, wenn ich so sagen darf. Das entspricht meinem Willen. Im übrigen ständige Müdigkeit – ein schlechtes Zeichen.

Ich glaube, ich breche dieses Tagebuch ab, denn 1.) verdirbt es den Stil der *Letzten*, meines «anderen Tagebuchs», und 2.) ist es unnütze, oberflächliche Zeitvergeudung. Wenn ich morgens um fünf, wie auch jetzt, an diesem sinnlosen Tagebuch schreibe und nicht eine wirklich kreative Arbeit verrichte, ist es das frühe Aufstehen nicht wert. – Vorgestern neue Begegnung mit Kafka (kaufte die vollständige kritische Ausgabe); abends las ich die Domszene aus dem *Prozeß*; beim Lesen von Kafka kann man sich nur schämen, daß man zu schreiben wagt. Wieder überwältigte mich die aus jeder Zeile, jedem Wort strömende Genialität, mit ihr Vergleichbares ist uns seither nicht begegnet. – Gestern abend unerwartet ins Theater – unerwartet, weil wir vergessen hatten, daß Beil uns eingeladen hatte, bis das Theater uns benachrichtigte, daß zwei Karten für uns zur Verfügung stünden –, es gab Lessings Stück *Die Juden*. Während das Publikum Platz nahm, saß auf der linken Seite der noch leeren Bühne eine Zeitung lesende Gestalt, die Zeitungsseiten verdeckten das Gesicht und fast den ganzen Oberkörper, und ich sagte M., das wird wahrscheinlich Tábori sein. Dann begann das Stück, die Zeitung vor dem Gesicht senkte sich: Er war es. Nach der Vorstellung suchten wir ihn hinter den Kulissen auf: Es war eine erschütternde Begegnung mit einem 90jährigen, zerbrechlichen alten Menschen, dessen ungewöhnlicher Charme unverändert ist. Wir verabredeten, ihn anzurufen, doch uns war allen bewußt, daß er nie den Hörer abnimmt. – Auf dem Heimweg fragte uns der Taxifahrer, ein Mann um die vierzig, mit Bart und Brille, was wir gesehen hätten, wie die Vorstellung gewesen sei, und als er den Titel des Stücks hörte, wurde sein

Interesse sichtlich wach. Er gehe davon aus, daß wir an dem «Thema» interessiert seien. Berlin, sagte er, bewahre zahlreiche Spuren jüdischen Lebens. Er zeigte ein dickes Buch über Rahel Varnhagen, das neben seinem Fahrersitz lag. Er wollte wissen, woher wir kämen, dann fragte er rundheraus, ob wir auch selbst jüdischer Herkunft seien. Ich antwortete, ja, ich sei sogar ein jüdischer Schriftsteller, mehr noch, Nobelpreisträger (das habe sie, bemerkte M., zum ersten Mal aus meinem Mund gehört). Der Typ wollte meinen Namen wissen, ließ sich ihn von mir auf ein Stück Papier schreiben, um sich, wie er sagte, eins meiner Bücher zu besorgen. Noch im Aufzug machte M. mir heftige Vorwürfe, daß ich mich auf dieses Gespräch eingelassen habe. Ich sagte ihr, ich wolle offen, ohne Angst leben. Schließlich, ob ich wolle oder nicht, sei ich eine Person des öffentlichen Lebens, jeder könne sich meine Adresse beschaffen. M. mißbilligte mein Verhalten entschieden, sie argumentierte – und hatte damit vollkommen recht –, daß der Taxifahrer ungewöhnlich aufdringlich gewesen sei, ich hätte seine Fragen nicht beantworten dürfen. Ich weiß selbst nicht, ob ich mich den Fragen aus irgendeinem Trotz oder vielleicht aus Angst gestellt habe, aus einer uralten und unüberwindlichen Beklemmung, die bis heute von früheren Razzien in mir geblieben ist, und ob ich mir nur vorlüge, daß ich keinen Grund zur Angst habe. Das Leben muß sehr abnorm sein, daß eine solche Situation entstehen kann, und daß wir in einer solchen Situation von Zwangshandlungen und ungelösten Konflikten gesteuert werden. Es wäre möglich gewesen, dem Gespräch auszuweichen, doch dann hätte ich das Gefühl gehabt, mich selbst zu verleugnen. «Wir müssen unser

Dasein *so weit*, als es irgend geht, annehmen», schreibt Rilke irgendwo, und sowohl er hat recht, als auch M. Nur ich habe nie recht. Jedenfalls hat uns dieses Intermezzo den ganzen Abend verdorben.

Budapest. Gedrängtes Programm, Ärzte, Steuerzahlungen usw. Am Sonntag bei Ligeti in Wien. Er hat sich einen Bart wachsen lassen und ähnelt damit, wie M. treffend bemerkte, völlig dem *Verrückten von Syrakus* auf dem István-Farkas-Gemälde. Zugleich gibt es an ihm etwas Olympisches, an Zeus Erinnerndes. Er war mild und hielt uns eine Weile gut aus. Er wollte Witze von uns hören. Seit er *Liquidation* als zweitrangigen Lajos-Zilahy-Roman eingestuft hat, nimmt er mich geistig nicht mehr ganz ernst. Merkwürdig, woher er seine Autorität nimmt, und merkwürdig, daß diese Autorität von seiner Umgebung, seinen Freunden und allen anderen anerkannt wird. Er hat das Ansehen, und niemand würde wagen, es in Frage zu stellen. Obwohl seine Werteordnung unbeständig ist und seine Urteile ganz und gar von seiner Stimmung, der Willkür des Augenblicks bestimmt werden. – Heute mittag halb zwei treffen wir uns mit Koltai, um das schon vorhandene, etwa einstündige Filmmaterial anzuschauen.

Am Nachmittag der Film, mit M. und Koltai. Angenehme Stunden. Der Film selbst? Ich glaube, zu mehr ist K. nicht fähig, und es ist nicht wenig, wozu er fähig ist. Es handelt sich um keine echte filmische Adaption, keine Umdichtung, und hat doch keinen kommerziellen Charakter – oder sagen wir: ist auffallend anspruchsvoller Kommerz. Da es um Film geht, bedeutet diese Qualifikation redliche

Arbeit. – Gestern dann die Arbeit mit Zoltán Hafner; sehr ermüdend. Hinterher Abendessen in einem Lokal namens Mágnáskert, mit «jüdischen Geschäftsleuten», wie es hieß. Abermals die Rolle: Was könnte man gegen den Antisemitismus, für ein normales Zusammenleben tun? Wenn ich das wüßte. Dennoch erwarteten sie von mir eine Erklärung, als hätte der Nobelpreis zugleich einen Propheten aus mir gemacht, der das Geheimnis des erlösenden Wortes in sich trägt. Wieder das Fremdheitsgefühl, der peinlich Anschein, als ob ich etwas wüßte, reines Repräsentieren, Zeitvertun.

Halb sechs Uhr morgens. Das Ende meines Budapester Aufenthaltes rückt näher. Gemischte Eindrücke. Keine geistige Tätigkeit: Die Zeit erlaubte es einfach nicht. Vorgestern Theater (Spirós Komödie *Koccanás*). Administratives (Steuerberechnung, Einzahlungsermächtigung); Ärzte (Urologe, Zahnarzt), frustrierendes Ausfüllen alberner Bögen. Ständige Müdigkeit. Schauplatzbesichtigung mit Koltai: Buchenwald-Kulisse, Zeitz-Kulisse, letztere dem Original erschütternd ähnlich, so sehr, daß sie unangenehme Reminiszenzen weckte. Die Dreharbeiten stagnieren, aus materiellen Gründen: Das für den Fortgang nötige Geld ist einfach ausgegangen, angeblich hat es der Produzent beiseite geschafft. Wieder wurde mir die vorteilhafte Situation des Schriftstellers bewußt: Zum Schreiben braucht man nur Papier – bzw. (ich) einen Laptop – und Bleistift (Druckerpapier für den Laptop). – Arbeit mit Hafner, heute nachmittag von neuem. Gestern Abendessen bei den Kindern; mein Verhältnis zur «Familie» bessert sich, ich beginne mich abzufinden: Es sind letzten Endes nette Wesen, ein wenig stört, daß ich sie «fertig» bekam, nicht teilhatte an ihrem Werden, der Ausrichtung ihres Schicksals. Abends im Kempinski Kőbányai, dieser merkwürdige, ich könnte auch sagen außergewöhnliche, aber anstrengende Mensch, der sich wie ein wahrhaft Besessener auf meine «Erfolgsgeschichte» als Nobelpreisträger gestürzt hat; ich versuchte, ihn zu mäßigen und dazu zu bringen, daß er, wenn er mich schon zitiert, doch genau sein möge – mit solchen Dingen verbringe ich meine Zeit. Er erzählte, daß ich in Israel einen richtigen Leser-«Klub» habe, wo meine Arbeiten regelmäßig gelesen und interpretiert werden. (No comment …)

Morgens dreiviertel sechs, wieder in Berlin. Erschöpfung als permanenter Seinszustand. Ein ziemlich buntes Leben in Budapest liegt hinter uns; am letzten Abend Theater, Vörösmartys *Czilley*, in der Bearbeitung von Spiró. Nach der Vorstellung im Büfettraum im sechsten Stock des Nationaltheaters. Viele Bekannte, Schauspieler, die auch im Film mitspielen. Große Ehrerbietung umfängt mich, ich fühle mich ununterbrochen wie der Papst zu Ostern. Dann die Ankunft in Berlin, sofort läutete das Telefon; es war Kenedi mit der Nachricht, daß etwas über mich in der *FAZ* erschienen sei. M. und ich aßen bei Diekmann zu Abend, danach spazierten wir ins Kempinski hinüber, um in die *FAZ* zu schauen. Ein Artikel im Feuilleton ließ durchsickern, daß der Rowohlt Verlag meine Autorenrechte an Suhrkamp abgeben werde, der ihnen im Austausch Martin Walser überlasse. Ist es möglich, dich wie einen Fußballer zu verkaufen, fragte M. verwundert. Sicher, das ist möglich. Als wir das Fax-Gerät aufklappten, kam ein Artikel der *Frankfurter Rundschau* zum Vorschein, der die gleiche Frage erörtert; Ina Hartwigs fast verrückt zu nennender Artikel, wonach nicht Grass und – vor allem – nicht Walser die Anwälte der Deutschen seien, sondern ich, siehe meine Magdeburger Rede zum Tag der Deutschen Einheit. M. und ich lachten schließlich herzhaft. In eine noch absurdere Situation kann ich wohl kaum kommen. Andererseits ist es keine sehr tröstliche Aussicht, daß meine Rechte bei einem Verlag mit Abwärtstrend sein würden. Doch wenigstens wären sie beisammen, und letztlich, stellten wir fest, führen diese Werke bereits ein eigenes, selbständiges Leben, das nicht davon beeinflußt wird, bei welchem Verlag sie sind. (Zu alledem noch Weiss' schwärmerischer Brief: welche Freude es sei, daß ich Suhrkampler würde! Ich weiß gar nicht, was ich antworten soll; ich glaube, nichts.)

Ein Uhr nachts. Die bedrückenden Nachrichten über die Verlagsrechte haben sich als Zeitungsbluff erwiesen. Keiner der Verlage plant meine Rechte zu verkaufen bzw. zu kaufen. – Außerordentlich chaotische, anstrengende, blöde Tage, obendrein schleppt die arme M. eine häßliche Erkältung mit sich herum. Gestern das Interview für *Le Monde*, morgen, bzw. heute, das für *Le Figaro*. Und gestern abend die Lesung im Berliner Ensemble. Hinterher hatte ich ein schlechtes Gefühl, weil ich mich nicht den Freunden widmen konnte, die zu der Veranstaltung gekommen waren, aber vor allem, weil ich deutlich eine Enttäuschung des Publikums spürte: Ich hatte zu kurz, zu wenig gelesen. Komisch, so etwas nimmt mich mit. Anscheinend bin ich ein redlicher Krämer: Für gutes Geld möchte ich gute Ware liefern, sonst bekomme ich Gewissensbisse.

Wir brechen nach Spanien auf, nach Madrid und Barcelona: Beide haben wir keine Lust dazu. Nie hätte ich gedacht, daß ich jemals sagen würde, ich habe das Reisen satt. Aber so ist es. – Gestern im Konzert: die Berliner Symphoniker mit Sir Simon Rattle und Pierre-Laurent Aimard, der uns ein Fax geschickt und eingeladen hatte. Nach dem Konzert suchten wir ihn hinter der Bühne und stellten fest, daß wir uns anscheinend verfehlt hatten, schließlich gingen wir ins Hyatt-Hotel, da wir wußten, daß er dort wohnt. Ein nasser, kalter Wind blies um das Sony-Center, auf den Gehwegen zeigte sich keine Menschenseele, ich befürchtete, M. werde sich erkälten. Endlich fanden wir den brillanten Pianisten, der uns mit seiner Freundin Tamara zum Abendessen einlud. Als die Rede auf Ligeti kam, sprachen wir über den dauernden Gesinnungswechsel, die genialische Unmöglichkeit dieses sonderbaren Menschen, der uns beiden auf den Geist geht, wie der Budapester sagt. Vorher, noch bei den Ligetis, hatte Véra zu uns gesagt, Aimard – der, nebenbei bemerkt, Ligetis Stücke seit Jahren spielt und den Ligeti selbst für den besten Interpreten seiner Musik hielt – habe «vergessen, wie man Klavier spielt». Jetzt kam heraus, daß Aimard bei Ligetis gewesen war, er hatte sich dort ans Klavier gesetzt, und nichts hatte bei Ligeti Gefallen gefunden. Mal stimmte das Tempo nicht, mal die Phrasierung. Als er nachfragte, was Ligeti an seinem Spiel mißfalle, erhielt er absurde Antworten. «Sie gehen nicht in die richtige Richtung.» «In welche Richtung soll ich denn gehen?» «In die richtige.» «Langsamer oder schneller?» «Viel langsamer.» Das gefiel ihm auch wieder nicht. «Schneller!» Sie maßen mit dem Metronom nach. Aimard hielt sich genau an das vorgeschriebene Tempo. «Auch dann nicht gut.» Erst gestern abend kam ich darauf, daß Ligeti eigentlich in einem unauflösbaren Widerstreit mit sich selbst liegt. Als ekele ihn die eigene Musik an, als sei er mit sich selbst entzweit und als sei in Wirklichkeit das seine Krankheit. Als ich mit M. darüber sprach, fiel uns ein, daß Véra doch zudem – dem Beruf nach – Psychologin ist, aber anstatt daß sie den Sachverhalt längst erkannt und alles darangesetzt hätte, um Ligeti mit seinem Werk auszusöhnen, sekundiert sie ihm, spricht ihm seine sich selbst verleugnenden Texte wie ein Papagei nach, wobei die Selbstverleugnung auf die Herabsetzung der Leistungen anderer projiziert wird.

Zurück aus Spanien. Am ersten Tag Madrid, diese groß angelegte, elegant gebaute Stadt, deren kaiserliche Pracht sich so angenehm von der kleinlichen Pracht mittel- und osteuropäischer Kaiserstädte unterscheidet. Mit Madrid kann sich vielleicht nur Petersburg messen, mit dem unbedingten Unterschied, daß Madrid heute noch ist, was es ist, und keine Museumsstadt. Pressekonferenz, abendlicher Auftritt mit dem begeisterten Juan Cruz, der kein Maß kennt, pompöses Mittagessen, pompöses Abendessen, am nächsten Morgen um fünf Uhr Weckruf, Abreise nach Barcelona, wo uns das gleiche erwartete. M. und ich sind entschlossen, in Zukunft allen Einladungen dieser Art hartnäckig zu widerstehen. Die Madrider Terroranschläge, die Kundgebung, an der wir selbst teilnahmen, Mihály Dés, der auf der Bühne versuchte, mein Werk zu diskreditieren, und den ich deswegen unterbrach und vor dem Publikum zum Gegenstand der Lächerlichkeit machte (ein interessanter Fall, den ich lange analysieren könnte, wenn ich dazu Lust hätte), am Vormittag desselben Tags die Journalistin, die fragte, ob ich mir vorstellen könne, daß die Israelis Konzentrationslager für die Araber vorbereiten, und der ich ebenfalls die Meinung sagte, usw. ... Langweilig. Nicht langweilig dagegen das Stadtbild, die wunderbaren Bauten Gaudís, und Vallcorba, seine Gastfreundschaft, seine zarte, rührende Persönlichkeit. Wir freuten uns, als wir unsere Berliner Wohnung betraten, und in der Nacht las ich mit müden, aber zufriedenen Augen die zwanzig Seiten durch, die von der *Letzten Einkehr* «stehen».

Die Stillosigkeit dieses Tagebuchs hat keine gute Wirkung auf mich. Ich würde es abbrechen, doch wenn ich nicht etwas von den Geschehnissen aufzeichne, zerfällt mein unglaublich bewegtes jetziges Leben vollkommen. Kürze wäre nützlich. Also: In Barcelona noch das Meer, der Hafen, die Stadt, Las Ramblas. Wir schafften es nicht, ins Museum zu kommen. Am Abend reihten wir uns in eine Demonstration von einer Million zweihunderttausend Menschen ein. Mit polizeilicher Hilfe kamen wir leicht aus der Reihe heraus, aber nachdem wir die Absperrung passiert hatten, wurden wir in der reglosen Menge eingezwängt. Die Lawine erfaßte uns und begrub uns unter sich; minutenlang rangen wir nach Atem, während wir spürten, diese Menge macht mit uns, was sie will. Schließlich konnten wir uns befreien. Nach der Reise war ich so müde, daß ich tagelang nicht arbeiten konnte. Magda ist nach Kassel abgereist und rief mit guten Nachrichten an: Ende Mai werden wir dort zusammen in ein Rehabilitationssanatorium gehen. – Vor drei Tagen bat mich Iris Radisch von der *ZEIT*, die Ereignisse im ungarischen Schriftstellerverband zu kommentieren. Ich versuchte, ihrer Bitte auszuweichen, aber keiner von denen, deren Telefonnummer ich ihr gab, wollte die Aufgabe übernehmen; so habe ich dann die Waffen gestreckt und hetze damit die kläffende Meute auf mich; noch dazu werde ich im April in Begleitung des deutschen Bundespräsidenten in Budapest eintreffen: davor bereite ich mich auf die Wut-, Neid- und Haßexzesse vor, die mich dort empfangen werden. Heute mittag fahren wir nach Weimar, wo ich die Goethe-Medaille erhalte. No comment. Ich bin todmüde, mein geschwollenes Bein ist – vom vielen Sitzen – einem Elefantenbein ähnlich geworden, ich wage kaum, es anzuschauen. – Vor zwei oder drei Tagen Abendessen in der Israelischen Botschaft, Bekannte, einige interessante Leute. Vor zwei Tagen hatte ich Norman Manea zum Abendessen eingeladen; wir gingen hinüber zu Diekmann, unterhielten uns angenehm. Er ist rumänischer Jude, in den achtziger Jahren nach Amerika geflüchtet. Ich fragte ihn, wie er sich dort fühle. Amerika ist ein gutes Hotel, sagte er. Das ist Berlin auch. Mir wurde wieder bewußt, wie sehr ich diese Stadt liebe. – Die letzten beiden Tage mit qualvoller Arbeit verbracht: Ich habe mich an den Bericht für die *ZEIT* gemacht, per Telefon und Fax aus Budapest Material dazu gesammelt usw.

Weimar, zum Empfang der Goethe-Medaille. Wir fuhren mit dem Auto. Unmengen Menschen. Großer Kowed. Exaltierte Frauen. Avi Primors schöne Laudatio. Ein interessanter Mann, er gehört zum Typ jener großen, schlanken, dunkelblonden Juden mit wasserblauen Augen, die immer geistreich sind und einen speziellen Charme haben (die «nicht ohne» sind, wie man in Berlin sagt). In dem herrlichen Park, der Goethes Gartenhaus umgibt, sind sämtliche Gegenstände, sämtliche Büsten Graffiti zum Opfer gefallen. Im Park lungern Angehörige eines Fellachenvolkes herum, spielen mit Metallkugeln irgendein billardähnliches Spiel, die mitgebrachten Thermoskannen stellen sie auf dem Rand des Goethedenkmals ab. Vor meinen müden Augen, in meinem müden Kopf verschwimmen die Gesichter und Namen vollständig. Gestern nach Berlin zurück, habe sechs Stunden geschlafen, am Abend den Artikel über den Schriftstellerverband beendet, für den ich in Budapest dann einen hohen Preis zahlen muß. Diese Zeilen habe ich mitten in der Nacht geschrieben, so müde, daß ich vergaß, den Computer auszustellen. Heute morgen Liebe. Nun folgt ein chaotischer Tag, Briefe, Telefonate, Unruhe.

Die Aufzeichnungen der letzten Tage durchgelesen. Grauenhafte Stillosigkeit. Ich fürchte, etwas in mir ist erloschen. Egal. Die hinter mir liegenden anderthalb Jahre haben gezeigt, was die Hölle ist. – Rückenschmerzen. Nichtstun. Depression.

Kein Vorankommen, ich habe die Verbindung zu dem Projekt verloren. – Mit wem ich auch spreche, jeder stellt fest, daß ich müde aussähe oder daß meine Stimme (am Telefon) müde klinge. – Radnótis «verwerfende» Kritik im aggressiven Boulevardblatt *Holmi*. Aber wieso sollte der Arme das Buch auch mögen, wenn es nun einmal vom Debakel von Menschen seinesgleichen handelt. Mir ist übrigens schon lange klargeworden, warum sich die liberalen Juden weltweit so großer Antipathie erfreuen. Ein bestimmter jüdischer Liberalismus ist, zumindest in Osteuropa, nichts weiter als Frustration, Selbstverleugnung, Dogmatismus (vielfach Kommunismus), Feigheit und – eigentlich – ja, Schädigung der Nation, wobei das, wenn ich es sage, etwas anderes bedeutet als bei den Pfeilkreuzlern. – Traumähnliche Tage, deren Inhalt ich nicht herausheben könnte aus dem Nebel, der über ihnen liegt.

Langsam kehrt die Freude zurück. Lange Telefongespräche mit Magda. Wir werden etwas ändern an der unhaltbaren Perspektive des streßgeplagten kleinen Mannes. «Das Leben ist ein Spiel», sagte M. am Telefon, und wie recht hat sie. Zum Beispiel: Mario Adorf, dessen Gesicht ich so oft auf der Leinwand bewundert habe, möchte mich gern kennenlernen. Über Stunden empfand ich diesen Wunsch nur als Belästigung und ärgerte mich über die Indiskretion von Herrn D., der ihm, ohne mein Wissen und ohne mich zu fragen, meine Faxnummer verraten hatte. Dann plötzlich klarte der Himmel auf: Was für eine Dummheit, wenn ich die Gelegenheit versäumte, einen netten und – wahrscheinlich – interessanten Menschen kennenzulernen; ich hinterließ ihm also die Nachricht für ein Treffen morgen im Kempinski. – Anruf von Martina Wachendorff, sie verübelt es uns nicht, daß wir die für

Mai geplante Frankreichreise abgesagt haben. Nachdem ich eingekauft und meine Sachen erledigt hatte, kehrte ich beim Italiener ein, ins «Nobel-Restaurant», aß frisch gebratene Riesengarnelen, blickte aus dem Fenster auf die weißen Häuser der Meineke-Straße, genoß die Fürsorge und elegante Beflissenheit des Kellners und dachte, daß ich hier, in Berlin, sehr gut lebe. – Im übrigen geben die Kommentare zur Zerrüttung des Schriftstellerverbandes in der neuesten Nummer von *ÉS* einen Vorgeschmack von der wütenden Raserei, die mich in Budapest erwartet, wenn am Wochenende mein Artikel dazu erschienen sein wird. – Außerdem habe ich im Plattenladen in der Knesebeck-Straße Mahler-CDs gekauft; der Verkäufer erkannte mich und empfahl die Aufnahmen von Barbirolli; seit Tagen dürstet mich nach dem ersten Satz der 7. Symphonie, und die Barbirolli-Aufnahme ist tatsächlich gut.

Magda ist zurück. Abendessen bei Diekmann. Als wir vom Flughafen nach Hause kamen, telefonierte sie sofort mit ihrer Schwiegertochter. Beim Abendessen sprach sie unentwegt über die Familie. Allmählich, ich weiß nicht warum, wurde ich nervös. Ich mag die Familie nicht – nicht die Personen, sondern die Familienbande. Sicher bin ich im Unrecht. Aber ich bin ohne Vater aufgewachsen, und mit meiner Mutter hatte ich nur Schwierigkeiten. Sie verstand kein einziges Wort von mir – wenn ich es so sagen darf. Der Clancharakter der Familie, die durch die Familie verursachten Psychosen, das «Blut», Nachfahren, Fortpflanzung: all das erbost mich. Warum eigentlich? Dekadenz, Egoismus, vielleicht bin ich ein schlechter Mensch. Und auch eifersüchtig. Das Kind bin ich, wie

Tankred Dorst gesagt hat. Heute ein schlimmer, bedrückender Tag, bis Magda schließlich in Tränen ausbrach und Liebe und Mitleid meinen Groll wegfegten. Am Abend schauten wir uns zusammen einen Film an. Ich kann meine schreckliche Natur nicht ändern. Aber ich bin wenigstens voll Reue. Ich mag es nicht, mich selbst nicht zu mögen, obwohl es manchmal inspirierend ist. Wie hätte ich den Abschiedsbrief B.s in *Liquidation* schreiben können, wäre jener entsetzliche Abend nicht gewesen, an dem der Selbsthaß wie ein Sturm über mich hereinbrach?

Wiedersehen mit Engdahl und Frau in der hiesigen Schwedischen Botschaft. Mit beiden lange Unterhaltung, mit der Frau beim Abendessen, mit Engdahl danach. Beide strahlen einen besonderen Charme aus – der Stammbaum der Frau führt väterlicherseits nach Estland zurück –, und jene natürliche Eleganz, die man besitzt, ohne davon zu wissen. Auf dem Heimweg erfuhren wir im Taxi von einem sympathischen Schriftsteller, halb griechischer, halb schwedischer Herkunft (er lebt in Stockholm und schreibt schwedisch), daß Engdahl früher als junger Mann einen Bart hatte und kompromißlos gegen die damals in Intellektuellenkreisen vorherrschenden marxistischen Anschauungen und Sympathien eingestellt war; ein herausragender Essayist, dessen Stil eine ganze Generation beeinflußt habe. Ein inhaltsreicher, schöner Abend, ich badete geradezu in dieser geistigen Atmosphäre, die man einst europäische Kultur nannte und heute nur noch an privilegierten Orten findet. – Gestern abend bei den Barenboims, obwohl ähnlich, dennoch etwas anderes. Musik, Witze; merkwürdig, ich habe bis jetzt noch keinen Musiker getroffen, der nicht jede Menge Witze gekannt und sie schlecht wiedergegeben hätte. – Der Geigenvirtuose, der jeden Monat in einer anderen Stadt lebt. Seine Eltern waren aus Polen nach Palästina geflohen, von dort nach Dänemark. Er selbst ist in Dänemark geboren und mit 18 nach Wien gegangen, um Musik zu studieren. Er spricht mindestens fünf Sprachen. Doch er sagt, er habe keine Identität und leide darunter. Ich verstehe sein Problem, nichtsdestotrotz wähle ich – wenn auch spät – lieber die Rolle des identitätslos umherziehenden Juden als die des mit ruhigem Gewissen heimisch gewordenen Bürgers. Der Letzte im Stammbaum zu sein ist auch nicht schlecht. Der Mensch sollte sich darüber im klaren sein, daß er ein Fremder auf dieser Erde ist, und das genaueste, eklatanteste Beispiel dafür ist in Europa der Galut-Jude. – Unter diesen Intellektuellen trifft man zahlreiche Leser, die meine Werke in allen möglichen Sprachen lesen, nur auf Ungarisch liest man sie nicht. Und in ihren Kreisen spüre ich zum ersten Mal, daß Judesein interessant ist.

Fünf Uhr morgens. Das Datum macht mich etwas betroffen: Heute vor 59 Jahren bin ich in Buchenwald befreit worden. – Im Wiener Restaurant in der Kant-Straße ein Treffen mit Durs Grünbein, der mir Bücher mitbrachte. Wir sprachen über den Glauben. Ich fragte ihn, ob der Gedanke der Unsterblichkeit für ihn tatsächlich wichtig sei. Er sah mich ernst an und nickte wortlos. Es war bewegend. Später, schon ein wenig beschwipst, sagte er, ich hätte mit meiner Prosa schon die kommende Generation «angesprochen». Denkst du wirklich, daß es, wenn es dich nicht mehr gibt, auch dein Werk nicht mehr geben wird, hatte er zuvor gefragt. So ist es, antwortete ich. – In der Philharmonie ein Konzert Barenboims und des jungen Geigers Nikolaj Znaider, den wir bei ihm kennengelernt hatten, mit den gastierenden Chicagoer Symphonikern. Schönbergs Violinkonzert, davor Bach, danach Tschaikowsky: ein ekstatischer Abend. Vorgestern noch einmal dort: die beiden Klavierkonzerte von Bach, Schönbergs *Fünf Orchesterstücke*, op. 31, dann die 6. Symphonie von Tschaikowsky. Nicht enden wollende Ovationen für das Orchester, für Barenboim. Doch ihren Höhepunkt erreichte die Serie gestern abend, mit Schönbergs *Moses und Aron* in der Staatsoper. Ich sah das Stück zum ersten Mal, zum Glück wurde der Text eingeblendet; ich war vollkommen gefesselt und aufgewühlt. Danach irrten M. und ich lange im Labyrinth hinter der Bühne herum, bis wir Barenboims Zimmer fanden. Da saß er, nach einer erschütternd großen Leistung, hatte sich schon die Frackschleife vom Hals gerissen, breitete sich in einem Sessel aus und gähnte vor Erschöpfung. Er schien sich jedoch zu freuen, als wir ins Zimmer traten. Bei der Unterhaltung über das Stück schlug er vor, ich solle «etwas in dieser Art schreiben, ein Opernlibretto, aber nicht auf die Handlung», sondern auf den philosophischen Gehalt konzentriert, wie es Schönberg machte. Allem Anschein nach meinte er seinen Vorschlag ernst, und auf dem Heimweg fragte Magda im Taxi, wieso ich nicht ein Opernlibretto aus meiner geplanten Lot-Geschichte machen könnte. Das wäre zu überlegen. Später sprachen wir noch lange über das Stück, über Schönbergs Größe, die stets – auch heute noch – mit Argwohn betrachtet wird, und darüber, daß große Musik, genauer, eine große Oper, nur nach einem guten Textbuch zu machen ist. Auch auf Ligeti kamen wir, auf den verpfuschten Text seiner Oper, daß dieser geniale Mann aufgrund irgendeines merkwürdigen Mißverständnisses – aus Snobismus oder Anti-Snobismus – alles verpfuscht hat und daß dies nach meiner Meinung seine Krankheit ist. Im übrigen verstehe ich nicht, wie Schönbergs Größe bezweifelt werden kann, wenn jemand *Moses und Aron* kennt. Etwas Vergleichbares läßt sich in der modernen Musik kaum finden, und wer den üblichen Gemeinplatz wiederholt, daß seine Schüler – angeblich – «begabter waren als er», sollte sich bloß einmal den Rangunterschied zwischen *Moses und Aron* und *Lulu* vergegenwärtigen.

Am Ostermontag frühmorgens und auch tagsüber an der *Letzten Einkehr* gearbeitet. Gestern abend bei Beckers – Irene, Nico und der junge russische Pianist. Abendessen, Magda hatte eine Sachertorte gemacht. Ich lese das Buch von Nyiszli: Es hat eine ziemlich unangenehme Wirkung auf mich. Ich bin dem KZ ent- und an den Nobelpreis gewöhnt: Ist das nicht das falsche Bewußtsein?

Gestern war unser achter Hochzeitstag. Am Vormittag mußte ich noch rasch einen Artikel für *ÉS* schreiben, weil mich diese mir seit Jahren vorgeworfene Koffer-Geschichte aufbringt. Danach gingen wir spazieren, setzten uns in der Ludwigkirch-Straße auf die Terrasse eines Cafés und genossen in Ruhe und glücklich die späte Nachmittagssonne. Abends ins Taxi, Essen im Adlon; ein schöner Tag. – Es gibt von einem selbst Aussagen, deren prophetischen Charakter man erst später erkennt. Meinem Budapest-Essay zum Beispiel – den ich jetzt meines Artikels wegen zu lesen gezwungen war – ist klar der Wunsch wegzugehen zu entnehmen, der den Essay motiviert und mich schließlich hierher, nach Berlin geführt hat.

Frühling in Berlin! Auf den sonnigen Plätzen der Kaffeehausterrassen hätte keine Stecknadel zu Boden fallen können. – Gestern Mittagessen in der französischen Botschaft. Monsieur Martin, ein unendlich sympathischer Diplomat. Er hatte einfach den Wunsch, mich kennenzulernen. Meine Magdeburger Rede hat ihn auf mich aufmerksam gemacht. Er stellte genaue Fragen, wartete mit wachen, lächelnden Augen auf die Antworten. Zum Schluß beging ich den Fauxpas, die Frau Kulturattaché – weil die Einladung von Mme. und M. Martin gekommen war –, für die Ehefrau des Botschafters zu halten: Die Dame nahm es mir nicht übel, aber sie errötete bis über die Ohren. – Wegen unzähligen überflüssigen Aufgaben vernachlässige ich das, wofür ich lebe: den Roman. In Anbetracht dessen, daß ich den Computer nicht mit nach Budapest nehmen kann, habe ich angefangen, die besten Sätze aus den *Trivialitäten* für die *Die letzte Einkehr* herauszupicken.

Der einzige kohärente Eindruck, der von der hinter mir liegenden Woche geblieben ist, ist der von Lächerlichkeit und Müdigkeit. Wir kamen in der Maschine des deutschen Bundespräsidenten in Budapest an. Die zum Empfang aufgestellten roten Husaren, die berittenen Soldaten, die Ehrenwache, der Offizier, der mit seinen zwei

Schwertern herumfuchtelte. Eine Dame aus der deutschen Delegation flüsterte mir ins Ohr: «Die möchte ich nicht in Aktion sehen.» Abendessen auf einem Schiff, ziemlich langes, angenehmes Gespräch mit Rau, am nächsten Tag mit Mádl, der mir seine Rede zur Eröffnung des Holocaust-Museums mitbrachte; es bilde sich ein gewisser Konsens heraus, und daran hätte angeblich auch ich großen Anteil, beziehungsweise mein Nobelpreis. Meine komische Karriere, die mich in absurde Abenteuer führt; ich kann mir selbst nur schwer folgen, hinke hinterher und sinne darüber nach, beziehungsweise erinnere mich, was für eine schöne Sache es einmal war, Schriftsteller zu sein.

Ich bin es maßlos leid, zur Institution geworden zu sein. Fast täglich bekomme ich Bücher über Auschwitz. Was für eine Perversität! – Gestern abend las Hermann Beil im Brecht-Theater, das heißt auf dessen sogenannter Sommerbühne, die deutsche Fassung der *Englischen Flagge*. Es tat gut, den Text in der fremden Sprache zu hören; einen solchen Text könnte ich heute nicht mehr schreiben. – Ingrid meinte, der Text sei vom Vortrag Beils zu sehr überspielt worden: Das empfand ich nicht, doch ich kann natürlich auch nicht beurteilen, was auf Deutsch pathetisch klingt und was nicht. Beil hat einen guten Thomas-Bernhard-Stil, aber sowohl Magda als auch Ingrid sagen, meine Texte hätten ein größeres Format als die Bernhards. Das nehme ich mit Freude und beschämt zur Kenntnis: Es würde mir schließlich nicht im Traum einfallen zu leugnen, daß Bernhard der Spiritus rector der *Englischen Flagge* wie auch von *Kaddisch* war.

Ich kämpfe um die Fortführung der *Letzten Einkehr* – vorläufig vergeblich. Gestern morgen ist Zoltán Hafner angekommen, diesmal, um mit mir das Interview-Buch zu Ende zu bringen. – Ich ließ mich über die linksliberalen Juden aus, die Herren des aggressiven Boulevardblatts *Holmi*. Das war überflüssig. Abends Tankred Dorst und Ursula. Wir aßen im Dressler. Als Tankred mein Arbeitszimmer betrat, interessierte er sich sofort für das Fenster: «Gutes Selbstmordfenster», sagte er. Ich stimmte ihm zu, auch ich denke das jedes Mal, wenn ich ans Fenster trete. Im Dressler erörterten wir die Situation des Suhrkamp Verlags und seiner Patronin, die weiteren Aussichten. Wir aßen Spargel mit Schinken und rauchten indische Zigaretten mit Nelkenaroma; am Schluß traten wir in die heimelige Dämmerung des Kurfürstendamms hinaus und warteten, bis das Taxi mit den Freunden davongefahren war. Magda und ich spazierten an den erleuchteten Schaufenstern vorbei nach Hause, dort setzten wir uns noch zwischen die schneeweiß und rot blühenden Sträucher im Atrium, dem geschlossenen Garten unserer Wohnung, um uns zu unterhalten. Das Leben wäre schön, wenn mich nicht die Parkinsonkrankheit quälte, die spürbar in ein neues, gefährliches Stadium getreten ist.

Die *Geheimdatei* als Material für *Die letzte Einkehr* ausgedruckt: Ich habe eine große Möglichkeit in der Hand. – In den letzten Tagen gestaltet sich mein Leben so, daß ich mich tagsüber mit nichts als Blödsinn beschäftige – Korrespondenz, Telefonate, Erledigungen, Besuche – und nachts zwei bis drei Stunden an der *Letzten Einkehr* arbeite. Vorgestern in der Frühe verlor ich infolge eines fatalen Mißgeschicks – ich hatte mit dem Fuß den Stecker aus der Steckdose gerissen und so die Stromversorgung meines Computers unterbrochen – den in der Nacht geschriebenen und als hervorragend empfundenen Text. Versuchte den ganzen Tag, ihn wiederherzustellen, mobilisierte Fachleute – alles vergeblich. Gestern schrieb ich den Text dann neu, doch bis zum Schluß mit dem Gefühl, weit unter meiner vorherigen Leistung geblieben zu sein. Nicht sicher, ob es so ist. – Gestern Abendessen bei Irene Dische, viele Bekannte; während des Gesprächs machte ich die Bemerkung, die Gefahr stellten nicht die arabischen Terroristen, sondern wir selbst dar. Das gefiel N. so, daß er mich aufforderte, einen Artikel zu schreiben, der auf dieser Pointe basiert. Eigentlich schade, daß ich es nicht machen kann. Ich werde immer kränker. Montag fahren wir zu einer Rehabilitationsklinik nach Kassel. Ich nehme den Computer mit, habe große Pläne.

Kassel. Gestern angekommen, in schlechter Stimmung und verbittert. Im Zug erreichte uns ein Anruf aus Budapest: Magdas sogenannter Tumormarker ist nicht einwandfrei. Das besiegelte unsere schlechte Laune, die morgens, als wir uns zur Abreise fertig machten, ihren Anfang genommen hatte, meiner angeblichen «Negativität» wegen; mit Sicherheit ist es so, mit Sicherheit vergälle ich den Menschen um mich herum das Leben – auch mir selbst übrigens. Das ist keine Entschuldigung. – Wir leben hier nach den Regeln der Ayurveda-Kur von gekochtem Gemüse und Ingwer-Tee. Gestern hat man mich untersucht und diagnostiziert, mein Stoffwechsel sei nicht in Ordnung, ich funktioniere wie ein verstopfter Motor.

So fühle ich mich auch. Der sympathische Dr. Chopra. Magda und ich haben getrennte Zimmer, nebeneinander. Gestern nacht las ich – allerdings müde – das fertige Material durch *(Letzte Einkehr)*; ich war nicht glücklich. Genauer, ich blieb gleichgültig. Das ist kein Werturteil. Ich kann mich nur nicht von dem Gefühl befreien, überflüssig zu sein. Das sieht wie Bescheidenheit aus, dabei kommt es auf das gleiche raus, als wenn ein anderer sich überschätzt. – Vor unserer Abreise machten wir noch die Bekanntschaft mit der Malerei von György Korniss und auch dem Künstler selbst, diesem kleinen, zerbrechlichen, sehr sympathischen Menschen. Magda hätte gern ein Bild von ihm gekauft; mir erschienen zehntausend Euro dafür zuviel. Nicht wegen des Bildes, das wahrscheinlich noch mehr wert ist, sondern wegen der Situation: Mehr als merkwürdig, daß ich mich in der Lage befinde, von einem anderen Künstler Gemälde kaufen zu können, für Geld, als wäre ich ein Bankdirektor oder ein Mafioso. – Dieser Tage telefonierte ich mit Véra Ligeti – zu meinem Unglück war Ligeti in der Nähe. «Ich gebe Gyuri den Hörer», sagte sie. Nach einigem Warten die Stimme Ligetis: «Ligeti», mit unangenehm aufsteigender Betonung. Darauf ich: «Kertész» – doch ich bin unfähig, diese Art von dämlichem Benehmen fortzusetzen. Ich bemerkte, ich würde mich freuen, daß es ihm besser gehe. Darauf er: «Reden wir nicht über überflüssige Dinge.» Das einzig Überflüssige war das Telefonat selbst. In Wahrheit habe ich den armen Ligeti, der – ein außergewöhnlicher Künstler, ein großartiger Kopf – so kleinlich ist, daß er mir den Preis nicht verzeihen kann, schon lange abgeschrieben. Das ist Juden-Neid, den ich so gut kenne, noch aus meiner Kindheit; diese Art von typisch jüdischer Mentalität, die Herrn Berger, der zwei Gehilfen hatte: einen Juden – Feldmann – und einen Christen – Herrn Sütő –, dazu veranlaßte, dem Juden eine verächtliche, dem anderen dagegen eine betont bevorzugte Behandlung zukommen zu lassen. Auch Ligeti wäre es lieber gewesen, wenn ein anderer (ein Nichtjude) den Preis bekommen hätte. Er hätte geknurrt – nein: er hätte gesagt, du hättest ihn verdient, aber der hat ihn gekriegt: so ist die Welt – und wäre zufrieden gewesen, weil sein Weltbild sich bestätigt hätte. Aufrichtig gesagt, mag ich Ligeti nicht und auch seine Musik nicht. Wenn ich Bartók höre, spüre ich erst, wie groß der Rangunterschied zwischen ihnen ist. Das gleiche gilt für Kurtág, der noch dazu völlig in Autismus versunken ist.

Das Ereignis der hinter mir liegenden Woche: Heute am frühen Morgen habe ich Mahlers 7. Symphonie verstanden. In erster Linie handelt es sich um den vierten und fünften Satz, um diese wunderbare Utopie. Stark dazu verholfen hat mir der Dolmetscherdienst von Sir Barbirolli. – Es gibt keinen Zusammenhang zwischen beidem, aber mir ist zudem auch klargeworden, daß mein Drehbuch den Zustand *vor* dem *Roman eines Schicksallosen* widerspiegelt, sagen wir, daß das Drehbuch eigentlich das *Rohmaterial* des Romans ist.

Außerdem noch Bartóks Streichquartett No. 5, dieses monumentale Werk. Es macht mich wieder darauf aufmerksam, wie leer mein Leben ist, wenn es ihm an großen Erschütterungen dieser Art mangelt.

Aus Kassel zurück; noch am selben Nachmittag im Brecht-Theater, zur Feier von Táboris 90. Geburtstag. Ein bewegender Abend, in dessen Verlauf auch ich mein armseliges Verslein aufsagte, das der Anlaß und meine Aufrichtigkeit verschönerten. In den darauffolgenden Tagen das schon vorhandene Material für die *Letzte* umgeschrieben; bin, nachdem ich es durchgelesen habe, zufrieden. Und mit dieser Stoßarbeit habe ich mich auch erschöpft, sitze ratlos in der Öde und frage wie ein Kind: Ich langweile mich, was soll ich machen?

Seither hat sich die *Letzte* nicht weiterbewegt. Inzwischen waren wir für zwei Tage in Warschau. Bedrückende Impressionen; die Architektur der Stadt vom 31. Stockwerk des Hotels; der dunstige Sonnenaufgang, die lückenhafte Bebauung der Gegend, das byzantinische Gebäude der sogenannten «Lomonossow-Universität», wo die Veranstaltungen stattfanden. Ansonsten herzlicher Empfang, lebhafte Reaktionen auf meine Werke – und ich weiß nicht, ob wirklich meine Bücher das Publikum erobert haben oder mein Nobelpreis. Eine nachlässig gekleidete ältere Frau, im Trenchcoat, ungeschminkt, mit einem Verband an der Wade, trug einen wundervollen Essay über mein Gesamtwerk vor; ein Mann mit einem guten Gesicht, Leiter oder Mitarbeiter des Dokumentationszentrums – ich habe es nicht genau verstanden –, bedankte sich fast mit Tränen in den Augen für den *Roman eines Schicksallosen*. Am letzten Tag gab der ungarische Botschafter uns zu Ehren ein Essen, auch der polnische Kulturminister war erschienen, und der Schweizer Botschafter kam «auf einen Sprung» herüber, damit ich ihm

Bücher von mir signiere, die er erstanden hatte. Diese glorreiche Aufzählung ist eigentlich nichts anderes als ein knapper Bericht über meine unproduktiven Tage. Meine Kreativität schläft, ich kann mich nur schwer bewegen, es scheint, meine Zeit ist bemessen und der nächtliche Horizont nahe. – Eine interessante Entwicklung: Meine *Detektivgeschichte* erwacht zu eigenständigem Leben, wurde sowohl ins Niederländische als ins Polnische übersetzt, und jetzt verlangt der holländische Verleger, daß ich ihm die Verlagsrechte überlasse. Peinlich, weil ich die literarische Qualität der Erzählung nicht beurteilen kann, zudem will ich meiner Wahl zwischen Suhrkamp und Rowohlt Verlag nicht vorgreifen; die Erlaubnis wäre in jeder Hinsicht eine übereilte Entscheidung. – Etwas anderes: Mein Entschluß, nicht nach Amerika zu gehen (auch wenn ich vorläufig noch gar nicht eingeladen bin), wird immer fester. Als beginne die europäische Amerikafeindlichkeit auch auf mich zu wirken; es wäre schlimm, wenn es so wäre. Offenbar hat diese Erscheinung reale Grundlagen, vor allem die amerikanische Kulturkolonisierung, die den europäischen Geist (es wäre zu prüfen, ob es einen solchen gibt) unwiderruflich vernichtet, Geist und Leben uniformierend verflacht. Ich bin nicht glücklich, meine Lebensform ist kein Nährboden mehr für schöpferische Arbeit.

Den ganzen Tag gefaulenzt. Im Fernsehen wurden die D-Day-Feierlichkeiten aus Frankreich übertragen. Erstmals war ein deutscher Bundeskanzler zur Feier eingeladen. Wundervolle, erschütternde Bilder; ich mußte daran denken – und erzählte Magda –, wie ich diesen Tag erlebt hatte. Um zu den Feierlichkeiten zurückzukehren: In dem Ganzen war etwas, das allein im Westen möglich ist; die Gesichter, die Uniformen, die Lieder, das Arrangement – alles ein Aufleuchten westlichen Geistes, und das ist in unseren Tagen tröstlich, wo so wenig leuchtet. Das ist meine Welt, traurig dachte ich daran, daß ich mein Leben dagegen im Zeichen des östlichen Despotismus verlebt habe, der mich nichts angeht.

In der letzten Woche ist nichts geschehen. Was im Hinblick auf den Roman, *Die letzte Einkehr*, ein großes Problem ist. Die Fäden haben sich verheddert, es ist zu viel persönliches «Material» hineingekommen, obwohl diese Prosa das Rohmaterial nur eben streifen darf, ganz leicht berühren, so wie der Fregattvogel die Oberfläche des Meeres. – Gesteigertes Triebleben, diese vergebliche Qual und Lust, es scheint auch im Alter kein Ende zu nehmen; solange unsere Libido unversehrt ist, ist auch die schöpferische Lust in uns weiter wirksam. – Mein Gesicht bedecken graue Bartstoppeln. – Ich sinne – nach der Lektüre eines Artikel von G.M.T. – über diesen merkwürdigen europäischen Typ, den sogenannten Linken, nach, diese sich ihren Leidenschaften blind überlassenden und, geben wir es zu, meist jüdischstämmigen Verbreiter der roten Pest. Die fette rote Ratte, die mir um die Füße springt, ist ein besonders charakteristischer Vertreter dieses Typs und illustriert bestens, daß Kommunist zu sein in erster Linie eine Frage von Charakter und Beschaffenheit ist und erst in zweiter Linie eine sogenannte Überzeugung. Dieser Charakter ist ein typisches Zivilisationsprodukt der späten europäischen Dekadenz. Auch er greift, wie der Faschist, die eigene Existenzgrundlage an. Aber bleiben wir beim Kommunisten: Die jüdische Hoffnung, daß im Internationalismus der kommunistischen Utopie auch das Judentum aufgehoben sein und dann verschwinden werde, hat sich infolge des Antisemitismus Stalins und der Kommunisten zerschlagen. Es blieb ihnen also, da es für ihre Liebe keinen Gegenstand mehr gab, nur der gesteigerte Haß auf die Zivilisation, der ihre Existenz überhaupt möglich machte. Dieweil sie die «Globalisierung» und den «Imperialismus» angreifen und sich mit den von Amerikanern und Europäern in wirtschaftliche Verelendung getriebenen Völkern solidarisieren, vergessen sie, daß auch sie den Lebensstandard der europäischen Ausbeuter genießen. Ganz gleichgültig, daß ihr Einkommen an dem der Banker gemessen recht niedrig ist: es ist immer noch höher als das hungernder Afrikaner oder palästinensischer Straßenhändler. Das nimmt man jedoch nicht zur Kenntnis; man kämpft für die Gerechtigkeit, weil das alte Wundmal der Freiheit juckt. Ist man Jude, gibt man den Palästinensern recht, ist man kein Jude, dann jedem, der die verhaßte Zivilisation zerstört.

Es ist unverzeihlich, daß ich auf diesen Seiten das Lebensgesetz des Schriftstellers derart vernachlässigt habe ... Was ist das Lebensgesetz des Schriftstellers? Auf die Worte achten. Kreative Sätze schaffen. Ich habe der gierigen Öffentlichkeit zuviel von mir überlassen. Nun ist mein Leben eine löchrige Geschichte geworden, eine platte, ausgelutschte Geschichte, ein leeres Schneckenhaus, in dem ich entsetzt kauere. Gestern die Lesung aus eigenen Texten, ich döste zwischendurch ein und hörte meine Stimme nur dumpf wie eine ferne Maschinensäge. Zuvor hatte ich die gräßlichen Flüche gelesen, die Menschen mit Pfeilkreuzlergesinnung gegen mich loslassen, weil ich existiere. Eine Dame hatte diese Texte gesammelt, anscheinend, weil sie darüber empört war, Magda zufolge aber aus Schadenfreude … Und sie hat wahrscheinlich recht. Meine Existenz ist zu einem Stein des Anstoßes geworden, den ich im bitteren Paniermehl des Selbstmitleids wälze. Ich wünschte, ich hätte Freunde wie Géza Ottlik. – Gestern, als ich mit Magda und den «Kindern» im Garten des Petőfi-Literaturmuseums saß, mochte ich den Kleinen plötzlich. Die noble Hilflosigkeit des Kindes, das Zucken seines Mundes, wenn er mit schweren Wörtern kämpft, sein Vertrauen, seine Verzweiflung, seine hoffnungslose Ausgeliefertheit: die ganze Zerbrechlichkeit, das ganze Wunder seiner Existenz und daß so ein beginnendes Leben sich regt und einen Willen hat – das alles rührte mich. – Der Baudelaire-Vers zur *Letzten Einkehr* – er platzte György Klein, der die ganze Weltliteratur auswendig kennt, aus dem Gedächtnis, als ich ihm den Titel meiner Arbeit nannte: «Dann schlägt die Stunde, wo des Zufalls Majestät / Die Tugend – unberührt Gespons in deinem Bette! – / Wo selbst die Reue (o! du letzte Einkehrstätte!) / Wo alle rufen: Stirb, du Feigling, 's ist zu spät!»

Abendessen am Rand der Budaer Berge (Uhu-Villa): M., die Kállais, László Marton, Virág. Die Zeit schien über der Terrasse stillzustehen, es war, als würde sie mich in ihren Armen wiegen und mit einer süßen, traurigen Abschiedsgeste dem Augenblick entheben. Gutes Essen, gute Bedienung. Erinnerungen, viel Lachen über traurige Dinge. Am Vormittag im Verlag (Morcsányi, Hafner). Ich bewege mich zwischen den vertrauten Kulissen einer Traumwelt, einer Welt, die verlassen zu müssen ich bedauern würde. Obwohl die Anziehung vielleicht gerade darin liegt, daß ich sie verlassen muß. In letzter Zeit empfinde ich verstärkt die «Süße des Lebens». Ich habe Bücher gekauft. Und ich bemühe mich, in einer haßerfüllten Welt ohne Haß zu leben; ich bemühe mich, keine schändlichen, kunstlosen Sätze mehr niederzuschreiben.

Über die Sinnlichkeit religiöser Frauen (christlicher, katholischer). – Voraussetzung ist dabei nicht, daß die Frau wirklich religiös ist, es reicht der religiöse Seelentyp – wenn ich so sagen darf; sie muß nicht einmal in die Kirche gehen.

Eine an schlimmste Zeiten erinnernde Unschlüssigkeit und Unsicherheit. Dabei war ich doch schon mehrmals überzeugt, daß sowohl der Text als auch das Projekt gut sind. Habe mich dessen selbst vergewissert. Ich sollte eine Geschichte erzählen und nicht von mir sprechen; andererseits finde ich es unmöglich, zu *Galeerentagebuch* und *Ich – ein anderer* nicht noch *Die letzte Einkehr* hinzuzufügen. Ich weiß, es wird sich schwer verkaufen lassen. Schrecklich, daß solche Gedanken überhaupt in mir aufkommen können. Wem zum Teufel will ich gefallen?

Ich schreibe derart verständlich, daß ich mich manchmal selbst nicht verstehe. Die Verbindung zwischen *Kaddisch* und *Liquidation* besteht nicht darin, daß beide Figuren B.

heißen, sondern darin, daß beide B. Schriftsteller sind. Warum sollte es also nicht möglich sein, daß *Liquidation* nicht die sogenannte reale Fortsetzung des früheren Romans, sondern ein Gedankenspiel des Schriftstellers B. ist: Was wäre, wenn es so wäre, wie es sein müßte? Nach der Papier-Logik müßte B. Selbstmord begehen – das folgt aus *Kaddisch* –, aber ist es so sicher, daß er dieser Suggestion folgt? Es gibt dafür keinen Beweis. Im Gegenteil, das Spielerische des ganzen Romans, die legere und etwas unwahrscheinlich wirkende Beschreibung des Selbstmords weisen darauf hin, daß sich hier jemand einen Spaß mit dem Leser macht. Gehen wir davon aus, daß die Person, die hinter dem Roman steht – derjenige, der die Figuren am Anfang und Ende des Buches in die dritte Person setzt, von sich selbst aber wie ein allwissender Erzähler im subjektiven Plural spricht –, kein anderer ist als der aus *Kaddisch* bekannte B., dann wird der Stilwechsel von B. auffällig, und es wird klar, daß in *Liquidation* ein Schriftsteller in Erscheinung tritt (jedoch nicht als leidender Held, sondern als Schöpfer), der sein Spiel mit den Möglichkeiten und Gefahren treibt, die er bei den Figuren und bei sich selbst erblickt. *Liquidation* stellt – und darauf weisen unzählige Elemente des Buches deutlich hin – nicht eine Geschichte dar, sondern eine *mögliche* Geschichte. Deshalb hatte ich mir gleich zu Beginn der Arbeit notiert: Satyrspiel zu *Kaddisch*. Das sagt alles. Es ist also unsinnig, wenn R. und Frau Löffler postulieren, *Kaddisch* sei der verbrannte Roman. Warum hätte B. *Kaddisch* verbrennen lassen sollen? Daraus, genauer gesagt, aus der Niederschrift des *Kaddisch*-Romans folgt doch alles. Es gibt keinen verbrannten Roman, aber es gibt einen wirklichen, den, den wir gerade lesen und der davon handelt, daß ein *möglicher* Roman verbrannt wird. Dieser Spiegelsaal ist die geheime Kammer des Romans, die mit dem Schlüssel zur «siebten Tür» zu betreten ist.

Nach einem seit Monaten anhaltenden Gefühl des *Unbehagens** wurde mir vorgestern endlich klar, daß *Die letzte Einkehr* verdorben ist. Ich habe gegen den Rhythmus verstoßen, dadurch ist es zu persönlich und irgendwie lächerlich geworden; als wollte ich eine Geschichte erzählen und doch wieder nicht – schauderhafte Affektiertheit. Gar nicht zu reden von der totalen Vernachlässigung einer radikalen Betrachtung: Das Ganze ist zu einer Art Familienchronik geworden. Sind die Fehler noch zu korrigieren? Oder muß ich das Ganze wegwerfen? Ich bin ratlos: Dieses Gefühl ist neu für mich, bei der Arbeit an *Liquidation* ist es zum ersten Mal aufgetaucht. – Ich weiß nicht, ob ich existiere, ich weiß nicht, wozu ich existiere, ich quäle mich mit der Arbeit und weiß nicht, ob sie nicht überflüssig ist, ich komme mit meinen «Angelegenheiten» nicht zurecht (meiner Korrespondenz, meiner Arbeitseinteilung, der Herstellung eines überschaubaren Rohmaterials): Mit einem Wort, ich quäle mich, und meine Tage gehen unwiederbringlich dahin.

Ringsum die Schweizer Berge, die süße Schokoladenpapierlandschaft, die einen, wenn sie sich plötzlich in Realität, in echte Felsen, unbezwingbare Steilwände usw.

* im Original deutsch

verwandelt – sagen wir, man steht dort im Schneesturm, allein, mit schwindenden Kräften –, auf einmal den Unterschied zwischen Schein und nackter Wahrheit begreifen läßt. Ich weiß nicht, wie ich die schwierigen Probleme der *Letzten Einkehr* lösen soll. Ich gelange nicht zu der nackten Wahrheit. Ich weiß nicht, was die nackte Wahrheit der *Letzten Einkehr* ist. Vielleicht die Ironie, wie mich der literarische Hauptgewinn erwischt und vernichtet. Doch dazu ist es nötig, den lächerlichen Gegensatz zwischen meinem Leben und diesem Hauptgewinn klar zu umreißen. In dem Fall müßte ich meine Umgebung als das abbilden, was sie ist: eine mörderische Welt wohlmeinender Verschwörer. Und mich selbst gleicherweise: als eine lächerliche, hilflos im Honig ertrinkende Fliege, eine zugrunde gehende Figur, die sich ohnmächtig ihren sie liebenden Mördern ergibt. Jetzt deutet alles darauf hin, daß ich im Herbst nach New York fliegen muß. Man könnte sagen, daß dies nicht gerade die größte Tragödie ist, wiewohl eine ziemliche große: Es dient der Werbung für mich, und vor diesem Spektakel gibt es kein Entkommen mehr. Nirgends kann ich mich zurückziehen, um nachzudenken, um der eventuell über mich hereinrechenden Leidenschaft des Schreibens zu frönen, wie einst. Damit hatte ich schon immer Probleme. Und war damit schon immer allein. Schon immer wollte man etwas von mir, das ich nicht wollte. Brachte ich im verborgenen etwas hervor, und es hatte Erfolg, schätzte man das Ergebnis; aber nie glaubte man, daß der Weg zu diesem Ergebnis über den Schaffensakt führt. Hier breitet sich jetzt vor mir ein Manuskripthaufen aus, von dem ich vielleicht zwanzig Seiten Material verwenden kann. Warum halte ich an der Tagebuchform fest? Weil meine Phantasie nicht ausreicht, um die Geschichte in Fiktion zu verwandeln, direkt gesagt, einen Roman zu schreiben. Ich hatte nie einen anderen Stoff als mein Leben, aber das war wenigstens interessant. Jetzt ist daraus etwas Mittelmäßiges geworden, ein substanzloses Vegetieren; meine Rolle, die Rolle des erfolgreichen Schriftstellers, ist widerwärtig; und widerwärtig ist auch die Rolle des Kontoinhabers, des wohltätigen, großzügigen Käufers von Kunstobjekten bzw. eines Mannes, der den Kauf von Kunstobjekten finanzieren soll. Mich widert die Verachtung an, die mich – im Grunde genommen – von allen Seiten umgibt.

An meinem grauen Leben hat sich an diesem bunten Ferienort nichts geändert: Die Nächte und auch der größte Teil der Tage vergehen mit Arbeit. Ich glaube, ich habe eine schöne Sequenz der *Letzten* geschrieben (quasi die Software für das Buch erschlossen), und auch die Probleme scheinen nachzulassen. Ich bat Morcsányi, alles aus meinen Arbeiten herauszusuchen, was ich jemals zum Stichwort «Tod» geschrieben habe. Die *Letzte* wird ein gnadenloses Buch, und es wird nur dann ein Buch daraus, wenn es gnadenlos wird. Eigentlich müßte es hinterlegt und erst nach meinem Tod publiziert werden. Doch ich würde die Wirkung, genauer gesagt, das Buch, gern noch zu meinen Lebzeiten sehen. – Gestern nacht langes Gespräch mit Véra Ligeti. Alles, was sie sagte, deutet darauf, daß der arme Ligeti mit dem Tod kämpft. Aber noch in der Agonie funktioniert seine Kreativität, und zwar in Form von Träumen: Er hat nuancierte Träume vom Scheitern. Irgendwo erhält er von irgendwem eine enorm komplizierte Aufgabe, die er unbedingt lösen muß, doch die Aufgabe ist zu schwer, er ist unfähig, sie zu bewältigen. Erwachend, noch fast im Halbschlaf, erzählt er die Geschichte sofort, doch so, als habe er alles wirklich erlebt; und ist es nicht auch so? Was ist ein Traum, und worin unterscheidet er sich von der sogenannten Wirklichkeit? Ist er nicht eine Form des Lebens, die nur im Hinblick auf den physischen Unterschied anders als dieses ist, in die wir aber letztlich unsere ganze Existenz einbringen, genauso wie in unsere wirklichen Handlungen; und auch unsere Passivität ähnelt unseren wirklichen Schrecken.

Hier in Gstaad erhielt ich vor vier Tagen von Hafner das Manuskript unseres Gesprächsmaterials. Auf einmal überkam mich die Lust, dieses «Gesprächsbuch», meine Autobiographie, selbst zu schreiben. Innerhalb von drei, vier Tagen produzierte ich 24 Seiten: Kindheit, Kommentare dazu usw.: Ich genoß es wie ein Tier, das sich von der (Stil-)Leine seines strengen Herrn *(Letzte Einkehr)* losgerissen hat und nun auf offnem Feld frei herumrennt.

In Berlin. Ich verbringe meine Tage im luftigen Wolkengewand der Müdigkeit. Nehme nicht ganz teil an meinem Leben, das deswegen äußerst mühselig und so verwildert ist wie eine verkommene Wohnung. – Ein Brief, in dem mir mitgeteilt wird, daß ich den Verdienstorden der Bundesrepublik Deutschland erhalten soll. Obwohl mich Auszeichnungen nicht sehr interessieren, ergriff mich beim Anblick dieser Nachricht doch ein stilles Staunen. Von Auschwitz zu einem deutschen Verdienstorden: Das ist doch etwas, was mir nur wenige nachmachen können –

wobei ich natürlich nichts *gemacht habe*, sondern etwas mit mir *gemacht worden* ist.

Im Licht des Terrorismus habe ich die Weitsicht meines großen Meisters verstanden, mit der er Europa vom schlechten Gewissen befreien wollte, auch dann, wenn sich der «Schülerstreich» natürlich als etwas übertrieben erweist. Kein einziger Gesellschaftsphilosoph, Soziologe (Pädagoge, Gynäkologe usw.), sah die künftigen Probleme so klar wie Nietzsche. – Der sogenannte Terrorismus aber – in welcher bestialischen Form er auch immer auftritt – ist dennoch nur das Ergebnis hilfloser Frustration; die Araber, die schon immer für ihren Stolz und ihr leicht zu erschütterndes Selbstbewußtsein bekannt waren, erlitten seit 1948 furchtbare Demütigungen, deren Höhepunkt der Sechs-Tage-Krieg von 1967 war. Es ist völlig gleichgültig, daß sie selbst die Ursache für diese Demütigungen waren, ihre Mängel, ihre Intoleranz, ihre willenlose Trägheit, ihre Unfähigkeit zur Staatsgründung; und wenn wir zudem in Betracht ziehen, was für ein Territorium, welcher Reichtum ihnen zur Verfügung steht, der von ihren Führern nicht zum Wohl des Volkes, sondern zum eigenen, persönlichen Nutzen verwendet wird, sollten wir von Mitleid erst recht absehen; dennoch, diese zerstörerischen Emotionen kommen durch Frustration zustande, durch Niederlagen, durch nichts anderes. Geschlagene Völker müssen jemand schlagen, damit die niederträchtigen Seelen Befriedigung finden. Das beste Beispiel ist die Frustration der Deutschen und Österreicher nach dem Ersten Weltkrieg, deren Kloake ganz und gar in den Morast des Judenhasses gepumpt wurde. Eine andere

Frage ist dann, wie weit sie in die Wollust des Demütigens eintauchen; ob ihre Politik in der Praxis zu einer Politik des Hasses und der Unversöhnlichkeit geworden ist. – In der vergangenen Nacht las ich im übrigen die etwa 28 Seiten durch, die schon von der *Letzten Einkehr* stehen; auf einmal begriff ich wieder – wie schon so oft – das Gesetzmäßige von Zufällen: Damit *Die letzte Einkehr* so werden kann, wie sie von mir gedacht ist, muß ich zuvor das Gesprächsbuch schreiben. Diese Arbeit kommt also nicht nur wie gerufen, um mich aufzumuntern, sondern ist ein schriftstellerisches Bedürfnis in der Reihe der Romanpaare; und vielleicht auch ein würdiger Abschluß.

Wir sind aus Weimar zurückgekehrt, stolz und müde. Gestern abend las ich im Goethe-Theater den *Spurensucher*, auf Deutsch; müde war ich mit András Schiff auf die Bühne gegangen, auf ein Desaster gefaßt; ich hatte zu Hause versucht, den Text einzustudieren, war jedoch außerstande gewesen, ihn für mich selbst laut zu lesen: Nach den ersten Sätzen schlief ich einfach ein. Was dann gestern passierte, weiß ich nicht: Ich begann zu lesen und entdeckte den Text plötzlich für mich. Erschüttert las ich, und das Publikum ging mit: Ohne einen Muckser lauschte es dem Text ebenso erschüttert wie ich. Das arme Buch, das von der ungarischen Kritik so besudelt und geschändet worden ist, daß diese unkultivierte Barbarei mir schließlich die Freude an meinem eigenen Werk genommen hat, ist zum Leben erwacht. Seit gestern gehört es wieder mir, und es ist abermals offenbar geworden, wohin ich gehöre, wo das Publikum zu suchen ist, das meine Werke versteht, danach verlangt.

«Der Wahnsinn grenzt hier nahe an die Begeisterung, nur gelingt dem Wahnsinn nichts. Bisher hat die Geistesverwirrung noch nie maßgebenden Einfluß auf die Entwicklung der Menschheit gewonnen», schreibt der gute Ernest Renan in seinem Jesus-Buch. By the way: Wir haben uns den neuesten Hitler-Film angesehen *(Der Untergang)*. Mein Zustand ist beängstigend, ich sah voller Neid, daß fast alle Akteure in dem Film über tödliche Giftkapseln verfügten. Und ob ich die nähme!

Budapest. Vom Taxi aus fiel mir die Schönheit und Verwahrlosung der Stadt ins Auge. Eine Herzogin im Morgenrock ihrer Magd, zerzaust und mit hoffnungsloser Miene auf ihr Frühstück wartend. – Gestern Fellinis *Das süße Leben* im Filmmuseum. Überwältigend. In der Kádár-Diktatur hatte ich nur eine verstümmelte Fassung gesehen; die Größe des Films konnte ich erst jetzt verstehen. – Das Erlebnis Szomory *(Der Lehrer Horeb)*.

Mittagsspaziergang von der Zahnarzt-Praxis nach Hause, über die Szilágyi-Allee. Sofort eine Unmenge alter Erinnerungen. Alles hat sich entschieden verändert. Selbst der Duft der Kastanienbäume im Herbst. Und statt Wagner höre ich heute lieber Haydn und Mozart.

Ich kämpfe mit dem Alter. Die Lust ist rege, der Leib träge. – Zusammen mit Zoltán Hafner nach der Quelle für den Originaltitel *Erdenbürger und Pilger* meiner frühen kleinen Erzählung gesucht. Ich wußte noch, daß er aus einem Buch Augustins stammt, zuerst glaubte ich, aus den *Bekenntnissen*, dann entsann ich mich: aus *De civitate Dei*. Auch daß ich den Hinweis auf Kain und Abel nicht dem

Original, sondern einer sich darauf beziehenden Studie entnommen habe, weiß ich noch; aber keine Ahnung, aus welcher.

Bleierne Müdigkeit, unausgeschlafen, schlaflos.

Im Alter von 75 Jahren bin ich fremden Mächten ausgeliefert. Menschlich und schriftstellerisch völlige Stagnation.

New York. Sechs Uhr morgens. Von Zeit zu Zeit trete ich ans Fenster und schaue auf die ringsum in unermeßliche Höhe aufragenden Gebäude, die durch die Straßen rasenden Autos, die Lichter, diese ganze Welt, die mich hier umgibt und mich so fürchterlich heimatlich anmutet. – Am Tag vor unserer Abreise Herzrhythmusstörungen und eine Unpäßlichkeit, wie ich sie noch nie verspürt hatte. Magdas Panik. Schließlich sind wir trotzdem abgereist. Aber in der Nacht davor las ich noch, was von der *Letzten Einkehr* fertig ist, und war sehr glücklich. Der Plan, parallel dazu eine Lebensbeschreibung zu verfassen, erscheint mir attraktiv und ausführbar.

Aus dem Fenster des Plaza Hotels auf die in der Sonne blitzenden Wolkenkratzer zu blicken. Gegenüber ein kleiner Platz mit Springbrunnen, unaufhörlich strömt Wasser über Marmorflächen; davor hat man jetzt eine Bühne errichtet, mit Stars-and-Stripes-Banner, die Bühne von Zeltplanen überdeckt, auf denen die drei Initialen einer amerikanischen Football-Mannschaft stehen, unter der Plane Stühle und Notenständer für ein noch unsichtbares Orchester, Scheinwerfer, riesige, noch blinde Bildschirme – Vorbereitungen für eine große Fernsehübertragungs-Zeremonie (vielleicht ein -Ritual?). Ich hatte mir vorgenommen, Kafkas *Amerika* mitzunehmen, das ich nie ordentlich zu Ende gelesen habe, vergaß dann aber in meiner Müdigkeit, das Buch einzupacken. – Gestern kurzer Spaziergang im Central Park, ein betrunkener Schwarzer schloß sich uns an, verlangte Geld, immer aggressiver, schließlich schubste er uns sogar; wir erschraken nicht weiter, doch es war unangenehm. Am Ende sagte er uns, wen wir ficken sollten und wie. Trotz ihrer großen Dichter und obwohl England eigentlich eine Seefahrernation ist, ist die englische Sprache in ihren Flüchen nicht gerade erfindungsreich. – Vergebens kämpfe ich gegen die körperlichen Symptome des Alters: Parkinson und Rückenschmerzen hindern mich daran, zu Fuß durch die wundervollen Straßen von New York zu streifen. Für die Unannehmlichkeiten der Jugend entschädigt uns noch das Mannesalter, aus dem Alter aber gibt es keinen Ausweg mehr.

New York. Abendessen mit Carol Janeway. Nach unserem verkorksten Berliner Treffen vor zwei Jahre nun ein großartiges, angenehmes Gespräch. Am Abend vorher im «Y» in der 92.; voller Theatersaal, Lesung und öffentliches Gespräch. Thane Rosenbaum. Das «furchtbar Heimatliche» hält weiter an. Das rare Gefühl, diesem aufmerksamen Publikum etwas Neues sagen zu können. Zwischendurch von allen Seiten die rohe, fast brutal zu nennende Schönheit der Stadt. Auf die Frage einer Journalistin sagte ich, New York sei eines der Wunder menschlichen Schöpfertums. So empfinde ich es wirklich. Das am Broadway gelegene Knopf-Haus ist nur nach strenger Sicherheitskontrolle zu betreten. Der Empfang, das vorherige Einreichen der Namen, Sich-Ausweisen usw.: All das erinnerte mich an die Rákosi-Welt. Ich dachte an Carols Bemerkung, die deutschen Kartelle strebten zwar nach *Weltmacht**, doch der Führungsgeist folge provinziellen Familienprinzipien.

Gesprächsveranstaltung in der Columbia-Universität, mit Iván Sanders auf dem Podium; dankbares, aufmerksames Publikum; in Amerika – oder wenigstens New York – scheinen die Leute mich anzunehmen, vielleicht auch meine Werke.

Nach dem kalten New York in Chicago warmer, dunstiger Frühherbst. Wir aßen in einer echten Chicagoer Kneipe einen *big hot dog*. Ungarn ist weit weg von hier. Abends Konzert mit den Chicagoer Symphonikern, danach Abendessen im Apartment der Barenboims, sie wohnen zwei Stockwerke unter uns. Jetzt ist es fünf Uhr morgens, aus dem Fenster unserer Suite im 32. Stock sehe ich die zugleich monumentale und grazile Architektur Chicagos, aber die Straßen sind menschenleer, anders als in New York, wo der Verkehr nie stillsteht. Magda überglücklich, sie ist hier wieder zu Hause. Barenboim erwähnte erneut das Libretto. Ich erzählte ihm vom *Einsamen von Sodom*; warum auch nicht? Das Libretto würde mich nicht daran hindern, den Stoff auch als Roman zu schreiben, im Gegenteil ... Ich habe jedoch Zweifel, ob

* im Original deutsch

wir einen guten Komponisten fänden. – Ich vergaß, von dem versoffenen Dolmetscher und der albernen Journalistin zu berichten, die sich damit brüstete, nicht ein Wort von meinem Roman verstanden zu haben. Ich habe sie häßlich «abserviert», darauf stellte sie ihr ewiges Gekicher ein, wurde aber nicht intelligenter.

M.s Chicagoer Freundeskreis. Nachmittags spielte Barenboim in der Chicagoer Symphonie aus dem *Wohltemperierten Klavier*. M. und ich bewunderten sein Spiel und seine unerschöpfliche Arbeitskraft. – Ausgeprägte Herzbeschwerden. Aus dem Spiegel sieht mir der Kopf eines alten Mannes entgegen. Die typische Vergrößerung des Kopfes, in Relation zum Körper gesehen; gleichzeitig Verhärtung der Züge, der ganze Kopf wird eckig. – Die Angstmacherei vor den Wahlen in Amerika. Man versetzt dieses große Volk in Schrecken, jagt ihm Angst ein, treibt es in die Krise: Das bekannte europäische Rezept der Machtübernahme. Wenn sie glauben, daß sie sich fürchten müssen, werden sie ihre Stimme dem geben, der sie laut eigner Verlautbarung schützt. Ein trauriger Anblick, die Welt im Jahr 2004. Andererseits wird mir dieser Anblick aus einer Luxussuite des Chicagoer Four-Seasons-Hotels zuteil. – In der kurzen Zeit, die ich noch vor mir habe, muß ich eine Lebensform zurückgewinnen, die zumindest noch ein bißchen daran erinnert, daß ich einmal Schriftsteller war. Niemand hat Nachsicht mit mir, in dieser Hinsicht bin ich wie immer auch heute allein. Ich muß akzeptieren, daß ich in den Augen derer, die von Liebe zu mir sprechen, mich jedoch mit ihren unmöglichen Ansprüchen umbringen, als Spielverderber gelte.

Spätsommerliche Wärme und Sonne. Am Vormittag ging ich zwischen Wolkenkratzern zum See. Das Wasser erschien sanft, am blauen Horizont ein Traumschiff. Ich setzte mich auf eine Bank und sog den Duft von Herbst und Wasser ein. Ich dachte an die Ferne und den nahen Tod. Michigan-See oder Szent-Miháhy-Straße – es bleibt sich gleich: *Still schlich sich gestern der Herbst …*

Rheingold in der Chicagoer Lyric Opera. Gute Vorstellung. Museumsmusik. Wagner versetzt mich nicht mehr in Erregung. Vorher hatte ich im Hotel Haydn-Symphonien gehört, auf CD. Und nach dem Getöse der Wagner-Oper kamen mir sogleich Haydn-Motive in den Sinn.

Noch ein Tag in New York. Wieder im Plaza Hotel. Die Aussicht öffnete sich diesmal auf den Central Park, die herbstlichen Bäume, die herrliche Farbenpracht des Verfalls. Der See, darüber ein stilisiertes Brücklein, auf dem See Boote. Nicht weit davon die Kunsteisbahn, ferne Figuren bewegten sich zickzackförmig darüber hin. Am nächsten Tag setzten wir uns mittags ins Flugzeug und kamen todmüde in Berlin an. – Ich habe dem Gesprächsbuch den Titel *Dossier K.* gegeben.

Morgens dreiviertel sechs. Ligeti hat den Dialog mit der Welt eingestellt. Musik hört er nur nachts: Am Tag Musik zu hören sei unmoralisch, sagt er. Neuerdings hört er Schumanns Klavierstücke. In der modernen Musik wagt er sich bis Bartók und Strawinsky vor. Zeitgenössische Musik hört er überhaupt nicht; seine eigene Musik interessiert ihn nicht.

Von Zweifeln gequälte Nacht. Ich schreibe meine Biographie zum fünfzigsten Mal um. Lohnt sich das? Warum beschäftige ich mich nicht lieber mit der Lot-Geschichte? Ist meine Phantasie zu träge – gibt es meine Phantasie noch? Ich fürchte große Arbeiten. Und mich reizen große Arbeiten. Sich hinzusetzen, die Kapitel praktisch im voraus zu veranschlagen, die Geschichte herauszuarbeiten. Vielleicht gebe ich dem Drängen Barenboims nach und schreibe sie zuerst als Opernlibretto. Gleichzeitig hat *Die letzte Einkehr* ihre Anziehungskraft nicht verloren. – Ständig körperliche Qualen, Schlaflosigkeit, damit zusammenhängend Herzrhythmusbeschwerden. Dumpfheit der Welt gegenüber, geschwächte Aufnahmefähigkeit, verminderte Libido, fehlende Liebe. Der Daumen neigt sich nach unten.

Vergiß nicht die mächtigen Steinblöcke New Yorks und die gigantische Ausdehnung der Stadt, die in den Himmel ragenden Gebäude, das Wasser, die Inseln und die als Vorposten dort wachende, vielbewunderte und vielgescholtene Freiheitsstatue mit der Fackel, wie wir sie zweimal aus dem Fenster des Flugzeugs erblickten. – Hier in Berlin drei Tage Interviews. Die *Detektivgeschichte* ist in einer schönen Ausgabe auf Deutsch erschienen. Mein Gefühl, ganz zur westlichen Welt zu gehören, ist nach dem Ergebnis der amerikanischen Wahlen noch stärker. Ich kann die Welt überhaupt nicht mit ungarischen, osteuropäischen Augen sehen. Als bei einem der Interviews die Rede davon war, daß die ungarische Literatur den deutschen Geist befruchte, wurde mir auf einmal klar, daß es dabei um die exilierte oder zerstörte bürgerliche ungarische Kultur geht, um jene fragile Entität, die von der Nation als Fremdkörper ausgestoßen wird. Welch ein Unterschied zwischen meiner qualvoll vorgespielten, falschen Rolle in Ungarn und der hier von mir erfüllten – ich würde fast sagen: Aufgabe! Als sei hier mein Leben real und das, was ich mitbringe, mein Werk: Wirklichkeit. In Ungarn hatte ich diesen Eindruck nie.

Früher Morgen, mein Geburtstag. Wenn ich schon vorher von 75 sprach, bezog sich das nicht auf den Geburtstag, sondern den Zustand. Den seelischen und körperlichen Zustand. Vielleicht vergäße ich ihn, ließe man mich in Frieden. Einiges an diesem Zustand ist inzwischen unwiderruflich. Mein Parkinson vergeht nicht mehr, solange ich lebe. Mein Herz wird nicht mehr besser. Undsoweiter … – Die Chronik der vergangenen Tage? Ich erinnere mich nicht. Auch das gehört zu meinem Zustand: Ich erinnere mich nicht mehr an Namen, ich vergesse langsam meine ganze Bildung. Mein Leben erhebt (senkt?) sich in immer unwahrscheinlichere Sphären. Es gibt keinen Ausweg aus dem zerbrechlichen Käfig meines physischen Seins; ich werde immer gefühlloser gegenüber anderen, meine Empathie schwindet. Ich kann mich des Gefühls nicht erwehren, daß alle um mich herum lügen. (Ich denke an die «Freunde», die «Gesellschaft».)

Noch immer im Taumel des 75. Geburtstags. Von der Feier am Abend (in der Villa Grisebach) erst am Morgen nach Hause. Eine Flut von Briefen; alle führenden Politiker Deutschlands schickten Grüße. Mittagessen mit Mádl in der Ungarischen Botschaft; er überbrachte mir eine Plakette des Sándor-Palais. Ich verhalte mich wie ein arrivierter Schriftsteller, verzeichne die Namen wichtiger Leute, meine Auszeichnungen. Erstickend. Die deutschen Briefe heben einhellig hervor, daß ich «viel für Deutschland getan» hätte; heute im Kempinski bin ich – im Beisein von Péter György, Béla Bacsó und Miklós Almási – von Karasek, dem Kritiker, aber auch noch vom Kellner umarmt und abgeküsst worden. «Hier liebt man dich», sagte Almási. Das ist wahrscheinlich das Geheimnis. Ich würde auch gern für Ungarn «etwas tun», aber dort liebt man mich nicht. – Heute vormittag werden im Brecht-Theater deutsche Autoren aus meinen Büchern lesen. (Eine Idee des Suhrkamp Verlags, genauer gesagt von Ulla.) Ich kann nicht schlafen, leide an Herzrhythmusstörungen, halte mich kaum auf den Beinen und tue nichts. Selbst wenn ich drei Tage lang Briefe schriebe, könnte ich nicht alles, worauf zu antworten wäre, beantworten.

Morgendämmerung am Computer (halb vier). Ich bereite das Material für Trier vor, wo ich am Abend aus *Liquidation* lesen werde. Gestern abend ist Magda aus Budapest zurückgekommen. Ich liebe sie. Von der vergangenen Woche ist kaum etwas zu berichten; ich schaffte gerade mal zwei Briefe, an den Bundeskanzler und an den Berliner Bürgermeister. Bei Barenboim zum Geburtstag, am Tag darauf in seinem Konzert. Zweifellos wird er mir mit Vorschlägen kommen: Er möchte mich in seinen politischen Windmühlenkampf ziehen. Ich möchte mich nicht gegen Israel wenden, auch wenn mich dessen Politik irritiert – die Politik überhaupt. Den Artikel für die *Neue*

Zürcher habe ich abgesagt, obwohl ich meine Meinung zu den uns voraussichtlich bevorstehenden Veränderungen gern darlegen würde. Ich sehe eine mörderische Welt anbrechen, Nationalismus, Rassismus; Europa beginnt zu erkennen, wohin seine liberale Einwanderungspolitik geführt hat. Plötzlich wird man gewahr, daß es solche Fabelwesen wie eine multikulturelle Gesellschaft gar nicht gibt. Eine interessante, paradoxe Sackgasse: Während die Europäische Union erweitert wird, schnüren sich die einzelnen Unionsländer enger zu. Die zu erwartenden Gesetze stehen im Widerspruch zur Verfassung der Union, doch wer wollte ihre grundlegende Bedeutung leugnen. Das Übel ist, daß man nicht differenziert: etwa durch gesonderte Gesetze für die einheimischen Bürger und andere, die auf die Muslime bezogen sind. Aber das wäre Ausgrenzungspolitik. Hingegen ist es unmöglich, sich vorzustellen, daß, sagen wir, Frankreich in zwei bis drei Generationen ein muslimisches Land sein wird. Politiker, die von unten kommen und ergriffen sind von den durch die allgemeine Angst und Hysterie entfesselten Emotionen, werden die Situation eher zur Erhaltung ihrer eigenen Macht nutzen wollen, als sich die Köpfe über wirkliche Lösungen zu zerbrechen. Direkt gesagt: Es tut sich die Möglichkeit neuer Diktaturen auf, die unter dem Vorwand drohender Gefahren in erster Linie die eigenen Staatsbürger in Gefahr bringen.

Es kann – und darf – nicht sein, daß ich mir die Freude nehmen lasse. Es kann – und darf – nicht sein, daß ich mich zum Sklaven meines eigenen Firmennamens machen lasse. Mein Leben mit Briefeschreiben und häuslichen Problemen verbringe; frühmorgens nicht mit der Freude des Beginnens, sondern mit den Problemen von Bauch- und Rückenscherzen aufwache. Zurück zu einem schöpferischen Leben! Darüber sprachen Magda und ich heute in der Morgendämmerung im Bett. – Langsam erwacht der Morgen über den Dächern von Berlin. Ich habe Strawinskys *Symphonie in drei Sätzen* aufgelegt. Vom heutigen Morgen an werde ich ein neues Leben ... zumindest versuchen. Alle nötigen Umstände wären dafür vorhanden, und eigentlich müßte auch meine Physis noch soweit brauchbar sein, mich aufrecht zu halten, so, wie ein altes Kamel die schweren Bündel trägt, die an seinen beiden Seiten herabhängen.

Nächtliche Fortschritte am *Dossier K.* – Brief von Dani Karavan, mit der Bitte, mich an etwas zu beteiligen, woran ich mich nicht beteiligen will. Es geht um den israelisch-palästinensischen Konflikt. Habe es gründlich durchdacht: Ich habe nicht genug Informationen. Ich bin europäischer, nicht israelischer Staatsbürger. Mit Auschwitz und dem Kommunismus habe ich fundamentale Erfahrungen gemacht, darüber weiß ich was. In den Palästinakonflikt stiege ich ein, wie, sagen wir, Sartre ins chinesische Ich-weiß-nicht-Was eingestiegen ist. Genau gegen diese Art von Pseudo-Engagiertheit protestieren mein Verstand und alle meine Sinne. Andererseits sehe ich ein, daß an das Schicksal Israels auch das meine gebunden, ja, gefesselt ist. Ich weiß nicht, was ich tun soll. – Etwas anderes: Fast zufällig habe ich Beethovens Quartett op. 95 aufgelegt. Ich hatte seit Monaten, vielleicht seit einem Jahr nichts mehr von Beethoven gehört. Und nun, da ich wieder angefangen habe, weiß ich, ich werde nicht wieder aufhören können.

Die 60 Seiten, die ich von *Dossier K.* geschrieben habe, sind vielversprechend. Unverändert körperliche Beschwerden, vor allem Schlaflosigkeit, Tremor. – Habe mir ein paar Nachschlagewerke gekauft, ein deutsch-deutsches und ein ungarisch-ungarisches Wörterbuch und ein kleines Brockhaus-Lexikon. Mein Name kam darin sogar zweimal vor, im Nobelpreis-Artikel und bei der regulären Namensfolge; im Abschnitt über die Literatur Ungarns aber – den man offenbar von jemand mit Ungarischkenntnissen schreiben ließ – wurde er ausgelassen.

Bei Tagesanbruch die fertigen 28 Seiten der *Letzten Einkehr* gelesen. Anschließend darüber nachgedacht, daß das Buch eine zentrale Figur brauchte, die eine Geschichte hat. Ich dachte an irgendein morbides Abenteuer. Heute wurde mir klar, worin dieses Abenteuer besteht: Ich muß die Geschichte eines Erkaltens, eines Leerwerdens schreiben. Wie das Schreiben vergeht, wie die Liebe vergeht. Wie das Leben vor den Augen des Helden entfliegt. Da wird verschiedentlich Selbstzensur einsetzen, zum Beispiel mit Rücksicht auf Magda. Aber ein Künstler, der sich im klaren ist über die Forderungen seines Berufes, kann auf niemand Rücksicht nehmen. Und tut er es doch, ist er kein Künstler mehr, sondern Schrift-Steller.

Budapest. Am Morgen nach meinem Geburtstagsempfang. Die vielen Freunde. M.s Liebe – Liebe an sich: was weiß ich davon? Seit einiger Zeit schlittere ich ohne

Zweifel bergab, entferne mich von meinen Idealen, von Idealen überhaupt, sogar von Ideen. Földényis Buch über die «Nachtseite der Malerei», über Friedrich, Goya und Blake. Zurückkehren in die Welt der Begeisterung, der *Durch*geistigung. – Man hat mir viel Liebe entgegengebracht. Die schöne Begrüßung von Kállai. Meine Hand zitterte die ganze Nacht, mein Rücken beugte sich. Meine Seele wurde weich wie ein Schwamm. Wenn der Skulpteur zur Skulptur wird.

Auf Madeira pfeift Nordwind, und es ist kalt. Der Atlantische Ozean sah vom Flugzeug wie eine geschmolzene Metallplatte aus, auf der erstarrten Oberfläche weiße Ausstülpungen: die Wellenkämme. Ich setzte sozusagen auf der Stelle *Dossier K.* fort. Ich weiß nicht, ob es klug war, mich auf dieses Abenteuer einzulassen. Schriftsteller pflegen sich vor dem Tod in ihre Autobiographien zu verwickeln, wenn die dichterische Ader schon so dünn geworden ist, daß sich zwischen den verkalkten Wänden kaum noch eine Metapher herauspumpen läßt. Am Abend an die Lektüre von Sebalds Améry-Studie gesetzt. Für Derartiges bin ich immer noch empfänglich. – Was gibt es noch? Die Palmen und das Meer, die sich ins Unendliche öffnende Aussicht, die den Blick verführt, einer sanftmütigen Prostituierten gleich, die uns haltlose Versprechungen ins Ohr flüstert: Wir hören lächelnd zu, aber quasi schon mit dem Schierlingsbecher in Händen.

In meinem Berliner Turmzimmer das Gefühl von Zuhausesein. Die Tage beherrscht vom Schreiben an *Dossier K.* Nichtsdestotrotz habe ich manchmal das Gefühl, als sei das Schreiben so eine Art Betätigung, wie es das Spielen für Kinder ist: Ich muß es mehr oder weniger heimlich betreiben, die Blätter mit der Hand verdecken, ständig darauf gefaßt, daß mir gesagt wird: Es gibt Wichtigeres zu tun, die Wäsche muß in die Reinigung gebracht werden. Dann breche ich das Spiel augenblicklich ab und springe …

Gestern abend einen Bericht über Szomorys Tod gelesen. Eine schwärmerische Stimmung ergriff mich; ich las die erschütternde Darstellung von Hédi Tábéry laut vor (mit heiserer Stimme, schlechter Atmung), und M. schlief dabei ein. Wie lächerlich muß ich mit meiner Begeisterung sein, wie ein unverbesserliches Kind mit seinen verschrobenen Spielen. Wenn ich könnte, würde ich eine monumentale Studie darüber schreiben, über diesen phantastischen Psychopathen und großen Künstler, überhaupt darüber, daß für den Künstler in dieser Welt kein Platz mehr ist. Wie ist dieser Platz verlorengegangen, und was ist an seine Stelle getreten? Bei mir Auszeichnungen und Preise … Du willst dich doch nicht beschweren?! Aber wenn ich daran denke, mit welcher Begeisterung M. am Anfang unsrer Bekanntschaft meinen geistigen Eskapaden gefolgt ist! Und jetzt teilt sich meine Rolle auf in die des arrivierten Alten und die des unbeholfenen alten Trottels, den ich in dieser realen Welt darstelle, mit meinen Kopfhörern über den Ohren, aus denen Scherchens Beethoven-Aufnahmen ertönen … Solange ich in meiner Verrücktheit ausharre, bleibe ich bei Verstand … Ich darf nur nicht zulassen, daß ich als 75jähriges Kind für die Welt der «Erwachsenen» zugeritten werde. Der Morgen dämmert, es ist Viertel nach drei – wie viele Morgendämmerungen erwarten mich wohl noch?

Arbeitsnächte. Weiter, weiter. Gestern das einstündige Interview im Programm von Arte. Ich war bestürzt über mein Gesicht, meine Hand, meine Figur. Die Schmach des Alters ist schwer zu ertragen. Abgesehen davon redete ich Blödsinn. Die Interviews aufgeben, weil ich nichts Neues sagen kann. Höchstens zynisch soviel: Laßt mich mit Auschwitz in Frieden!

Von Suhrkamp ein Packen Zeitungsausschnitte, teils zu meinem 75. Geburtstag, teils Rezensionen zur *Detektivgeschichte*. Aus ihnen spricht Sympathie, jene Art von Wertschätzung, die den Augen und Ohren osteuropäischer Leser so unbekannt ist. – Nur etwas ist ekelhafter als der Sieg – die Niederlage. Beide lassen dich in Scham geraten; wenn auch in jeweils anderer Tonlage.

Premiere des Films in Budapest. Die ganze ungarische Regierung und die ganze Opposition waren erschienen; die groteske Situation belustigte mich. Danach große Aufregung im Büfettraum; Hámori und Koltai teilten mir die große Neuigkeit mit: Die Berlinale hat ihr Programm geändert und nimmt den *Schicksallosen* als Wettbewerbsfilm auf (nachdem bereits eine Liste veröffentlicht worden war, laut welcher der Film nicht vorgesehen war). Aber mit was für merkwürdigen Themen befasse ich mich: Wo ist bei alledem mein ureigenes Leben?

Mir fällt ein, wie verwundert ich 1973 war, nachdem ich den *Roman eines Schicksallosen* beendet hatte. Ich dachte, dieser Junge, mit seinem Edelmut, seiner Sprachlosigkeit, seiner inneren Erhabenheit, würde die ganze Welt für sich gewinnen. Und konnte nur staunen, wie das Buch aus der Gemeinschaft der übrigen Neuerscheinungen schlitterte und ins Nichts fiel – während ich glaubte, eine Kultfigur geschaffen zu haben, die eher dem neuen als dem alten Menschen nahekommt. Ich hatte geglaubt, es würden sich Köves-Clubs bilden, meine unvergeßliche Figur zu ehren, ihrer zu gedenken, ihr zu huldigen. Jetzt, da der arme Köves wirklich Karriere gemacht hat, empfinde ich nur noch Überdruß, so als würde mir sanfte Gewalt widerfahren.

Das Schicksal hatte den amüsanten Einfall, die dicke Suppe namens Holocaust in der Schüssel meines Romans auf den Tisch Ungarns kommen zu lassen. Wer hätte das gedacht? Mit Nietzsche könnte ich die Frage stellen, warum ich ein Schicksal bin. Aber statt amüsiert zu sein, plagt mich eher der Ekel.

In Berlin ist der Film bei der Presse durchgefallen. Gestern den ganzen Tag Interviews, eines idiotischer als das andere. Ich verfehle meine Lebensaufgabe. Mit allem aufhören, was nicht zu ihr gehört. Könnte ich mich doch – wie andere anständige Schriftsteller – entscheiden, keine Interviews mehr zu geben. – Scherereien mit dem Rechner. In Wahrheit bin ich auf dem absteigenden Ast.

Trübe Tage. Der Film – ein reiner Irrtum, reine Zeitverschwendung. Möglich, daß ich auch Berlin wieder verlassen muß; ich bin dazu bereit. Ich könnte nach Italien gehen, Magda unterstützt die Idee. Ich bin zu freundlich zu den Deutschen, die mich doch eigentlich umbringen wollten. Andererseits darf ich mir Emotionen, die in den Kritiken zutage treten, nicht zu sehr zu Herzen nehmen.

Ich sollte wissen, daß ich von einer feindlichen Welt umgeben bin, in der meine Existenz nicht natürlich ist. Bringst du der Welt Vertrauen entgegen, wirst du bestraft. Allmählich erwacht wieder der alte Haß, die alte Angst in mir. Vergiß nicht, ständig zum Abgang bereit zu sein – du mußt den Schauplatz ohnehin bald verlassen ... Magda. Ich habe eine liebe und gute Frau. Unablässig schreiben, seine Existenz rechtfertigen. – Aus purer Höflichkeit lüge ich zuviel. Warum glaube ich, dazu *berechtigt* zu sein? Da fängt die große Betrügerei an, der man – aus Konformismus – auf den Leim geht.

Müdigkeit. Die mörderischen Tage während der Berlinale mit dem dort doch noch präsentierten Film. Die unverschämten Kritiken, von denen ich im Grunde nicht weiß, ob sie mir oder dem Film gelten. Ich beobachte eine grundlegende Veränderung: Die Zeit der Reue ist passé – ebenso absurderweise übrigens, wie sie eingetreten war –, heute bemitleiden die Deutschen sich selbst, möchten die eigenen Leiden verklären (siehe das lächerliche Hitler-Porträt oder die schon verdächtigen Krokodilstränen, die sie um Dresden vergossen haben); dennoch muß ich wohl noch nicht daran denken, auch aus Berlin wieder wegzuziehen.

Letzte Nacht so gut wie nicht geschlafen, am Morgen kam Magda aus Budapest zurück, gleichfalls unausgeschlafen wegen ihrer bis zum Morgengrauen dauernden Live-Sendung beim Ungarischen Rundfunk; todmüde gingen wir nachmittags in die Philharmonie und erlebten ein Wunder, Barenboim spielte den dritten Akt des *Parsifal* (in konzertanter Aufführung), mit Plácido Domingo in der Hauptrolle; ich genoß die Musik in einem Freudenrausch, der wie eine glühende Welle über mir zusammenschlug. Ich bin mir ständig des Privilegs bewußt, in Berlin, in der westlichen Zivilisation, leben zu können. Von zu Hause entsetzliche Nachrichten, es ändert sich nichts, die Menschen sind genauso verwahrlost wie ihre Häuser, ihre Seelen.

Parsifal-Premiere in der Lindenoper. Wenn ich von Charlottenburg in den Osten der Stadt fahre und das Auto am Tiergarten vorbeikommt, fällt mir immer ein Buch von Kästner ein – den Titel weiß ich nicht mehr (vielleicht *Emil und die Detektive*?) –, in dem ein elegantes Paar mit dem Taxi am Tiergarten entlang zur Lindenoper fährt und die Frau müde die Augen schließt ... Eine große, elegante, lärmende westeuropäische Premiere, ein echtes Ereignis. Ich war mir mit Magda einig, daß dies unser letzter *Parsifal* war. Ich weiß nicht, woran es lag; die Musik hat ihre Wirkung auf mich verloren. Wenngleich wir vor kurzem den dritten Akt in der Philharmonie concertant hörten und damit zufrieden waren. Ich mag Wagner nicht mehr (Gott sei Dank). Bühnenbild und Regie wurden ausgepfiffen (genauer, ausgebuht). Ich verstehe auch nicht, warum der letzte Akt in New York, im Central Park, spielen mußte. Barenboim: «Immer noch besser als der Rote Platz.»

Budapest. Man sagt, mich interessiere nicht, was es bedeute, Ungar zu sein. Nein, sage ich, mich interessiert, was es bedeutet *zu sein*.

In der Morgendämmerung aufgestanden und die fertigen Seiten von *Dossier K.* gelesen. Ich beschloß, ab da, wo ich steckengeblieben bin – und das ist das Kapitel nach dem Militärdienst –, nicht mehr linear, sondern von Frage zu Frage springend, in gebrochener Chronologie, weiterzugehen. Wir werden sehen, ob es funktioniert. – Bei dem vielen Trara um den Film (dessen ich höchst überdrüssig bin) habe ich vergessen zu betonen, daß mein Drehbuch auf jenem Schreibstadium basiert, das ich, als ich am *Roman eines Schicksallosen* schrieb, hinter mir zu lassen versucht habe. Das heißt, der Film enthält das sogenannte «Erlebnismaterial». Fast sechzig Jahre nach dem Geschehen bin ich zu jenem Grundmaterial zurückgekehrt, aus dem ich dreißig Jahre zuvor den Roman schuf – also bin ich sechzig Jahre nach dem Erlebten und dreißig Jahre nach dessen Umwandlung als Roman in den Zustand *vor* der Roman-Niederschrift zurückgeholpert.

Aus meinem ehemaligen Arbeitszimmer schaue ich soeben auf die Hügel gegenüber; wie anders wäre es, wenn man in Budapest auch leben könnte. Die Stadt ist heruntergekommen, das Land hat keine historische Rolle. Ein verlorenes Land, es verkommt. Wenn man sich die ungarische Literatur ansieht, spricht allerdings schon lange jede Strophe davon.

Zweierlei Schriftstellertypen bei Thomas Mann: Märtyrer und Repräsentant. Und Märtyrer der Repräsentation zu sein? Auch das eine mögliche Variante, und gerade er,

Th. M., wäre ein besonders geeigneter Repräsentant dessen. – Aufwerfen großer Fragen in *Dossier K.* Das Lamm, das die Schuld nicht auf sich nimmt: mein Verhältnis zum Katholizismus; mein Verhältnis zum Typ des Repräsentanten und des Märtyrers; Repräsentant der Repräsentation zu sein (der literarische Hauptgewinn); mein Verhältnis zu mir selbst (ein unschuldiges Verhältnis, oder manipuliere ich mich?) usw. Mein heutiges Verhältnis zu dem immer ferneren Albtraum namens Holocaust. Fragen: Bin ich (auch nach dem sogenannten Ruhm) derselbe geblieben, der ich bis dahin war? Hat ein «Schriftsteller» Pflichten? Hat er eine Heimat? Und so fort.

In mir Chaos, um mich Chaos. Ermatteter Rückzug von allen Aktivitäten. – *Dossier K.* Es wird nicht gefallen, daß ich wieder nur mich selbst stilisiere. Keine epische, sondern eine lyrische Leistung, die Haltung eines Dichters.

Gestern abend die Berliner Kino-Premiere des Films. Wowereit, der Bürgermeister, und der ungarische Botschafter waren gekommen. Schlechte Presse. Die Freude der deutschen Zeitungen, mir endlich mal einen Tritt verpassen zu können. Die Schonzeit ist vorüber. Interessant, wie ruhig ich es aufnehme. Halb soviel Haß und Unkorrektheit auf Ungarisch hätte mich schon zur Raserei gebracht.

In meine Ohren ertönt ein Haydn-Streichquartett. Magda ist in Budapest. Der Termindruck sitzt mir im Nacken. Alles, was jetzt mit mir geschieht, hätte wenigstens zwanzig Jahre früher geschehen müssen. Was wird mit diesem

Trivialtagebuch? Was wird mit meinen Manuskripten, die ich leichtfertig der Berliner Akademie anvertraut habe? Alles von mir ist verstreut, ich selbst werde im Meer verstreut werden (wenn man meinen letzten Wunsch erfüllt). Was wird mit Magda ohne mich? Was wird mit mir ohne mich?

Weibliche Telefonanrufe: als fühlten sie von Zeit zu Zeit mit ängstlicher Hand in ihren Taschen nach, ob ich noch da bin.

Die Welt um mich herum stürzt langsam ein wie ein schlecht gefügtes Kartenhaus, Blatt für Blatt. Langsam und gelangweilt bereite ich mich auf das Verhängnis vor. Ich bin alles und alle leid. Vor allem mich selbst.

Früher Morgen in Sirmione. Wir sind eigentlich hier, um Ferien zu machen, doch ich habe meinen Laptop mitgenommen. Das – genauer, nicht das, sondern sämtliche Attribute meines Schriftstellerdaseins irritieren Magda. Die bekannte Situation, *Das kurze glückliche Leben Francis Macombers*.

Vormittags und nachts *Dossier K.* M. hält mir gerade vor, wie langweilig ich bin. Die alte Schuld, der alte Vorwurf. Der Schriftsteller schreibt und ist langweilig. Ich bin nicht amüsant, aber nichts ist auch langweiliger als das Amüsement. Wenn ich noch einmal anfinge, würde ich mich bemühen, mein Leben nicht mit dem von anderen zu verknüpfen. (Klagen eines schwachen Menschen.)

Krisenhafte Tage. Heute morgen ließ das Gefühl, *Dossier K.* endgültig verdorben zu haben, etwas an Strenge nach. Magda lobte den Text am Telefon. Hafner (am Telefon) desgleichen, aber von einer anderen Seite. M. rief morgens um vier aus Chicago an, zum Glück war ich schon auf, überflog *Dossier K.* Erträglich. Ich muß meine Möglichkeiten akzeptieren, das heißt, meine Grenzen. Gestern abend András; wir aßen zusammen im Bovril, als einzige Gäste. Angeblich gab es ein Fußballspiel, die Leute saßen zu Hause vor ihren irrlichternden Fernsehgeräten. Wir gingen über den platanengesäumten Boulevard, den Kurfürstendamm. Ich bin von Freunden umgeben, von einer wunderbaren Frau, und ich lebe – zum ersten Mal in meinem Leben – an einem Ort, den ich liebe.

Zur Buchenwald-Gedenkfeier ist ein ehemaliger Häftling in seinem alten Sträflingsanzug erschienen. Mehr ist darüber auch nicht zu sagen. Auch nach fast einem Jahrhundert hat man noch nicht begriffen, daß zwölf Jahre lang ein Mann namens Adolf Hitler in Europa geherrscht und die Welt in Mörder und Ermordete bzw. zu Ermordende aufgeteilt hat. Und die so aufgeteilte Welt *funktionierte*. Aber es gibt keine solche Vorstellung. Es gehört viel Wissen und viel Mut dazu, daß jemand das wirklich zu begreifen wagt. Ich bin es leid. Als ich neulich mit Fest darüber sprach, merkte ich, daß ich nichts mehr dazu zu sagen habe. Ich bin holocaustmüde, habe ich einmal zu irgendwem gesagt. Und das bin ich wirklich: Die Dinge gleiten mir aus den Händen, und ich verstehe nichts mehr. Jedenfalls gehe ich nicht zu der Holocaust-Veranstaltung.

Früher Morgen, am Schreibtisch. Der fast schon gewohnte Rhythmus: Um zwei Uhr lege ich mich hin, um vier wache ich auf, und um Punkt vier Uhr erscheint die Amsel auf der Eisenstange – die oberste Sprosse einer Außenleiter – gegenüber meinem Fenster. Gestern gemeinsames Programm mit Magda: Wir lasen den schon fertigen Teil von *Dossier K.*, sie unten in der Wohnung, ich hier oben in meinem Turmzimmer. M. zufolge ist das Ganze von einem Mutterkomplex grundiert. Dubito. Aber möglich ist alles.

Ich habe mich, als ich *Kaddisch* schrieb, zum letzten Mal mit solchen Selbstanalysen beschäftigt; heute interessieren sie mich nicht mehr. Warum sollte mich mit 76 Jahren auch interessieren, was mich an der Nase herumgeführt hat bis zu der Stelle, an der ich heute stehe (dem Tod gegenüber). Ich denke oft daran, daß ich kein Morphium, daß ich überhaupt nichts habe, wenn ich den Eindruck gewinne, es selbst schneller und schonender verrichten zu können als lange Krankheiten und der jämmerliche Verfall usw. – Möglich, daß ich auch keine Pflege haben werde, wenn ich erkranke. Wer liebt mich? (Außer mir selbst?) Ich glaube, niemand. Ich bin auch nicht liebenswert. Letzten Endes will ich auch nicht, daß man mich liebt, ich begnüge mich auch mit Bewunderung.

Die heißen Tage halten an. Brütende Hitze in Berlin. Viele dumme Unannehmlichkeiten. Noch immer habe ich mich nicht an die Familie gewöhnen können. Gerade sprach ich mit Tankred, er klagte daüber, daß er ein drittes Enkelkind bekomme. Die Fortpflanzung, sagte er, interessiere ihn nicht. Als hörte ich meine eigenen Worte. –

Ich stecke mit *Dossier K.* fest. An dem Punkt sollte sich der Text öffnen, wie eine Zaubertür, die auf einmal den Blick auf den weiten Horizont freigibt, den strahlenden Himmel, die grüne Landschaft, die untergehende Sonne. Aber diese Sonne scheint noch und überzieht das Bild mit rotglühendem Licht. – Magda fliegt heute nach Budapest, mit einem Sack voller Kinderkleider, Spielzeug usw. Ich folge übermorgen. Auch meinen Koffer hat sie zur Hälfte mit albernem Firlefanz vollgestopft.

Noch eine Inspiration für *Dossier K.* täte not. Ich gebe immer vor, Schriftsteller zu sein. Zum wievielten Mal muß ich der Tatsache ins Auge sehen, daß es keine Sprache gibt, die mich bewahrt und erhält. Mich plagt eine Krankheit (Parkinson), meine Jahre laufen ab, mein Körper ist deformiert (Altersspeck, vorstehender, fetter Bauch), wahrscheinlich muß ich bald sterben. Ich hinterlasse nichts. Ich wandere von Wohnung zu Wohnung, heute muß ich noch nach Budapest abreisen, in die Stadt meiner Qualen. Wenn ich daran denke, was ich alles machen müßte, sehe ich ein geballtes Chaos vor mir und wage keinen Schritt zu tun; es lähmt mich. Überallher droht der Bankrott; Angstzustände, aufsteigende Magensäure.

Jeden Tag bin ich schon im Morgengrauen auf, wie Paul Valéry. Aber ich bin nicht jeden Morgen so konzentriert wie Paul Valéry. Ich muß mir überlegen, was ich schreibe, anders als Paul Valéry, dessen sich schon bei Tagesanbruch wie sensible Blumen entfaltende Gedanken György Somlyó zu so ekstatischen Äußerungen hingerissen haben. Überhaupt inspiriert mich die Frage, was später mit meinem sogenannten Nachlaß geschieht, zu sehr bedenklichen Analysen. Wie wichtig mir diese Bedenken sind, müßte den Grad meiner Selbstachtung zeigen. Zeigt es ihn?

Und die verlassene Stätte, an der man den zum Tod Verurteilten hinrichtet, ist für ihn der Mittelpunkt der Welt … Alle sind lieb zu mir, so als begleiteten sie mich zum Richtplatz.

Von Kafka geträumt. Ich sprach am Telefon mit ihm. Wir verabredeten einen Termin, und er erschien auch. Sein Gesicht glich nicht dem auf den bekannten Fotografien. Es war eher grau, mit starkem Bart. Ob es nicht mein Vater gewesen sei, fragte M., als ich ihr davon erzählte. Ein interessanter Gedanke, ich kann ihn nicht zu Ende denken. Vielleicht der starke Bart, das levantinische Gesicht … Aber dann bleibt die Frage: Kafka in der Rolle meines Vaters oder mein Vater in der Rolle Kafkas? Er war nett zu mir, es entstand Zuneigung. Ich weiß nicht mehr, worüber wir uns unterhielten. Es war ein großer, tröstlicher Traum, ein blasses Abbild meiner alten großen Träume.

Pilinszky kommt mir in den Sinn, sein Gesicht, seine Intonation, als er sagte: «Ich lebe wie ein Hund» – das Wort Hund mit unglaublicher Verachtung ausspuckend. – Ich muß mir jemand suchen, der für meine Texte sorgen wird. Ich muß mir jemand suchen, dem ich beispielsweise einmal dieses Trivialtagebuch anvertrauen kann.

Dossier K. steht vor dem Abschluß. – Auf der Terrasse des Hotels Mondial in der matten Sonne sitzend, überkam mich das Gefühl, daß mein Leben ein großes Abenteuer ist. Der grüne Tunnel der Platanen am Kurfürstendamm. Als sei es immer so gewesen: Irgendwo auf der Welt, in einer unbekannten Stadt, auf der Terrasse eines Kaffeehauses, eine Zigarette rauchend, um mich herum der schon abflauende Spätnachmittagsverkehr der Metropole.

In den vergangenen Tagen gab es nur Qual, unendlich viel Qual, wie Onkel Wanja sagen würde.

Es gäbe vielerlei nachzutragen, ich müßte berichten, wie ich zur Zeit lebe, in nichtigen Problemen versinkend, Kampfpositionen aufgebend, mich hitziger und kalter Gewalt beugend … Alledem könnte ich höchstens Konkretes zufügen, uninteressante Realien, die meine Aussagen anekdotisch unterstützen würden. Aber das ist sinnlos. Das «Antileben», in dem ich stecke, hindert mich daran, mein wahres Leben weiterzuführen, das eines Schriftstellers; mir bleibt keine Zeit zum Nachdenken, zur Konzentration usw. Interessant, daß ich Terror gegenüber wehrlos bin: Ich fliehe nur, ohne daß ich zurückschlagen würde …

Mit fast körperlichem Schmerz sehne ich mich danach zu schreiben.

Stagnation. Chaos. – Mit Ligeti, dem Armen, geht es zu Ende. In seiner Nähe darf nicht musiziert werden, er akzeptiert nur noch etwas Bach und Schubert. Seine eigene Musik hat er satt, wenige Minuten später verlangt er, man solle sie hören. Unwillkürlich kommt einem Leverkühn in den Sinn, das verdammte Werk. Ligeti hat dieses Buch Thomas Manns, ja, den ganzen Thomas Mann gehaßt. Im Krankenbett – noch mit wachem Verstand – las er den *Faustus* dann wieder und äußerte sich enthusiastisch darüber.

Nahezu unvorstellbar, *Dossier K.* ist fertig. Ich kann sagen, es handelt sich um eine meiner ernstesten Arbeiten. Was heißt ernst? «Ich bin ernst geboren, so wie andere syphilitisch», sagt Molloy. Ich tue besser daran, einfach zu sagen: Letzten Endes ist mir dieses Buch lieb geworden und ich habe meine Freude daran. Jetzt ist es morgens, ein Wintermorgen mit ein wenig Schnee auf den Hausdächern von Berlin. Ich habe ein Buch beendet, die Götter packen: sie wollen mich doch nicht verlassen?

Morgens um vier höre ich Furtwänglers *Tristan*, mit dem Kommentar Wapnewskis. Ich tappe unschlüssig herum, was ich nach *Dossier K.* beginnen soll – *das ewige Problem des leergeschriebenen Schriftstellers**. Inzwischen bin ich in einer scheußlichen körperlichen Verfassung, zehn Kilo Übergewicht, Bewegungsmangel, geschwollene Beine und so fort. Der *Tristan* ist, nebenbei gesagt, bedrückend schön, aber ungeachtet dessen, daß man die Szenerie alles andere als humoristisch nennen kann, ist ihr dennoch anzumerken, daß Wagner keinen Humor besaß. Schön, das ist keine große Erkenntnis, aber mit dem Humor ist es wie mit der Handlung: Beides sollte man haben.

* im Original deutsch

Madeira. Der letzte Tag des Jahres. Wir sind vor dem scheußlichen Winter des Kontinents auf die blühende Insel im Atlantischen Ozean geflüchtet. Meine unmögliche Situation nach *Dossier K.*: Stellt sich noch Arbeitslust ein oder muß ich das schmähliche Leben eines alten Mannes führen und untätig dahinleben, bis mich der Teufel holt ... Ich lese *Das Land Ulro*, dieses großartige Buch von Miłosz; kein «Thema» ist heute interessanter für mich als der emigrierte osteuropäische Intellektuelle ...

Um Mitternacht hielten wir auf dem Balkon der Belagerung des Silvester-Feuerwerks stand. Von den Hügeln am Ufer und den im funkelnden Wasser der Bucht liegenden Schiffen, von überall krachten die Böller, der Himmel war hell und voller Zeichen. Wir küßten uns und wünschten einander ein frohes neues Jahr ... – Im Morgengrauen entschloß ich mich zur Fortsetzung der *Letzten Einkehr*; es wird noch radikaler, als ich es begonnen habe, es wird ein Todestagebuch. *Dossier K.* hat mir den Weg geöffnet – welch ein Glück ist dieses Buch! Es befreit mich von jeder Last, macht jede Erklärung überflüssig.

Ich wünschte, einmal im *Trivialen* zu bleiben und ausführlich zu schreiben. Worüber? Nun, über mich; meine Situation, mein Leben analysieren, zu Schlußfolgerungen kommen, wie ich es früher, in meinen produktiveren Jahren getan habe. Meine Erlebnisse in Stockholm beschreiben, dieser wunderschönen Stadt, wie ich sie mit Magda vom Fenster des Grand Hotels aus erblickte ... Die Menschen, in erster Linie die gefeierte Monica, der zuliebe wir überhaupt nach Stockholm geflogen waren. Der Empfang in der Deutschen Botschaft, die vielen freundlichen

Gespräche. Die Rückreise, das Trostlose und Grauenhafte der Flughäfen, die stille Brutalität der Reisenden, unsere spleenige Müdigkeit … – Mein Leben scheint sich jetzt, zum Ende hin, zu weiten: die Einladung des französischen Ministerpräsidenten (Botschafter Martin zufolge wollte er mich unbedingt kennenlernen, er liest meine Bücher), die Nachrichten über den stetig wachsenden Einfluß meiner Bücher in England und sogar in Amerika. – Gestern aus Stockholm der Anruf von Ervin R., seine Begeisterung über *Dossier K.*, obwohl er nicht so leicht zu begeistern ist. (Ich freue mich über dieses Buch, einmal *an sich**, zum anderen, weil es mir den Horizont für *Die letzte Einkehr* öffnet. Aber heute geht es nicht weiter, und so geht es mir immer, wenn ich die Datei öffne, um über etwas zu berichten, egal worüber …)

Über ungarische Moral im Zusammenhang mit den Spitzelenttarnungen: Wie seinerzeit Csurka versucht nun auch Szabó, der Filmregisseur, sich mit Selbstverklärungen aus dem üblen Sachverhalt herauszuwinden. Szabós Märchen ist vielleicht noch lehrreicher, bei ihm kommt dabei nämlich heraus, er habe seine Ehre (die er im übrigen nie besaß) verloren, um auf diesem Weg das Leben eines Kollegen zu retten (den man nicht fragen kann, da er, wie es der Zufall will, nicht mehr unter den Lebenden weilt). Resümee: Schämen soll sich, wer kein Spitzel war.

* im Original deutsch

Das tägliche Elend des europäischen Verfalls. Europa bittet den Islam um Gnade, zuckt und windet sich vor Ergebenheit. Dieses Schauspiel widert mich an. Feigheit und moralische Debilität werden Europa zerstören, seine Unfähigkeit, sich zu verteidigen, und der offenkundige moralische Schlamassel, aus dem es seit Auschwitz nicht herausgefunden hat. Es begann mit einer Erhebung gegen die östliche Tyrannei (Perserkriege) und endet mit einer Kapitulation vor der unwürdigsten östlichen Macht (den Palästinensern). Requiem aeternam …

Gestern sind wir aus Toulouse zurückgekehrt, todmüde – verlorene Reisende, Flughafennomaden. Zuvor Paris, Interviews mit ständiger Selbstwiederholung, Mittagessen mit dem Ministerpräsidenten im Hotel Matignon, Besuch beim Kulturminister in einem anderen Palais. In Toulouse bekam ich sowohl vom Bürgermeister als auch vom Außenminister irgendwelche Plaketten – zwei neue Briefbeschwerer. Ich weiß nicht, warum sie mich mit einer so vorzüglichen Liebenswürdigkeit behandeln. Angeblich haben sie meine Bücher gelesen; ich weiß nicht. Ein echtes Erlebnis war hingegen, die Bekanntschaft von Jean Quentin zu machen, diesem großartigen Schauspieler aus der *Kaddisch*-Inszenierung. Am nächsten Tag im Theater «Beantwortung von Fragen aus dem Publikum»; es lief unglücklich an, eine Dame stellte mir ungemein dumme Fragen, mit einer Weitschweifigkeit, daß das Publikum aufstöhnte. Schließlich brachte ich sie zum Lachen, und sie gab sich zufrieden. Am Ende standing ovation. Es war schön, sinnlos und anstrengend. Grundbaß dieser Tage: das Vorgefühl des Endes. – Die Umrisse eines neuen

«Holocaust», wie sie sich langsam vom dunklen Hintergrund abheben. Das reimt sich mit meiner allgemeinen Stimmung: Alter, Kreativverlust. – Jeden Tag denke ich an den Tod. Ich denke jeden Tag an den Tod. An den Tod denke ich jeden Tag.

In Paris ist ein unglücklicher Junge, dessen einziges Verbrechen es war, Jude zu sein, drei Wochen lang gequält und dann auf die Eisenbahnschienen geworfen worden. Die Presse merkt an, es sei seit der deutschen Besetzung zum ersten Mal vorgekommen, daß in Frankreich jemand allein wegen seines Judentums umgebracht wurde ... Mir kommt die Gehässigkeit in den Sinn, welche die sogenannten linken Intellektuellen in Ungarn beim Erscheinen von *Ich – ein anderer* bekundeten; ihr Hauptargument war, ich zeichnete ein apokalyptisches, aufs Chaos gerichtetes Weltbild. Also, was das betrifft, war ich um einiges «milder» als die seither eingetretene Wirklichkeit.

Heute ein ausgekosteter früher Morgen. Auf den Ohren, in den Ohren Bruckners dunkle, feierliche Trompeten.

Italien: In Fiumicino erwartete uns ein Auto, dann hinauf nach Cassino, und dort empfing uns – nach ca. eineinhalbstündiger Autofahrt – ein schlechtes Hotel. Interviews (RAI usw.), am nächsten Vormittag Besuch in der Abtei Montecassino, und am Abend bekam ich – im Verlauf einer zweitklassigen Veranstaltung – einen Literaturpreis. Abendessen in einem ausgezeichneten Restaurant irgendwo außerhalb der Stadt Cassino, spät zu Bett in dem schlechten Hotel, anderntags (am Freitag, das heißt heute, bzw. gestern, da es schon fünf Uhr morgens ist) mittags im Auto nach Rom, um 14 Uhr – also auf die Minute pünktlich – trafen wir am Eingang des Hotels Hassler mit András Schiff zusammen. Zum Mittagessen waren wir seine Gäste. Irgendwo in einem Lokal nahe der Villa Borghese, unser Weg dorthin führte über die Via Veneto. Im Greco, am Fuß der Spanischen Treppe, tranken wir Kaffee (am Tisch gegenüber zwei attraktive lesbische Frauen), danach versuchten wir auf den überfüllten Straßen spazierenzugehen, was sich als hoffnungslos erwies; plötzlich bemerkten wir einen Pulk; von «Paparazzi» und kahlköpfigen, einander fest an den Händen haltenden Leibwächtern umringt, lief eine blonde Frau in der Straßenmitte (wie sich später herausstellte, eine amerikanische Filmschauspielerin namens Sharon Stone), auf ihrem Gesicht fast ein Ausdruck von Panik; mir kam *Der Spurensucher* in den Sinn. Danach hinaus nach Fiumicino und Heimflug nach Berlin. So leben wir zur Zeit, in den ersten drei Monaten des Jahres waren wir auf Madeira, in Paris, London, Montecassino und Rom, in ein paar Tage fliegen wir nach Budapest, wo inzwischen *Dossier K.* erschienen ist. Lieber Gott, erbarme dich unser …

Vorstellung von *Dossier K.* in Budapest bei einem Podiumsgespräch; László Szörényi, ein in jeder Beziehung origineller Mensch; anschließend «Bekannte» im Büfettraum. Ich habe es, wenn ich so sagen darf, geistig belächelt, daß diejenigen meiner «Anhänger», die einst glaubten, mich vor ihren politischen Karren spannen zu können, meinen Abend diesmal sozusagen «mieden»; «the political animals», wie Aharon Appelfeld sie nennt. Diese bösartigen Tiere, die mich verleugnet, geistig beschmutzt und menschlich verächtlich gemacht haben, und jetzt offenbar Rache zu nehmen gedenken … Zuvor in Berlin Abendessen mit André Schmitz, Tischgespräch über die politische Krise; ich wandte mich gegen die «humanistische» Haltung und sprach von einer tiefen Krise Europas, des europäischen Bewußtseins. Es war, als hätte ich begeisterten Kindern ihr liebstes Spielzeug kaputtgemacht. Ich weiß nicht, ob ich gut daran getan habe.

László Szörényis beschwipstes Geständnis nach dem Abendessen – wieviel Liebe klang aus seinen Worten; je mehr man mich hier in Budapest verwöhnt, desto heimischer bewege ich mich in Berlin. Seltsame Zusammenhänge, unglaubliche Logik meines unlogischen Lebens. Durch mein Alter und mein gelebtes Leben wird jeder Augenblick zu einem festlichen. Magdas beständige Gegenwart, das unsagbare Wunder meines todesnahen Lebens, das sich immer schwerer in Worte fassen läßt … Meine transzendente Dankbarkeit und mein immer befremdlicheres Dasein … Es ist schwer, das alltägliche Leben fortzusetzen, dahin zurückzufinden, die immer kürzer werdenden Tage zu akzeptieren, in denen schon mit Tagesanbruch die nahende Abenddämmerung lauert. Wie lange ist mir noch erlaubt, hier zu sein?

Eine stille Inspiration: *Im Pfuhl nicht begangener Sünden* … Dieser Leitgedanke macht den *Sodomer* vielleicht zugänglicher. – Werke von Bartók in der Budapester Oper; ein großer Abend, eine außergewöhnlich schöne, ergreifende Aufführung, und ich dachte daran, wie schön das Leben auch hier sein könnte, wenn … wenn …

Baden-Baden, Brenners Hotel: Kalter, regnerischer Frühling. Wir sind gekommen, um auszuruhen. Gibt es für mich auf dieser Welt noch etwas anderes zu tun? Meine Phantasie schläft.

Die betagte Eigentümerin des Buchladens: «Sie haben viele Leser hier in Baden-Baden.» – Ich kann nichts in Angriff nehmen, unentschlossen durchforste ich meine Dateien. Keine Inspiration; ich kann nicht behaupten, daß es in irgendeinem Winkel meiner Phantasie von Charakteren wimmelte. Doch es steht schon fest, daß ich etwas Fiktionales schreiben muß, den *Einsamen von Sodom*. Zudem scheint das Leben dieser alten literarischen Fiktion von mir zu folgen – die Entwicklungen im Iran entsprechen exakt meinem Entwurf. Vorläufig habe ich keine Lust zu arbeiten. Vielleicht, wenn ich an Lots mörderische *Reinheit* denke («die drückende Last nicht begangener Sünden»): darin liegt ein Anreiz ... Vorerst ruhen wir uns aus und genießen den Luxus.

Dossier K. ist mein erstes Buch, das ich vorbehaltlos liebe. Aber mein Leben, meine Lebensform liebe ich nicht. Das Ganze ist von kapitulierendem Kleinmut geprägt. Jeden Morgen schlüpfe ich hinein, streife es mir mit großer Mühe wie einen schlecht geschnittenen Mantel über. – Es quält mich, *Die letzte Einkehr* nicht zu schreiben – nicht schreiben zu können: Eigentlich wäre es die organische Fortsetzung. Doch ich fürchte, damit Lebende zu verletzen: Ein Aspekt, den ich bislang noch niemals in Betracht gezogen habe.

«Ach, mich zieht ein schlechter Wagen …» Das Schauspiel ist fast zu Ende, und daran kann ich nichts ändern. Meine Lebensweise ist das schleimige Dahinwinden einer Schnecke, die sich auf einer sandigen Promenade vorankämpft. Langsam geht mir verloren, was ich zu sagen habe, langsam verliere ich mich selbst …

War es Stendhal oder war es Flaubert, der vorm Schreiben immer das Gesetzbuch studierte? – Anruf von Véra Ligeti: Als sie L. am Krankenbett *Dossier K.* vorlas, habe dieser, der seit Monaten schweigt, auf einmal gesagt: «Das ist wieder der echte Kertész.» Dann habe er Véra um *Liquidation* gebeten: Sie möge ihm doch auch das vorlesen, es könne sein, er habe sich damals in der Beurteilung geirrt. Magda nahm umgehend die Organisation in die Hand: Am Ostermontag – also heute – wird ein Taxifahrer in der Himmelhofgasse erscheinen und Véra das aus Budapest georderte Buch überbringen. Das hätte niemand sonst bewerkstelligen können, niemand sonst wäre überhaupt auf die Idee gekommen, Ligeti das Buch gewissermaßen postwendend zukommen zu lassen; M. mußte zuerst mit meinem … wie soll ich sagen: reaktionsträgen Widerstand kämpfen, dann mit der Indifferenz ihres Sohnes, der es eher als Belästigung betrachtete, das ihm gewidmete Exemplar auf dem Altar der Wohltätigkeit opfern zu sollen. Es ist nicht leicht, Oberhand zu gewinnen über die natürliche Ordnung der Welt: die Schlechtigkeit, doch M. ist anscheinend dazu geboren.

Gestern *Godot*, in der Regie Táboris – kaum zu glauben, schließlich ist er bereits 92. Ein lehrreicher Abend, um so mehr, als es für mich die erste Gelegenheit war, Becketts Stück auf der Bühne zu sehen. Die Inszenierung war meines Erachtens miserabel; zusammen mit M. analysierte ich lange die Gründe dafür – beinahe geriet schon das Stück selbst in Verdacht; mir kam das saure Gesicht Reich-Ranickis in Baden-Baden in den Sinn, als er bei der Feier zu Becketts hundertstem Geburtstag erklärte, daß er ihn durchaus nicht «für den größten Schriftsteller des 20. Jahrhunderts» halte. Nebenbei gesagt nerven mich diese Rangstufungen enorm; egal, ich fand diese Inszenierung zu «gemütlich», und Gemütlichkeit ist das, wovon Beckett wohl am weitesten entfernt ist. Man konnte die Dialoge nicht genießen, sie schienen fast bedeutungslos, was doch absurd ist, wenn es um *Godot* geht. Jetzt, morgens um sechs, lese ich gerade in Knowlsons ausgezeichneter Beckett-Biographie. Beckett ist ein großer Autor, und das bleibt er auch. – Etwas anderes: Gestern erneut ein Telefonat mit Alexander Fest, der *Dossier K.*, nachdem er das Manuskript jetzt zu Ende gelesen hat, ein «Hauptwerk» – capolavoro – nannte. Beckett hatte übrigens im Alter genauso mit Inspirationsmangel zu kämpfen wie ich … Wiewohl ich *Dossier K.* für einen Segen Gottes, eine unerwartete Erfüllung halte.

Barenboims Konzert mit Cecilia Bartoli – ein erhebender Erfolg. Anschließend im Zimmer des Maestros: So müde habe ich ihn noch nie gesehen. Er erkundigte sich, ob wir Kontakt zu dem Komponisten aufgenommen hätten, den er mir empfohlen hatte (sein Name fällt mir im Moment nicht ein); er möchte, daß ich ein Libretto, eine Oper schreibe. Das hat er sich derart in den Kopf gesetzt, daß mein leises Maunzen soviel wie Luft für ihn gewesen sein wird. – Sonst nichts, gar nichts. Das *Dossier* ist in der Grube namens Ungarn versunken.

Im übrigen ein reizarmes Leben; Warten auf Godot. – Ich soll etwas über Ligeti für das Konzert des Amadinda-Ensembles schreiben. Mir graut davor, eine nutzlose Arbeit, die wieder nur ein Stück meines Lebens abzwackt und nichts bringt. *Über Ligeti – behutsam* würde ich sie betiteln. – M. erwachte am Morgen nur schwer und klagte über die allgemeine Vergeblichkeit; eine regelrechte Depression hatte sie gepackt. Es tat mir in der Seele weh; schließlich überredete ich sie dazu, daß wir das Auto herausholen und mittags draußen am See, im La Forchetta, essen: Das brachte sie im Nu wieder in Ordnung. Ich möchte, daß sie glücklich ist, nur darin könnte ich eine Rechtfertigung für mein Leben sehen. Wenn ich von Einsamkeit spreche, stelle ich mir diese zusammen mit M. vor; und genauso handelt es sich, wenn ich von Emigration spreche, um unser beider Emigration. Aber für sie ist, was für mich heimisch ist, Verbannung: Es ist meine schwere Verantwortung, sie hierher nach Deutschland gebracht und sie damit gleichsam aus ihrer natürlichen Umgebung heraus- und von ihrer Familie weggerissen zu haben. Am Nachmittag machte mir ein Gespräch (mit ihrem Sohn in Budapest) bewußt, daß ihr Platz auch dort nicht ist; sie können ihr weder die besondere Art noch die besondere Situation (mit mir und durch mich) verzeihen. Schwer zu leben, und das Alter macht es immer schwerer.

Konfuse Tage. Ligeti-Hommage, die Fahnenabzüge von *Dossier K.*, auf Deutsch. Abmagerungskur. (Wirksam.) Geistige Trägheit. Schließlich habe ich heute morgen entschieden, daß ich *Die letzte Einkehr* auch dann zu Ende schreibe, wenn ich sie nicht veröffentliche. Ich kann nicht leben ohne schriftstellerische Pläne. Vom *Sodomer* noch nichts da … weder Handlung noch Figuren …

Drei Tage Wien. Barenboims Siemens-Preis, danach ein wunderschönes Konzert im Musikverein; noch nie ein so eindrucksvoller *Warschauer* … Und das Klavierkonzert von Beethoven, das er spielte und dirigierte. Als ich mit M. zu ihm ging, um ihm zu gratulieren, erinnerte er wieder an das versprochene Libretto auf der Grundlage des *Sodomers*. Er denkt allen Ernstes, ich würde es schreiben. Der Besuch bei Ligeti; wir trafen dort noch Aimard an; der Besuch selbst war zum Verzweifeln und unergiebig. Er liegt stumm mit geschlossenen Augen auf seinem Bett und gibt kein Lebenszeichen. Die merkwürdige Ähnlichkeit mit dem Fall Leverkühn; unterdessen M.s Konflikt mit Véra, die sie nicht zu Ligeti hinaufließ. Danach den ganzen Abend die berechtigten, aber ermüdenden Vorwürfe M.s. Nebenbei bemerkt hatte der Besuch bei Ligeti auch gar keinen Sinn, trotz der Geschichte, die Véra fabuliert hatte, nämlich wie sie ihm (Ligeti) *Dossier K.* vorgelesen habe. Ich war nicht wirklich erschüttert, und das erschütterte mich; aber ich kann nicht vergessen, wie er in seinen letzten guten Tagen mit mir umgegangen ist. Mit einem Wort, mich umgab Lüge, Lüge und Unbehagen … Das Leben wird immer schwerer und immer deprimierender. (Irgendeine Droge besorgen – aber wo, wo, wo??)

Senile Ängste. Angst vor Unproduktivität, allgemeine Lebensangst. – Allen Anzeichen nach wird *Dossier K.* die daran geknüpften Hoffungen nicht erfüllen. – In Berlin halten sich eine Menge Ungarn auf, und ich müßte mich mit jedem einzelnen treffen – oder wenigstens meinen sie, daß ich mich mit jedem einzelnen treffen müßte …

Im Morgerndämmern legte ich (legte sich) einfach op. 106 auf. So wie einst, vor langer Zeit … Statt mit Triumph erfüllte sich die Welt mit Fragen. – Gestern Pilinszky auf eine Videokasette eingelesen: «Ich erlebe das Mysterium des Endes.» Betet für mich, meine Lieben … Tiefe Verwandtschaft. Wer wird meinen tiefen Katholizismus erkennen? Was für eine eitle Frage. – Den Ligeti-Text auf Video gelesen. Als was soll ich mein Leben, unser Leben betrachten? Sind wir gescheitert? Op. 106 hat mich zurückgeholt … Das alte Glück, die alte Demut; die alten schöpferischen Stimmungen. Ich habe mich in einen sonderbaren Zustand gebracht; mag sein, ich verstehe etwas nicht …

Nacht für Nacht werde ich zum Teufel; esse Schmalzbrote. – Gestern abend Konzert der Berliner Symphoniker, dirigiert von Zoltán Peskó. Wenn er sich verbeugt, schwingt er das rechte Bein nach hinten. – Mich hat eine Stimme gefoppt, die Stimme Lots auf der Terrasse des Kempinski-Hotels. Also lebe ich immer noch im Bann meiner Pläne. Eines aber habe ich zweifellos verloren: die Intimität mit mir selbst.

Der kleine Singvogel ist auch heute – wie immer – pünktlich morgens um vier zum Rendezvous erschienen. Er läßt sich vor dem Fenster meines Arbeitszimmers auf der obersten Sprosse der Eisenleiter nieder, die dort aus irgendeinem Lüftungsschacht aufragt, wirft einen Blick herein, ob ich da bin, und stimmt dann mit einer im Verhältnis zu seiner Körpergröße ungemein schrillen Stimme sein Morgenlied an. Gestern, als ich in der Bibel blätterte, las ich die Geschichte von Lot. Sie steckt voller Ungereimtheiten, sowohl was die Personen als auch die Handlung betrifft; und dennoch erweckt das Ganze den Eindruck einer Kernexplosion; auffällig ist zum Beispiel, daß Lot mit seinen Töchtern auf einen Berg übersiedelt – das wird gleich zweimal betont –, so als fürchte er sich vor atomarer Verseuchung. Egal, die ganze Geschichte ist ungemein inspirierend.

Ich beschloß, als Tagesarbeit erst einmal meinen Computer auszumisten, ihn von überflüssigen Texten zu befreien und die wichtigsten herunterzuladen.

Jedes Zeichen von Liebe nehme ich mit kindlicher Freude auf; nie werde ich jener gleichmütige Fremde sein, als den ich mich selbst erträumt habe.

Fast wie ein Außenstehender schaue ich mir mein Schwanken zwischen der *Letzten Einkehr* und dem *Einsamen von Sodom* an. Beide sind attraktiv, und nach meinem Herzen – aber auch meinem Verstand – würde ich am liebsten nach dem ersten greifen, da es schon nahezu steht. Nur daß mir das M., fürchte ich, nie verzeihen würde. – Zum wievielten Mal lege ich schon das *Poco adagio* auf, den Beginn des zweiten Teils von Mahlers 8. Symphonie? Zum fünfzigsten, zum hundertsten Mal? Ich werde nie genug haben von dieser narzißtischen Todesromantik, dem herzzerreißenden, vom Tremolo der Bratschen begleiteten Schmettern der Blechbläser … Das ist meine Welt, ich könnte es tausend Mal hören, ich hätte nichts dagegen, wenn es unaufhörlich erklänge, während des Essens, in der Badewanne, auf dem Klosett, beim Schreiben, *ewig, ewig* …*

Gestern Lesung für die alten Herren und betagten Damen des Pour le mérite. Ich las die letzten Seiten aus dem *Roman eines Schicksallosen* und war selbst überrascht von der Reinheit, der Klassizität und Kraft des Textes. Dieses Buch ist nicht mehr das meine; ich verstehe die Geheimnisse seiner Entstehung nicht mehr …

Ich habe mir im Hotel Intercontinental die Schulter gebrochen. Alle sind sehr lieb. Der Bruch muß operiert werden. Magda kommt sofort aus Paris zurück.

Stille. Verlassenheit. Schmerzende Wunden. So fängt es wahrscheinlich an … Immer tiefere Stille. Immer größere Verlassenheit. Immer unwürdigere Schmerzen.

Ein zweiter Sturz zu Hause, in der Wohnung. Starke Schockwirkung. Das Parkinsonzittern ist zurückgekehrt.

* im Original deutsch

Wahrscheinlich habe ich mir den operierten Arm verstaucht. Ich glaube, so fängt das Ende an, der physische Verfall, dem sich allmählich auch der geistige anzupassen gezwungen ist. Der Schock, die Gleichgewichtsstörungen, die Angst, die einem den Verstand raubt …

Alles ist ungenau. Nichts geschieht «so». Unser Leben ist eine ungenaue Beschreibung. Immer von neuem schreiben. (Immer von neuem umschreiben.) Musils merkwürdiges Verhältnis zu Katzen.

Tatsache ist, daß ich seit dem Unfall sehr schlecht mit dem Computer zurechtkomme. Eine andere Sache sind die horrenden Kosten. Niemand gibt acht auf mich, niemand sagt mir, ich sollte an letzte Reserven denken … Dagegen wird erörtert, wer nach meinem Tod für meine Werke «sorgen» soll; es müßte ein «Kuratorium» eingerichtet werden, sagt M. Aus welchen Personen dieses «Kuratorium» bestehen soll. Das können wir nach meinem Tod besprechen, sagte ich (bzw. sagte ich nicht). Die Meinen zeichnen sich durch einen totalen Mangel an kosmischem Humor aus. Abendessen im umgestalteten Kempinski, hier legte M. plötzlich los und trug (und das keineswegs zum ersten Mal) ihre Anklagen vor. Ich kann nicht mit einer unglücklichen Frau zusammenleben, vor allem, wenn sie ihr Unglück mir zuschreibt. Die ganze Nacht das Gefühl vollständigen Scheiterns.

Ich müßte entscheiden, welche neue Aufgabe ich vor mir habe. Genauer, ob ich mir eine neue Aufgabe stelle. Wenn ja, könnte es nur *Die letzte Einkehr* sein; es wäre eine Ergänzung zum *Dossier*, das in einer Beziehung nämlich nicht wahrhaftig, nicht untadelig rein ist, und zwar bezüglich des alltäglichen Lebens. Der Erzähler erscheint «glücklicher», als er «in Wahrheit» ist. (Auf wievielerlei Weise läßt sich unser Leben beschreiben?) Beschrieben werden soll, was ich irgendwo «ontologische Platzangst» genannt habe. Ein anderer Aspekt – vollkommen anders, und doch das gleiche Leben. So, daß man das erkennen könnte. Das gleiche am gleichen, im gleichen, zur gleichen Zeit. Und doch nicht mehr als Ergänzung. Eigentlich ist alles nur Ergänzung. Ich habe das Gefühl, schon halb tot zu sein.

Es ist schwer. Am Anfang noch täglich, jetzt jeden zweiten Tag zur Physiotherapie ... Was bringt es, meine Qualen zu beschreiben? Mein Körper bringt mich um. – Der Morgen dämmert, laut Computer ist es halb fünf. Ich schlafe nicht, als wäre ich das Gewissen der Welt.

Die größte Überraschung (die sich jeden Tag wiederholt): daß ich *da bin* ... Ein verrückter, heißer Sommer. *Dossier K.* in Budapest durchgefallen.

Ich bin gewillt zu lesen – und lese doch nicht. Dafür vor einigen Tagen Beethovens op.110 wiederentdeckt. – Abendessen im Einstein. Während wir auf der dunklen Straße aufs Taxi warten, tauchen mit eiligen Schritten spärlich bekleidete Nutten auf, wie zum Dienst aufbrechende barmherzige Schwestern ...

Mich holt die Langeweile ein, dieses gräßliche Alterssymptom. Die Ratio sagt mir, ich sollte mir den *Sodomer* vornehmen. *Dossier K.* wird allgemein für ein gutes Buch gehalten, doch es läßt sich nicht verkaufen. Es wäre nicht schön, wenn ich zum Lebensende elende Geldsorgen bekäme. Die Hitze hält an, gestern 34 Grad. Der schwere Kampf gegen den Verfall. Vor allem muß ich die Langeweile besiegen.

Anhaltende Unfähigkeit, anhaltende Hilflosigkeit. Quälende Hitze. Rohrlegearbeiten. Chaos. Anti-kreative Lebensweise. Lächerliche Probleme (Kofferservice am Flughafen usw.), Vorbereitungen für Gstaad. Ich bin unfähig, die um mich aufgerichteten Hindernisse, diesen Wurst-Zaun, zu bezwingen. Gestern der Entschluß: ein «Porträt»-Dossier. Aber dann stellte sich heraus, daß die frisch installierte Toilettenschüssel leckt, und jedes höhere Trachten wurde hinweggefegt von dem Bemühen, einen Rohrleger oder wen auch immer zu finden. Wer auch immer meldete sich zwar später, was aber nichts an meinen Problemen änderte.

Heute morgen um fünf kam ich auf die Frage, wie *Die letzte Einkehr* und *Der Einsame von Sodom* zu verknüpfen wären; etwa so, wie Rilke die Geschichte des Malte Laurids Brigge mit der des verlorenen Sohnes verbunden hat. Ein moralisches Märchen über Schuld. Ich glaube, es wäre der einzige Weg, sowohl den *Sodomer* als auch die *Einkehr* zu retten, die einzige reale Möglichkeit für das ‹Letzte Buch›.

Gestern in Gstaad angekommen. Die Begeisterung schnürt mir die Kehle zu, so oft ich an die (neu konzipierte) *Letzte* denke …

Bis in die Frühe hinein Liebe und Gespräche mit M. Wie soll ich die zerstörerischen Kräfte ausgleichen, die von mir ausgehen? Die Logik meines Lebens hat mich nach Berlin geführt, und M. ist mir gefolgt; doch nun fühlt sie sich überflüssig neben mir ... Obendrein der durch die Krankheit bedingte Bruch, dieses Schwert, das über unseren Köpfen schwebt ... Ich habe auf dieses Leben achtzugeben; und soviel ist jetzt genug.

Die davonrennende Zeit. Meine unfaßbare, merkwürdige Existenz. Etwas Unaufhaltsames geht mit mir vor. «Ach, mich zieht ein schlechter Wagen ...» usw., «Alles Ganze ist zerschellt ...» M. sagt, ich zitierte neuerdings häufig Gedichte, was ich früher nie getan hätte.

Gstaad. Abendessen im Chalet der T.s. Die Berge im theatralischen Licht der Abenddämmerung. Beim Gespräch sagte ich, daß wir in jungen Jahren in einem dramatischen Verhältnis zum Tod stünden, während wir später in eine philosophische Beziehung zu ihm träten, im Alter dagegen werde er zur Realität, zu einer einfachen praktischen Frage. Und alle drei Stadien erforderten einen jeweils eigenen Stil.

In den Bergen hocken Nebel. Von einer Tannenspitze hängt ein Nebelfetzen als Fahne. Morgens halb acht. Es ist noch halb dunkel, ein kalter, stechender Regen geht nieder, ausdauernd und bösartig, in der Ferne tobt Krieg, ein schändlicher, verzweiflungsvoller und trauriger Krieg, wie eine grandiose Heimsuchung, eine Tragödie, doch an Stelle von Erhabenheit nur graue, barbarische Zerstörung. Ein Volk, das seit fünftausend Jahren zumindest von jeder zweiten Generation zur Ausrottung verurteilt wird und das es doch noch immer gibt; auf der anderen Seite eine geschundene Masse mit ihrer heimatlosen Not, die ausgenutzt, betrogen, in den Fanatismus getrieben und schließlich in den Abgrund der Besitzlosigkeit gestoßen wird. Ich versuche, mit meinen unzeitgemäßen Privatproblemen zu kämpfen; in mir und um mich Niedergang, merkwürdige Beklommenheit, kleine und kleinliche Angelegenheiten, Emotionen, mit hängendem Kopf mutloses Warten im Vorzimmer des Todes …

Ich glaube, der neulich notierte Gedanke über das Verhältnis von Tod und Lebensphasen wäre ein guter Anfangssatz für einen Roman. Ja, die Sehnsucht in mir wird immer stärker, noch einmal, nur ein einziges Mal einen Roman zu schreiben. Einen hübschen kleinen. *Die letzte Einkehr* verliert immer mehr von ihrem Zauber: Erstens möchte ich nicht erneut ein Tagebuch, eine Selbstdokumentation publizieren; zweitens ist der Text, wie er bis jetzt steht, trotz der enormen Materialfülle skizzenhaft und unvollständig. – Also: «In jungen Jahren stehen wir in einem dramatischen Verhältnis zum Tod, später treten wir in eine philosophische Beziehung zu ihm, im Alter hingegen wird er zur Realität, zu einer einfachen praktischen Frage.» Und alle drei Stadien erfordern einen jeweils eigenen Stil.

In mir hat ein Roman den Kampf um sein Entstehen aufgenommen. Noch gibt es keine Geburtswehen, nur ein sachtes, zögerliches Abtasten … Es ist früher Morgen, vier Uhr. Die Berge sind von Nebel verdeckt, dann erhebt sich auf einmal ein schneller Wind, und als öffne sich ein

Theatervorhang, treten mit hastigem Rauschen Formen und Farben hervor.

Noch immer Gstaad. Es gießt in Strömen. Ich habe alle meine Pläne verworfen. Die Welt bereitet sich auf die Vernichtung Israels vor und bald auf die Ausrottung des übrigen Judentums. Ich sterbe – auch unabhängig davon – in absehbarer Zeit. Es tut mir leid um mein Werk, das dann verlorengehen wird ... Dieses Tagebuch ... und auch all die anderen, alles. Ich habe alles falsch gemacht. Ich lebe stupide. Gestern in Rougemont (Ausflug mit den Koralniks), in einem kleinen Gasthof am Ende der Welt stand ein Schweizer Ehepaar von seinem Tisch auf, um mich zu begrüßen – die Frau hatte mich erkannt. Meine Bücher hätten sie berührt. Ich habe einmal Bücher geschrieben, die die Menschen berührten ...

«Man wird mich schwer davon überzeugen können, daß die Geschichte des verlorenen Sohns nicht die Legende dessen ist, der nicht geliebt werden wollte ...» Man wird mich schwer davon überzeugen können, daß die Geschichte Lots nicht die Legende dessen ist, der nicht ohne Sünde bleiben wollte ...

Über allem der Geist der Vergänglichkeit ... Kälte umweht mich, Kälte um mich, Kälte in mir, meiner Seele, meinen Eingeweiden ... Mein erkaltetes Herz fröstelt ... Es ist Nacht, und es wird nun immer, in alle Ewigkeit Nacht sein.

Berlin. Die Zeit ... Wie schade um mich!

Mit dem gebrochenen Arm zur Physiotherapie in die Elisabeth-Klinik. Die Krankengymnastin aus Danzig. Während sie massiert, diskutieren wir die Weltlage. Osteuropäischer Weltekel. Sie versteht ihr Fach. – Die Rede des Historikers Sch. in Buchenwald: Es ging darin um die «Vertreibung», die Umsiedlung der deutschsprachigen Bevölkerung nach dem Zweiten Weltkrieg, die deutschen Opfer; kein einziges Wort erinnerte daran, daß man in Buchenwald war, wo Zehntausende von Juden ermordet wurden. Meine alte Prophezeiung, daß die dritte Generation den Nazismus zurückbringen, sich erneut mit ihm identifizieren werde, erweist sich leider als wahr. In meinen Augen hat der Historiker Sch. Buchenwald für immer geschändet. (Ein seltsamer Satz.) – Ansonsten lebe ich nicht gut. In mir ist keine Erzählung, und ich weiß nicht, womit die Zeit vergeht.

Morgendämmerung, grauer Regen; Hilflosigkeit, Untätigkeit. Gestern abend meldete sich László Földényi, wir gingen zusammen ins Einstein, in der Hoffnung auf Wiener Küche. Schließlich bekamen wir ein schlechtes Rinderfilet, keiner wagte zuzugeben, daß das Fleisch zu zäh war. Wir fühlten uns wohl, lachten viel, worüber, weiß ich nicht mehr. Heute mittag werde ich im Roten Rathaus die Ernst-Reuter-Plakette erhalten. Verfall, Schlaflosigkeit. An einem frühen Nachmittag überraschte mich auf einmal die Post: goldene Buchstaben, einige verworrene Gedanken. Schmerzen im Arm, Schmerzen im Rücken, der Kleine spielte mit dem Luftballon. Nervosität. Schließlich sind wir doch ins Flugzeug gestiegen.

Die letzten Sätze des gestrigen Eintrags verstehe ich nicht. Wir sind in keinerlei Flugzeug gestiegen. Die frühmorgendliche «grüne Lokomotive» muß am Werk gewesen sein. Den Ernst-Reuter-Preis habe ich dagegen im Rathaus entgegengenommen. Unschätzbare Zeichen von Liebe. Barenboim spielte ein Schubert-Impromptu. Bürgermeister Wowereit, dann die Laudatio von Lepenies. Das Publikum erhob sich. In gewissem Sinn erhob auch ich mich zu meiner eigenen Ehre. Dann verließ ich mich selbst, spürte nur noch Verlegenheit. Ich ergab mich in alles, akzeptierte meine Wehrlosigkeit. Ich fürchte, ungerecht zu sein und Leute zu verletzen, die ich nicht verletzen sollte. Ich bin der Willkür ausgeliefert. (Ohne Genitiv).

Der Wind schlägt Purzelbäume. Über allem hartes Sonnenlicht, wie ein Dementi.

Es ist Nacht. Abendessen im Adlon auf Einladung des Parlamentspräsidenten. Ich komme mit meinem Leben nicht mehr mit. Daß ich im Bundestag lesen soll, ist mehr als phantastisch: Ich weiß nicht, ob es nicht unsinnig ist. Mein ganzes Leben ist ein Kriegsschauplatz meines Kampfes mit den Ämtern; und da gehe ich hin, um an einem staatlichen Feiertag vor den Abgeordneten zu lesen. Inkonsequenz zieht Strafe nach sich. Mein Dasein wird eine immer schwierigere Aufgabe.

Europa geht ohne Zweifel wieder durch eine seiner schmachvollsten Epochen. Die Deutsche Oper in Berlin hat Mozarts *Idomeneo* vom Programm genommen: Die Handlung, so wörtlich, könnte den Islam verletzen.

Diese Seifenoper, mein Tagebuch, fortsetzen. Das Schicksal will, daß ich mich immer in meinen schlechtesten Stunden an den Computer setze; der Tagebuchtext erweckt nicht den Eindruck des Außergewöhnlichen, wie, sagen wir, das *Galeerentagebuch*. Aber er verfolgt eine Geschichte – oder nennen wir es besser den Ablauf eines Geschehens, und eigentlich ist das ausreichend.

Die ungeschminkte Wahrheit: Ich bin ein hinkender Greis geworden. Und neben mir M. – so erschütternd. Ich habe sie mit der deutschsprachigen Umgebung in eine schwierige Situation gebracht. Das gestrige Abendessen bei Grünbeins. Da existiert noch ein sogenanntes geistiges Milieu; auch ich sitze wie Tantalus an der Tafel, nach der mir oft unzugänglichen Bedeutung lechzend. – Die Unruhen in Ungarn. Jetzt haben sie ihre Situation begriffen und antworten auf die rationalen Erfordernisse mit irrationaler Gewalt und Zerstörung. Und unterdessen und immer wieder: «Ach, ich muß sterben, ich muß sterben …» – Der Jammer wird verstärkt durch die Unsicherheit, das Fehlen einer nächsten Aufgabe. Wenn ich daran denke, daß ich einmal Schriftsteller war … «Es juckt», wie der Violinist in Szigliget einmal sagte. Vorläufig umgibt mich ein Chaos von Papieren, Akten, Korrespondenzen, und übermorgen reisen wir nach Frankfurt; das Gefühl der Niederlage, ja, des Durchfallens begleitet mich …

Existentielle Ängste.
Die alten Bilder der Judenverfolgung.
Nacht. Der Große Ekel. In jeglicher Hinsicht.

Ausgesetztes Leben, ausgesetzte Gegenwart …
… unseren grauenhaften Siegen widerstehen …

Graue Novembermorgen – wie eng ist plötzlich der Fensterspalt, der sich noch aufs Leben öffnet, wie wenig ist noch übrig … Mit gebrochenem Arm, zitternden Händen und Füßen; wenn ich in den Spiegel blicke, erkenne ich mich selbst nicht mehr …

Ein Eintrag vom 17. Februar 1998: «Gestern abend, beim Lesen in Koestlers Autobiographie, überkam mich wieder die Scham, daß ich mein Leben hier verbracht habe und nicht an einem würdigeren, besser zu mir passenden Ort in irgendeinem europäischen Land; ja, noch nicht einmal eine einzige europäische Sprache anständig zu sprechen … Diese neue Welt hier, an der Grenze von Europa und Asien, unmittelbar nach den Jahrzehnten der russischen Verödung, ist wie ein brutales Erwachen in einer bis dahin zugefrorenen Wasserschüssel, wo sich nun sämtliche Mikroorganismen beleben und herumwimmelnd, einer vom Blut des anderen lebend, einer dem anderen nach dem Leben trachtend, einer dem anderen zu schaden suchend, rasch die halbe Stunde ihres Leben ableben. Es ist beschämend, daß ich hier keine Aufgabe habe, daß mein Wort hier von niemand verstanden wird, daß all meine Erfahrungen, all meine Bemühungen, die das Gewand dieser Sprache tragen, vergeblich sind.»

Im übrigen der überwältigende, überraschende Erfolg von *Dossier K.* hier, in Deutschland.

Am Morgen Mahlers 3. Symphonie hörend: Wo gibt es noch eine Kultur, die das Leben so zu feiern versteht, wie es Gustav Mahler hier, in Zarathustras Mitternachtslied tut? ... *Lust will Ewigkeit* ... *Ewigkeit* ... Und glücklich hörte ich mir auch den bombastischen Schluß an. – Ich sehne mich nach Arbeit. Aber alles fällt mir aus der Hand.

Nach mehreren Jahren des Zögerns muß ich einsehen, daß ich nur bis zu einem gewissen Grad Herr meiner Themen bin und *Die letzte Einkehr* zu schreiben einfach unumgänglich ist, wenn ich das Schreiben nicht aufgeben will. Und warum sollte ich das wollen, wenn ich mit dieser Arbeit das *Werrrrk* vollenden kann – jawohl, das Werk; gibt es etwas Schöneres, als dem Requiem eine mystische, erschütternde und ein wenig dunkle Partie hinzuzufügen? Dieses kleine Buch wird die Krone ... aber lassen wir das; wer spricht hier von Sieg?

Ich suche nach Möglichkeiten, mir Notizen zu machen. Auf den Computer kann ich mich nicht verlassen, ich muß es auf die alte Art, mit handschriftlichen Zetteln versuchen. Zum Beispiel: 1. Der Bettler, 2. Die Geschichte Lots, 3. Die letzte Einkehr:

Das ist nun die letzte Einkehr,
der letzte Stuhl, der letzte Grog,
eine zitternde Hand hebt das Glas,
Dämmerung bricht an, und aus den Winkeln
kriecht wie ein böses Reptil
das Dunkel.

Aus dem handschriftlichen Tagebuch von 1997, Eintrag vom 11. Januar: «Ja, es soll einmal eine Spur davon geben, daß ich gestern, am 10. Januar, *Ich – ein anderer* abgeschlossen habe …» usw. Ein anderer, unter dem Datum vom 25. Oktober 1995: «Wenn wir zu schreiben beginnen, können wir nur von der Hypothese eines unversehrten Geistes ausgehen. (Womit ich nichts anderes gesagt habe, als daß es ständig schwerer wird zu schreiben …).» – Ich muß diese beiden alten Hefte lesen, die stumm in der Schreibtischschublade auf mich warten, wie lange vergessene Dinge aus der Vergangenheit, die man von hier nach da räumt und von denen man das Gefühl hat, daß sie einem immer im Wege sind; und öffnet man sie, flattert daraus die vergiftete und überreiche Vergangenheit auf wie ein Schwarm darin hausender Motten.

Brief von Szilárd Borbély. Die abscheulichen Zustände «zu Hause». «… eine kranke Gesellschaft, die ihre Mitglieder krank macht», schreibt er.

Krankhafte Hilflosigkeit, leere Tage. Magda in Amerika. Ich stöhne unter der Last meiner Depressionen. – Ein Schiff, das den Kurs verloren hat; ich schlingere hierhin und dorthin … Früh aufgewacht und allein. Der Tod schleicht um mich herum, ich lebe bereits mit dem Gefühl des Verlusts: Kertész' Verfall schmerzt mich, es gäbe noch so viele Dinge, so viele Freuden, die auf ihn warten … Ich weiß nicht, warum ich mich dem Selbstmitleid hingebe, statt Schluß zu machen mit dem enervierenden Sich-damit-Abfinden – womit eigentlich? Letztlich geht es auch jetzt, wie immer, um meine Kreativität, die stockende beziehungsweise entschwundene Kreativität ... In der Nacht Bartóks 3. und 4. Streichquartett gehört und in *Malte Laurids Brigge* gelesen ... (Die drei Punkte als aus dem Stadium des endgültigen Zusammenbruchs gesendetes und um eine nicht existierende Gnade flehendes Schreiben – oder besser Lebenszeichen.)

Der Computer war abgestürzt. Gerade wollte ich diesen einsamen, bedrückenden Tagen ein vages Denkmal setzen (sie zu beschreiben ist unmöglich), als der Computer aussetzte und der ungespeicherte Text verschwand. Ich lasse also aus, was er (der Computer) von sich aus rausgeworfen, oder besser: ausgespien hat, und berühre nur eben die von existentieller Verunsicherung erfüllte Stimmung der vergangenen Stunden. Kurz: Ich erwachte in meinem Bett, die Uhr zeigte 6 Uhr 40. Nach meiner Überzeugung war es Morgen. Gewisse Merkwürdigkeiten weckten allerdings meinen Argwohn, zum Beispiel, daß die Sonne nicht aufging. Als ich mir daraufhin die Gewißheit verschaffte, daß ich mich um zwölf Stunden geirrt hatte, konnte ich diese Tatsache erst nach langer Zeit und mittels verschiedener Beweise akzeptieren – glauben aber kann ich sie bis jetzt noch nicht.

Als sei zwischen zwei Eintragungen nicht ein Tag, als seien Monate vergangen. Halten wir fest: Es ist Sonntagabend, die Zeit: dreiviertel neun. Ich lebe in einer Art halbohnmächtiger Betäubung, am liebsten würde ich gar nichts machen, um mich aber nicht vor mir selbst schämen zu müssen, lese ich etwas, und zwar Kehlmanns wissenschaftliches Abenteuerbuch, von dem bis jetzt sechshunderttausend Exemplare verkauft worden sind. Das verstehe ich auch; es ist eine absolute Profi-Arbeit. Ich lese wie ein Kind, ein kleiner Junge. Ich glaube, ich habe völlig den Boden unter den Füßen verloren, und ich bin schon zu alt und habe keine Zeit, um Ursachenforschung zu betreiben, obwohl das früher ein interessantes Experiment für mich war. Mir ist klargeworden, daß mein Leben ohne M. keinen Sinn, ja, keine Realität besitzt, und sie ist gegenwärtig in Amerika ...

Daß ich nichts beenden kann ... Ich kann weder das Schreiben beenden, noch kann ich mein Leben beenden ... Gestern, nein: es war schon heute, in der Nacht, kurzum: heute nacht habe ich wieder mit der Hand zu schreiben angefangen; ich öffnete das bunte Büchlein, das ich 2001 beschlossen hatte, und führe es fort. – Nach der Szomory-Lektüre in der Nacht kriegte ich Lust zu einer Szomory-Biographie, einem Szomory-Roman. Wäre das denn so unmöglich? Ja, weil ich zu faul – und ungeeignet – bin zum Materialsammeln und Forschen, wie es für eine solche Biographie nötig wäre.

Kati K. stirbt. Vier Jahre lang hat sie gegen die Metastasen gekämpft (Leber- und Knochenkrebs). Jetzt liegt sie auf dem Sterbebett, und sie nimmt das Telefon ab; jeder kann sich von ihr verabschieden, ich habe es auch getan – wenige Erlebnisse in meinem Leben waren so erschütternd. Magda schluchzte ... Ich sehe wieder mit Bestürzung, daß sie mit dem Gedanken an die tödliche Krankheit lebt, und ich kann nichts tun.

Meine Existenz wird immer seltsamer, von dem Land, in dessen Sprache ich schreibe, habe ich mich fast völlig «gelöst», hier in Berlin dagegen feiert man mich, veranstaltet Abendessen zu meinen Ehren, plaziert den Hauptsponsor neben mich usw. Letzten Endes bin ich, wenn man alles in Betracht zieht, ein Emigrant geworden, und es wäre müßig, die Sache zu beschönigen.

Zu meiner Linken das Meer. Wieder auf Madeira.

Strahlender Sonnenschein, Maiwärme. Nachts in alten Tagebüchern blätternd, kam mir der Gedanke, den dritten Teil der *Letzten Einkehr* mit langen Passagen aus der *Geheimdatei* und den anderen Tagebüchern zu füllen. Ein epischer Mahlstrom langer großer Absätze.

Neujahr. In der Nacht die Schiffe in der Bucht. Um Mitternacht erklangen sämtliche Schiffshörner. Ich weiß nicht, warum das Ganze derart ergreifend war; auch Magda kamen fast die Tränen. Wir küßten uns, und auch das war ergreifend. Inzwischen ist alles ergreifend. Ich weiß nicht, wann es zu gehen heißt. In jüngeren Jahren sagte ich: Sterben? Ja, es wird einmal der Augenblick kommen, da ich sterben darf. Heute würde ich es anders formulieren; heute hänge ich stärker am Leben und finde schon den Gedanken an den Tod abstoßend – während ich an nichts anderes denke …

In der Nacht alte Aufzeichnungen für *Die letzte Einkehr* gelesen; mein Entschluß, lange Passagen aufzunehmen, dadurch noch bestärkt. Dem zweiten Teil gebe ich dann den Titel: *Aus den Berliner Tagebüchern B.s.* Motive: 1. Der Bettler – 2. Lot (Sündlosigkeit als Schuld: Ruth)

Die letzte Einkehr wieder verworfen, zumindest in der Form, in der ich sie mir bis jetzt dachte. Es reizt mich zu erzählen. Ich könnte die Geschichte von Lot schreiben, in Romanform; als *Der Einsame von Sodom*, wie ursprünglich geplant. B. eventuell als Räsoneur, in der ersten Person Singular. Aber er hieße nicht B. – trotzdem könnte er ein emigrierter Schriftsteller sein. Die Zeitebenen übereinander kopiert, wie ich es mir ursprünglich vorgestellt hatte. Die Sodomer-Geschichte zugleich Gegenwart, Berlin und die barbarische Kultur zeitlich identisch. Eine Skizze der Geschichte (aus der *Zitate*-Datei kopiert):

Liederlichkeit; Auflösung.

Im Pfuhl nicht begangener Sünden ...

Wenn ich an Lots mörderische *Reinheit* denke («die drückende Last nicht begangener Sünden»), hat das vielleicht etwas Attraktives ...

Um die Welt zu verstehen, müssen wir irgendeine Straftat begehen; wäre das und nur das die Grundlage meiner Inspiration, was Lot betrifft?

Und wenn Lot Ruth liebt und sich selbst die Schuld am Verderben der Frau (ihrem Erstarren zur Salzsäule) gibt? Und erkennt, daß er sie mit seiner Sündlosigkeit in die Unmoral getrieben hat?

Ruhe des Ozeans und des Herzens. Am Nachmittag überraschend ein paar mögliche Anfangszeilen eines möglichen Romans heruntergehämmert. Geduldig abwarten, ob es funktioniert. Diese Arbeit könnte mich vom Persönlichen der *Letzten Einkehr* erlösen, dessen ich einerseits überdrüssig bin (andererseits ... kein andererseits).

Rückkehr ins unwirtliche Berlin. Heathrow, die Schrekken des Londoner Flughafens. Zwölf Stunden waren wir unterwegs, kamen spätabends an – aber gleichwie. In letzter Zeit wird die Welt unter meiner Feder (meinem Computer) grau. Als hätte ich das Talent zu plastischem Schreiben verloren, die verzaubernde Kunst der Vergegenwärtigung. Im übrigen habe ich gegen Morgen den Bibeltext gelesen: die Geschichte Lots und Jakobs, der Kampf des letzteren mit Laban. Ich hätte Lust gehabt, die humorvollen Passagen des Thomas-Mann-Textes dazu zu lesen, aber das Buch befindet sich natürlich, wenn überhaupt, in Budapest, in der Wohnung in der Szilágyi-Allee. – Insgesamt aber quälen mich Ängste, «ich liege am Boden», wie der Budapester sagt.

«Das Leben ist ein einziger langer Augenblick», so werde ich meinen Kommentar zu *Ich, der Henker* beginnen; ob ich die Wahrheit schreibe? Noch einmal sind die Zeiten, die Traumata, aufgedämmert, die mich einst zum Sprechen brachten. Beim Einlesen in den Text stieß ich auf ein unglaubliches Stilbewußtsein. Wie hatte ich mir das verschafft? Da kommt ein Wort wie «Talent» gelegen, das gar nichts sagt.

Ich kopiere, was ich heute am Morgen in mein buntes Büchlein geschrieben habe: «Nach einem Tag des Herumirrens und Untätigseins gelang es mir heute morgen, mich davon zu überzeugen, daß unter meinen Händen langsam eine ganz singuläre Arbeit Form annimmt …» – Nun, gemeint ist natürlich *Die letzte Einkehr*, dieses Todesbuch, das wirklich eine singuläre Form verlangt, die ich vielleicht – auch mit morgendlicher Nüchternheit – attraktiv und originell nennen darf. – *Die letzte Einkehr*, opus magnum ultimum ... Die Geschichte meines Sterbens.

Morgens halb sieben. Soeben op. 111 gehört. Meine Seele weitete sich ins Unendliche, würde ich sagen, wenn ich wüßte, was die Seele und was das Unendliche ist. Ich fühle eine Art metaphysischer Ermutigung, in der sich Liebe im angemessenen Verhältnis mit Arbeitsverlangen mischt.

Kopie früheren Materials: «Die kalte Berührung des Todes. Zuerst des geistigen Todes: Verkümmern von Beziehungen, Reizmangel, Verflachung. Dann das Physische: die Häßlichkeit des Alters. Dann das Alter selbst. Nutzlosigkeit gähnt dich von allen Seiten an. Du entfremdest dich den Menschen, schließlich dir selbst. Du verstehst deine alte Kraft nicht mehr, verstehst die alten stilistischen Abenteuer nicht mehr. Vor allem aber schwindet die Möglichkeit der Korrektur dahin. Das Dahinschwinden überhaupt ...»

Morgengrauen. Ich husche hierhin und dorthin auf dem Computer, manchmal stoße ich dabei auf sinnlos verzerrte oder abgebrochene Texte: Glänzender Beweis, daß mein Gehirn zeitweilig aussetzt. – Im übrigen befreunde ich mich immer mehr mit dem Gedanken an die *Letzte* mit der erweiterten Komposition; ich möchte, daß der Entwurf des Lot-Romans Thema der *Letzten Einkehr* wird – wie B. den Roman plant, wie er Parallelen zu Lot findet. Die Analyse des sündenfreien Lebens; die daraus folgende Einsamkeit; die daraus folgende Schuld.

Sich schließende Perspektiven. Die inzwischen erwürgenden Anforderungen des Ruhmes. Während Einsamkeit und Meditation für mich nötig wären. Meine Zweifel bezüglich der *Letzten Einkehr*. Noch ein Tagebuch?! Und ich habe keine andere Wahl, das Buch hat bereits gewählt: mich.

Es gibt kein Was, kein Warum. Die *Letzte* umgeben so viele Tabus, daß mir das Schreiben nahezu unmöglich erscheint. Dabei ist der Plan nicht schlecht. Ich versuche ihn darzulegen. 1. Ein reguläres Tagebuch, von dem sich herausstellt, daß es B.s Tagebuch ist. Des weiteren stellt sich heraus, daß es um ein Todestagebuch, den Versuch eines Todestagebuchs geht. Es zeigen sich Übereinstimmungen bzw. das Fehlen von Übereinstimmungen. 2. Aphorismen über den Tod, die ich aus dem eigenen Werk zusammensuche. 3. B.s Berliner Tagebuch, darin: 4. der stilisierte Lot-Roman, d.h. der Roman-Plan als Roman. (Kompliziert. Aber weniger, als es zunächst erscheint.) Er entschließt sich, eine Straftat zu begehen.

Rötlicher Sonnenaufgang über Berlin. Eine Hexennacht liegt hinter mir. Mein Vertrauen hinsichtlich der *Letzten Einkehr* ist zerstört, meine Lust dahin, das ganze Unternehmen ist ungewiß geworden. Falls meine Lust doch noch zurückkehren sollte, dann vielleicht dadurch, daß ich im 3. Teil der Arbeit («B.s Berliner Tagebuch») den Lot-Roman gleichsam vor den Augen des Lesers entstehen ließe, ihn gleichsam auf dem Papier gebäre; ich würde also seine Entstehung erzählen, wie ein «philosophisches Weltmärchen» daraus geworden ist und wie sich der detaillierte Plan entwickelte, aber vom Erzählen selbst absehen. Das heißt ihn bis zur Schwelle tragen, aber nicht mehr den Raum literarischer Prosa betreten ...

Der Fluch der Unsicherheit. Ich kann mich wegen der *Letzten* nicht entscheiden. Verziehe schon das Gesicht, wenn ich sie nur sehe. Sicher ist, daß sie nicht notwendig ist, so wie seinerzeit, sagen wir, *Kaddisch* oder *Fiasko* notwenig waren. Aber diese Notwendigkeit hatte ich mir auch selbst geschaffen, aus dem kläglichen und äußerst dürftigen Material, das mir zur Verfügung stand.

Verwirrung, Ängste, Depression, Hilflosigkeit, Unfähigkeit. Hexenschuß. Sich schließende Perspektiven. Einfach: *kein Weiter* ...

... Oder doch? Die Nacht siegt über den dämmernden Morgen. (Das heißt, heute nacht habe ich mich doch für die *Letzte* entschieden ...)

Gstaad. Gestern Sonnenschein, als sei es Sommer. Kurzer Spaziergang mit Magda auf dem vertrauten Hang; das freudige Gefühl des Wiedersehens stellte sich diesmal gleichsam als Herausforderung ein; es gibt ein, zwei Orte auf der Welt, wo ich mich wie zu Hause bewege – zum Beispiel in den Bergen um das Gstaader Hotel –, und das ist auch genug als Zuhause.

Ich werde in Unordnung sterben, wie ein schlechter Angestellter, der gefeuert worden ist und mit eingezogenem Kopf abzieht, Schreibtisch und Aktenschrank so unaufgeräumt hinterlassend, daß sich die Nachfolger in seinen Sachen nicht mehr zurechtfinden.

Alle möglichen Beklemmungen, schwere Rückenschmerzen. M. in Budapest, um unser Zuhause in Ordnung zu bringen. Wie oft sage ich, ich brauche kein Zuhause. – Als irreales Requisit einer irrealen Welt irre ich im Umkreis der Meineke-Straße umher. Versorge mich mit Unmengen von Arbeit und Terminen, um mich nicht zu langweilen. Ergebnis: Ich langweile mich, und dazu plagt mich der Streß des Termindrucks. – Ein Jenaer Literaturwissenschaftler – Dietmar Ebert – hat die Abhandlung über meine Bücher geschrieben, die man eigentlich über meine Bücher schreiben muß. Seine musikalische und literarische Analyse verortet sie mit ziemlicher Genauigkeit in der deutschen Kultur, ohne daß dies besonders betont würde. Verortet sie in der Welt Mahlers und der Dodekaphonie und macht ihre Wurzeln am Ursprung des deutschen Entwicklungsromans, an Goethes *Wilhelm Meister* fest. Ja, aber darüber schweigt seine Abhandlung, wer, welche Kultur, welche Sprache mein in einer Antisprache geschriebenes Werk bewahren wird.

Endgültige Erschöpfung. Vorgestern in der Universität Szeged: Ein außergewöhnlich gutes Publikum, viele junge Leute, der Samen fiel auf fruchtbaren Boden. Aber alles Übrige … Ich kann meinen Freundespflichten nicht genügen, Fremde bringen mich um meine Zeit, meine Nerven … Ständig geschwollene Beine; die drohende Gegenwart der Familie; nahezu eine Woche habe ich mit meiner Steuer-Erklärung verbracht.

In Budapest. Gedächtnisschwäche, Vergeßlichkeit, allgemeine Verblödung; vielleicht der viele Rotwein? Gestern abend das Konzert mit András, er dirigierte Bachs *Matthäuspassion*. Immer mehr bewundere ich sein Stehvermögen, seine Bildung, die er sich offenbar unterwegen neuknöchel-bescheiden zulegt. Dann Gesichter, Gesichter, bis zur Unkenntlichkeit.

Ich wäre neugierig zu erfahren, ob es sich bei meinem letzten Eintrag um eine Verstümmelung durch den Computer handelt oder tatsächlich um Senilität, die sich meiner zunehmend bemächtigt. Besonders das «neuknöchelbescheiden» gefällt mir, weil es genau den Zustand meiner Beine beschreibt.

Heute im Morgengrauen nahm ich Einblick in eine Schriftsteller-Existenz – meine eigene, aber das ist gleichgültig – und war erschüttert zu sehen, wie alles quasi ausgebreitet daliegt, den Trophäen einer tropischen Großwildjagd gleich …

Ittinger Musikfestival, Lesung mit András Schiff; charismatische Wirkung, tausendfache Liebesbeweise, in Wort und Tat. Spätes Abendessen mit Litwin und Michael Gielen. Ich gehöre zu einer Kultur (der großen westlichen Kultur), deren Sprachen ich nicht spreche. Paradox. Und peinlich. Quälerei mit den Alterssymptomen. Danach bin ich nach Berlin zurückgekehrt, als käme ich heim. Was noch? Ergriffenheit, ich versuche die Wirklichkeit meines Lebens zu ermessen …

Ich sehe keinen Ausweg; sofern es nicht das Leben selbst ist.

Gestern die sogenannte Europa-Konferenz. Meine Rede. *Jenseits aller Lügen.** Es wurde geklatscht und weiter gelogen. Einige interessante Gestalten. Der junge Mann, der mich fragte, wie jemand Schriftsteller wird. Ich antwortete, wenn in seinem Kopf Sätze herumzuschwärmen beginnen, die, sobald er sie niederschreibt, anders aussehen, als er es sich vorgestellt hat. Er verbessert ein, zwei Zeilen, ein paar Sätze – das heißt, er nimmt den Kampf um den Ausdruck auf, und dieser Kampf promoviert ihn dann zum Schriftsteller.

Eigentlich ist der Nobelpreis widerwärtig, auch wenn er eine Lösung für mein Leben war. – Ich versuche es weiter mit der *Letzten Einkehr*; jetzt mit einer reduzierten – bis zum äußersten reduzierten – Fassung. Bin nicht überzeugt.

Mein Leben: Rendezvous mit dem Tod. Ich bin in jeder Hinsicht verunsichert. Nachlassende Libido. Geschwollene Beine, schwerfällige Bewegungen. Als ich neulich nach dem Konzert in der Philharmonie auf der Treppe zum Ausgang stolperte, bemerkte ich das Entsetzen auf dem Gesicht des Mannes neben mir: Er erwartete jeden Augenblick, daß ich fallen würde, und dieses Gefühl hatte ich auch.

* im Original deutsch

Rückenschmerzen. Es wäre gut, *Sonderbar* fortzusetzen. (Oder vielleicht eher *Sonderberg*?). Gestern erneute Anfälle von Irrationalität. Es wird von mir verlangt, mich wie ein Verrückter zu verhalten. Ein verheirateter Philosoph gehört in die Komödie. Und im Alter von achtzig Jahren habe ich keine Zeit mehr für dumme Späße.

Noch immer glaube ich nicht, daß der Text, mit dem ich mich einfach selbst überrascht habe, tatsächlich gut ist und die Lösung bedeutet – das heißt Schreiben bedeutet, Arbeit bedeutet, Glück bedeutet. Unzweifelhaft ist dagegen, daß *Die letzte Einkehr*, der ich schon wer weiß wieviel Zeit gewidmet habe (Jahre, lange Jahre), kein guter Plan ist. Einerseits wieder Tagebuchform, der ich überdrüssig bin und die ausgeschöpft ist, andererseits zu düster in der Stimmung, was letztlich unbegründet ist.

Mein Leben ist ein dem Hauptsatz untergeordneter Nebensatz. Und wer sagt diesen unverständlichen Hauptsatz in diesem klangvollen Ton?

Der wie eine Lawine auf mich zustürzende Tannenwald am Hang. Eine merkwürdige Angst ist bei mir eingezogen, die Angst der Verlierer …

Mit der Frage erwacht, wie ich überhaupt gewagt habe, Bücher zu schreiben, und wie, sie zu publizieren …
Schreiben als Kunst des Schweigens.

Mein seltsames arbeitsloses Leben. Ich kann mich schwer daran gewöhnen, an nichts zu arbeiten. Das heißt, ich kann mich überhaupt nicht daran gewöhnen. – Absage an das Land Sachsen (ich bin nicht länger Holocaust-Clown). Wer und was bin ich überhaupt? Die uralte, unbeantwortbare Frage. Aber früher trieb sie mich an, jetzt bremst sie mich. Ich weiß nicht, ob meine schlechte physische Verfassung dazu beiträgt. Der Rücken, die Wirbelsäule. Niemand verheißt mir etwas Gutes.

Gestern bei Tagesanbruch, als ich gerade die Spuren meines ungewissen Tuns im Computer abgespeichert hatte – es war drei Uhr morgens – und aus meiner Kapitänskabine auf die kleine Brücke zum Atrium hinausgetreten war, vernahm ich ein Flügelrauschen – in der spärlich beleuchteten nächtlichen Wohnung kreiste mit heftigem Flügelschlag, stumm und in Todesangst ein Vogel. Ich öffnete sämtliche Fenster, die zu öffnen sind, und riskierte dabei, Magda oder den kleinen Vencel im Schlafzimmer aufzuwecken. Der Vogel wollte den Ausweg jedoch nicht zur Kenntnis nehmen und war in wenigen Minuten so erschöpft, daß er sich in die obere Ecke der rechten Fensterseite flüchtete und dort zusammenkauerte, als fürchte er einen Feind. Schließlich kam der Moment der Flucht, er bemerkte eines der geöffneten Fenster und ließ mich ohne Abschiedswort in meinem Schrecken zurück. Es war ein gespenstisches Erlebnis, der Traumdeutung zufolge angeblich ein «schlechtes Vorzeichen»... – Und ebenso gespenstisch ist, daß Kőbányai auf mein starkes Einwirken hin zwei Bücher von Dezső Szomory ediert hat, mit einem Vorwort von Mátyás Sárközi; schon lange habe ich nicht mehr eine solche Genugtuung empfunden.

Ich höre Musik von L.: überwältigend und nichtssagend. An der großen Bildung kommt man nicht vorbei, besonders wenn man «Schritt halten» will. Daß man diese Musik nicht beurteilen kann, würde ich trotzdem nicht sagen, denn wenn ich, sagen wir, Beethovens B-Dur-Klaviersonate auflege, geschieht auf der Stelle etwas mit mir; und das sicher nicht, weil ich sie liebe. Sie hält mich einfach gefangen. Und das nicht durch ihre Tricks, sondern – wenn ich so sagen darf – ihr Erklingen selbst. L. macht Ausflüchte. Und dennoch würde ich nicht behaupten, daß er lügt. Er vermag sich nur nicht aus der Verstrickung zu lösen.

In-Gang-Kommen, Stillstand, In-Gang-Kommen, Stillstand. Leiden, falsche Lebensführung, mangelnder Radikalismus, mangelnde Zeit, mangelnde Fähigkeiten. Ich quäle mich mit der ersten Lot-Reflexion. Geschwollene Beine usw. Der Tod ist nahe, und ich lebe, als gäbe es eine Perspektive von fünfzig Jahren.

Budapest. Die Zwillinge sind geboren. Sonderberg wird geboren. Eine «Ungarische Garde» hat sich gebildet. Die Ehe ist in die postsexuelle Kastrationsphase getreten (M.: «Wetten wir, daß Sie sich nicht die Hände gewaschen hatten, als Sie sich zum Essen setzten?» usw.) Passivität. Dulden. Niemand weiß, was in mir reift, auch ich nicht.

Alles, was er hervorgebracht habe, verdanke sich dem Alleinsein, sagt Kafka irgendwo (sogar an mehreren Stellen). Ich leide. – Lohnt es, wegen eines guten Satzes, eines Gedankens «aus dem Bett zu springen»? *Noch* lohnt es.

(Und solange es lohnt, hält mein Leben an. Es ist Punkt sechs Uhr morgens. Meine Augen brennen.)

Seit einigen Tagen steht das erste Kapitel, die Ouvertüre, *Doktor Sonderberg* … Rückenschmerzen, Gefühl der Vergreisung. Diese Krankheit hat mich mit einem Mal umgeschmissen; von meinem Äußeren, meinen Bewegungen her wirke ich wie ein Neunzigjähriger.

Bekräftigung des oben Gesagten. Gestern die ältere Dame in der Konzertpause: Sie bedankte sich für meine Bücher. Dann bin ich vielleicht doch nicht der böse Pessimist, als den mich manche sogenannten Kritiker hinstellen. Wie komme ich überhaupt auf so einen Gedanken? Das Ende, das nahe Ende …

Aus einem grauenhaften Traum erwacht. Ich hatte Muttermord begangen, dann Flucht in das obdachlose Leben eines Herumtreibers, eines Verfemten. Es schien, als wolle der Traum kein Ende nehmen. – Desolates Allgemeinbefinden. Die Arbeit stagniert, und ich fürchte, sie interessiert mich auch nicht mehr so sehr. Jedenfalls nicht so, daß sie vor den Rückenschmerzen rangieren würde …

Mörderische Gespräche mit M. Im Licht dessen klar meine absurde Situation erkennen – daneben auch die ihre. Mit Hilfe meiner Arbeit habe ich das Land hinter mir gelassen, in dem ich in keiner Weise geschätzt worden bin, in dem ich keinen Platz hatte, in dem ich vom ersten Augenblick an im Schatten des Todesurteils lebte. Ich habe den literarischen Welthauptgewinn erhalten –

meine Freiheit gewonnen und die Möglichkeit, in der westlichen Zivilisation zu leben ... Und nun setzt M. wegen ihrer Familie und weil sie sich nicht wohlfühlt in diesem Land, alles daran, daß ich in diese geistige Schlammgrube zurückkehre, in unsere nur wenige Schritte von der Familie entfernte Wohnung – obgleich es gerade der Stolz meines Lebens ist, diese Korruption, die man mit anderem Namen Familie nennt, vermieden zu haben. Ich würde Großvater von vier Kindern sein, mit grauem Bart, der die Enkel auf Spielplätzen hütet ... Dieses Schicksal ist mir zu umgehen gelungen, und man zerrt mich dahin zurück. Andererseits ist natürlich auch M. zu verstehen.

Schwierige Tage. Der Roman unter meinen Händen erneut ruiniert: Ich habe die Komposition vergessen und komme dadurch mit der rhythmischen Länge der Sätze nicht zurecht. Aufpassen, da gibt es kein thematisches Voranschreiten, auch keine Handlungsverwicklung, da gibt es nur eine einzige, möglichst statische Situation, jene vier, fünf Tage, bevor die Krankheit zum Ende von Sonderberg führt; aus dieser Perspektive muß sich der Gang des Romans herstellen; ein sich in Schwerelosigkeit verwandelndes Schweben: Niemand will da irgend etwas.

Das ist nicht die Zeit für Tagebücher. Schwere (physische) Kämpfe, Krankheit, Liebesbeweise (Stockholm, Barcelona), tödliches Ringen mit dem Roman, bis ich den Text heute nacht: heureka! heureka!, als endgültig (und groß angelegt) ansehe. Es ist nachts 3 Uhr 42. Ich gehe schlafen.

Täglich registriere ich den unaufhaltsamen Verfall. Mit dem Armbruch fing es an. Inzwischen kann ich mir nicht mehr die Hose hochziehen. Der geistige Abbau spiegelt sich in meinem Verhältnis zu den Dingen, zu den Menschen wider. Ich glaube, ich liebe niemand. Und auch mich liebt niemand. In der Nacht, am Morgen kann ich kaum noch aus dem Bett kriechen. Nie hätte ich geglaubt, daß es so schnell geht …

Ich weiß nicht, wann ich alles aufgeben muß, noch dazu unvollendet.

Ich habe die vorhandenen Seiten der *Letzten* gelesen und bin voll Freude … Was für eine Wendung: Da ist sie also wieder, wenn auch nur auf Besuch, die alte schöpferische Stimmung, die alte Schreibfreude … Mag sein, nur ein flüchtiger Augenblick, trotzdem muß ich davon berichten. Das Schreiben ist meine einzige Zuflucht.

Zeichen rapiden Verfalls überall. Die ständigen Rückenschmerzen haben meinem Gesicht bereits ihren Stempel aufgedrückt. Die Oberlippe ist irgendwie nach vorn gerutscht, dadurch hängt der eingefallene untere Teil des Gesichts herunter, zwei tiefe Leidensfalten, die meinen schon nicht mehr sinnlichen Mund gleichsam in Klammern setzen … Überdies ist hier auf Madeira, in diesem subtropischen Paradies, bei mir ein schwerer, osteuropäischer Rotzschnupfen zum Ausbruch gekommen. Die vor kurzem begonnene Arbeit stagniert, ich weiß gar nicht mehr, was ich begonnen habe, verstehe meine eigenen Absichten nicht mehr, jede Zeile starrt mich fremd an … Das Gefühl, im Sturmschritt auf den Tod zuzugehen …

Nachts. (Langsam sind mir auch meine Nächte schon abhanden gekommen.) Die Qualen des Zusammenlebens. Tage, die sich zum Verzweifeln schnell aneinanderreihen. Fürchte ich mich vor dem Tod? Vor dem Leben fürchte ich mich. – Neue Perspektiven, den Roman (?) fortzuführen … Es bedarf so viel Kraft, um weiterzuleben, und für die Arbeit so viel, wie, fürchte ich, gar nicht mehr in Reserve ist.

Früher Morgen, sechs Uhr. Gestern das zweite Lot-Kapitel geschafft. Die Eigenartigkeit des Ganzen; vielleicht sollte ich sagen Sonderbarkeit. Ein wenig die Atmosphäre von Camus' *Der Fall*, aber ohne Moralisieren. Manchmal erwähne ich Beethovens letzte Streichquartette … Ich erreiche in der *Letzten* ein nicht mehr zu steigerndes Niveau des Unpersönlichen.

Todesnähe. Die abendliche Unpäßlichkeit gestern. Ich war plötzlich erwacht – nein, aus einem tiefen Brunnen plötzlich an die Oberfläche gestoßen. Ich wußte nicht, wo ich war, wußte nicht, war es Abend oder Tag. Dann erkannte ich die Möbel meines Berliner Arbeitszimmers. Draußen war es dunkel, die Uhr zeigte neun. Unten im Wohnzimmer schimmerte der Fernsehschirm. Mir kam die Vermutung, es könnte eher Abend als Morgen sein. Ich schleppte mich die Treppe hinunter. Magda schaltete am Fernseher herum. Ein, zwei Minuten wagte ich nicht, etwas zu sagen, war noch immer nicht sicher, ob es Abend oder Morgen war. Schließlich schien Magdas Aufmerksamkeit nachzulassen. Da öffnete ich den Mund und fragte sie, in welcher Tageszeit wir uns befänden. Sie sah mich etwas erschrocken an. Ich bekannte, daß ich mich nicht hinauswagte und nicht wisse, welchen Tag und welches Datum wir hätten. Daß ich ernstlich glaubte, nicht lebend hier herauszukommen. Nach und nach stellte sich das Gleichgewicht wieder ein, aber den ganzen Abend und eigentlich noch jetzt, in dieser schwankenden Nacht Ende Januar, denke ich ernsthaft, ich sei schuldig und sie werden bald mit der Rechnung kommen.

Der Tod zerrt, zerrt und zerrt ... Tiefe Müdigkeit, Schmerzen. Ich kann nicht laufen. Die Lebenslust ist verflogen. Nichtsdestotrotz stehen zwei Kapitel der *Letzten.* – Soviel reicht als Chronik. Wenn ich weiter denke, breche ich in Tränen aus.

Jeder Tag ein neuer Tod. (Meine Beine; der Aufstand des Computers; der Ruhm als unabweislicher Ballast; Gewicht abzuwerfen ist nur aus der Schatzkammer möglich, also durch Selbstverstümmelung.) Am Abend Barenboim: Er möchte unbedingt ein Opern-Libretto von mir. Wir hörten Verdis *Requiem* von ihm, zweimal. Ein großartiger Herr über sein Orchester. Beim zweiten Hören trat die Schwäche des Werkes hervor; vielleicht kam auch der öde Veranstaltungsort – das Konzerthaus – dazu: Pauke und Trompeten wirkten wie grelles Kindertheater auf mich – wenn du böse bist, holt dich der schwarze Mann. Aufrichtig erschien dagegen die südländische Todesangst – plötzlich muß man das Spiel abbrechen und schlafen gehen – inzwischen wartet jede Nacht der Schlaf, der Schlaf ...

Und damit breche ich dieses Tagebuch tagtäglicher Banalität ab. Mein Leben kehrt sich ins Dunkle, ich muß für meine Dummheiten bezahlen, besser gesagt, sie *ab*zahlen; für eine falsche und verlogene Lebensführung, aus der nur mein Werk herausragt. Ist das nicht genug? Es wäre genug, würden sich nicht auch daran Zweifel knüpfen. Gestern stürzte ich in der kleinen Kneipe, in die wir zum Abendessen eingekehrt waren. Neuerdings stürze ich immer öfter, und das verweist auf die leidige Zukunft: Irgendwann werde ich gar nicht mehr aufstehen. Es wird nicht schade um mich sein, es ist an der Zeit, Schluß zu machen. Will ich ehrlich Rechenschaft ziehen, dann kann ich mir nichts vormachen: Nur die kurzen Phasen des Alleinseins haben mir im Leben ein wenig Freude gebracht, die Arbeit, das Schöpferische. Ansonsten war alles Irrtum, feige Stagnation; ich habe alle betrogen, vor allem mich selbst …

Irgendein verrücktes und trauriges Gefühl sagt mir, daß ich aufhören soll mit diesem Tagebuch-Geknarze, das nirgendwohin führt, nur von meinen Ängsten und meiner Hilflosigkeit zeugt. Auf jeden Fall schadet es mir.

Trotzdem setze ich es (nämlich das Tagebuch) fort. Noch nie solche Unsicherheit. Vorgestern im Berliner Ensemble, Beil trug einem kleinen, aber begeisterten Publikum aus der *Englischen Flagge* vor; es war so etwas wie ein Erlebnis, und ich konnte mich selbst wieder für das Werk, die *Sprache*, begeistern.

Des Lebens unrühmlicherer Abschnitt. Nur Marter, nur Elend. Ich habe mich entschlossen, daß ich nicht lockerlasse, ich zeichne die Schreckensgeschichte meiner Demütigung auf. Vorläufig kann ich nicht hinaus, und zu Hause bringt mich die Depression um. Das Schriftsteller-Boot ist wie in einem Bleimeer versackt. Die Ehe: alle Gereiztheit, alle Frustration einer postsexuellen Beziehung. Ich fürchte um meinen Verstand, mein ganzes schriftstellerisches *Œuvre*, ich fürchte die Mühsal, den Mangel an Inspiration. Nachts, 2 Uhr 55. Ich habe Angst vor dem Tod, andererseits könnte ich mir nichts Realeres an Stelle dieses qualvollen Dahinvegetierens wünschen.

Kampf mit dem neuen Computer. Der größte Teil meines Lebens: Kampf. Zweifel an meinen Kräften. – Soll ich dieses Tagebuch weiterführen? Wozu? Für wen? Rhetorische Fragen. In Wahrheit fürchte ich mich vor dieser Chronik des Verfalls …

Es wird sich nun nie mehr aufklären, daß der *Roman eines Schicksallosen* eigentlich nichts anderes ist als eine literarische Parodie. – Stocken im Tagebuch, Stocken im Leben … Im Grunde bin ich ein verhätschelter Luxus-Emigrant, der Mißbrauch mit seiner Situation treibt, mit der ihm erwiesenen Liebe, überhaupt …

Wenn ich die Fortsetzung dieser Banalitäten von neuem angehe, so hat das, wenn auch keinen Sinn, so doch sicher einen Grund. Den letzten Anstoß gab jedenfalls Szilárd Borbélys schmaler Essayband, nicht nur wegen der ausgezeichneten Interpretation des *Kaddisch*, sondern wegen der ganzen Esoterik des Buches; es zeigt, daß wir sofort den Werten näher kommen, wenn wir uns von den unproduktiven Tagesfragen, der Politik frei machen, ähnlich wie bei der Diät, bei der sich auch auf einmal jenes Organ meldet, auf das wir bis dahin nicht achtgaben, und das nun Platz für sich beansprucht in unseren Gedanken. Die Probleme der Christologie sind genau die gleichen, von denen ich als unumgehbare moralische Bürde des Holocaust für den christlichen Kulturkreis gsprochen habe.

Wenn man mich nächstens wieder einmal mit Primo Levi, diesem im Grunde genommen schwachen Schriftsteller, plagt, muß ich antworten, daß unsere beiden Bücher zu einem jeweils anderen historischen Zeitpunkt spielen. Sein Buch spielt vor Auschwitz und berichtet aus Auschwitz; meines spielt bereits nach dem Geschehen von Auschwitz und sieht die *Folgen* von Auschwitz als seinen Gegenstand an.

Kurzfristige Lebensziele. Krankheiten; das Bein, Thrombose. «Wenn Gott mit mir ist, wer ist dann gegen mich!?» Alle. Genauer: alles und alle. – Inzwischen sage ich, was ich weiß, in der Sprache der Wissenschaft. Es lohnt also nicht mehr, daß ich rede.

So also sind die letzten Tage … Du bleibst allein und dich ergreift Angst. Füße wie die von Ödipus, geschwollen, rot, du kannst nicht darauf stehen. Um dich, in dir emotionale Ödnis. Man läßt dich in Stich, raubt dich aus wie einen sterbenden Schakal. Hinter den Masken treten die wahren Züge hervor, die wahre Brutalität, die wahre

Gleichgütigkeit, die wahre Habgier. Niemand liebt mich, und ich liebe niemand … Ich liege wie ein weggeworfener Lumpen am Straßenrand. Der Mensch, in dessen Gestalt ich mich gehüllt habe, ist unsympathisch und keiner Beachtung wert. Dazu Ratlosigkeit, kindische Verletztheit. Gedanken, denen ich nicht folgen, Bewegungen, die ich nicht kontrollieren kann.

Ich fürchte, ich muß harte Entscheidungen treffen. Und noch mehr fürchte ich, daß ich sie nicht treffe.

Die vergangenen Wochen (Rückenoperation und die entsprechenden Umstände) kann ich kaum in Worte fassen. Auf jeden Fall kann ich vom vollkommenen Verschwinden des «Ich-Zustandes» berichten. «Ich» kann ich nicht mehr so verwenden, daß ich unter diesem Wörtchen mich selbst verstehen würde. Das, was in mir den Platz des früheren «Ich» eingenommen hat, ist mir mal völlig fremd und mal auf lachhafte (und schmerzliche) Weise unannehmbar.

Ich weiß schon, daß mir jede Demütigung und Peinigung zuteil werden wird, die auf die Elenden warten, die zwar daran dachten, aber trotzdem nicht vorher handelten, sich also feige und nachlässig gezeigt haben.

Lange ausgesetzt. Es gibt jetzt nur noch Aussetzer. – Mein geistiges Leben, dessen

9. Februar 2009 Wie lange noch?! Nach dem gestrigen Eintrag habe ich nicht einmal mehr drei Punkte gesetzt … Ich bin weiterhin hier, mir gegenüber eine der dickfleischigen, massiven Bergreihen der Alpen – daß mir der Name meines Aufenthaltsortes nicht einfällt, ist einzig mein Fehler. Churchill sagte: Ihre Majestät hat mich nicht zum Minister ernannt, damit ich bei der Liquidierung des Britischen Empires assistiere. Und ich bin nicht geboren, um meinen eigenen Verfall zu registrieren, oder etwa, um gelegentlich aktiv am kläglichen Tätigsein dieses Reiches (Reich im augustinischen Sinn) teilzunehmen. Die Menschen haben neuerdings eine auffallende Abneigung gegen mich, im Blick der Frauen, in der Art, wie sie mich ansehen, könnte ich hinreichenden Grund zum Selbstmord finden.

Bis zum Ende

Nun auch bis zum Ende. Die unvorstellbare Trostlosigkeit des Verfalls. Lieblosigkeit, Beklemmung, Wahnvorstellungen, Verlorenheit.

Lesung, mittlerweile die neueste Dimension der Tragödie. Gesichter, die sich im langsamen Walzer um mich drehten, allen voran das von M. Stockender Atem, verdorbene Pointen, schlechter Vortrag. Die wohlwollende Geduld des Publikums, um mich her lauter Liebe. Ich habe begriffen, daß Schluß ist. Schluß. Ich habe keine Kraft mehr, keine Lust. – Wohin ist alles, wohin?

Ich habe ein «Exit-Tagebuch» eröffnet. Weiß nicht, ob es Sinn hat. Ich lebe seit einiger Zeit in einer von mir selbst und anderen ausgehenden Atmosphäre der Depression. Etwas in mir – und außerhalb meiner – verhindert den Schritt nach vorn. Das Schöpferische.

Ich muß der grauenhaften Tatsache ins Auge sehen, daß meine Existenz von meiner Angst vor dem Verfall beherrscht ist. Ich habe Angst zu schreiben und schreibe deshalb lieber nicht. Ich tue so, als sammelte ich meine Aufzeichnungen, in Wahrheit aber starre ich mit angewidertem Blick auf meine Papiere.

«Der anbrechende Tag fand mich am Schreibtisch», könnte ich schreiben, in jener gewöhnlichen Sprache, welche die sogenannte Literatur benutzt hat, solange sie sich selbst für Literatur hielt. Inwiefern und warum hat sich die Sprache verändert? Es lohnt nicht, darüber nachzudenken; sonst käme noch die Wahrheit heraus, und dann käme heraus, daß alles Lüge ist und alle lügen. – Ist die Wahrheit aus verlogenen Sätzen zusammengesetzt? *Setzt* sich die Wahrheit aus verlogenen Sätzen *zusammen*? Ist es wichtig, daß die Wahrheit ans Licht kommt? Warum ist es wichtig? Was ist die Wahrheit?

Gestern ist vielleicht der letzte verheerende Sturm über mich hinweggefegt. Wie eine Flaumfeder wirbelte er mich herum. Ich schrie aus der Tiefe des Orkans, suchte Halt in der Nähe. Meine Seele war so schwarz wie der Ozean. Ich überließ mich dem Untergang, der Zerstörung, meine Hand glitt vom Steuer. Ich stand auf der Wache und sah zu, wie das richtungslose Schiff schlingerte. Meine Hand versteifte sich, wenn sie zufällig an die Instrumente kam, sie spürte kaum noch etwas. Mein Körper war erstarrt. Ich war müde, unendlich müde. Es war stockdunkel, und als die Stunden vergingen und das Licht sich nicht veränderte, begriff ich, daß es nie mehr hell werden würde … Und fragte entsetzt: Ist das schon das Ende? So, als wüßte ich es nicht.

Morgendämmerung, zerfetzte Wolken verhüllen den grauen Himmel. Ich stelle mir vor, daß Lot auf der Terrasse des Kempinski sitzt, sich wahrscheinlich eine Zigarre anzündet und, während er dem Verkehr zuschaut, der unter den Bäumen des Kurfürstendamms dahinströmt, leise zu sprechen beginnt. «Wißt ihr, was Einsamkeit ist, in einer sich pausenlos selbst feiernden Stadt?» usw. Die Figur der Ruth. Die Figur Josephs. Die beiden Töchter. Sie lassen sich jenseits von Eden nieder. Lots Rückfall, die Orgie. Lot schreibt seine Erlebnisse auf und wird reichlich dafür belohnt. Was bedeutet die westliche Lebensweise, die westliche Kultur für ihn?

DIE LETZTE EINKEHR

Zweiter Anlauf

Dr. Sonderberg

Neuerdings habe er keine wegweisenden, großen Träume mehr; sein Schlaf sei nutzlos und das Erwachen überflüssig, sagte Sonderberg, der Schriftsteller, während er, auf einer abseits gelegenen Bank am verlassenen Kai sitzend, verfolgte, wie drüben, über Limburgshain, der Dämmer sich auflöste und im frühen Zwielicht langsam die dunstige schwarze Fläche des Flusses hervortrat, der an schmutzigen Vorstadthäusern vorbei zum fernen Meer strömte. Noch eine Stunde, sagte Dr. Sonderberg, und die Sonne taucht alles in ihr grelles Licht – ein himmlischer Gongschlag vor Beginn der Aufführung, doch darauf sei er nicht mehr erpicht. Noch wahre er in sich die kühle Frische, die sozusagen kosmische Stille zwischen Dunkel und Helligkeit; auch hier sei die Morgendämmerung, zitierte er, wie ein melancholischer Waffenstillstand. Danach beginne wieder der Tag, wie das Gestern begonnen habe und das Morgen beginnen werde, und das erstaune niemanden, sagte Dr. Sonderberg, keiner wundere sich mehr über den Fortbestand der Welt, über die unaufhörliche Abfolge der Tage, die bloß hervorbringe, um zu zerstören: eine böse, pannenträchtige Weltordnung, oder vielleicht die unfaßliche Weisheit der Schöpfung – je nachdem, wie man es nimmt; er selber, Sonderberg, halte dies schlicht für eine unannehmbare Tatsache, deren Akzeptanz oder besser Kenntnisnahme ausreiche, ein ganzes Leben mit Bedrückung zu erfüllen. Im übrigen, sagte Sonderberg, deute alles darauf hin, daß das Leben kein für den Menschen bemessener Zustand sei. Warum sehen wir über unser Leben hinaus, wenn wir doch nichts sehen? Nebenbei, sagte Sonderberg, wer hat nicht schon mit dem Gedanken gespielt, daß alles auch anders sein, daß die Notwendigkeit naturwissenschaftlicher Gesetze sich mit einem Mal als nicht mehr notwendig entpuppen könnte? Nehmen wir an, sagte Sonderberg, die Lichtgeschwindigkeit oder die Gravitation würde eines schönen Tages plötzlich ihre Gültigkeit verlieren, und es stellte sich heraus, daß die kosmischen Berechnungen allesamt falsch waren und das, was wir für eine Weltordnung hielten, nur ein metaphysischer Scherz, über den einer ein großes Lachen anstimmen werde; doch wer? Er gebe zu, daß er neuerdings, wahrscheinlich aus Ratlosigkeit, oft in einer alten, vergilbten Bibel blättere, sagte Sonderberg. Er versuche Abrahams ungewöhnlichen Gott zu verstehen, der mit jenem einen so grausamen Spott getrieben habe, daß Abraham in seinem schwärmerischen Glauben fast zum Mörder an seinem eigenen Sohn geworden wäre. Derselbe Gott gehe später mit dem Satan eine Wette bezüglich eines seiner treusten Anhänger ein, stelle den blinden und unerschütterlichen Glauben eines gewissen Hiob auf die Probe und ruiniere aus purem Scherz Körper, Geist und Besitz des armen Narren, der voll Glaubenseifer weiter zu ihm bete, während er, Gott, von Satan den Gewinn einheimse. Noch ungewöhnlicher sei indes die Geschichte von Lot, Gottes einzigem Gerechten in Sodom; so ungewöhnlich, daß er, Sonderberg, den dringenden Wunsch verspüre, sie zu deuten; nur stoße er schon am Anfang, bei der Klärung der Begriffe, auf die unvermeidliche Frage, was hier denn «gerecht» heiße und wie die leichtfertige Aussage, Lot sei ein «Gerechter», ja der *einzige* Gerechte in Sodom, zu interpretieren sei, sagte Sonderberg, inwiefern dies Ächtung, Verbannung, eisige Einsamkeit und Angst bedeute ... Ob ich Corots Gemälde von der Zerstörung von Sodom kenne, fragte Sonderberg, von jener im letzten Augenblick stattfindenden Flucht aus dem unbewohnbar gewordenen *Zuhause*, wie ein rettender Engel Lot, Lot aber eine seiner Töchter mit sich zerre, rennend, während hinter ihm die Stadt in Schwefelflammen stehe und die eigene Frau zur Salzsäule erstarre. Er, Sonderberg, habe dieses Bild eine Zeitlang täglich im Album *Die französische Malerei* aufgeschlagen. Habe es so lange angeschaut, bis er herausgefunden habe, daß es ihm nichts sage; ein dramatisches Bild, aus einem dramatischen Zeitalter stammend; nur sei das Drama, sei der dramatische Mensch ausgestorben, verschwunden, sagte Dr. Sonderberg. Gäbe es ihn noch, wie es ihn zu Corots Zeiten sichtlich gegeben habe, dann müßte er, Sonderberg, eine Erklärung für den Sündenfall finden. Denn wie sei Lots Unschuld ohne die Kenntnis der um ihn herum tobenden Sünde zu verstehen? Und worin bestand eigentlich Sodoms Vergehen, von dem sich unser Mann, Lot, fernhielt? Er denke in erster Linie an sexuelle Motive, sagte Sonderberg, an blutrünstige Rituale, perverse Ausschweifungen, mörderische Bacchanale. An eine Art kollektiven Wahnsinns, der jeden mit sich riß. Wie könne da jemand seine *Unschuld* bewahren? Er habe lange geglaubt, er müsse die Festriten der damaligen Völker, der vorderasiatischen Barbaren, der Saken und so weiter studieren. Aber bald habe er gemerkt, daß es nicht darum gehe, sagte Sonderberg. In solchen Forschungen liege für ihn, Sonderberg, keine wahre Inspiration. Volkskundliche Studien könnten ihn zu einer Situation, einer Lebensform, einer – gut, sagen wir – Kultur führen, die keiner andern gleiche und die ohne Fortsetzung geblieben sei. Ihn, Sonderberg, sagte Sonderberg, interessiere aber eher das, was immer zeitgemäß, für alle gültig und stets möglich sei. Ein diktaturähnliches Regime sei heutzutage – um es so auszudrücken – das *Modellregime*, das heißt, aufgrund eines bestimmten Rezeptes immer vorstellbar, sagte Dr. Sonderberg. Eine totale Diktatur, die dich von dir selbst befreit, und eine konformistische Ideologie, ein konformistischer Glaube, der mit seinen strengen Religionsdogmen für deine Seele bürgt: das sei, wie wir gesehen hätten, immer möglich. Darin liege die große Bedeutung des Geschehenen. Alles, was geschehen sei, beeinflusse das, was noch geschehen könne. Was wir in Ermangelung eines besseren Wortes Schicksal nennten, sei an die Zeit und an geschichtliche Prozesse gebunden. Und unabänderlich. Wer aber wäre dann hier der «Schuldige» und wer der «Unschuldige», sagte Sonderberg. Gemäß den gegenwärtig herrschenden Gesetzen gälte Lot zweifellos als eine fragwürdige Existenz, wenn nicht sogar als Gesetzesbrecher, dem womöglich ein Strafverfahren drohe. Eine besondere und schwierige Situation, sagte Sonderberg, da müsse einer schon ein ganzer Mann sein, um die schwere Last solcher «Unschuld» tragen zu können. Wollte er es übertrieben ausdrücken, sagte Dr. Sonderberg, könnte er auch sagen, Lot habe im Pfuhl seiner nicht begangenen Sünden gelebt und vorsätzlich die auf ihn zugeschnittene Sünde, die ihm zugedachte Schuld gesucht. Müßten wir, um die Welt zu verstehen, irgendeine Straftat begehen; wäre es das, was uns intuitiv zu Lot einfalle? Man könnte sagen, daß Lots Lage gewissermaßen an die Lage unserer heutigen dissidenten Intelligenzia erinnere, sagte Sonderberg, aber das gehe nicht, denn wir wüßten ja nicht, ob Lot ein Intellektueller oder – zum Beispiel – ein von einer illegalen Religion Besessener war, der im geheimen mit seinem eigenen Gott Zwiesprache hielt, mit demselben, der Abraham *auf die Probe stellte* und Hiob fast umbrachte. Wie immer er es drehe und wende, sagte Sonderberg, Lots Lage werde immer unklarer; im modernen Sprachgebrauch würde man ihn am ehesten als einen zum ständigen Scheitern verurteilten Kämpfer für die Menschenrechte bezeichnen, obwohl es dafür keinerlei Beweise gebe. Doch halten wir Maß, sagte Sonderberg, wir beschwören Lot nicht, um eine standesamtliche Gewißheit seiner Existenz zu erlangen, sondern um ihn uns vorzustellen, und zwar der Ähnlichkeit wegen, wie wir noch sehen werden. Wenn nun er, Sonderberg, sich Lot vorstelle, dann werde dieser Lot zwangsläufig zum Produkt seiner, Sonderbergs, Vorstellung: Lots *Wirklichkeit* sei also Sonderbergs Vorstellung. Das heiße aber auch, daß Sonderberg von allen virtuellen Lots einen bestimmten zum Leben erwecke, sagte Sonderberg. Dieser Lot trete jetzt aus seiner eigenen Legende heraus, desgleichen aus dem Bild von Corot: In seiner Version sei Lot ein namenloser moderner Heimatloser, zermürbt und zerfressen von einer zeitgenössischen Diktatur, sagte Sonderberg. Eine «displaced person», ein unbehauster Niemand, ein eben freigelassener Lagerbewohner, der wie Tausende andere auf Landstraßen umherzieht, auf der Suche nach Obdach und einem neuen Wohnort. Eine andere Frage sei, sagte Sonderberg, warum er, Sonderberg, sich Lot nur als einen modernen, von Nervenleiden geplagten Neurotiker vorstellen könne. Doch warum er, Sonderberg, sich Lot nur als einen modernen, von Nervenleiden geplagten Neurotiker vorstellen *dürfe*, ja *müsse*, sei eine heikle und keineswegs leicht zu beantwortende, jedenfalls für ihn, Sonderberg, aber zutiefst charakteristische Frage, meinte Dr. Sonderberg. Wie komme es, daß heutzutage ein Roman seinem Verfasser die denkbar *unromanhaftesten* Mittel, die schwerfällige und langweilige Moral absoluter Authentizität abfordere, wie komme es, daß er, Sonderberg, sich Lot nicht so vorstellen könne, wie Camille Corot ihn *sich vorstellen durfte*, nämlich dramatisch und ausschließlich auf Schönheit, Größe und künstlerischen Schein bedacht? Diese Frage würde von ihm, Sonderberg, eine Antwort verlangen, an die er schon im voraus mit Langeweile und Enttäuschung, wenn auch einigermaßen ergeben denke, denn auch die Wahrheit biete gewissen Trost, wenn wir uns nur Mühe gäben, sagte Dr. Sonderberg. Sein Lot, sagte Sonderberg, sei einer, der sich nach einem Visum und einer Aufenthaltsbewilligung sehne, ein hoffnungslos Fremder, dessen Hautfarbe sich auch von denen mit ähnlicher Hautfarbe immer etwas unterscheiden werde, sagte Sonderberg, und er wäre kaum überrascht, wenn es letzten Endes darauf hinaus liefe, daß Lot – zumindest der Lot seiner, Sonderbergs, Vorstellung – Jude gewesen sei, auch wenn die jüdische Religion, historisch gesehen, damals noch nicht existiert habe. Klar sei jedoch, daß die Rolle, ja das ganze Rollenfach schon bereitgestanden habe, sagte Sonderberg, das emotionale Gleichgewicht der Gesellschaften habe schlicht danach verlangt, daß eine solche Rolle entstehe und verkörpert werde, die Juden aber hätten, vor allem nach dem Verschwinden ihrer staatlichen Existenz, den Stolz und den Dünkel gehabt, diese besondere Rolle nicht nur zu übernehmen, sondern darin gewissermassen die Probe ihres Fortbestehens zu sehen.

Avant de mourir

Im übrigen wisse er nicht, ob er, wenn er von Lot spreche, nicht von seiner eigenen Flucht spreche, sagte Sonderberg. Oder ob er, da von Flucht nicht die Rede sein könne, nicht die Erfahrung eines großen Dichters bedenken müsse, demzufolge Leben und Werk unvereinbar, um nicht zu sagen verfeindet seien. Er wisse genau, sagte Sonderberg, daß er sich schleierhaft ausdrücke, doch im Augenblick habe er kein Bedürfnis, den Schleier zu lüften. Viel wichtiger sei ihm, Lots Leben und Lage zu klären, mehr noch, die Gründe zu analysieren, die ihn, Sonderberg, mit Lots Leben verbänden, beziehungsweise einen Roman über Lot zu schreiben. Wenn er sich an seine Jugend, ja überhaupt an sich erinnere, dann erinnere er auch, daß Lot schon seit Jahrzehnten in ihm stecke, wie eine leichte Kinderkrankheit, die einmal – vielleicht gerade jetzt – ausbrechen müsse. Es dünke ihn, sagte Sonderberg, daß er vor langer Zeit, als er sein Leben begonnen, oder genauer wiederbegonnen habe, in einem verlassenen, mit irgendwelchen Trümmern übersäten Villengarten mit einem jungen Mann, nennen wir ihn Freund, umhergeschlendert sei, wobei er sich besser an die unfreundliche, an einen Pflock gebundene Ziege erinnere als an das Gesicht dieses Freundes, sagte Sonderberg. Sie hätten sich über literarische Figuren und über ihre schriftstellerischen Pläne unterhalten, ja, ausgerechnet dies! – in einem Land, das in Ruinen lag, in einer Stadt, wo hungrige Ziegen in verlassenen Ruinengärten meckerten und schäbige Herren ihre Aktentasche mit den ministeriellen Akten abstellten, um diese Ziegen – vielleicht in Gesellschaft ihrer Gattinnen – für ihr Frühstück zu melken. Kurzum, er, Sonderberg, habe schon damals von Lot als einem attraktiven literarischen Einfall, einer attraktiven Geschichte gesprochen, einer Geschichte – er erinnere sich an seine damaligen Worte –, «in der alles enthalten ist». Und auch wenn er es ungern zugebe, sagte Sonderberg, beurteile er auch heute seine Potenz, seine Lebensfähigkeit, seine schriftstellerische Kraft – also *alles* – danach, ob er fähig sei zu wollen; was zu wollen bedürfe keines Kommentars, wahrscheinlich schreiben zu wollen, und wenn schreiben, dann nichts anderes als die Geschichte von Lot, wenn er denn fähig sei dazu, sagte Sonderberg. Das Problem sei nur, daß er diesen Wunsch als Herausforderung betrachte, daß er nicht einfach schulterzuckend an ihn denken könne, im Sinne von «es geht oder es geht nicht» – nein, es müsse gehen, denn gehe es nicht, bedeute das Kapitulation vor dem Kampf, das heißt Aufgeben, Alter, Tod, sagte Dr. Sonderberg. Im Augenblick sei es drei Uhr zweiundvierzig nachts, und noch habe er kein Auge zugetan, sagte Sonderberg. Er fürchte, die Nächte vergingen und er bringe nichts zustande. Er werde säumig sterben, wie ein schlechter Angestellter, den man rausgeworfen hat, werde mit eingezogenem Hals abgehen, einen unaufgeräumten Schreibtisch und Aktenschrank hinterlassend, darin die Nachkommen sich nicht mehr auskennen. Als ob das nicht egal wäre, sagte Sonderberg. Und doch sei es nicht egal, sagte Sonderberg. So daß er hier kurz innehalten müsse, sagte Sonderberg, denn ihm scheine, daß diese auf den ersten Blick einfache Frage, ob es ihm, der dann ja nicht mehr *existieren* werde, egal sei, was er seinen Nachkommen hinterlasse, sich unerwartet als konfliktträchtiges Problem entpuppe. Zudem, sagte Sonderberg, halte er die Frage, in dieser Form gestellt, für falsch. Er, Sonderberg, sei der Ansicht, daß die Frage nur im gegenwärtigen Moment, nur auf den gegenwärtigen Moment bezogen, nur vom gegenwärtig existierenden Sonderberg an den ausschließlich im gegenwärtigen Moment existierenden Sonderberg gestellt werden könne, dieser Sonderberg aber – das heißt er selbst – antworte entschieden, es sei nicht egal. Wobei er, der Sonderberg des gegenwärtigen Moments, nicht wisse, ob diese Antwort nun die Äußerung einer ordnungsliebenden Natur sei oder, wenn er es so kühn ausdrücken dürfe, inspiriert von jener konservativen Starre, die mit der Vorstellung des Todes verknüpft sei. Überhaupt falle ihm neuerdings auf, wieviel er nicht wisse, was er doch längst wissen müßte, sagte Sonderberg. In jungen Jahren hätten wir ein dramatisches Verhältnis zum Tod, später versuchten wir, ihn als philosophisches Problem zu begreifen; im Alter dann werde er zu einer Realität, zu einer einfachen praktischen Angelegenheit, sagte Sonderberg, und so wäre es an der Zeit, sich praktisch auf ihn vorzubereiten, ein Testament zu verfassen, eine Friedhofsparzelle auszusuchen, wo man nach dem Tod möglichst optimal zu liegen komme, von Freund und Feind Abschied zu nehmen, sich mit sich selbst zu versöhnen und so weiter. Nur vergingen Wochen und Monate, sagte Sonderberg, und er ertappe sich dabei, daß er nichts erledige; dies aber deute darauf hin, daß er seine zynische Liebe zum Leben noch nicht überwunden habe, er weigere sich, sein eigenes Dahinscheiden als einfache und praktische Angelegenheit zu sehen, ja, in Wahrheit könne er sich vielleicht gar nicht vorstellen, daß ihm bald die Stunde schlage, sagte Dr. Sonderberg. Dies aber sagte er schon unten, in einer zwischen den Docks versteckten, baufälligen Kneipe, zwischen morgendlichen Säufern und dicken Tabakwolken, wobei er sicheren Schrittes auf den Tisch in der dunkelsten Wirtshausecke zuhielt; und schon brachte ihm die Kellnerin mit dem verwitterten Gesicht die obligate Platte mit Oliven, Salamischeiben, haarigen Sardellenringen, verschiedenen Meeresfrüchten, was dann nach einigen Gläschen Aquavit verlangte, der hier aus einer etikettlosen Flasche in breitrandige Anderthalbdezigläser eingeschenkt wurde …

Die Einschätzung der Lage

Man müsse davon ausgehen, daß alles ein Irrtum sei und der Mensch keine Chance habe, sagte an diesem Morgen Dr. Sonderberg. Und das habe nichts mit seinem sogenannten Pessimismus zu tun, wie die feige Umgangssprache es ausdrücke, sagte Sonderberg, sondern das sei die triste Realität, wie sie sich aus der Einschätzung der Lage ergebe. Wohin du dich auch wendest, wohin du auch schaust, alles ist gegen dich, sagte Dr. Sonderberg. Selbst deine Begabung richtet sich gegen dich, diese Besessenheit, dieser Sporn, der dich in Gang gesetzt und dein Leben bestimmt hat, obwohl du nichts darüber weißt, nicht einmal, ob sie existiert oder nicht, ob du sie besitzt oder nur für ein paar Stunden ausgeliehen bekommst, die Begabung, die dich wie ein Dämon übermannt, zum Schaffen zwingt und dann zurückläßt – müde und erstaunt, aber letztendlich glücklich und zufrieden, wie wenn ein leidenschaftlicher Liebhaber aus dem Bett steigt und rasch verschwindet, bevor er sich auf ein nächstes Rendezvous einlassen könnte, sagte Sonderberg. Du selbst wirst dir zum Gegner, du und deine Unbeweglichkeit, deine Trägheit, das jähe und überraschende Alter, der unerträgliche Zustand deines Körpers, nachdem du lange Zeit an dein Mannesalter, deinen männlichen Körper, deine männlichen Probleme, die männlichen Herausforderungen des Verstandes gewöhnt warst, hier, in diesem osteuropäischen Loch, auf dessen morastischem Grund jede Hoffnung zunichte wird … Du blätterst in Büchern und nickst beim Lesen ein, weil sie dich nicht mehr wirklich interessieren. Immer seltener nimmst du die einst für dich so wichtigen Bücher aus dem Regal, zum Beispiel das *Tibetische Totenbuch* und *Die Welt als Wille und Vorstellung*, weil du mit einem Mal ihre *Brauchbarkeit* entdeckst: Jede Philosophie taugt so viel, wie sie dich von der Todesangst zu befreien oder zumindest an den Todesgedanken zu gewöhnen vermag, sagte Sonderberg. Die Welt, sagte Sonderberg, stürze wie ein schlecht gefügtes Kartenhaus langsam, sozusagen Karte für Karte, um ihn herum zusammen, und auch er selbst bereite sich langsam und gelangweilt auf sein Ende vor. Eines schlechten Morgens, sagte Sonderberg, sei er bei Tagesanbruch mit einer unerklärlichen, noch nie empfundenen Traurigkeit aufgewacht, die ihn dann tagelang nicht verlassen habe, sagte Sonderberg. Wie Schwefelsäure habe sie alles durchdrungen und durchtränkt, auch seine Freuden. Jetzt, da er davon spreche, könne er sich gut an die ununterscheidbare Stimmung jener Tage erinnern, an den dunklen Schmerz, den er nicht imstande war – und auch heute nicht imstande wäre – zu beschreiben, um ihm durch die Beschreibung eine Form zu geben und sich dadurch von ihm zu befreien. Er erinnere sich noch, daß er von seinem Zimmer aus, das er damals *Arbeitszimmer* genannt, auf den Balkon gesehen habe, sagte Sonderberg. Dort habe der Winterregen einer Topfpflanze die ranken, in die Höhe schießenden Zweiglein geknickt, und nun sei sie, wie eine ergebene weibliche Gestalt, zu Boden gesunken, mit ausgestreckten Armen und entsetzt, um lüstern abzuwarten, was mit ihr geschehen werde … Schließlich, sagte Sonderberg, habe es keinen Zweifel mehr gegeben: es war ein Memento mori, die Todesahnung hielt ihn umfangen. Woher aber kam diese Botschaft, und warum erreichte sie ihn gerade jetzt? Wie hätte er das wissen sollen, sagte Sonderberg, über den Tod weißt du bekanntlich nichts, bis du stirbst, und was nützt das Wissen dann noch? Du denkst über den Tod nach, sagte Dr. Sonderberg, aber du denkst nur, daß du über den Tod nachdenkst. Ein Leben lang denken wir über den Tod nach, doch ist es nicht der Tod, über den wir nachdenken, sondern der Trost, die

Verzweiflung, die Lüge und der Irrglaube der Lebenden. Das *Tibetische Totenbuch*, sagte Sonderberg. Er selbst, sagte Sonderberg, benutze keine geistigen Betäubungsmittel, er wolle klar sehen, solange dies möglich sei, sagte Sonderberg. Sterben sei unsere letzte Aufgabe im Leben, und man dürfe sie nicht verfehlen, anderen überlassen, durch Bewußtseinsverlust verpassen oder absichtlich versäumen, wie wir es in der Kindheit mit den Lateinstunden gemacht haben, sagte Sonderberg. Nein: unser Tod gehöre noch uns, sei unser letzter Besitz, den man uns, gewichtige Gründe beiseite gelassen, nicht entreißen könne … «Wie ein Hund», zitierte Sonderberg, wie ein Hund …

Der Einsame von Sodom

Vielleicht gehe er ein bißchen zu weit, sagte heute Dr. Sonderberg, aber seine Aufgabe sei es jetzt, radikal zu denken, und da könne er nicht weit genug gehen: Im Radikalismus, sagte Dr. Sonderberg, unterliegst du immer, denn deine einzige Waffe ist die ungenügende Sprache, die sogenannte Literatur, sagte Sonderberg, genau genommen die Klage oder Bestürzung oder etwas Ähnliches, womit du deinen Gegenstand sowieso nicht erreichen kannst, falls du dir nach vergeblichem Kampf doch noch ein, zwei vernünftige Sätze abringst, die du später mit bitterer Genugtuung als stilistischen Erfolg verbuchen kannst. Große Dinge verlangen, daß man von ihnen groß redet; groß, das heißt zynisch und mit Unschuld, sagt Nietzsche, sagte Sonderberg. Obwohl auch das nur Stil sei, sagte Sonderberg, Denkweise, nicht das Denken selbst, dem so schwer auf die Schliche zu kommen sei. Es gebe viele Wahrheiten, und wahrscheinlich sei jede Wahrheit auf ihre Weise wahr, sagte Sonderberg. Doch gebe es große und erhebende und kleinliche, Mißmut erzeugende, gleichsam provinzielle Wahrheiten, sagte Dr. Sonderberg. Wer letztere vertrete, müsse auf großen Stil verzichten, sagte Dr. Sonderberg. Wolle man aber mit Verzicht auf den großen Stil dennoch Wirkung erzielen, bedürfe es großen Stils. Und wenn man sich eines großen Stils bediene, verändere sich plötzlich auch die Wahrheit – sie werde groß. So gebe es denn keinen Ausweg aus der Sprache; wir lebten in einem Spiegelkabinett, wohin wir auch blickten, wir sähen nur uns selbst; wobei nicht zu vergessen sei, was es bedeute, daß Gott den Menschen nach seinem Ebenbild erschaffen habe, sagte Dr. Sonderberg. In Anbetracht dessen erscheine jedes Lebewesen als überaus zweifelhaft, vor allem, wenn die Schuldfrage aufgeworfen werde, sagte Sonderberg; und was habe es dann mit dem Helden unserer Geschichte auf sich, mit Lot, dem *Gerechten*, sagte Sonderberg. Ob man wohl in ihm, Sonderberg, Gottes Ebenbild sehen müsse, oder in den anderen Millionen und Abermillionen Ebenbildern, die demnach Trugbilder einer verhudelten Schöpfung seien, so wie auch er, Sonderberg, vielleicht nur ein Experiment sei, ein Versuch, zu einem wahren Ebenbild zu gelangen, sagte Sonderberg; auf diese Weise, sagte Sonderberg, erhielten wir Einblick in die Mühen der Schöpfung selbst, ja, er als Schriftsteller, sagte Sonderberg, werfe bedrückt die Frage auf, ob er nicht die Verantwortung habe, sich an dieser Dauerarbeit zu beteiligen …

Deutsch von Ilma Rakusa

EXIT

Ein geschmackvoller Mensch lebt in meinem Alter nicht mehr.

Naturkunde des Verfalls. Kalt, beinahe schadenfroh schreiben, als Zeuge deiner selbst.

Die Reste meines geistigen Lebens zusammenkratzen? Einverstanden sein mit meinem weiteren Dasein? Was für ein Hochmut! Die neuen Gesichter der Menschen akzeptieren, wenn sie mich ansehen? Im Exil leben? Leben mit der Schmach des Seins? Sogar: flehen um das weitere Leben?

Alles ist gelungen, wonach ich in meinem Leben gestrebt habe, und nun, da sich der Erfolg eingestellt hat, zeigt sich, daß ich nach der eigenen Vernichtung strebte.

Immer hatte ich ein heimliches Leben, und immer war dies das wahre.

Anmerkungen

Mit Rücksicht auf die autofiktionale Intention des Buches sind die Anmerkungen auf Sachzusammenhänge und Personen beschränkt, die für den deutschen Leser weniger bekannt und/oder für das Verständnis des Textes wesentlich sind.

Seite 17 *«Aus den Aufzeichnungen eines katholischen Ungarn»*: Kertész antwortet mit diesem unveröffentlichten Brief auf einen Artikel von Péter Esterházy, der am 20. April 2001 in der ungarischen Wochenzeitung «Élet és Irodalom» (ÉS) erschienen war. – *László Paskai*, von 1987 bis 2002 Erzbischof von Esztergom-Budapest.

Seite 24 *«Geheimdatei»*: ursprünglicher Titel für die Tagebuchaufzeichnungen 2001 bis Oktober 2003.

Seite 25 *Szigliget*: Ort am Nordufer des Plattensees, wo sich Imre Kertész häufig längere Zeit als Gast des dort in einem ehemaligen Esterházy-Schloß untergebrachten Heims des ungarischen Schriftstellerverbandes aufhielt.

Seite 26 *ungarische Pfeilkreuzler-Zeitschrift*: Die 1937 gegründete faschistische «Pfeilkreuzler-Partei» (Nyilaskeresztes Párt) hatte 1944–1945 unter der deutschen Besetzung eine nationalsozialistische Regierung in Ungarn errichtet. 2003 formierte sich mit der «Jobbik»-Partei (Jobbik Magyarországért Mozgalom) eine vergleichbare Bewegung neonazistischen Gepräges, die sich inzwischen zur zweitstärksten politischen Kraft nach der regierenden Fidesz-Partei in Ungarn entwickelt hat.

Seite 28 *Hans Magnus Enzensberger. Seine Laudatio*: Enzensberger hielt bei der Berliner Jahresversammlung des Ordens Pour le mérite 2001 die Laudatio für Imre Kertész zu dessen Aufnahme in den Orden.

Seite 29 *János Pilinszky* (1921–1981): ungarischer Lyriker, dessen Werk nachhaltig von seinem Aufenthalt als Kriegsgefangener in einem deutschen Konzentrationslager geprägt ist. Kertész kannte Pilinszky persönlich und nennt ihn seinen Lieblingsdichter.

Seite 33 *Czesław Miłosz* (1911–2004): 1980 mit dem Literaturnobelpreis ausgezeichneter polnischer Lyriker und Schriftsteller, lebte seit 1951 im Exil, zunächst in Frankreich, seit 1960 in den USA, bevor er im Jahr 2000 endgültig nach Polen zurückkehrte. – *Tomas Venclova* (geb. 1937): litauischer Lyriker, Essayist und Übersetzer, emigrierte 1977 in die USA. – Czesław Miłosz und Tomas Venclova, «Dialog über Vilna», in: Cz. M., *Die Straßen von Wilna*, München 1997.

Seite 35 *László F. Földényi* (geb. 1952): ungarischer Essayist, Kunsttheoretiker und Literaturkritiker, lebt in Budapest. Er veröffentlichte u. a. die Monographie *Schicksallosigkeit. Ein Imre-Kertész-Wörterbuch*, Reinbek 2009 (Originalausgabe Budapest, 2007).

Seite 46 *István Csurka* (1934–2012): rechtspopulistischer ungarischer Schriftsteller. Er gründete 1993 die rechtsextreme «Partei für ungarisches Recht und Leben» (MIÉP). Vgl. Seite 67.

Seite 59 *György Spiró* (geb. 1946): ungarischer Dramatiker und Romancier, lebt in Budapest.

Seite 67 *MIÉP*: Abkürzung für Magyar Igazság és Élet Pártja, die 1993 gegründete rechtsextreme «Partei für ungarisches Recht und Leben».

Seite 75 *György Aczél* (1917–1991): in der sozialistischen Ära wichtigster ungarischer Kulturpolitiker und Chefideologe, Mitglied des Zentralkomitees, seit 1970 auch des Politbüros der Sozialistischen Arbeiterpartei Ungarns.

Seite 85 *Aleksandar Tišma* (1924–2003): serbischer Schriftsteller, mütterlicherseits ungarischer Abstammung. Er lebte in der ungarisch geprägten Stadt Novi Sad (Voiwodina). – *Mihály Babits* (1883–1941): ungarischer Lyriker, Romancier, Publizist und Übersetzer (u. a. Dante, Shakespeare, Goethe).

Seite 87 *Schwein Napoleon*: autoritäre Führerfigur in Orwells Parabel *Farm der Tiere*.

Seite 88 *Sandor Márai* (1900–1989): einer der bedeutendsten ungarischen Schriftsteller des 20. Jahrhunderts, seit 1948 im Exil in Italien und den USA. Imre Kertész widmete ihm den Essay «Bekenntnis zu einem Bürger». (In: I. K., *Die exilierte Sprache*, Essays und Reden, Frankfurt a. M. 2003).

Seite 91 *Medgyessy-Skandal*: Dem aus den ungarischen Parlamentswahlen 2002 als Sieger hervorgegangenen sozialistischen Ministerpräsidenten Péter Medgyessy wurde in der oppositionellen Presse vorgeworfen, unter dem sozialistischen Kádár-Regime für die Spionageabwehr der Staatssicherheit tätig gewesen zu sein, was er nach anfänglichem Leugnen auch für die Jahre 1977–1982 eingestand.

Seite 102 *Benedek Virág* (1775–1830): ungarischer Dichter der Aufklärungszeit, Historiker und Übersetzer.

Seite 122 *das häßliche Sybaritenwrack*: Zeile aus dem Gedicht «Magyarok» (Die Ungarn) des ungarischen Dichters Dániel Berzsényi (1776–1836), in dem er seine Landsleute als verweichlicht und dem Luxus hingegeben im Sinne des Sybaritismus anklagt.

Seite 128 *Pál Királyhegyi* (1900–1981) und *István Kállai* (geb. 1929): bekannte ungarische Humoristen und alte Freunde von Imre Kertész.

Seite 129 *Béla Balázs* (1884–1949): international bekannter ungarischer Filmtheoretiker, Schriftsteller und Regisseur.

Seite 177 *Lajos Koltai* (geb. 1946): international bekannter ungarischer Kameramann und Filmregisseur. Als seine erste Regiearbeit übernahm er 2003 im Einverständnis mit dem Autor die Verfilmung von Kertész' *Roman eines Schicksallosen*.

Seite 179 *Reemtsma-Rede*: Kertész war gebeten, am 28.1.2004 die Eröffnungsrede für die letztmalige Präsentation der Ausstellung «Verbrechen der Wehrmacht, Dimensionen des Vernichtungskrieges 1941–1944» in Hamburg zu halten, deren Veranstalter das von Jan Philipp Reemtsma gegründete und geleitete Hamburger Institut für Sozialforschung war. Die Rede trägt den Titel «Bilder einer Ausstellung». – *ÉS*: gebräuchliche Abkürzung für die liberale ungarische Wochenzeitung «Élet és Irodalom» (Leben und Literatur).

Seite 188 *François (Ferenc) Fejtő* (1909–2008): aus Ungarn stammender französischer Historiker und Publizist, 1938 nach Frankreich emigriert.

Seite 191 *Pista Nádler* (geb. 1938): ungarischer Maler, Mitbegründer der ungarischen Neo-Avantgarde der 1960er Jahre.

Seite 196 *Gyuri (Georg) Klein* (geb.1925): international bekannter und mit Kertész befreundeter Tumorbiologe und Schriftsteller aus Ungarn, lebt und arbeitet seit 1947 in Schweden.

Seite 200 *in der Pasaréti-Straße oder in der Szilágyi-Allee*: In der Budapester Pasaréti-Straße wohnte Imre Kertész bis 1995 zusammen mit Albina, seiner ersten Frau; seit 1997 hat er seinen Wohnsitz zusammen mit Magda, seiner zweiten Frau, in der Erzsébet Szilágy-Allee. – *Laszlo Kornitzer*, in Berlin lebender Übersetzer, Schriftsteller und Theaterregisseur ungarischer Abstammung.

Seite 201 *Martina Wachendorff*: Kertész' Lektorin beim französischen Verlag Actes Sud.

Seite 205 *Lajos-Zilahy-Roman*: Lajos Zilahy (1891–1974) gehört neben Sándor Márai und Antal Szerb zu den bekanntesten ungarischen Romanciers. Er lebte von 1947 bis zu seinem Lebensende im Exil in den USA.

Seite 206 *Zoltán Hafner*: ungarischer Literaturwissenschaftler, als freier Lektor und Herausgeber von Imre Kertész tätig.

Seite 207 *János Kőbányai* (geb.1951): ungarischer Schriftsteller und Verleger, seit 1988 Chefredakteur der jüdischen Kulturzeitschrift «Múlt és Jövő» (Vergangenheit und Zukunft) und Leiter des gleichnamigen Buchverlages in Budapest.

Seite 210 *Juan Cruz*: einer der spanischen Verleger von Kertész. – *Mihály Dés*: aus Ungarn stammender Journalist und Übersetzer in Spanien.

Seite 211 *Jaume Vallcorba* (1949–2014): Literaturwissenschaftler und spanischer Verleger, der in seinem Verlag Acatilado in Barcelona fast das gesamte Werk von Imre Kertész auf Spanisch ediert hat.

Seite 213 *Avi Primor* (geb.1935): israelischer Diplomat und Publizist, von 1993 bis 1999 israelischer Botschafter in Deutschland. Vgl. Seite 175. – *Artikel über den Schriftstellerverband*: erschienen in der «Zeit» vom 1. April 2004. Unter dem Titel «Ein Mythos geht zu Ende» berichtet Kertész darin über den offenen Antisemitismus im ungarischen Schriftstellerverband.

Seite 216 *Horace Engdahl* (geb.1948): ständiger Sekretär der Schwedischen Akademie und von 1998 bis 2008 Jury-Vorsitzender für den Literaturnobelpreis.

Seite 219 *Miklós Nyiszli* (1901–1956): ungarischer Arzt und Gerichtsmediziner jüdischer Abstammung, als Auschwitz-Häftling vom Lagerarzt Josef Mengele als Pathologe eingesetzt. Sein zuerst 1946 veröffentlichter Erinnerungsbericht erschien 2005 auf Deutsch unter dem Titel *Im Jenseits der Menschlichkeit. Ein Gerichtsmediziner in Auschwitz.*

Seite 221 *Ferenc Mádl* (1931–2011): 2000–2005 als Parteiloser ungarischer Staatspräsident.

Seite 230 *Géza Ottlik* (1912–1990): ungarischer Schriftsteller (*Die Schule an der Grenze*, Roman, dt. 2009), Übersetzer (u. a. Shaw, Evelyn Waugh, Thomas Mann) und Mathematiker. Weil er während des Zweiten Weltkriegs einen jüdischen Freund versteckte, als «Gerechter unter den Völkern» geehrt. – *Baudelaire-Vers*: Die letzte Strophe des Gedichts «L'Horloge» aus *Fleurs du Mal*; hier in der dt. Übertragung von Carlo Schmid («Die Uhr»).

Seite 231 *Géza Morcsányi* (geb. 1952): Leiter des Budapester Verlags Magvető, der Kertész' Werke in Ungarn ediert. – *Zoltán Hafner*, s. Anm. zu Seite 206.

Seite 239 *Dezső Szomory* (1869–1944): bekannter ungarischer Dramatiker und Romancier. Sein Roman *Der Lehrer Horeb* (*Horeb tanár úr*) erschien 1934 in Budapest. S. auch die Anm. zu Seite 252.

Seite 241 *Carol Janeway*: Leiterin der Lizenzabteilung bei Kertész' amerikanischem Verlag Knopf. – *Thane Rosenbaum*: amerikanischer Schriftsteller und Kritiker, der im «Y», dem Sitz der Young Men's and Young Women's Hebrew Association in New York, regelmäßig Veranstaltungen zu jüdischer Kultur und Politik moderiert.

Seite 244 *Still schlich sich gestern der Herbst ...*: die Anfangsworte eines der bekanntesten Gedichte des ungarischen Dichters Endre Ady (1877–1919), «Párisban járt az Ősz» (Herbst in Paris). Die ersten beiden Verse, in der deutschen Übersetzung von Wilhelm Droste, lauten: «Still schlich sich gestern der Herbst nach Paris, / Auf dem Saint Michel verbarg er sich / Bei schwüler Hitze unter stummem Laub, / Und so stieß er auf mich. // Eben streifte ich zur Seine hinunter, / Seltsam rauchig, traurig und purpurrot / Brannten mir Reisiglieder im Herzen, / Sprachen von meinem Tod.»

Seite 247 *Plakette des Sándor-Palais*: vom ungarischen Staatspräsidenten verliehene Auszeichnung, nach dem Amtssitz des Präsidenten im Budapester Sándor-Palais benannt.

Seite 252 *Szomorys Tod*: Der Dramatiker und Romancier Dezső Szomory (1869–1944), in der Zeit der deutschen Besetzung Ungarns wegen seiner jüdischen Abstammung verfolgt, starb 1944 völlig verarmt und vergessen in Budapest, wenige Wochen vor der Befreiung Ungarns. S. auch Anm. zu Seite 239

Seite 262 *György Somlyó* (1920–2006): ungarischer Dichter, Übersetzer und Essayist; er übersetzte u. a. Paul Valéry und verfaßte eine Abhandlung über dessen Werk.

Seite 270 *László Szörényi* (geb. 1945): Direktor des Literaturwissenschaftlichen Instituts der Ungarischen Akademie der Wissenschaften; er moderierte die ungarische Buchvorstellung von *Dossier K.*

Seite 271 *André Schmitz* (geb. 1957): deutscher SPD-Politiker und Kulturmanager, von 2006 bis 2014 Berliner Staatssekretär für Kultur.

Seite 273 *«Ach, mich zieht ein schlechter Wagen ...»*: Zeile aus dem Gedicht «Wagenfahrt bei Nacht» (Kocsi-út az éjszakában, 1909) des ungarischen Dichters Endre Ady (1877–1919), hier zitiert in der deutschen Übertragung von Wilhelm Droste.

Seite 274 *Alexander Fest* (geb. 1960): von 2002 bis 2014 verlegerischer Geschäftsführer des Rowohlt Verlages.

Seite 276 *Warschauer*: Arnold Schönbergs op. 46, *Ein Überlebender aus Warschau* (1947).

Seite 287 *«grüne Lokomotive»*: persönliches Kennwort von Imre Kertész für die gelegentlich auftretenden halluzinatorischen Nebenwirkungen der ihm verordneten Parkinson-Medikamente.

Seite 291 *Szilárd Borbély* (1964–2014): ungarischer Lyriker und Lyrik-Übersetzer, Hochschullehrer in Debrecen, Essayist. 2013 hatte er mit *Nincstelenek* (dt. *Die Mittellosen*, 2014) ein vielbeachtetes Romandebüt, im Jahr darauf nahm er sich das Leben.

Seite 293 *Kati K.*: aus Ungarn stammende, in Frankfurt a.M. ansässige Ärztin, mit dem Ehepaar Kertész befreundet.

Seite 296 *Kommentar zu «Ich, der Henker»*: für die Ausgabe dieses vom Ende der 50er Jahre stammenden Textes in dem Band: Imre Kertész, *Opfer und Henker*, Berlin 2007.

Imre Kertész, 1929 in Budapest geboren, wurde als 14-Jähriger nach Auschwitz und Buchenwald deportiert. In seinem *Roman eines Schicksallosen* hat er diese Erfahrung auf außergewöhnliche Weise verarbeitet. Das Buch erschien zuerst 1975 in Ungarn, wo Kertész während der sozialistischen Ära jedoch Außenseiter blieb und vor allem von Übersetzungen lebte (u. a. Nietzsche, Hofmannsthal, Schnitzler, Freud, Joseph Roth, Wittgenstein, Canetti). Erst nach der europäischen Wende gelangte der Autor zu weltweitem Ruhm, 2002 erhielt er den Literaturnobelpreis. Seitdem lebte Imre Kertész überwiegend in Berlin und kehrte erst 2012, schwer erkrankt, nach Budapest zurück.

INHALT

Imre Kertész bei Rowohlt, Rowohlt · Berlin und rororo

Briefe an Eva Haldimann

Detektivgeschichte

Die englische Flagge

Dossier K.

Eine Gedankenlänge Stille, während das Erschießungskommando neu lädt

Fiasko

Galeerentagebuch

Ich – ein anderer

Kaddisch für ein nicht geborenes Kind

Letzte Einkehr. Ein Tagebuchroman

Letzte Einkehr. Tagebücher 2001–2009

Liquidation

Roman eines Schicksallosen

MIX
Papier aus verantwortungsvollen Quellen
FSC® C083411
www.fsc.org

Das für dieses Buch verwendete Papier ist FSC®-zertifiziert.